btb

Aus Freude am Lesen

btb

Buch

Hilja Agnevik führt ein eher trostloses Leben: Sie arbeitet in einem Blumenladen, trifft sich gelegentlich mit einem verheirateten Mann und wohnt noch immer zusammen mit ihrer älteren Schwester Karla, von der sie seit Kindertagen tyrannisiert wird. Eines Tages begegnet sie zufällig ihrer alten Jugendfreundin Jenny Ask, die inzwischen eine erfolgreiche Filmschauspielerin geworden ist. Einmal mehr wird Hilja klar, dass sie etwas ändern muss in ihrem Leben. Kurze Zeit später ist Jenny tot. Für Hilja steht fest, dass Jennys unberechenbarer Geliebter sie auf dem Gewissen hat. Doch war er wirklich der Mörder?

Autorin

Inger Frimansson ist eine der bekanntesten Autorinnen Schwedens. Ihr erster Roman »Gute Nacht, mein Geliebter« bedeutete sofort den Durchbruch für sie. Er wurde ausgezeichnet mit dem Schwedischen Krimipreis und begründete ihren Ruhm als »schwedische« Minette Walters.

Inger Frimansson bei btb

Der Beschützer. Roman (72730)
Die Insel der nackten Frauen. Roman (73245)
Die Katze, die nicht sterben wollte. Roman (72832)
Gute Nacht, mein Geliebter. Roman (72609)
Die Handpuppe. Roman (73353)
Die Skrupellose. Roman (73278)

Inger Frimansson

Die Treulosen

Roman

Aus dem Schwedischen
von Gabriele Haefs

btb

Die schwedische Originalausgabe erschien 2003 unter dem Titel »Mörkerspår« bei Norstedts, Stockholm.

Die Zeilen aus dem Kalevala wurden zitiert nach:
»Die Geschichte von Kullerwo«, deutsch von Gisbert Jänicke, Insel Verlag, 1964.

FSC
Mixed Sources
Product group from well-managed forests and other controlled sources

Cert no. GFA-COC-1223
www.fsc.org

Verlagsgruppe Random House FSC-DEU-0100
Das FSC-zertifizierte Papier *Munken Print* für Taschenbücher aus dem btb Verlag liefert Arctic Paper Munkedals AB, Schweden.

Einmalige Sonderausgabe September 2006
btb Verlag in der Verlagsgruppe Random House GmbH, München

Published by agreement with Salomonsson Agency
Umschlaggestaltung: Design Team München
Umschlagfoto: Wolf Huber
Satz: Uhl + Massopust, Aalen
Druck und Einband: Clausen & Bosse, Leck
EM · Herstellung: LW
Printed in Germany
ISBN-10: 3-442-73538-6
ISBN-13: 978-3-442-73538-9

www.btb-verlag.de

Die Naht war gelb, ein grober gelber Faden in dem gewebten Stoff.

Die Naht war gelb und verlief an der Innenseite des Oberschenkels – grob, grob vor dem weichen Untergrund.

Sie zog sich hinauf zum Schritt, am Oberschenkel entlang, dem Jeansschenkel – und dann geradewegs hinein, und er konnte nur einen schwachen, aber säuerlichen Duft des Scharfen, Staubigen aus dem Wald wahrnehmen, der Tannen mit ihren Stämmen, gefällt und von der Sonne verbrannt.

Er senkte den Blick, als er dort saß, zusammengekrümmt wie eine Spinne, die mageren Arme vor sich verschränkt. Er konnte nur eine breite, funkelnde Schnalle sehen, sah ein Stück vom Bauch, sah die kleine Vertiefung des Nabels.

Und dann trat er vor und machte sich über sie her.

Den Kopf hielt sie gesenkt und leicht nach links gewandt. Die Haare hatte sie zu einem dünnen, grau melierten Knoten hochgesteckt. Sie waren an den Seiten zu kurz, die Frisur hielt nicht. Bei jedem Schritt fielen ihr Haarsträhnen in die Augen, fegten über ihr Kinn, strichen über die Haut. Sie nahm ihren eigenen Geruch wahr. Alte Haare, wie ranziges Fett. Bei jedem Schritt hob sie die Schultern, ihr Gang war ruckhaft und unregelmäßig, das Gehen schien ihr wehzutun.

An der Kreuzung musste sie sich den Weg durch die Autos bahnen. Es gab keinen Zebrastreifen, und so war die Sache nicht ganz ungefährlich, nicht zuletzt im Winter, wenn hohe Schneewehen Straßen und Bürgersteige verkleinerten. Jetzt, im August, war es nur halb so schlimm. Es hatte seit mehr als dreißig Tagen nicht geregnet, die Hitze ließ den Asphalt flimmern.

Ihr Kleid schnitt ihr unter den Armen in die Haut. Sie hatte es ein Jahr zuvor im Ausverkauft erstanden, es war knöchellang und beige und hatte ein Muster aus kirschroten Blumen, »cerise«, wie die Verkäuferin diesen Farbton genannt hatte. Die kleinen Farbtupfer passten gut zu ihrem Teint und ihren Augen. Das hatte sie bei der Farbanalyse gehört, die ihr zu ihrem vierzigsten Geburtstag geschenkt worden war. Sie war ein so genannter Wintertyp.

»Sie können es sich wirklich erlauben, ein wenig zu überraschen. Und haben Sie keine Angst vor Pastelltönen.«

Karla hatte kein Wort gesagt, als sie mit dem Kleid ankam. Sie hatte nur geschaut, mit diesem besonderen Blick und den gespitzten, gekräuselten Lippen.

Hilja hatte das Kleid im vergangenen Sommer nur einmal anziehen können. Plötzlich war der Herbst da gewesen. Im Winter hatte es einsam im Schrank gehangen und war geschrumpft. Karla hatte ihr vorhin mit dem Reißverschluss helfen müssen. Sie sagte wieder nichts, aber ihre Hände packten energisch Hiljas Arme. Pressten den Reißverschluss in der Taille zusammen. Stemmten eine Handfläche in Hiljas Kreuz, die andere gegen das Brustbein. Pressten, wie um ihre Figur zu korrigieren.

Im scharfen Sonnenlicht kamen ihr die Steinplatten des Bürgersteigs schmutziger vor als sonst, die Reste von getrocknetem Speichel, Kippen, zertrampeltem Hundekot, kleinen trockenen Kissen aus Kautabak, platten, schwarzen Kaugummis. Die Hitze legte sich wie ein enges, mit Pelz gefüttertes Cape um ihre Schultern. Das Band, das sie um ihren Haarknoten gewunden hatte, drohte sich zu lösen. Ein rosa Band.

Cerise. Surprise.

Sie musste stehen bleiben, um den Knoten neu zu binden.

Vor dem Lebensmittelladen saßen wie immer die Männer, saßen da in ihrer von Farbflecken übersäten Arbeitskleidung. Sie verzehrten dort oft ihre Brote, tranken ein Lightbier, aßen ein Eis. Sie waren jung, einige noch die reinen Knaben. Wenn sie an ihnen vorbeiging, spannte sie sich immer an, sie erwartete etwas von ihnen, ein Zwinkern, einen Kommentar. Vielleicht sogar einen blöden Spruch. Aber es passierte nie etwas, sie hörte nicht einmal ein Schnauben.

Die Männer bemerkten sie nicht.

Unsichtbar ging sie an den Baustellen vorbei. Die Plastikplane vor der Fassade war undurchsichtig, gelb. Sie drehte sich um und ließ einen Wagen vorüberfahren. Danach überquerte sie die Straße ein weiteres Mal.

Es war Viertel vor drei. Es war ihr freier Tag im Blumenladen, aber Anki hatte angerufen, ob sie nicht doch für ein paar Stunden kommen könne. Jemand war krank geworden. Ihr Zwerchfell verkrampfte sich, wenn sie daran dachte. Sie sagte, ihr sei schlecht. Nachts habe sie sich immer wieder erbrechen müssen. Das stimmte natürlich nicht. Anki hatte das sicher gemerkt. Ihre Stimme hatte gezittert, als sie auflegte.

Nicht mein Problem, hatte Hilja sich gesagt.

Trotzdem fühlte sie sich gar nicht wohl in ihrer Haut.

Sie blieb im Drottningsholmsväg stehen, gleich hinter der Bushaltestelle, gleich vor dem ehemaligen Kino »Draken«. Hinter ihr lag Stockholms Pflegeheim, eine Endstation für unheilbar Kranke. Hier holte Göran sie immer ab. Er wirkte immer schrecklich nervös, wenn er an den Bordstein fuhr, es war schwer, mitten im lebhaften Verkehrsstrom zu halten. Aber der Treffpunkt war seine Idee gewesen.

Ihr Kleid war schweißnass. Es saß so eng, dass ihre Arme anschwollen und das Blut ins Stocken kam. Sie schüttelte die Hände aus, versuchte, den Blutkreislauf anzuregen. Zog sich den Riemen ihrer Handtasche quer über die Brust, ihr BH war schwarz und hart wie Metall. Sie ballte die Fäuste und musterte ihre Fingernägel. Es war schwer, sie sauber zu bekommen. Erde und Pflanzensaft bissen sich in allen kleinen Kratzern fest. Sie hatte sich außerdem verletzt, schräg mit dem Messer, als sie am Vortag Chrysanthemen zurechtgeschnitten hatte. Die Blutung wollte einfach nicht aufhören.

Scheißmonat, dachte sie.

»Bleibst du lange?«, hatte Karla gefragt, als sie gegangen war. Karla hatte wie immer am Fenster gesessen und auf die Eisenbahnlinie und den niemals endenden Zugverkehr geschaut. Sie schob ihr Kinn vor, die Haut hing schlaff herunter. Sie sah aus wie ein Raubvogel, ein Adler oder ein Geier. Ja, wie ein Geier!

»Ich weiß nicht, das wird sich herausstellen.«

»Vergiss nicht, dass du morgen arbeiten musst.«

Vor Hiljas Augen drehte sich alles.

Nächstes Jahr werde ich fünfzig. *Fünfzig.*

Nein.

Das sagte sie nicht.

Im Fahrstuhl musterte sie ihr glänzendes Gesicht. Strich sich über die Haare, zupfte eine Strähne heraus. Stülpte die Lippen um, schnitt Grimassen.

Karla war ihre Schwester. Im Juni war sie achtundfünfzig geworden. Für sie war das Leben zu Ende.

Nun stand sie im betäubenden Abgasgestank und sah sich die vielen Autos an. Ich atme ein, dann sterbe ich, dieser Gedanke durchfuhr sie. Als sei die Vorstellung überhaupt nicht mehr gut. Die Vorstellung, sie könnte noch irgendein Leben haben.

Görans Auto war blau. Dunkelblau, orientblau. Er holte sie einmal in der Woche ab, wenn er es satt hatte, an seinem großen Schreibtisch zu sitzen. Zweimal hatte sie ihn im Büro besucht, immer nach der Arbeitszeit. Beim ersten Mal hatte er sich in seine Papiere vertieft, hatte daran herumgespielt, sie hin und her geschoben. Unbemerkt von ihm hatte sie ihre Unterhose ausgezogen, und als er ihre Jacke an den Haken hängte, hatte sie sich rasch auf dem Tisch auf den Rücken gelegt und die Knie angehoben. Er fuhr zusammen, seine Nase wies kleine scharfe Falten auf. Ihr Hals wurde flammend rot, sie rutschte wieder auf den Boden und zog ihr Kleid zurecht.

»Was machst du denn da?«, fragte er lahm.

Sie konnte nicht verhindern, dass ihr Tränen in die Augen traten.

Er drückte sie an sich, an seine Hemdbrust, und unter dem Stoff befand sich sein Blutkreislauf, ein brausendes, prickelndes Leben. Von außen war das nicht zu sehen, da war er Beamter mit Schlips und beiger Hose.

Er drückte sie eine ganze Weile an sich, dann erstarrte er plötzlich und horchte.

»Setz dich!«, und die Tränen brannten unter ihren Augenlidern, während er sich auf seinen Stuhl gleiten ließ und ein Blatt Papier aus einem Stapel riss. Sie saß ihm gegenüber und hielt die zusammengeknüllte Unterhose in der Hand.

Es wurde an die Tür geklopft. Oder eigentlich doch nicht. Wenn es ein Klopfen gewesen war, dann ein ganz kurzes, fast nicht hörbares. Engström, sein Chef. Dünn und giraffenhaft. Er blieb einen Meter von der Tür entfernt stehen, mit geblähten Nasenflügeln.

»Na so was?«

»Das ist Monika, die Frau meiner Schwester.«

»Die Frau deiner Schwester?«

»Äh… na ja. Umgekehrt natürlich.«

Das Lachen füllte für einen Moment das Zimmer.

»Wir haben Feierabend, Göran, verdammt, der Arbeitstag ist zu Ende. Geh nach Haus, und schlaf dich aus, du siehst müde aus.«

»Ja, sicher. Ich war schon auf dem Sprung. Aber fast hätte ich das hier vergessen.« Er schwenkte das Blatt Papier.

Der hochgewachsene Mann schnaubte. Er schaute kurz zu Hilja hinüber. Nickte nicht, reichte ihr nicht die Hand. »Du schließt ab, wenn du gehst?«

»Selbstverständlich.«

Als Göran sie das nächste Mal ins Büro mitnahm, war die Giraffe gerade in Urlaub. Sicherheitshalber gingen sie auf die Toilette, dort gab es praktischerweise auch eine Dusche. Hilja lag auf dem Boden, und ein Silberfischchen verschwand im Ablauf. Ihr Kopf stieß hart gegen die geflieste Wand.

Sie fanden ihn nie. Jedes Mal gab es großes Geschrei, einen Wahnsinnsaufstand. Bullen in Overalls. Hunde. Und die Schlagzeilen der Zeitungen. Er zitterte vor Angst, wenn er sie las.

Aber sie würden ihn niemals finden.

Er konnte warten. Die Sache aussitzen. Er hatte alle Zeit der Welt.

Früher oder später fingen die Leute ja doch an zu vergessen. Das wusste er. Dann wagten sie sich wieder aus dem Haus, und im tiefsten Herzen mussten sie es doch gewusst haben. Oder geahnt. Sie waren ja nicht ganz blöd. Wenn man allein ausging, musste man mit allem rechnen. Wenn man die Haut entblößte. Wenn man mit halb nackten Hintern und Brüsten lockte. Wenn man duftete, wie sie eben alle dufteten.

Sie dufteten nach Frau.

Ein Bus fuhr vorbei. Hilja sah seine Rückseite, ein riesiges Plakat. Reklame für den neuen schwedischen Spielfilm »Land des Zorns«. Ein Bild von Jennifer Ask, der Hauptdarstellerin. Die Jahre waren schonend mit ihr umgegangen. Sie sah aus wie ein junges Mädchen, mit ihren dichten, rotblonden Haaren, die nicht kurz und trutschig waren, sondern lang wie bei einem Teenager. Und das stand ihr.

Sie war so alt wie Hilja, war wie Hilja im September geboren.

Vor langer Zeit hatten sie einmal im selben Haus gewohnt, am Ortsrand von Vällingby, in einem Neubaugebiet mit Baracken, Klinkersteinen und Zementmischmaschinen. Eine ganze Bande von Jugendlichen in Hosen aus Trevira, die über die Felder und weiter zum Schloss Hässelby rannten. Dahinter lagen die weiten Wälder. Und der Strand von Maltesholm. Kristian war auch dabei, Hiljas zwei Jahre älterer Bruder. Aber Karla? Nein, die war fast erwachsen gewesen. Und sie hatte nie Sinn für Spiele gehabt.

Jennifer Ask. Aber damals hatte sie natürlich nicht so geheißen, nicht Ask und nicht Jennifer. Sondern Jenny Andersson. Und damals hatte sie durchaus nicht gut ausgesehen. Ein kleines, stumpfes Schlangengesicht. Himbeerhaare. Sie war rothaarig. Ab und zu wurde sie deshalb geneckt. Jenny mit den Himbeerhaaren. Sie hatte ein bisschen für Kristian geschwärmt und Hilja einmal gebeten, ihm einen Brief auszuhändigen. Kristians Name stand in Blockbuchstaben darauf. Der Umschlag war mit hellbraunem Klebeband zugeklebt, weil sie der Briefträgerin misstraute.

»Was hat sie geschrieben?« Hilja schaute über die Schulter ihres Bruders. Er schob sie weg.

»Was denn, ist sie in dich verliebt? Ist Jenny in dich verliebt?«

Später waren die beiden sogar kurz ein Paar gewesen. Einige Monate lang. Aber damals war Kristian schon längst in die Stadt gezogen. Jennys Eltern hatten sich getrennt, und Jenny wohnte mit ihrem Vater in Kristineberg. Wie lange das schon her zu sein schien. Fast das ganze Leben.

Jenny war eine, der alles gelungen war. Jetzt zierte sie große Plakate und war noch immer jung und glatt und hatte ihre Farben behalten. Sie verdiente sehr viel Geld, und es kam vor, dass sie ihr aus dem Laden Blumen schicken mussten, Rosen, in Zellophan und mit breiten Seidenbändern. Von irgendeinem ergebenen Verehrer.

Die Sonne lag wie ein Gewicht auf ihrem Kopf. Die Haut unter dem Haarknoten brannte. Als sei das Gold ihrer Halskette dabei, sich in ihren Nacken einzufressen. Sie reckte sich und versuchte, ruhig und gleichmäßig zu atmen. Sie ging näher an die Mauer heran, lehnte sich daran, ruhte einen Fuß aus.

Es war schon zwanzig nach drei. Göran kam oft zu spät. Daran war der Verkehr schuld. Oder irgendein Anruf im letzten Moment, als er gerade losfahren wollte. Manchmal rief seine Frau an. Betty Markusson. So hatte sie sich einmal gemeldet, als Hilja »falsch verbunden« gespielt hatte. Eine schrille und ein wenig schmetternde Stimme, wie eine Trompetenfanfare. Als Göran einmal seine Brieftasche geöffnet hatte, hatte sie gesehen, wie Betty aussah. Platt und gefangen saß sie hinter der Plastikfolie. Dort wurde sie in Schach gehalten. Sah normal und freundlich aus. Brille und Grübchen im Kinn.

»Darf ich mal sehen?«, hatte sie gefragt und nach Görans Hand gegriffen. Widerwillig hatte der ihr die Brieftasche überlassen. Bettys Augen begegneten ihren, weit und kindlich und ganz und gar ahnungslos.

Ihre Beziehung dauerte jetzt schon vier Jahre an. Sie konnte sich noch genau daran erinnern, wie sie begonnen hatte. Es war durch die Blumen gekommen, sie hatten für das Foyer des Hauses, in dem sein Büro lag, Blumenampeln geliefert. Göran hatte ihr gezeigt, wo die Ampeln hängen sollten. Er hatte eine Leiter geholt, denn obwohl sie sehr groß war, erreichte sie die Stellen nicht. Er hatte die Leiter gehalten, während sie hochgestiegen war, hatte die Leiter gehalten, aber nicht nach oben geblickt. Ein wahrer Gentleman, hatte sie gedacht.

Autoreifen streiften den Bordstein. Sie kniff im grellen Licht die Augen zusammen, da war er, sein orientblauer Wagen stand vor ihr, und er beugte sich vor und öffnete die Tür.

»Entschuldige die Verspätung.« Seine Stimme klang gepresst, angespannt. Kleine Schweißtropfen standen auf seiner Stirn.

»Gott, was ist das für eine Hitze.« Sie ließ sich auf den Sitz sinken und schnallte sich an. Ein Auto hinter ihnen hupte.

Göran knurrte. »Die Klimaanlage hat ihren Geist aufgegeben.«

»Das merke ich.« Sie hätte gern die Hand auf sein rechtes Knie gelegt und dort liegen lassen, um ihn zu beruhigen, zu besänftigen.

Sie konnte ihre Arme nicht heben.

Es herrschte bereits dichter Verkehr. Die Leute hielten es an ihren Arbeitsplätzen nicht mehr aus. Sie machten früher Feierabend und fuhren nach Hause in die Vororte. Fuhren an die Badestrände, als wäre noch immer Ferienzeit.

»Wohin wollen wir?«, fragte er. Etwas lag in seiner Stimme, etwas Fremdes. Als wäre es allein Hiljas Idee, dass sie sich überhaupt trafen.

Sie zuckte mit den Achseln. »Überall sind Leute«, murmelte sie.

»Ja.«

Lieben wir uns, durchfuhr es sie. Sind wir zwei Menschen, die füreinander durchs Feuer gehen?

»Du kannst doch auch mal versuchen, einen Vorschlag zu machen«, sagte er übellaunig.

»Nach Ekerö hinaus?«

»Ekerö! Bei dem Stau!«

Plötzlich konnte sie nicht mehr klar sehen. Sie zog ihre Handtasche auf ihre Knie und suchte die Sonnenbrille heraus. Er sagte nichts, und wenn er schluckte, dann hörte sich das an wie ein Schmatzen.

Es ist aus, dachte sie. Ich wusste ja, dass es früher oder später aus sein würde. Jetzt ist es aus. Jetzt ist es so weit.

Der Stau bewegte sich nicht. Sie hätte die Tür aufmachen und einfach aussteigen müssen. Gehen. Ihn verlassen, ehe er sie verließ.

Vor ihnen stand ein Wohnwagen mit deutschem Nummernschild.

»Touristen«, sagte sie düster. »Die wollen zum Campingplatz Ängby.«

»Mm.«

»Wir sollten uns auch einen Wohnwagen anschaffen«, sagte sie, obwohl sie wusste, dass es zu spät war. »Dann könnten wir fahren, wohin wir wollen. Du weißt, Kristian, mein Bruder, und seine Familie, die hatten einen, als die Mädchen noch klein waren. Damit waren sie auf Öland. Der war richtig niedlich, kann ich dir sagen, mit einem kleinen Spülbecken und einem Kühlschrank und einem Tisch, den man nachts zum Bett ausklappen konnte. Wir könnten durch Europa fahren. Du und ich, meine ich. Wenn wir so einen hätten.«

»Durch Europa!«, wiederholte er.

»Ja, oder vielleicht nach Norwegen oder so. In einsamere Gegenden. Wo wir wirklich unsere Ruhe hätten.«

»Wenn du nur eine eigene Wohnung hättest. Dann wäre alles viel leichter.«

»Aber du weißt doch, Karla.«

Er schwieg. Sie sah seinen Fuß auf dem Gaspedal, braune Sandale und helle, helle braune Socken. Sie hatte es nie gemocht, wenn Männer Sandalen trugen. Natürlich, wenn sie Shorts und schlanke, sonnengebräunte Beine hatten, dann war das etwas anders. Aber Socken gehörten nicht dazu.

»Was sagst du denn zu Jan Stenbeck?«, fragte er plötzlich und schaute sie von der Seite her an. Was erwartete er denn bloß, was sollte sie zu dem plötzlichen Tod dieses bekannten Finanzmannes sagen?

»Das kam wirklich unerwartet«, brachte sie heraus.

Karla hatte morgens die Nachrichten laufen lassen. Auf diese Weise hatte Hilja von dem Todesfall erfahren. Sie musste sofort an ihren Vater denken, dessen Leben ebenso überraschend und unerwartet geendet hatte.

»Ich wüsste ja gern, was jetzt mit seinem Scheißimperium werden soll«, sagte Göran. »Kinnevik ist um dreizehn Prozent abgesackt. Sofort. Und MTG um elf.«

»MTG?«, fragte sie dumm.

»Siehst du nie fern?«

Das Fenster war offen. Die Hitze schlug ihr entgegen, raubte ihr fast den Atem.

»Er hat nicht so ausgesehen, wie ich mir das vorgestellt hatte«, sagte sie leise.

»Ach was.«

»Er sah aus wie ein Gauner.«

»Das kann uns allen passieren, wenn wir uns nicht vorsehen.«

Sie konnte seine Gedanken ahnen.

»Apropos, ich habe Hunger«, fügte er hinzu. »Ich habe heute das Mittagessen ausfallen lassen. Wir gehen irgendwas essen, ja? Eine Pizza oder so. Einverstanden?«

Während des Essens wartete sie die ganze Zeit darauf, dass er es sagte. Sie wich seinem Blick aus. Hörte nur, wie er kaute, wie das Wasser durch seinen Hals gluckerte. Seine Hände waren lang und gepflegt, die Nagelhaut sauber. An den Fingerknöcheln ragten kleine bleiche Haarbüschel auf. Sie versuchte nicht daran zu denken, wie diese Finger ihre Hüften gepackt, wie die kurzen, sauberen Nägel sich in ihre Körperöffnungen gebohrt hatten. Denn dann würde alles schwerer sein. Wenn sie zu viel daran dachte.

Sie zerschnitt ihre Pizza und nahm winzig kleine Stücke. Wünschte sich die Kraft zu plaudern. Mit ihm Konversation zu machen, ihn zu fragen, wie der Tag im Büro verlaufen sei, wie es seinem Sohn gehe. Der Sohn hieß Stefan und studierte BWL. Das wusste sie immerhin. Sie wusste auch, dass Betty als Diätspezialistin im Krankenhaus Huddinge angestellt war. Als hätte er ihre Gedanken erraten, erwähnte er plötzlich, dass Betty am Wochenende zu einem Seminar fahren werde. Und dass er sie begleiten wolle.

»Das ist in Dalarna, da oben ist es so schön, und vielleicht kann man angeln, wenn die Bäche überhaupt noch Wasser haben, meine ich.«

Sie atmete tief durch. »Und Stefan?«, fragte sie steif.

»Stefan? Wie meinst du das?«

»Wie geht es ihm? Sind seine Sommerferien jetzt zu Ende?«

Er schüttelte langsam den Kopf. »Was ist denn bloß mit dir los, zum Teufel?«

»Mit mir?« Jetzt würde die Erde sich bald auftun.

Ihre halbe Pizza war noch übrig. Die starrte er jetzt an. »Hat die nicht geschmeckt?«

»Doch, das schon.« Ihr Mund war wie ausgedörrt. Jetzt würde er es jeden Moment sagen. Jeden Moment.

Und danach würde sie vollständig einsam sein.

Der Verkehr war weniger geworden. Sie glaubte, er werde sie nach Hause fahren oder zumindest an einer U-Bahnstation absetzen. Aber er fuhr hinaus in Richtung Järvafältet. Er hielt auf einer Kiesfläche. Ihnen begegnete nicht ein Mensch. Aus dem Kofferraum nahm er eine Tasche. Die hatte sie noch nie gesehen. Sie war blau und mit einem großen M bedruckt. Unter dem M las sie: Moderate Partei, Region Stockholm.

Er lächelte kurz. »Was meinst du, laufen wir ein Stück?«

Sie nickte.

Er nahm ihre Hand, ließ sie aber sofort wieder los, es war einfach zu warm. Sie gingen eine Zeit lang durch die Stille. Ja, durch die Stille. Ihr ging auf, dass kein Vogel mehr sang. Waren sie einem Hitzschlag erlegen, oder hatten sie schon ihre Winterquartiere aufgesucht? Die Blätter an den Bäumen waren durch die lange Dürrezeit gelb geworden. Sie fielen raschelnd zu Boden.

Göran trug die Tasche. Ab und zu drehte er sich zu ihr um und lächelte kurz. Sie sah an seinen Socken Tannennadeln und Holzreste. Er steuerte auf die Bäume zu, wich den Zweigen aus, lief auf das Moos zu. Blieb stehen und zog sie an sich.

Sie kam sich vor wie in einem Raum. Ihre Füße bewegten sich, sie streifte mit den Zehen die Schuhe ab und blieb barfuß stehen. Das Moos kitzelte unter ihren Fußsohlen. Er hatte die Tasche abgesetzt, jetzt öffnete er sie und zog eine Decke heraus.

»Bleiben wir hier?«, flüsterte er.

Sie nickte.

Mit raschen Bewegungen breitete er die Decke aus. Die Sonne ließ ihren Schädel glühen. Sie hatte Durst und fühlte sich immer benommener. Er kniete jetzt vor ihr und packte ihre Knie.

»Göran«, flüsterte sie, aber das ohne wirkliche Kraft.

Er drückte die Lippen auf ihr Knie, sie wurde weich und feucht und sank ihm ganz einfach in die Arme.

Danach blieb sie liegen und schaute hinauf ins Licht. Ließ ihren Blick am Stamm des nächststehenden Baumes hochwandern, bis hinauf in die Krone. Göran lag auf der Seite, den Mund an ihr Schlüsselbein gedrückt. Er hatte sich nicht ausgezogen, hatte nur die Hose nach unten gestreift, sich, sowie er fertig war, mit Papiertaschentüchern abgewischt und die Hose wieder hochgezogen. Sie hörte, wie er seinen Reißverschluss betätigte. Eine Fliege brummte neben ihrem Oberschenkel herum. Träge verjagte sie sie. Sie hätte gern geredet, hatte aber auch Angst davor, diesen Moment der Nähe zu zerstören.

»Göran«, sagte sie leise.

Sein Kopf bewegte sich.

Ihr fiel nichts ein, was sie sonst noch sagen könnte. Er streckte die Zunge aus und kitzelte damit ihre Haut. Ein Schauer durchlief sie.

»Was machst du?«, fragte sie.

Er setzte sich auf und spielte mit ihrem Haarband. Zog es über ihren nackten Bauch.

»Mädchen mögen rosa«, sagte er.

»Wieso denn rosa?«

»Haarbänder und so.«

»Mädchen«, kicherte sie.

Er versteckte ihre Kleider hinter seinem Rücken. »Wenn jetzt jemand kommt, bist du dumm dran.«

»Wieso das denn?«

»Was glaubst du wohl?«

Sie streckte die Hand nach ihm aus, richtete sich kurz auf. Er lachte und schaute auf die Uhr.

»Du bist eine wunderbare Frau, Hilja.«

»Findest du wirklich?«

»Das weißt du doch. Manchmal habe ich solche Sehnsucht nach dir, dass ich für eine Weile auf der Toilette verschwinden muss.«

»Und was sagt dann die Giraffe?«

»Der hätte sicher kein Verständnis. Der ist ein ziemlich trister Knabe.« Er streichelte ihr Knie und ließ einen Finger an ihrer Kniescheibe herumwandern. »Nur leider, meine Liebste, so ungern ich das auch sage, leider muss ich jetzt langsam nach Hause. Ehe der Verkehr sich allzu sehr staut.«

»Krieg ich denn dann meine Kleider wieder?«

»Hier.«

Sie saß auf der Decke und zog sich an. War plötzlich verlegen. Fummelte an Unterhose und BH herum, er musste ihr helfen, den BH und den Reißverschluss ihres Kleides zu schließen.

»Weißt du, dass das hier an der Naht zu reißen droht«, sagte er. Seine Stimme klang kühl und neutral. Er war nicht mehr derselbe, der noch vor zehn Minuten ein dumpfes, gedämpftes Stöhnen in ihr Ohr gepresst hatte.

»Ja, das weiß ich.«

Sie trat ins Moos hinaus, lehnte sich an den Stamm und schob die Füße in die Schuhe. Göran war mit der Decke beschäftigt. Er schüttelte sie energisch aus und faltete sie in der Mitte zusammen. Sie sah einige Spermaflecken. Sie hob die Hand und wollte es ihm sagen. Göran, wollte sie sagen, da auf der Decke, vergiss das nicht, damit Betty nicht …

Im selben Moment sah sie noch etwas anderes. Ganz unten an dem einen Rand befand sich ein ziemlich großer Fleck aus braunem, vertrocknetem Blut.

Sie zeigte darauf. »Was ist das denn?«

»Was denn?«

»Das sieht aus wie Blut.«

Sein Gesicht und sein Hals liefen dunkelrot an.

Sie quälte sich ein Lachen ab. »Entschuldige, es war mir nur gerade aufgefallen.«

Er kehrte ihr den Rücken zu, schob die Zweige beiseite und ging hinaus auf den Weg. Ging los, hocherhobenen Hauptes, wütend. Sie zwängte sich durch das Gebüsch und lief hinterher. Beim Auto blieb er stehen und öffnete den Kofferraum. Warf die Tasche mit der Decke hinein, fluchte.

»Aber was ist denn los?«, jammerte sie. »Göran, bist du aus irgendeinem Grund böse?«

Er setzte sich hinter das Lenkrad. »Steig ein.«

Erst, als sie die Autobahn erreicht hatten, antwortete er.

»Hast du je von Menstruation gehört? Frauen haben die ab und zu. Betty hat mich gebeten, die Decke in die Reinigung zu bringen, deshalb hatte ich sie heute bei mir.«

Sie war Hilja getauft worden, und das hatte seine besondere Geschichte. Das war ihr immer wieder erzählt worden. Vor allem von Karla. Ihrer großen Schwester.

Ihre Mutter hieß Rut Maria Agnevik, und als sie Hilja an einem frühen Morgen im September 1953 zur Welt brachte, wurde sie zum dritten Mal Mutter. Der Sohn Kristian war erst zwei Jahre alt, Karla dagegen bereits neun. Während der langen Stunden, in denen das neue Kind durch den Gebärkanal unterwegs war, saß Karla mit ihrem Bruder in der guten Stube und stopfte ihn mit Rosinen und Korinthen voll. Ab und zu hielt sie ihm die Ohren zu, fest, fest.

Auf dem Küchensofa lag Rut, auf dem Rücken und mit angezogenen Knien, und obwohl die Türen geschlossen waren und das Radio lief, begriffen die Kinder, dass die Geburt eines neuen Lebens alles andere als unkompliziert war.

Ihr Vater war nicht dabei. Er hatte jedoch eine Hebamme besorgt, eine kundige Frau, die außerdem klug genug war, um diskret zu sein. Für die Mutter seiner Kinder wollte er die beste Hilfe, die für Geld überhaupt zu haben war.

Karlas Gesicht wirkte scharf und gequält, wenn sie davon erzählte. Es lag auch ein gewisser Vorwurf daran. Der Vorwurf galt dem Vater, aber nicht nur ihm. Auch Hilja trug ja schließlich eine gewisse Schuld an dem Entsetzlichen, was die Mutter damals durchlitten hatte.

»Ich musste ihr nachher helfen. Als sie aufstehen wollte,

wurde sie leichenblass, und ihr floss Blut an den Beinen hinunter. Ich war neun Jahre alt, Hilja, neun Jahre. Ein Mädchen von neun Jahren, hat die denn nicht das Recht, ein Kind zu sein? Wie du es hattest, du und Kristian, ihr wart so viel jünger, ihr habt euch ganz anders durchsetzen können.«

»Und Papa? Was hat der gemacht?« Sie stellte diese Frage, obwohl sie die Antwort kannte. Immer wieder musste sie die hören.

Zwei Tage nach der Geburt der jüngsten Tochter tauchte der Vater auf, und er war bleich und niedergeschlagen. Er wäre so gern bei ihnen gewesen, als es passiert war, und es machte ihm zu schaffen, dass das nicht möglich gewesen war. Es machte ihm dermaßen zu schaffen, dass er reizbar wurde.

Rut lag noch immer auf dem Sofa, es war neu bezogen worden, dann war die Hebamme gegangen. Für alles andere war Karla zuständig.

Der Vater hängte seinen Mantel auf und ging in die Küche. Er hielt einen Asternstrauß in der Hand. Vorsichtig schlug er die Flanelllaken zurück und betrachtete das Neugeborene, das mit geballten Fäusten dalag und aus voller Kehle schrie.

Er rieb sich die Stirn, Kopfschmerzen kündigten sich an. »Kleines Herzchen«, sagte er angespannt. »Kleines, kleines Herzchen.«

Die beiden anderen waren nicht so gewesen. Sie hatten leise vor sich hin genuckelt und ihn aus blanken Säuglingsaugen angesehen. Sie hatten nicht geweint, fast gar nicht.

»Kannst du sie nicht zum Schweigen bringen?« Er trat ans Fenster und schaute hinaus auf den Hinterhof, wo die Tauben zwischen den Pflastersteinen herumpickten.

»Ich habe alles versucht«, murmelte Rut. »Aber nichts hilft.«

Jählings und unerwartet fuhr er herum und wurde laut.

»Ole hiljaaaa!«

Das war Finnisch und bedeutete: »Sei still!«

Die drei Kinder sahen ihren Vater nur selten. Sie trugen nicht einmal seinen Nachnamen. Aber wenn er sie besuchte, brachte er ihnen Salzlakritze mit und erzählte ihnen vom Land der tausend Seen. Er hieß Leopold Ekstad und war anderweitig verheiratet. Das begriffen die Kinder aber erst, als sie größer wurden.

Er war in Finnland geboren und aufgewachsen, in dem kleinen Ort Ekenäs. Mit zwanzig Jahren war er nach Schweden gekommen. Dort hatte er Sigrid Rosenbaum geheiratet und nach und nach die Porzellanfabrik ihres Vaters übernommen, die er erweiterte und der er schließlich seinen Namen gab. Ekstad-Tassen.

Für Rut und die Kinder mietete er eine Wohnung in der Drottninggata mitten in Stockholm. Es war eine Zweizimmerwohnung. Vorher hatte dort ein Angestellter der Fabrik gewohnt, der gekündigt hatte und nach Småland übersiedelt war. Die Wohnung lag ganz im obersten Stockwerk und etwas abseits, fast auf dem Dachboden. Es gab fließend Wasser, kaltes, und die Toilette lag eine halbe Treppe tiefer. Das galt als Luxus. Sie teilten sie mit den Nachbarn einen Stock weiter unten.

Das neugeborene Mädchen bekam den Namen Hilja Maria. Sie war ein Kolikkind, und während der ersten Monate schrie sie rund um die Uhr. Das hatte sie so oft gehört, dass sie glaubte, sich daran zu erinnern. Sie spürte noch immer die Schwingungen des Geschreis in ihrem Körper, an ihrem Trommelfell.

»Ich musste dich hin und her tragen, die ganze Nacht bin ich herumgelaufen, und du hingst über meiner Schulter, und du hast geschrien und geschrien«, erzählte Karla.

»Aber Mama, was hat die gemacht?«

»Mama. Vergiss doch nicht, was sie durchgemacht hatte. Sie lag auf dem Sofa und war krank. Ich habe mit einem Streichholz auf die Fensterscheibe geschrieben, sie war beschlagen, und ich habe geschrieben, lieber Gott, mach, dass Mama gesund wird und dass die Kleine aufhört zu schreien.«

Nach und nach wurden die Erinnerungen klarer. Papa Leopolds Männerstimme, Fragmente von Liedern, die er gesungen hatte, seine Lakritzzähne und seine Wolljacke. Die zog er immer aus, wenn er in die Drottninggata kam. Warf sie über die Stuhllehne, krempelte die Hemdsärmel auf und fing an, Fragen zu stellen.

»Na, wer hat das Buch ›Sieben Brüder‹ geschrieben? Erzähl von Lemminkäinen. Wie wird die finnische Regierung genannt? Und wie heißt unser jetziger Präsident?«

Leopold war am Titanictag geboren, am 14. April 1914. Er war seltsam stolz auf diese Tatsache. Er wusste alles über dieses Schiff, seine Bruttoregistertonnen, die wasserdichten Schotts, dass es nach hundert Minuten gesunken war, die Anzahl der Toten, die Anzahl der Geretteten. Auch danach wurden die Kinder gefragt.

Solange sie gehorchten und lernten, was sie seiner Ansicht nach lernen sollten, war er durchaus liebevoll. Hilja war die Jüngste. Mit ihr hatte er die wenigste Geduld. Wenn sie bockte, packte er sie wie ein Kätzchen im Nacken und ließ sie in die Brennholzkiste fallen.

In dem Jahr, in dem Hilja geboren wurde, sollte die Wohnung in der Drottninggata renoviert werden. Rut und die Kinder zogen in ein Mietshaus in Vällingby. Leopold hatte damals nur noch zwei Jahre zu leben, aber davon hatten sie doch keine Ahnung, er war gesund und munter, wenn auch ein wenig übergewichtig. Der Tod kam völlig überraschend. Eher durch Zufall entdeckte Rut die Todesanzeige in einer Zeitung. Er wurde betrauert von seiner Gattin Sigrid, seinen Verwandten und vielen Freunden.

Mein geliebter Mann, Direktor Leopold Ekstad, ist plötzlich von uns gerissen worden. Warum?

Die Antwort auf diese Frage erhielt Rut erst Wochen später, als Leopolds Anwalt sich bei ihr meldete. Der Vater ihrer Kinder und die große Liebe ihres Lebens war von einer Fistel im Enddarm getötet worden, da die Behandlung nicht gefruchtet hatte. Langsam hatte sie zu einer allgemeinen Blutvergiftung geführt, die schließlich den Tod zur Folge gehabt hatte.

Er wechselte die Gegend. Kleine Waldgebiete gab es in allen Vororten. Er trainierte zu hören, wenn jemand näher kam, er presste sein Ohr auf den Boden und nahm das rhythmische Beben wahr, das entsteht, wenn jemand rennt oder geht.

Er versteckte sich hinter einem Felsen oder einem umgestürzten Baum. Und dort lag er dann und wartete. Wenn alles gut ging, wenn es eine Frau war, wenn sie allein war, wenn sie ihm als die Richtige erschien, dann schlich er sich von hinten an sie an und riss sie vom Weg.
Der Nylonstrumpf vor seinem Gesicht verzerrte seine Züge. Nie im Leben würde sie ihn wiedererkennen können.

Hilja träumte, sie hätte sich in der Wolljacke des Vaters verkrochen, säße da träge und dösig in der sicheren Wärme. Niemand bemerkte sie. Nach einer Weile wurde es zu warm. Sie spürte, wie Panik in ihr aufstieg, und versuchte, hinauszukriechen. Vergeblich, denn sie war gefangen. Zu ihrem Entsetzen ging ihr außerdem auf, dass es Sommer war und dass der Vater diese Jacke noch einige Monate lang nicht benutzen würde. Sie kämpfte eine Weile, aber sie steckte fest, und als sie sich endlich wieder hinlegte, wurden die Jackenärmel lebendig, sie wanden sich um ihren Brustkorb und pressten ihre Lunge zusammen. Sie wollte schreien, brachte aber keinen Laut heraus. Sie glaubte, jemanden rufen zu hören: »Ole hiljaaaa, ole hiljaaa!«

Sie erwachte, und im selben Moment klingelte der Wecker.

Mechanisch wie jeden Morgen lief sie ins Badezimmer. Als sie geduscht hatte, hatte Karla bereits den Frühstückstisch gedeckt. Das Radio lief. Hilja hatte gehofft, ihre Ruhe zu haben. Jeder Morgen besaß eine Art Zerbrechlichkeit, die von der Morgenandacht noch verstärkt wurde, eine Frau mit schonischem Akzent sprach über Unruhe und Angst der Nacht. Sie öffnete die Balkontür. Das Licht war so früh am Tag milder, weniger stechend, weniger fordernd. Und doch stiegen die Tränen in ihr auf.

Karla stellte Dickmilch auf den Tisch und zerschnitt das Walnussbrot. Ihr Gesicht war stumm und verschlossen, ihre

Augen wie schräge Striche. Sie hatte wieder Schmerzen, man sah es ihr deutlich an.

»Es ist angerichtet. Bitte, komm essen.«

Hilja musste sich beeilen, sie hatte sich eigentlich noch mit Hautcreme einreiben, hatte sich Zeit lassen wollen. Sie streifte sich ein T-Shirt über den Kopf und stieg in eine dunkelblaue Baumwollhose. Ihre Haare fühlten sich an ihrem Rücken kalt an, sie wrang sie aus und steckte sie hoch. Dann verrieb sie einen Klecks Hautcreme auf ihren Wangen und gab ein wenig Rouge darauf.

Karla ließ die Zeitung rascheln. »Der Kaffee wird kalt«, sagte sie verärgert.

»Du brauchst kein Frühstück für mich zu machen, das kann ich selbst, das hab ich doch schon gesagt.«

»Ich werde ja doch wach, wenn du aufstehst und im Badezimmer herumrumorst.«

Karla trug ihren gelben Bademantel. Verstrich Butter auf einem Stück Brot, zähe und schlierige Butter. Biss in die Schnitte, kaute und blätterte in der Zeitung. Ihre Fingerspitzen waren schwarz vor Druckerschwärze, ab und zu wischte sie sie am Bademantel ab. Trübe Spuren auf gelbem Untergrund, wie in einem Tigerfell. Ihre dünnen, glatten Haare wurden mit einer Spange aus der Stirn gehalten. Obwohl sie auf die sechzig zuging, hatte sie noch keine grauen Haare, sondern ihre dunkelbraune Farbe behalten. Auch sonst ähnelte sie der Mutter. Ein feines, kleines Gesicht, dessen Haut doch endlich ihre Geschmeidigkeit verloren hatte, die gleiche gebeugte, vogelhafte Haltung. Der gleiche eckige Körper. Ihre Hand mit der Brotschnitte, trocken und runzlig, die Adern zogen sich wie ein kleiner Baum über den gefleckten Handrücken. Karla war Frührentnerin, sie litt an einer schwer zu diagnostizierenden und seltenen Krankheit, deshalb hatte sie dauernd Schmerzen, und ab und zu gaben ihre Kniegelenke einfach nach. Deshalb ging sie nur ungern aus dem Haus. Einmal war sie in der Fleminggata umgefallen, gleich vor der

Post. Sie war liegen geblieben. Die Leute waren an ihr vorbeigegangen, sie hatten sie für betrunken gehalten.

Eigentlich war das ja auch kein Wunder. In Kungsholmen, wo sie wohnten, mangelte es nicht an obdachlosen und heruntergekommenen Menschen. Die meisten wurden jetzt vertrieben, da die neue Vestermalmgalerie bald vollendet werden sollte. Unten in der U-Bahn-Station hatten sie gesessen, in dem so genannten Säulensaal, der jetzt wirklich eine Schönheitsoperation hinter sich hatte und nun einen Marmorboden und patrouillierende Wächter aufwies.

»Wir müssen allerlei einkaufen«, sagte Karla. Sie hatte ihre Brille abgenommen und putzte sie mit einem Zipfel ihres Nachthemdes. »Du kommst heute doch sicher rechtzeitig nach Hause.«

Hilja schnitt sich einige Scheiben Käse ab. »Wieso denn rechtzeitig?«

»Damit wir noch einkaufen können.«

»Das weiß ich nicht.«

»Wir brauchen aber wirklich eine ganze Menge, die Dickmilch ist alle, der Kaffee reicht nur noch für heute, das Brot, tja, das siehst du ja selber.«

»Ich kann doch auf dem Heimweg einkaufen.«

»Ich dachte, wir können zusammen gehen.«

Hilja schaute aus dem Fenster. Eine Taube war auf dem Balkongeländer gelandet und starrte sie aus roten Augen an. Sie fuchtelte mit den Armen. Die Taube schlug mit den Flügeln und verschwand.

»Was machst du denn da?«, fragte Karla.

»Gar nichts. Die sitzen einfach da und scheißen, das ist doch unmöglich. Aber okay, dann komme ich erst hier vorbei und hole dich ab.«

»Ich muss auch einen Zahnarzttermin machen. Ist Mittwoch dein nächster freier Tag?«

»Ja.«

»Du brauchst dich deshalb nicht so unhöflich anzuhören.«

»Unhöflich?«
»Ja, so kurz angebunden.«
»Bin ich doch gar nicht.«
»Wo wir schon zusammen wohnen, müssen wir einander auch helfen.«
»Tun wir das denn nicht? Die ganze Zeit.«
Ihre Stimme brach, sie trank den letzten Schluck Kaffee und sprang auf. Zwang sich dazu, mit langsamen Schritten aus der Küche zu gehen.
Im Badezimmer brach sie in Tränen aus.
»Hör auf«, fauchte sie ihr Spiegelbild an. »Zum Teufel, Mensch, nimm das doch nicht so ernst!«

Karla saß noch am Küchentisch, als sie wieder zum Vorschein kam. Und wieder liefen die Tränen. Sie riss ein Stück Küchenpapier ab.
»Wir könnten uns für heute Abend etwas Leckeres kaufen«, hörte sie Karlas Stimme, von weither, als stünde die andere auf dem Balkon. Sie schluckte, ihr Hals tat weh.
»Was?«, konnte sie hinauswürgen.
»Wir könnten uns Krabben kaufen.«
»Ja.«
»Und etwas Gutes gönnen.«
Hilja räusperte sich. »Ich muss jetzt los.«
»Sicher.«
Sie nahm ihre Tasche und suchte ihre Monatskarte hervor. Schloss die Tür und ging.

Der Blumenladen, in dem sie arbeitete, lag in der Norrtullsgata, nur zwei U-Bahnstationen weiter. Sie hätte auch zu Fuß gehen können, über die St. Eriksbro und danach durch die St. Eriksgata. Tatsache war, dass ihr mehr Bewegung gut getan hätte. Das wusste sie, sie dachte oft daran, es störte sie, dass sie nicht mehr die Kraft dazu hatte und dass sie keine wirkliche Kontrolle mehr über ihren Körper besaß. Das habe teilweise mit dem Alter zu tun, redete sie sich ein. Mit dem Alter und einer wachsenden Antriebslosigkeit. Aber sie hatte immer schon Gewichtsprobleme gehabt, in dieser Hinsicht schlug sie nach ihrem Vater. Karla und Kristian hatten eher Ähnlichkeit mit der Mutter.

Als sie die Straße betrat, brach die Hitze über sie herein und machte das Atmen schwer. Die Zeitungsschlagzeilen bezogen sich alle auf Jan Stenbeck, der sich zu Tode gefressen und gesoffen hatte. Sie sah ein Foto eines grotesk verfetteten Mannes in Seglerkleidung. Ihr wurde schwindlig, und ihre Augen brannten vor Salz.

Sie suchte sich im Labyrinth der Baugerüste und Absperrungen einen Weg in die U-Bahn. Der Zug war sofort da. Nach nur wenigen Minuten hatte sie den Odenplan erreicht. Sie überquerte den frisch renovierten Platz, bog in die Norrtullsgata ab und sah schon von weitem, dass Anki und der frisch eingestellte junge Alexander vor dem Laden an der Arbeit waren. Sie trugen geflochtene Körbe, glasierte Krüge, winterhartes Gras und allerlei Chrysanthemensorten heraus.

»Hallo«, sagte sie und betrat den kühlen Laden.

Anki lächelte sie an. »Wie geht's dir? Bist du jetzt wieder gesund?«

Zuerst hatte sie vergessen, dass sie gelogen hatte. Dann fiel ihr alles wieder ein. »Auf jeden Fall besser«, sagte sie kurz. »Das war ein Hauch von einer Sommergrippe, glaube ich.«

»Gut, dass es an deinem freien Tag war«, sagte Alexander. Er grinste und fuhr sich durch seinen kurzen Schopf.

Sie half dabei, die letzten Pflanzen auf den Bürgersteig zu bringen. Dann ging sie in den Keller hinunter, wo die Schränke waren. Stellte ihre Tasche hinein und schloss ab. Ringo, Ankis Mann, war gerade erst vom Blumengroßmarkt in Årsta zurückgekehrt. Sein eigentlicher Name war Staffan, aber so wurde er fast nie genannt. Er hieß Ringo, wegen seiner Ähnlichkeit mit dem Ex-Beatle. Seine Nase sprang vor wie ein Haken, seine Augenlider waren schwer und weit vorgewölbt. Er war auch ein guter Musiker, jedenfalls auf der Mundharmonika. Die zog er nachmittags manchmal hervor, wenn sie mit Straußebinden beschäftigt waren. Er trug an diesem Tag Shorts und ein schwarzes T-Shirt, auf dem in Grün der Name des Ladens stand, Fiorella. Seine Beine waren zerschrammt.

»Was hast du denn gemacht!«, rief sie.

Er schien sie nicht gehört zu haben, sie musste ihre Frage wiederholen. Widerwillig drehte er sich zu ihr um. »Wovon redest du?«

Sie zeigte auf seine mit Krusten bedeckten Waden.

»Ach, das waren Himbeersträucher. Wir haben Ankis Mutter in ihrem Schrebergarten geholfen. Die hatte da seit Jahren nicht mehr Ordnung geschaffen.«

»Ach so.«

»Sie wollte auch gar keine Hilfe, die Alte. Aber jetzt kann sie nicht mehr. Wir müssen sie überreden, den Scheiß zu verkaufen. Wie immer uns das gelingen soll.«

Hilja nickte. Sie ging hinaus in die Garage und fing an, Ringos Einkäufe in den Laden zu bringen, Rittersporn, Gerbera, Hirse, Papyrus. Gladiolen und hellblaue kaukasische Scabiosa. Zwei weiße Kästen, groß wie Kindersärge, sie waren in Rot beschriftet: Lebende Blumen. Dieser Kontrast faszinierte sie immer wieder von Neuem. Dort drinnen lagen die Lilien, die schweren starren Lilien. Ihr Rücken knackte, als sie eine Kiste hochhob.

Ringo stand schon oben im Laden, sie hörte, dass er telefonierte. Der Laden gehörte ihm und Anki, und sie hatten Hilja damals eingestellt. Sie hatten ihr auch alles beigebracht, was sie konnte, alles über Blumenarrangements für frohe und traurige Anlässe, über unterschiedliche Stilrichtungen, über die Namen der Pflanzen und über deren Pflege. Seit Jahren hatte sie vorgehabt, noch Kurse zu belegen, um ihr Wissen zu vervollständigen. Aber jetzt lohnte es sich ja wohl kaum noch.

Schon als kleines Kind hatte sie sich für Pflanzen interessiert. Oder besser gesagt, sie hatte felsenfest daran geglaubt, irgendwann in einem Blumenladen zu arbeiten. Ein künstlerischer Beruf, in der luftigen Atmosphäre betörender Düfte zu stehen, mit Wörtern wie Nektar, Honig und Stempel umzugehen. Unter den zerbrechlichen, glatten Stängeln die passenden auswählen, sich die Wünsche der Kundschaft anhören, kleine floristische Meisterwerke komponieren.

Aber die Wirklichkeit sah anders aus, mit ihren langen Arbeitstagen, an denen ihre Knöchel anschwollen, die ihren Körper schmerzen ließen, und nach denen ihre Hände niemals richtig sauber wurden. Schlecht bezahlt war es außerdem.

Sie bereute nichts. Aber das lag eher daran, dass ihr nichts einfiel, was sie sonst hätte tun können. Hier im Fiorella fühlte sie sich immerhin geborgen. Sie verabscheute Veränderungen, die machten ihr mehr Angst als alles andere.

Kaffeeduft schwebte die Wendeltreppe herunter. Sie versuchten immer, zusammen eine Tasse zu trinken, ehe zu viel Kundschaft kam. Hilja stellte die Kartons mit den Lilien ins Kühllager und ging hinauf. Anki fegte auf dem schwarzweißen Steinboden Blattreste zusammen. Alexander kam mit dem Schrubber hinterher. Er pfiff, seine Lippen zogen sich zu einem behaarten Trichter zusammen. Er war erst seit einigen Wochen bei ihnen. Trotzdem schien der ganze Laden ihm zu gehören. Hilja fiel es schwer, sich Alexander gegenüber natürlich zu verhalten. Er strahlte etwas Unbehagliches aus, etwas, das ihr durchaus auch Angst machte. Als wisse er etwas über sie, wovon sie selbst keine Ahnung hatte.

Sie hatten sich eben in dem winzigen Personalzimmer hinter dem Laden zusammengequetscht, als der erste Kunde kam. Es war ein Mann von vielleicht sechzig, sonnengebräunt, mit kurzärmligem Hemd. Über seiner Schulter hing eine Kamera.

»Den kann ich übernehmen«, flüsterte Hilja. Sie hatte sich ganz bewusst neben die Tür gesetzt. Sie verspürte manchmal Anflüge von Panik, sobald sie das Gefühl hatte, nicht hinauszukönnen. Wenn es so weit war, wurde sie urplötzlich von dem verzweifelten Wunsch übermannt, einfach loszustürzen und mit Armen und Beinen zu fuchteln, sich so rasch und heftig zu bewegen, dass niemand sie jemals einfangen könnte. Saß sie in solchen Momenten zwischen zwei Personen eingeklemmt, bestand die Gefahr, dass die Klaustrophobie allzu stark wurde.

Als sie hinter den Tresen trat, hatte der Mann seine Sonnenbrille abgenommen; sie lag jetzt neben seiner Kamera auf dem Tresen. Der Mann betrachtete die Schnittblumen. Hätten sie doch nur schon die neuen heraufgeholt, denn die hier oben im Laden hinter Glas sahen schon leicht mitgenommen aus.

»Kann ich Ihnen irgendwie behilflich sein?«, fragt sie und schluckte das letzte Stück von ihrem Plätzchen hinunter.

»Davon gehe ich aus. Sonst wäre ich ja wohl in einen anderen Blumenladen gegangen.«

Der Mann kehrte ihr den Rücken zu. Sein Nacken war grob und muskulös. Sie wusste nicht, ob er einen Witz gemacht hatte. Sie legte den Kopf schräg und versuchte, sich interessiert anzuhören.

»Haben Sie irgendeinen besonderen Wunsch?« Instinktiv wusste sie, dass sie ihn nicht duzen dürfte, wie es sonst ihre Gewohnheit war.

»Weiße Lilien, warum haben Sie keine?« Langsam drehte er sich um. Er sah gut aus, kräftige Kinnpartie, Goldkette um den Hals. Er war zu viel in der Sonne gewesen, seine gebräunte Haut pellte ab. Unter seinem aufgeknöpften Hemd ahnte sie graue, gekräuselte Brustbehaarung, die auch den Hals und fast den gesamten Adamsapfel bedeckte. Er trommelte mit den Fingern gegen den Zeigefinger der linken Hand.

»Doch, doch«, sagte sie eifrig. »Natürlich. Die sind unten im Kühlraum, sie sind eben erst geliefert worden.«

»Ich möchte einen Strauß verschicken.«

»Lilien?«

»Ja. Weiße Lilien. Hatten wir nicht darüber gesprochen?«

»Doch. Doch, sicher.«

»Na also. Sieben Stück, und sie sollen heute geliefert werden.«

»Ja, das ist kein Problem, dafür sorgen wir.«

»Ich habe hier eine Karte, die soll beigelegt werden.« Der Mann hielt ihr einen zugeklebten Umschlag hin.

Hilja griff nach dem Bestellungsblock. »Und wem sollen diese sieben weißen Lilien verehrt werden?«, fragte sie und hörte selbst, wie gekünstelt das klang. Der Mann schaute sie verärgert an.

»Die Dame, um die es geht, heißt Jennifer Ask.«

»Die Schauspielerin?«

»Ja«, sagte er kurz. »Die sollen zu ihr nach Hause gebracht werden, hier ist die Adresse.«

»Alles klar, das wird erledigt. Der Bote fährt heute gegen ein Uhr los. Wenn ich nun noch um Ihren Namen und Ihre Telefonnummer bitten dürfte.«

Sie ging mit dem Umschlag in den Keller. Steckte ihn in die Hosentasche. Sie wusste nicht, warum, es ergab sich einfach. Sie verspürte ein leises Unbehagen. Aber jetzt befand er sich in ihrer Tasche, und sie zog ihn auch nicht wieder hervor.

Aus dem Kühllager holte sie einen Lilienkarton, öffnete ihn mit dem Skalpell und legte die schweren Stängel auf den Tisch. Das Radio lief, Gefasel und Hits. Sie hielt Ausschau nach einer ausreichend großen Vase. Sie sah eine ganz in der Ecke und musste sich abmühen, um sie hervorzuholen. Sie trug sie zum Spülbecken, gab ein wenig Spülmittel hinein und bearbeitete sie mit der Toilettenbürste, mit der bei ihnen immer die Vasen gereinigt wurden.

Das Spülbecken lag voll von Blättern und Blumenresten, sie musste mit dem Bürstenschaft darin herumbohren. Es gurgelte, dann lief etwas Wasser ab.

Alle Blumen aus dem Großmarkt mussten angeschnitten und elegant in hohen Vasen platziert werden, ehe sie sie in den

Laden hochtrug. Dort war Anki mit den Bestellungen beschäftigt. Sie hätte ihr den Umschlag geben müssen, tat es aber nicht. Er steckte nach wie vor in ihrer Hosentasche. Sie dachte, das könnte Ärger geben, und obwohl ihr der Gedanke Sorgen bereitete, ließ sie ihn dort.

Sie nahm sich ein Bund Lilien und entfernte zuerst die untersten Blätter. Dann schnitt sie ein Stück vom Stängel ab und fasste dann alle in ihrer linken Hand zusammen. Sie wogen überraschend viel. Die Partie zwischen Daumen und Zeigefinger tat richtig weh. Sie dachte an Karla, konnte das dieselbe Gelenkkrankheit sein, fing es vielleicht auf diese Weise an?

Anki kam die halbe Treppe herunter. »Dieser Typ vorhin, mit dem du geredet hast. Hatte er nicht eine Bestellung?«

»Doch«, antwortete sie.

»Was wollte er denn?«

»Lilien, die hab ich mir gerade vorgenommen. Ich kann den Strauß binden, wenn du willst.«

»Na gut.«

Sie gab einen Löffel Fleur Vital in die Vase und stellte die Lilien hinein. Die kühlen Blütenglocken streiften ihren Hals, als sie sie nach oben trug. Sie nahm keinerlei Duft wahr. Ihr Geruchssinn schien in all den Jahren hier im Laden gesättigt worden zu sein, sie roch nie Blumenduft, sie registrierte nur, was davon abwich, Kaffee, Zigarettenrauch, Essen.

Bei jedem Schritt spürte sie den Umschlag an ihrem Oberschenkel. Plötzlich konnte sie nicht mehr dagegen an. Sie musste wissen, was er geschrieben hatte. Das war natürlich verboten, streng verboten, und wahrscheinlich war es auch nur ein kurzer Gruß und ein Name. Arne Palmér hieß er. Dass er nicht Jennys Mann war, wusste sie. Der hieß Reinhold Ask und war Komponist. Jenny war überaus glücklich in ihrer Ehe, das wusste sie auch. Die Zeitungen schrieben manchmal darüber, obwohl Jenny dafür bekannt war, dass sie ihr Privatleben zu beschützen versuchte. Hilja schnitt alles aus, was sie über Jenny und ihre Familie fand. Sie klebte es in ein Album mit Rosen und Vergissmeinnicht auf dem Einband.

»Hallo«, rief eine Frau, die sich seit einiger Zeit die Pflanzen vor dem Laden ansah. »Könnte ich wohl mal Hilfe haben?« In der Hand hielt sie einen Krug mit Ziergräsern.

Hilja stellte die Vase auf den Boden.

»Wie zum Henker werden die eigentlich gepflegt?«, fragte die Frau. Sie sah müde und überarbeitet aus, als ob sie in diesem Sommer keinen Urlaub gemacht hätte.

»Sie dürfen nicht trocken werden. Und sie müssen im Hellen stehen.«

»Genau das hab ich mit meinen gemacht, aber gelb geworden sind sie trotzdem.«

»Das passiert, die leben ja auch nicht ewig. Am Ende muss man sie eben wegwerfen und neue kaufen.«

»Ach, kann man die nicht wieder hinkriegen?«

»Nein, kaum.«

»Na gut. Tja, dann mache ich eben noch einen Versuch. Hell, ja? Und nicht trocken werden?«

Hilja nickte. Sie wickelte den Krug in Papier und nahm das Geld entgegen.

Die Frau lächelte zaghaft. »Die sind so verdammt schön«, sagte sie und legte das Wechselgeld in ihr Portemonnaie. »Man kann sie im Büro haben. Und da muntern sie mitten im ganzen Elend doch ein wenig auf.«

Kaum war sie die Frau losgeworden, lief Hilja auf die Toilette. Sie hatte das Skalpell mitgenommen, in ihrer Schürzentasche. Sie schloss die Tür ab und blieb stehen. Hier in dem engen, gefliesten Gemach hatte sie plötzlich Watte in den Ohren, ihr Herzschlag dröhnte dermaßen, dass sie glaubte, ihn hören zu können. Ihr Mund war wie ausgedörrt.

Sie hielt den Umschlag in der Hand. Sie hielt ihn ins Licht, aber sie hatte richtig vermutet. Durch das Papier hindurch konnte sie nichts lesen. Sie drehte den Wasserhahn auf, damit die anderen hörten, wo sie war, damit sie glaubten, sie sei fast fertig und müsse sich nur noch die Hände waschen.

Ihre Hände waren kraftlos, als sie das Skalpell hob, die Klinge unter die Klebekante schob und losschnitt.

Vom Laden her hörte sie Stimmen und Gescharre. Das Telefon klingelte. Alexander meldete sich, seine hitzige Stimme klang am Telefon wie die eines Reptils. Er hatte viele Freunde, die sich jeden Tag mehrere Male meldeten.

Hilja zog die Unterlippe zwischen die Zähne, biss zu, bis es nach Eisen schmeckte. Presste die Fingerspitzen gegen ihre Schürze. Griff nach der Karte im Umschlag und zog sie heraus.

Sie war per Hand und mit einem echten Füllfederhalter beschrieben. Mit gleichmäßiger, eleganter Schrift. Wenn sie genau hinsah, konnte sie unter dem Geschriebenen schwache Bleistiftstriche ahnen. Sie dachte an den Mann, sah seine kalten Augen vor sich.

Jennifer, las sie. *Du bist in mir und um mich herum, jetzt und für alle Zeit. Vergiss das lieber nicht. A.*

Sie holte sich einen neuen Umschlag. Niemand bemerkte etwas, als sie Arne Palmérs handgeschriebene Karte hineinschob und ihn zuklebte. Während sie vorgab, im Schrank in ihrem Rucksack zu wühlen, kritzelte sie einige Zeilen auf einen Zettel.

Liebe Jenny, wir haben uns lange nicht mehr gesehen. Ich arbeite jetzt in einem Blumenladen. Es wäre wunderschön, wenn wir uns treffen könnten. Ruf mich doch mal an, dann trinken wir zusammen einen Kaffee oder gehen mittagessen. Ich lade dich ein!

Hilja Agnevik, deine alte Bekannte und allerbeste Freundin (Sei nicht sauer, dass ich den Zettel einfach so beilege, aber ich konnte mir diese Gelegenheit doch nicht entgehen lassen.)

Sie schob ihren Zettel und den Umschlag in einen etwas größeren Umschlag und befestigte diesen mit Klebeband an einem Lilienstängel. Es war Viertel vor eins. Artur, der Bote, kam soeben herein.

Es gab Zeiten, in denen er mit seinem alten Leben brechen wollte, ganz und gar brechen. Er blieb dann abends zu Hause, setzte sich über seine Bücher, gab sich Mühe, alles zu lernen, was er lernen musste. Denn für die neuen Wörter gab es ein System. Er schrieb sie untereinander, dreißig, vierzig, fünfundsiebzig neue Wörter, er nahm sie in den Mund und kostete sie, er ließ sie umherrollen, damit seine Zunge sich an ihre Form und ihre Kälte gewöhnte. Rechts von diesen Wörtern schrieb er, was sie auf Schwedisch bedeuteten. Dann verdeckte er die linke Spalte und versuchte, sich zu erinnern, schrieb mit Blau, korrigierte mit Rot. Wie in der Schule. Auf diese Weise ging es merklich besser. Das spornte ihn an.

Leider war es nicht immer so.

Am Ende hatte er doch immer wieder dieses Rauschen im Kopf, dieses jammernde, kreischende Geräusch.

Er musste die Schuhe anziehen und hinaus in die Dunkelheit laufen.

Eines Nachts kam der Regen, er hämmerte wütend gegen das Blechdach. Danach wurden die Tage herbstlich und um einiges kühler. Es war wie ein Segen. Sie konnte wieder atmen, funktionieren.

Hilja wartete auf eine Reaktion. Sie hatte die Nummer des Blumenladens und ihre Nummer zu Hause aufgeschrieben, es wäre ihr aber lieber gewesen, Jenny hätte im Laden angerufen. Karla sollte das Heimliche, das sich daraus entwickeln könnte, ihren neu gewonnenen Kontakt zu Jenny, nicht zerstören.

Aber Jenny hatte natürlich viel zu tun. Sie musste neue Rollen studieren, musste sich in neue Gestalten hineinfinden, musste sich verwandeln. Vielleicht war sie ja auch im Ausland, auf Tournee.

Anfangs war Hilja bei jedem Klingeln des Telefons hochgefahren, und wenn sie allein war, hatte sie sich die Szenen vorgestellt, wie Jenny den Blumenboten empfing, das Papier entfernte und die beiden Mitteilungen fand.

Sie hatten einander so nahe gestanden. Aber das war jetzt lange her.

Sie hatte sich den Film angesehen, »Land des Zorns«. Sie hatte ihn nicht verstanden, und an den folgenden Tagen war sie fast dankbar, als Jenny sich nicht meldete. Was hätte sie denn sagen sollen, wenn Jenny sie nach ihrer Meinung gefragt hätte?

In dem Film gab es keine richtige Handlung. Die Frau, die

von Jenny gespielt wurde, hatte nicht einmal einen Namen, sie glitt einfach umher und sah schwermütig aus. »Land des Zorns.« Hilja konnte nicht verstehen, wieso der Film »Land des Zorns« hieß, Zorn kam gar nicht darin vor, nur wehmütige, ruhige Musik und neblige Weiten. Tatsache war, der Film war reichlich langweilig.

Sie hatte sich auch über Arne Palmér Gedanken gemacht, den Mann, der die Lilien geschickt hatte. Konnte Jenny denn einen heimlichen Geliebten haben? Und hätte sie sich dann nicht einen sympathischeren Typen aussuchen können? Dieser Mann hatte etwas Dumpf-Bedrohliches, etwas Destruktives. *Du bist in mir und um mich herum, jetzt und für alle Zeit. Vergiss das lieber nicht! A.*

So unerbittlich irgendwie. *Für alle Zukunft.* Gleichzeitig war es erregend und nicht wenig romantisch. *Vergiss das lieber nicht.* Hilja hatte nur einmal per Boten Blumen bekommen. Vor neun Jahren, an ihrem vierzigsten Geburtstag. Und die kamen von Kristian und seiner Familie.

Als im Kinosaal das Licht ausgegangen war, war sie von einer heftigen Sehnsucht nach Göran überwältigt worden. Alle anderen schienen zu zweit gekommen zu sein, zu zweit oder auch zu mehreren. Sie saßen mit ihren Popcornbechern da und turtelten und tuschelten, bis weit in die Werbung hinein. In gewissen Situationen kam sie sich so restlos allein vor. Sie hatte ihn ja. Aber solche Dinge unternahm er nie mit ihr, sie zu begleiten oder sich irgendwo mit ihr zu zeigen. Es hätte nicht einmal Sinn gehabt, ihn darum zu bitten.

Sie wurde wütend, wenn sie daran dachte, so wütend, dass sie im Laden seine Privatnummer wählte, als die anderen zum Mittagessen waren. Und dann stand sie da und hörte Bettys Stimme auf dem Anrufbeantworter. Fast hätte sie eine Mitteilung hinterlassen. Natürlich hätte sie sich nicht verraten. Sie hätte zum Beispiel behaupten können, von der Polizei aus anzurufen, Göran Markusson solle sich bei ihnen melden. Oder aus dem St.-Göran-Krankenhaus. »Es geht um die Tests, die wir vorige Woche gemacht haben.« Nur, um ihnen ein wenig Angst zu machen. Sie hatte nichts gegen Betty, wirklich nicht. Trotzdem konnte sie die primitive Lust verspüren, die andere zu verletzen. Weil sie nicht einsah, dass Göran nicht nur ihr gehörte, weil sie nicht die Konsequenzen aus dieser Erkenntnis zog.

Und er? Wäre er mit ihr zusammengezogen, mit Hilja, wenn Betty nicht gewesen wäre? Über solche Sachen redeten sie nie. Sie hatte Angst davor, sie zur Sprache zu bringen.

Jenny war an dem Morgen bei ihr gewesen, als die Mutter die Todesanzeige entdeckt hatte. Sie hatte bei ihnen geschlafen, das machten sie oft, schliefen beieinander. Die Wohnung war nicht groß. Aber das spielte damals keine große Rolle. Karla und die Mutter teilten ein Zimmer, Kristian schlief auf dem Küchensofa und Hilja in einer Art Alkoven im Wohnzimmer. Vor dem Fenster standen Blumen, starre Pelargonien, von deren Geruch konnte ihr schwindlig werden, und ab und zu zogen vor ihren Augen flimmernde Bilder vorüber, die Halluzinationen ähnelten.

Damit es nachts im Zimmer dunkel wurde, wurden zwei grüne Portieren geschlossen. Längst waren sie grau von Staub und Blattresten, die von den Pflanzen gefallen waren. Das Bett, in dem sie schlief, war eigentlich ein Sofa und für einen erwachsenen Menschen zu kurz. Für Hilja reichte es, sie war kräftig und rund, aber sie war erst neun Jahre alt. Wenn Jenny bei ihr übernachtete, dann lagen sie spiegelverkehrt, sie konnte sich noch immer an Jennys lange Zehen erinnern, die bohrten sich in ihre Achselhöhlen, und die gesprungenen Zehennägel kratzten an ihrer Haut.

Jennys Familie war auch nicht wie andere Familien. Bei Jenny war der Vater für den Haushalt zuständig. Er briet Würstchen und buk Pfannkuchen und Kartoffelpuffer. Von Beruf war er Pfleger im Krankenhaus Beckomberga. Die Mutter war Stewardess. Meisten flog sie auf Inlandsstrecken, aber es kam auch vor, dass es nach Kopenhagen oder Helsinki ging. Wenn sie nach Hause kam, dann brachte sie große Tüten voll Kaugummi mit.

Dieser Beruf faszinierte die Mädchen. Hilja konnte sich an jenen Morgen erinnern, daran, wie sie sich darauf vorbereitet hatten, Flugzeug zu spielen. Sie hatte die Zierkissen geholt, die tagsüber auf dem Sofa lagen und nachts auf dem Sessel. Die Mutter hatte immer Angst um sie. Sie waren aus einem glatten, glänzenden Stoff und hatten an den Ecken Seidentroddel. Hilja hob die Kissen hoch und wollte sie auf den Boden legen, sie sollten die Flugzeugsitze darstellen. Sie war ein wenig besorgt, als sie das tat, aber die Wohnzimmertür war geschlossen. Sie hockte da und schob die Kissen zurecht und schaute dabei verstohlen zu Jenny hoch. Die Freundin trug ihren kindlichen Schlafanzug. Sie gab vor, sich mit einem Wachsmalstift, den sie in rosa Kaugummipapier gewickelt hatte, die Lippen anzumalen. Sie verzog den Mund, spielte sich auf, sie hielt sich einen imaginären Spiegel vor das Gesicht und sah blödsinnig aus, aber sie lachte trotzdem nicht, nein, es war eher ein anderes Gefühl, kalt und Unheil verkündend.

Hilja horchte zur Küche hinüber. Ihre Mutter war schon seit einer Weile auf. Kristian schlief unter seiner Decke, er war nicht leicht zu wecken. Sie hörte das Wasser in einem dünnen, zählebigen Strahl fließen, und sie wandte sich Jenny zu, um etwas zu sagen, um sich zu erheben.

Dann kam der Schrei.

Zuerst brachten sie es nicht über sich, in die Küche zu laufen. Sie standen mit weit aufgerissenen Augen da. Jennys Hand, wie sie sich langsam senkte, wie sie die Kreide festhielt, bis das Papier zerriss. Hiljas Mund stand offen, ihre Zähne bohrten sich in die Unterlippe, sie biss zu und riss einen Hautfetzen ab. Später würde das wehtun, das wusste sie, aber in diesem Augenblick spürte sie nichts, registrierte es kaum, sie dachte an die Vorhänge, die geöffnet werden müssten, es war jetzt Morgen, und das Licht lag draußen, ein graues, schläfriges Licht, aber doch besser als dieses Dunkel. Atemlos und bewegungslos, das Scharren eines Stuhls, das Pfeifen des Kaffeekessels, dann Grunzen und Stöhnen wie das eines Tieres.

Jenny sagte als Erste etwas.

»Sie ist krank, Hilja, ich glaube fast, deine Mama ist krank.«

Die Starre verflog. Hilja wurde schlaff, ihre Haut wurde heiß, der Boden schwankte.

Jenny stürzte zur Tür. Hilja musste ihr folgen. Sie wollte nicht, aber sie wurde von Jennys Luftzug mitgerissen, hineingesogen.

In der Küche war der Stuhl umgekippt, die Beine ragten wie harte Speere in die Luft. Die Stuhlbeine zielten auf sie, auf dem Boden lag eine aufgeschlagene Zeitung. Die Mutter lehnte an der Wand. Ihre braunen Haare standen in allen Richtungen ab, struppig, sie rang um Atem, sie röchelte, ihre Finger waren gekrümmt wie Krallen. Jetzt kam Karla in die Küche, sie marschierte, sie ging wie ein Soldat. Sie ging zum Herd und zog den Kessel von der Platte. Das Pfeifen verstummte.

»Mamachen«, sagte sie mit schriller Stimme. »Liebes, liebes Mamachen, was ist denn los?«

Auch Kristian war aufgestanden, sie hatten ihn noch gar nicht gesehen. Er war eingewickelt in ein Laken, seine Haut glänzte glasig. Beide liefen zur Mutter hinüber, er und Karla. Stellten den Stuhl auf, brachten sie zum Sitzen. Ihre Kiefer bewegten sich, sie kaute Luft. Aber sie schrie nicht mehr.

Karla faltete die Zeitung auseinander. Hielt sie sich vor die Augen und flüsterte:

»Hier steht, dass Papa tot ist.«

Hilja hatte so seltsam reagiert. Sie schämte sich immer noch, wenn sie daran dachte. Denn es war ein Lachen, das aus ihrem Magen gewachsen war, sie hatte es einfach nicht unterdrücken können. Ein schrilles, gellendes Lachen. Ein irres Gackern, ja, es klang fast schwachsinnig. Die anderen hatten sich zu ihr umgedreht. Karla hielt die Zeitung fest, sie hielt die Seite nach oben, auf der das über ihren Vater stand.

Sie wusste noch, dass sie weglaufen wollte, sie musste die anderen vor den Lauten verschonen, die da aus ihrem Hals quollen. Aber sie bewegte sich nicht von der Stelle. Sie lachte, bis ihr Zwerchfell sich verkrampfte und bis der Schweiß ausbrach, auf ihrem Bauch und um die Brustwarzen, die bereits hervorwuchsen und anschwollen.

Jennys kleine Mädchenhand, stark und kühl. »Komm, Hilja. Komm mit mir.«

Sie kroch auf dem Sofa in sich zusammen, und das Lachen war noch da, wurde aber immer schwächer. Sie suchte nach Halt. »Verzeihung, Verzeihung«, keuchte sie zwischen den Krämpfen. »Verzeihung, Verzeihung, ich kann nicht dagegen an.«

»Das macht nichts, so was kommt vor, du hast einen Schock.« Jenny streichelte ihren Rücken, kniete vor ihr und schenkte ihr mit liebevollen Gesten Trost und Geborgenheit. »Wenn man einen Schock erlitten hat, dann macht man seltsame Dinge, ja, für andere sehen die seltsam aus. Aber auch sie haben ihren Sinn, das hat mein Vater gesagt.«

»Was denn für einen Sinn?«

»Das weiß ich nicht. Aber sie haben einen, das sagt mein Vater.«

Sie dachte an die Irren, die in Beckomberga eingesperrt waren. Die in Kopf und Seele krank waren. Sie spürte Jennys Finger auf ihrer Haut.

Und mitten in allem Beängstigenden und Unheimlichen stellte sich ein wachsendes Lustgefühl ein. Sie lag da und spürte, wie zwischen ihren Oberschenkeln alles anschwoll. Und das nahm sie an, ohne sich schuldig zu fühlen.

Die Mutter kam nie wieder ganz zu sich. Nachts konnte Hilja ihre tonlose Stimme hören. Sie redete auf Karla ein. Hilja schnappte ab und zu etwas auf. Es ging darum, wie ungerecht das Leben war, er war doch erst fünfzig gewesen. Über Blumen und Beileidsbriefe, die jetzt in ein anderes Haus geschickt wurden, nicht zu denen, die sie wirklich brauchten, nicht an die Frau, zu der er gehört hatte, nicht an seine Kinder. Was sollte jetzt werden? Wo würden sie jetzt wohnen können?

Dazwischen kamen die Wutanfälle. Sie rief seinen Namen und lauter Gemeinheiten. Es sah ihr überhaupt nicht ähnlich, sie machte sonst kein großes Aufsehen um sich.

Aber alles fand sich dann doch, wie sie schließlich erfuhren. Sie wurden nicht auf die Straße geworfen. Ein Mann in einem Anzug und mit für dieses Regenwetter viel zu blanken Schuhen suchte sie auf. Er stand vor der Tür und wurde hereingebeten. Karla stürzte los und kaufte Heißwecken. Sie saßen alle im Wohnzimmer, er war keiner, der die Schuhe auszog, und am Boden klebten nun gelbe Blätter und Lehm.

Der Mann blätterte in seinen Unterlagen.

»Herr Ekstad war ein vorausschauender Mann, in vielerlei Hinsicht. Man könnte sagen, er war sich des Problems nicht unbewusst. Ich habe hier sein Testament. Ich hatte es für ihn aufbewahrt. Er hat die Kinder ja als seine Erben anerkannt, da wird es also keine Probleme geben. Und seine … seine Gattin ist informiert. Sie erbt die Hälfte, von der anderen Hälfte bekommt jedes Kind ein Drittel. Ganz, wie das Gesetz es vorsieht.«

Sie lernten auch ihren Betreuer vom Jugendamt kennen. Er hieß Onkel Bertil und hatte sich die ganze Zeit irgendwo im Hintergrund aufgehalten. Hilja hatte nie begriffen, was eigentlich seine Funktion gewesen war.

Die Bezeichnung prägte sich ihr ein. Betreuer vom Jugendamt. Jemand, der sie betreuen und dafür sorgen sollte, dass es ihr nicht allzu schlecht erging.

Sie dachte an die Hände des Vaters, die ihren Nacken gepackt hatten.

»Kamen Untermoinens Männer, brachten Schwerter mit im Gürtel. Erschlugen sie Kalerwos Leute, mordeten die große

Sippe, brannten seinen Hof zu Asche, machten ihn dem Boden gleich.«

Das Blaue in seinen Augen wurde wässrig: Ich verlange nicht, dass du alles auswendig kannst, aber irgendeine Scheißstrophe vom Anfang, die musst du wenigstens kennen, damit du den Rhythmus und die finnischen Namen hörst. Aber sie warf sofort alles durcheinander, nichts mit Schwertern in Untermoinens Gürtel, jetzt war der des Vaters an der Reihe, er zog ihn aus den Schlaufen, und die Mutter bettelte und flehte, nie würde sie die flehende Stimme der Mutter vergessen.

Danach kam die Dunkelheit. Einen Brennholzkasten gab es nicht mehr, aber im Kleiderschrank saß sie, seitwärts und verkrümmt. Alles andere hätte zu wehgetan, denn ihre Haut war arg geschwollen und geschunden.

Wo waren Karla und Kristian? Sie konnte sich nicht daran erinnern, dass die dabei gewesen wären, sie erinnerte sich nur an die zusammengebissenen Zähne des Vaters und seine Hand, die sich erhob, nein, die sah sie nicht, denn sie lag in schmählicher Haltung auf dem Boden, und vor der Tür hörte sie das ohnmächtige Kratzen der Mutter. Er hatte die Tür geschlossen, aber nicht abgeschlossen, die Mutter hätte hereinkommen und ihr helfen können, wenn sie das gewollt hätte, sie hatte sicher auch Angst, sie hatte Angst und war feige.

Und beim nächsten Mal war alles vergessen. Wenn er das nächste Mal kam. Sie hatte den ganzen Morgen wie verrückt gebüffelt, sie konnte fast die ganze erste Seite aufsagen. Aber plötzlich hatte er kein Interesse mehr daran. Er nahm sie auf den Arm und fütterte sie mit diesen schwarzen Leckerbissen, ihr Mund wurde glatt und durstig, sie lehnte sich an den dicken Bauch des Vaters. Er war weich und laut, und Sitzen tat nicht mehr weh.

Ab und zu konnte er ihre Haare in die Hand nehmen und sie zwischen seinen Fingern ausbreiten. »Hilja, Hilja, wenn nur alles anders wäre.«

»Wie meinst du das, Papa?«

»Wenn die Umstände anders wären. Dann wäre ich immer bei euch. Ihr seid meine Kinder, das Kostbarste, was ich habe. Hier gehöre ich hin, zu euch und Mama. Aber es gibt Umstände, die mich von euch weghalten.«

»Was sind Umstände?«

»Alles, was man selbst nicht ändern kann.«

»Ich liebe dich, Papa. Minä rakastan sinua.«

Sie wusste, dass er das hören wollte. Sein Gesicht veränderte sich, wenn sie sagte, dass sie ihn liebte. Sein Mund wurde dann ganz locker und sanft.

»Pieni tyttö. Pieni, pieni tyttö.«

Sie wagte nicht zu fragen, was das bedeutete.

Die beiden älteren Kinder stellten seine Geduld nie auf die Probe. Nicht so wie sie. Vielleicht liebte er sie trotzdem am meisten, wie die Mutter behauptete.

»Du hast Ähnlichkeit mit ihm, Hilja. Deshalb.«

Hatte sie Ähnlichkeit mit Leopold Ekstad? Ja, seine Augen vielleicht, die hatte sie geerbt. Ihre runde Form und die wässrigblaue Farbe. Und seine Haarfarbe, sie war heller als ihre Geschwister, aber nicht blond. Sie hatte außerdem die Lippen des Vaters, das sah sie, als sie sich ein Foto von ihm holte und verglich. Schwellende Lippen, dick, zum Daransaugen, zum Hineinbeißen.

Er hatte Momente größter Freigebigkeit. Sie erinnerte sich daran, dass sie in einem Auto saß. Nicht vorn, das wäre zu gefährlich gewesen. Nein, sie hatte den ganzen Rücksitz für sich, und er hatte ihr ein Kissen hingelegt und ein Comic-Heft. Sie legte den Kopf in den Nacken, und die Bäume flimmerten vorüber, ihre dunkelgrünen Blätter und Zweige.

Sie machte mit ihrem Vater eine Reise. Hatten die Geschwister das auch gemacht? Sie wusste es nicht. Sie erinnerte sich an den Zigarrenduft und an ihre Schuhe auf dem roten

Teppich, der führte die ganze Treppe hoch und wurde von goldenen Stangen mit kleinen vergoldeten Knöpfen festgehalten. Auf den Türen standen Nummern, und auch die waren vergoldet. Es war ein Hotel, in dem sie und der Vater übernachteten. Sie hatten ein eigenes Zimmer, in dem sie die Nacht verbringen würden.

Sie hatte im Wagen geschlafen, war aber noch immer müde, doch das verdarb ihm nicht die Laune, es schien eher seinen Beschützerinstinkt zu wecken. Im Speisesaal bestellte er Schweinekoteletts. Er half ihm beim Schneiden und gab zu, dass das Fleisch zäh war, er sagte es auch dem Kellner, aber durchaus nicht auf vorwurfsvolle Weise, sondern scherzhaft, und sie lachten fröhlich miteinander. Der Kellner holte Wasser.

»Und die junge Dame? Darf ich eine Champagnerbrause vorschlagen?«

Dieses perlende Gefühl in der Nase. Von Unwirklichkeit und Fest.

»Die junge Dame ist wirklich nicht irgendwer. Sie ist meine jüngste Tochter. Sie heißt Hilja. Und Maria nach ihrer Mutter.«

»Was für schöne Namen.« Der Kellner zwinkerte ihr zu, seine Haare waren blank wie Lack.

Soße und runde Erbsen. Geschälte Kartoffeln. Der Vater hob sein Glas, und jetzt liebte er sie, mehr, als er sie jemals geliebt hatte. Das spürte sie.

»Prost, meine kleine Puppe. Morgen gehen wir in das große Aquarium. Da wirst du Fische sehen, die du noch nie zuvor gesehen hast. Sogar Haie. Und einen fremden, seltenen Fisch, der erst kürzlich gefangen worden ist. Du wirst eine der Ersten sein, die ihn sehen dürfen.«

Er bettete sie in das riesige Doppelbett. Es war so breit, dass sie ihn nicht erreichen konnte, so lang sie ihre Beine auch machte. Die Decke war mit Daunen gefüllt und steckte in einem weißen Bezug. Im Stoff konnte sie Buchstaben erkennen. Sie fuhr mit den Fingerspitzen darüber, es war der Name des Hotels.

»Du musst jetzt schlafen«, und seine Lippen, die auch ihre waren, streiften ihre Wange. Kalt, Sandgeschmack.

Er wollte noch nicht ins Bett. Erwachsene wurden nie so müde wie Kinder. Er saß an dem niedrigen Mosaiktisch, auf dem ein Aschenbecher und ein Glas Cognac standen. Er telefonierte. Als sie zu ihm hinschaute, hob er einen Finger und gab ihr ein Zeichen, still zu sein.

Sie legte die Arme um die Knie. Seine Stimme schwebte durch das Zimmer, und ihr ging auf, dass er mit Sigrid sprach. Mit Sigrid, die seine Frau war.

Sie schlief ein, während er mit Sigrid sprach. Als sie aufwachte, war es dunkel. Zuerst wusste sie nicht, wo sie war. Sie drehte den Kopf und ahnte den Körper des Vaters neben sich, wie eine Anhöhe. Er lag auf dem Rücken und schnarchte. Das Geräusch ängstigte sie. Sie dachte auf ihre kindliche Weise an Sigrid, natürlich wollte Sigrid ihn nicht immer bei sich haben, wenn er solchen Lärm machte. Und Mama auch nicht. Sie setzte sich unter der Decke auf und streckte eine Hand aus. Tippte ihn an, zuerst ganz leicht, dann immer härter. Sein Bein war leblos und behaart. Er reagierte nicht. Sie merkte, dass sie Pipi machen musste. Sie wusste nicht, wo die Toilette war, im Zimmer war es stickig und dunkel. Sie ließ ihre Füße auf den Boden gleiten, stand da, schwankte, wagte nicht, wieder ins Bett zu kriechen oder wegzugehen.

Da hustete er und wurde wach. Sie hörte, wie seine Hände im Bett suchten, dann knipste er die Lampe an, und es wurde hell. Er kniff die Augen zusammen, seine Haare standen nach allen Seiten ab.

»Was machst du denn nur, Kindchen? Ich hatte schon Angst, dachte, du seist verschwunden!«

Ihr Vater konnte sich fürchten. Der große Leopold Ekstad.

Am Morgen sah sie seine Unterwäsche, die auf einem Haufen auf dem Boden lag. Die Unterhose war riesig, weiß, mit gelben Spuren. Er war im Badezimmer, pfiff und sang. Sie hob seine Socken auf und roch daran. Sie stanken, wie Ameisenpisse.

Danach überkam ihn oft ein Gefühl des Unbehagens. Nicht so sehr wegen der Frauen, nicht, dass er Mitleid oder Schuldgefühle verspürt hätte. Sondern eher, weil es keine Spur von Lust mehr gab. Von der starken, fast erstickenden Lust, die ihn aus dem Haus trieb. Sein Geschlecht wie ein Gewicht, strotzend vor Blut und Hitze, er musste erlöst werden, irgendeine musste ihn erlösen, ihn leeren.

Und wenn dann alles vorüber war.

Keine Spur von Erleichterung, Wohlbehagen.

Nein, stattdessen gab es Leere und ein Gefühl tiefer Verachtung.

Für sich und die Frau.

Es war um die Mittagszeit, sie musste Alvedon kaufen. Karla war nachts aufgewesen, war umhergeschwankt und hatte nicht geschlafen. Sie hatte nichts gesagt, nicht um Hilfe gebeten, doch Hilja war trotzdem aufgewacht. Sie blieb eine Weile liegen und lauschte auf die Bewegungen der Schwester, stellte sich vor, wie die in ihren ausgelatschten Pantoffeln herumwanderte. Ihre Augen brannten vor Müdigkeit. Sie versuchte, sie zuzukneifen, wieder einzuschlafen. Aber das ging nicht.

Am Ende schlug sie die Decke zurück und ging ins Wohnzimmer. Ihre Waden taten weh, bis in die Knochen hinein. Eine Nacht war nur selten genug, um sich von einem Arbeitstag zu erholen, ihr Körper war nicht dazu geschaffen, die ganze Zeit auf den Beinen zu sein, schon gar nicht auf einem abgenutzten Steinboden.

Karlas Silhouette vor dem Fenster, keine Lampe brannte.

»Wie geht es dir?«, fragte Hilja.

Die Schwester gab keine Antwort.

»Hast du wieder Schmerzen?«

»Wieder?« Karla lachte tonlos. »Falls du das noch nicht gewusst haben solltest, ich habe fast immer Schmerzen.«

»Du Arme.«

Keine Antwort.

»Soll ich etwas kochen, einen Tee vielleicht?

»Geh schlafen, du musst morgen doch arbeiten.«

»Hast du eine Tablette genommen?«

»Vor ein paar Stunden. Jetzt hab ich keine mehr.«

»Und wenn du dich hinlegst? Und versuchst, dich zu entspannen? Du weißt schon, so, dass man sich einen Körperteil nach dem anderen wegdenkt.«

Karla schnaubte in der Dunkelheit. Es war Viertel nach zwei. Im Haus gegenüber waren alle Fenster dunkel, bis auf eins. Sie sahen dort eine Frau hin und her laufen. Sie hatte ein kleines Kind an ihrer Schulter liegen. So war sie auch selber getragen worden. Das hatte Karla erzählt, und nicht nur einmal.

»Ich hatte manchmal Lust, dich aus dem Fenster zu werfen. Oder dich in Zeitungspapier zu wickeln und den Ratten hinzustellen, du hättest mal sehen sollen, was es in dem Hinterhof für Ratten gab. Sooo groß waren die, und was die für Schwänze hatten! Es war unglaublich, wie du geschrien hast. Du konntest natürlich nicht, dafür, aber so denkt man nicht, wenn man immer, immer von diesem Lärm gequält wird. Und wir hatten deshalb auch Ärger mit den Nachbarn. Wir wohnten ganz oben, aber du hast so laut geschrien, dass das ganze Haus gestört wurde. Und Mama war doch einfach hilflos. Und da musste ich eben einspringen. Weil ich die Älteste war. Denn Kristian, der begriff doch auch nichts, er war ja erst ein paar Jahre alt. Er wurde auch sauer und heulte mit. Ihr habt mich wahnsinnig gemacht, das ist nicht gerecht.«

Sie ging durch die Norrtullsgata. Auf der anderen Seite des Odenplans lag eine Apotheke. Es war ein sonniger und glasklarer Tag, sie trug ihre Wildlederjacke und die alten blauen Joggingschuhe. Nicht, dass sie jemals gejoggt wäre. Aber diese Schuhe taten ihren wehen Füßen gut.

Das Viertel um den Odenplan war saniert worden. Obwohl es dort wirklich nicht menschenleer war, haftete der Gegend etwas Ödes an. Das lag an der Renovierung. Das Ganze war sozusagen zu vornehm geworden. Vom Grill her schwebte Bratenduft, ihr lief das Wasser im Munde zusammen. Sie würde sich später eine Wurst kaufen, Zeit sparen. Einen gegrillten Chorizo. Sie würde auch bei der Boutique Indiska vorbeischauen, sie hatte doch gerade Gehalt bekommen. Im Schaufenster war ihr ein fesches schwarzes Kleid aufgefallen. Åhléns lag gleich nebenan, aber da fühlte sie sich nicht wohl, zu viele helle Farben, eine Verkäuferin dort hatte sie einmal gemustert, als sie einen Pullover anziehen wollte, und dann Luft geholt, wie um sie zu warnen. Sie hatte sich erniedrigt gefühlt.

Sie stand am Zebrastreifen und schaute hinüber zum Buchladen Vasastan. Mit dem war etwas passiert, erst jetzt sah sie, dass die Bücher verschwunden waren und die Fenster mit Papier verklebt. Der Laden hatte dicht gemacht. Nicht, dass sie viele Bücher gekauft hätte, aber sie hatte gern das Schaufenster angesehen und die Umschläge betrachtet und in Gedanken die Titel wiederholt. Der Buchhändler hatte im Laden gestanden. Er war groß und trug einen silbernen Bart. Manchmal hatte er hinausgeschaut, und ihre Blicke waren einander begegnet. Dann war sie verlegen gewesen, als hätte sie seine Gedanken erraten. Warum kommt die Frau nicht herein? Warum steht sie nur da und glotzt?

Wie immer herrschte reger Verkehr. Sie wartete auf Grün, sie machte einige Schritte zur Seite. Und dann sah sie Jenny in einem Taxi. Es hatte den Zebrastreifen überquert, kam aber im Stau nur langsam voran.

Zuerst war sie sich nicht ganz sicher. Sie beugte sich vor und starrte. Die Frau hatte lange, glatte Haare, die zu einem Schwanz gebunden waren, nicht mehr rötlich, nicht wie früher, sondern weizenblond. Aber es waren Jennys Züge, ihre platte Nase, ihr kleines Schlangengesicht, auch wenn sich das verändert hatte, erwachsen geworden war, wie auf den Fotos. Sie trug etwas Tiefblaues, ein Arm lag auf der Lehne, sie schaute zur Seite, und vielleicht sagte sie auch etwas zum Fahrer, denn der wandte sich um und lachte.

Hilja lief auf die Straße hinaus. Ehe sie sich's versah, hatte sie auch schon an das Taxifenster geklopft. Die Frau, die Jenny war, schaute zu ihr hin, die großen hellen Augen, sie hatte rote Lippen und dünne, schön geschwungene Augenbrauen, ihr Mund stand halb offen.

In Hilja schien etwas zu zerbrechen.

»Jenny!«, hörte sie sich rufen.

Ein Zittern huschte über Jennys Gesicht. Ein Hauch von Wachsamkeit.

Hilja klopfte noch einmal, sie schlug mit der Handfläche gegen die Scheibe, so sehr, dass es wehtat. »Jenny!«, rief sie. »Jenny, ich bin's, Hilja!«

Jenny sah ihr direkt in die Augen. Ein Mundwinkel zuckte, sie war so nah, dass Hilja dieses kleine Nervenzucken klar und deutlich erkennen konnte. Jenny sah ihr für eine Zehntelsekunde in die Augen. Dann setzte sich das Taxi wieder in Bewegung. Der Stau löste sich auf. Jenny saß kerzengerade da, drehte sich nicht um.

Aber sie hatte sie erkannt.

Daran gab es nichts zu rütteln.

Donnerstags wurde in der Gustaf-Vasa-Kirche regelmäßig ein Orgelkonzert aufgeführt. Kristian Agneviks Büro lag in der Nähe der Norrbackagata, und so hielt er sich donnerstags die Mittagspause immer frei. Mittlerweile war der Besuch der Konzerte fast zu einem Zwang geworden. Er setzte sich ganz nach hinten, vor den Pfeiler, um seine Ruhe zu haben. Trotz der Musik war die Kirche überraschend leer, meistens waren ältere Leute da, ab und zu auch Behinderte in ihren Rollstühlen.

Es war der Todestag der Mutter. Normalerweise dachte er nicht daran, aber beim Erwachen an diesem Morgen war es sein erster Gedanke gewesen. Seltsamerweise. Er hatte sofort aufstehen und im Kalender nachsehen müssen. Ja, es stimmte. Wie lange es schon her war, siebenunddreißig Jahre. Er war damals vierzehn gewesen. Und sie noch keine vierzig. Jetzt hatte er dieses Alter schon um mehr als zehn Jahre überschritten.

Der Morgen war kalt gewesen. Auf den Dächern lag eine Reifschicht, wie Zucker. Er war erleichtert, denn er sehnte sich immer nach dem Herbst. Der Sommer war die Zeit der Ansprüche, der Forderungen nach Ferien und Kontakt.

Er stieg die Treppe zu dem Einfamilienhaus hoch, in der er mit Elisabet und den beiden Töchtern wohnte. Eine Elster flog vom Rasen hoch. Sie hatte an den vom Baum gefallenen Äpfeln herumgepickt.

Wir schaffen es nicht, dachte er. Wir kriegen unser Leben verdammt noch mal nicht in den Griff.

Sie hätten aus den Äpfeln Kompott kochen können. Oder sie in Scheiben schneiden und braten. Jetzt waren sie gefroren und ruiniert. Die Zeitungen hatten lauter Artikel darüber gebracht, wie man die Gaben des Herbstes nutzen könnte. Elisabet legte diese Seiten immer aufgeschlagen auf den Küchentisch. Sie schien darauf zu warten, dass er im Namen der Gleichberechtigung die Initiative ergriff. Und dabei hatte er doch nur selten ein freies Wochenende. Sein Zwerchfell brannte bei diesem Gedanken wie Feuer.

An diesem Wochenende mussten sie jedenfalls gewaltig zulangen, versuchen, vor dem Winter alles in Ordnung zu bringen. Am Sonntag hatte er einige Besichtigungen. Aber es gab ja auch noch den Samstag. Die Himbeersträucher mussten beschnitten werden, die Beete mussten umgegraben, die Möbel und der Gartenschlauch mussten in den Schuppen gebracht werden, ehe die Kälte endgültig einsetzte. Aber war das nicht ebenso sehr ihre Aufgabe?

Er fror. Er musste wieder ins Haus gehen, in den Keller, wo die Winterkleidung in einem Schrank hing, und er nahm seine dunkelblaue Gant-Jacke und einen Schal heraus. Die Handschuhe steckten noch in der Tasche. Zusammengeknüllt und starr. Er hatte vergessen, sie in den geblümten Karton zu legen, den Elisabet bereitgestellt und mit dem Etikett »Herbst und Winter« beklebt hatte. Die Etiketten hatte sie auf dem Computer geschrieben.

Zum Bahnhof Älvsjö brauchte er ungefähr eine Viertelstunde. Er ging meistens zu Fuß, überließ das Auto Elisabet, in der Stadt gab es doch nicht genügend Parkmöglichkeiten. Außerdem benötigte er diese Zeit der Nicht-Konzentration. Nach und nach verließ er seine Rolle als Ehemann und Vater von zwei Teenagern und näherte sich seiner beruflichen Rolle. Dem Immobilienmakler. Effektiv und Vertrauen erweckend. Die Konkurrenz war eisenhart. Wenn er keine Kundschaft fand, musste er aufgeben. Und wie sollte er dann seine Familie ernähren können? Elisabet arbeitete mit in ihrer Entwicklung zurückgebliebenen Kindern. Ihr Gehalt war ein Witz, es reichte nicht einmal für das Essen.

Wie immer war der Pendlerzug überfüllt. Er versuchte, zu lesen, aber es war zu eng, deshalb steckte er die Zeitung in die Jackentasche und schloss die Augen. Seine Fingerspitzen berührten etwas Rundes. Eine Kastanie vom vorigen Jahr, noch immer glatt und rund.

Diese Kastanie berührte er auch, als die Orgelklänge auf und ab liefen. Es war wie eine Jagd oder ein Ringelspiel. Er glaubte plötzlich, Karlas grobes Weinen zu hören, wieder dort zu sein, in der Kapelle in Råcksta, wo sie auf der Bank ganz vorne saßen, nur wenige Meter getrennt vom Sarg der Mutter. Rechts neben ihm hatte Hilja gesessen, sie war nach Hause gekommen und hatte die Mutter gefunden, deshalb war sie am meisten zu bedauern. Bertil Holm hatte lange unter vier Augen mit ihm gesprochen. Oder Onkel Bertil, wie sie ihn nennen sollten. Ihr Betreuer vom Jugendamt.

»Sie ist ein Kind, Kristian. Sie ist erst zwölf. Das ist ein empfindliches Alter, dann werden sie zu Frauen, so ist das nun mal, das darfst du nicht vergessen, auch wenn es wahrlich nicht immer leicht ist, ein Knabe zu sein.«

So altmodische Wörter verwendete er.

Kristian hatte seinen Konfirmationsanzug getragen. Onkel Bertil hatte ihm mit dem Schlips geholfen, einem weißen, den er geliehen hatte. Hilja und Karla in schwarzen Kleidern, er starrte seine Hände an, drehte die Rose hin und her, die Dornen waren entfernt worden, sie duftete stark, und das Grüne sah aus wie Dill.

Waisenkind.

Er hatte auch ein Taschentuch, hielt es in der Hand. Es war blau gestreift, es passte überhaupt nicht auf eine Beerdigung. Er hatte vor dem Wäscheschrank gestanden und die Stapel von Handtüchern und fest zusammengerollten Laken herausgenommen. Er hatte die Stirn an die Tür gelehnt, es war plötzlich so deutlich geworden, dass sie nie wieder zurückkehren würde.

An diesem Tag waren nicht viele in die Kirche gekommen. Die drei Geschwister, Onkel Bertil, einige Nachbarn, der Pastor und jemand vom Bestattungsunternehmen. Es wirkte so ärmlich, und später hatte er darüber nachgedacht. Als sei es eine Schande gewesen. Als sei die Mutter niemals als vollwertiger Mensch anerkannt worden.

Karla wurde in dem Jahr, in dem die Mutter gestorben war, einundzwanzig. Sie wurde mündig.

»Ich muss jetzt eure Mama sein«, und sie wandte ihr schmales, verkniffenes Gesicht ab.

Er wusste noch, was er gedacht hatte:

Ich will weg von hier!

Hilja stand vor ihm in der Schlange vor der Würstchenbude. Er hatte sie nicht gleich bemerkt, er war noch ganz gebannt vom Klang der Musik. Als sie sich umdrehte, ging ihm auf, wie lange sie einander nicht gesehen hatten. Und dabei arbeiteten sie doch im selben Stadtteil.

Sie war noch dicker geworden und sah ungepflegt aus in ihrer weiten Hose und der braunen Wildlederjacke, trutschig und unmodern.

»Krille, du bist es wirklich!«

Sie schien ihn umarmen zu wollen, aber im selben Moment war ihre Wurst fertig. Ihre große Hand hob sich, ihre Nägel waren schmutzig.

»Und du bist noch immer im Blumenladen, sehe ich.« Er hatte das nicht als Kritik gemeint, sah aber, dass sie es so auffasste. Ihr Hals wurde flammend rot.

»Ja, das kommt von dieser Arbeit«, sagte sie gereizt. »Es geht nicht ab, glaub mir, nicht mal mit Zitrone oder Remol.«

»Himmel, das sollte nur ein Witz sein.«

»Wirklich?«

»Ganz bestimmt, entschuldige, es war blöd von mir.«

Sie nickte ohne große Überzeugung.

»Wie geht's denn so?«, fragte er.

»Gut. Und dir?«

»Ganz gut. Ich verkaufe Wohnungen am laufenden Band. Es herrscht der totale Andrang. Nicht mal sonntags hat man frei. Jetzt, nach dem Sommer, hat der Laden wirklich angezogen.«

»Können wir uns nicht einen Moment setzen?« Sie zeigt auf den großen Glaspfeiler mitten auf dem Platz, um den Bänke standen.

»Sicher. Ein paar Minuten.«

Sie biss in die heiße Wurst und holte zwischen den einzelnen Bissen Luft.

Er wurde von einer plötzlichen Zärtlichkeit erfüllt. »Wie geht's euch denn?«, fragte er leise.

Hilja betrachtete zwei Tauben, die umherwatschelten, und sie brach ein Stück Brot ab und warf es ihnen hin. Der einen Taube fehlten am Fuß die Krallen, sie hüpfte auf dem Beinstummel herum. Aber trotzdem war sie schneller. Sie schnappte sich das Stückchen Brot und verschlang es mit ruckhaften Bewegungen.

»Uns?«

»Ja, Karla und dir.«

»Es geht schon.«

»Ganz sicher?«

»Karla, du weißt, sie…«

»Ja.«

»Das Schlafen fällt ihr schwer. Aber es wird jetzt doch besser, wo es nicht mehr so heiß ist. Hattet ihr auch so eine Hitze?«

»Ja, verdammt, ich hab mir sogar für einige Nächte ein Feldbett in den Garten gestellt und unter den Apfelbäumen geschlafen. Das war großartig!«

»Du spinnst doch!« Sie kicherte, und Senf und Wurstpartikel fielen auf ihre Jacke.

»Doch. Im Haus war es nicht auszuhalten. Jedenfalls nicht oben. Das Dach saugt die Wärme an und speichert sie.«

»Und Elisabet? Hat die auch im Garten geschlafen?«

»Nein. Sie hat Angst vor Fledermäusen.«

»Was! Habt ihr welche?«

»Die eine oder andere. Sie bildet sich ein, die könnten Tollwut übertragen.«

»Igitt.«

»Das hat sie in irgendeiner Zeitung gelesen. Und offenbar ist da auch etwas Wahres dran. Aber zugleich ist es doch ziemlich unwahrscheinlich, dass man ausgerechnet von einer tollwütigen Fledermaus gebissen wird.«

»Ja. Aber wenn doch, wäre das nicht lustig.«

»Sicher nicht.«

»Wie geht es den Mädchen? Meinen Nichten.« Sie sprach dieses Wort ganz langsam aus und schien daran zu saugen.

»Du weißt schon. Pubertät. Ab und zu ist bei uns zu Hause die reine West Bank.«

Sie kicherte wieder, und zwischen ihren Zähnen saßen Wurstreste.

Er rutschte ein Stück von ihr ab und biss in seine eigene Wurst. Wischte sich mit der Serviette den Mund. »Das da mit Karla, die Gelenke, von denen sie immer redet, hat sie da noch immer Probleme damit?«

Hilja nickte. »Ich habe eben neue Schmerztabletten für sie gekauft. Ich muss das mindestens einmal pro Woche machen.«

»Hilft das denn?«

»Ich weiß nicht.«

»Hast du nie an Umzug gedacht?«

Sie starrte ihn an.

»Hilja«, sagte er.

»Allein kommt sie doch nicht zurecht, weißt du das nicht? Sie kann doch kaum aus dem Haus.«

»Das wird sie dann eben lernen müssen.«

Die Schwester schwieg.

»Ich könnte dir helfen, eine Wohnung zu finden.«

»Du bist ja wohl nicht ganz bei Trost.«

»O doch, überaus bei Trost sogar.«

»Es gibt doch keine Wohnungen. Alle reden ja vom Wohnungsmangel!«

»Du musst natürlich eine kaufen. Bei einer Genossenschaft.«

»Machst du Witze? Wie soll ich mir das denn wohl leisten? Weißt du, was ich im Monat verdiene?«

»Wenn du nicht unbedingt mitten in der Innenstadt wohnen musst, bekommst du eine schöne Einzimmerwohnung für knapp unter einer Million.«

»Million!«

»Ich weiß ja, dass du nicht viel gespart haben kannst. Aber dafür gibt es Darlehen.«

Sie schüttelte den Kopf, ihre teigigen Wangen wogten.

Er legte ihr die Hand auf die Schulter. »Ganz im Ernst, Hilja. Wird es nicht bald Zeit? Wenn du jemals ein eigenes Leben führen willst.«

Er sah, wie unangenehm berührt sie von dieser Bemerkung war.

Sie blieb auf der Bank sitzen, als er ging. Er drehte sich um und winkte. Sie hob die Hand, bewegte ihre dicken kleinen Finger.

Wann hatten sie sich zuletzt gesehen? An Elisabets Geburtstag, als sie in ihrem Haus in Älvsjö einen Empfang gegeben hatten.

»Natürlich können wir deine Schwestern nicht übergehen.« Elisabet hatte die beiden angerufen und eingeladen. Zu seiner Überraschung nahmen seine Schwestern die Einladung an. Sie kamen mit dem Vorortzug, aber er musste sie vom Bahnhof abholen und wieder hinbringen. Hilja leuchtete in ihrem weiten hellblauen Kleid, doch das war auch das Einzige, was an ihr strahlte. Er konnte sehen, dass sie geweint hatte. Karla trug ein Paket in der Hand.

»Wie schön, mal auf ein Fest zu gehen«, sagte sie mit gezwungener Heiterkeit. »So oft kommt man ja nicht mehr unter Leute.«

Eine alternde, verbitterte Frau. Was hätte er ihr darauf antworten sollen? Worte, die sich nicht falsch verstehen oder verzerren ließen. Die nicht wie ein Geschoss zurückprallten.

Sie blieben nicht sehr lange. Und sie gingen sozusagen im Gewimmel unter. Ich muss doch mit ihnen reden, hatte er die ganze Zeit gedacht. Ich muss mich davon überzeugen, dass sie zu essen und Wein haben, ich bin hier doch der Gastgeber. Aber er konnte sich nicht dazu durchringen.

Abends hatte Elisabet seine jüngere Schwester mit einer Leuchtboje verglichen.

»Sie dürfte diese Farbe nicht tragen, sie braucht etwas weniger Auffälliges.«

»Wieso, mir hat sie gut gefallen.« Er wurde wütend. Er ertappte sich dabei, wie er sie verteidigte. Das hing mit der Sache von damals zusammen. Immer wieder die alte Geschichte von damals.

»Wie seltsam, dass deine Schwestern beide alte Jungfern geworden sind.«

Alte Jungfern, dachte er. Was für ein scheußliches und abwertendes Wort. Karla war einmal verlobt gewesen, in dem Jahr, in dem der Vater gestorben war. Er konnte sich an einen schweigsamen Mann mit großen Ohren erinnern, über den Hilja und er sich insgeheim lustig gemacht hatten. Ihre Schwester hatte mit ihrem Ring geprotzt. Hatte immer wieder die linke Hand gehoben und so getan, als müsste sie ihre Haare glatt streichen.

Eines Tages nahm die Sache ein Ende. Er wusste nicht, warum. Seine Erinnerungen verschwammen, der Vater, der gestorben war, die Mutter und ihre Trauer. Für Fragen war einfach kein Platz.

Aber sie hatten ja auch noch Bertil Holm gehabt, den Mann vom Jugendamt. Der konnte Karla auf eine besondere Weise ansehen, er konnte ihr den Arm um die Schultern legen und ihn so lange dort liegen lassen, dass es ihr sichtlich unangenehm war. Bertil Holm hätte ein Mitglied ihrer Familie werden können, wenn Karla es zugelassen hätte.

Und Hilja?

Karla unterdrückte sie, das hatte sie immer schon getan.

Er wollte nichts mehr damit zu tun haben.

Er war damals zu jung gewesen, um über sein Leben bestimmen zu dürfen. Durch Onkel Bertil hatte er sich wenigstens ein bisschen befreien können. Er war in ein Zimmer in Onkel Bertils Wohnung bei Humlegården gezogen und hatte die Norra-Realschule besucht. Durch Onkel Bertils Hilfe konnte er auf einem Gymnasium in der Stadt Abitur machen und sich eine eigene Zukunft aufbauen.

Nach dem Frühstück fuhren sie weiter. Der Vater sang vor sich hin, seine Stirn war von Schweiß überströmt. Ab und zu drehte er sich zu ihr um und schien ihr etwas Wichtiges sagen zu wollen. Dass sie seine geliebte Tochter und sein Lieblingskind sei. Dass er für sie ein Haus mit einem Garten und Zinnen und Türmen bauen würde, und sie würden alle dort einziehen und zusammen dort wohnen.

Sie waren unterwegs zu dem großen Aquarium. Er hatte davon erzählt, während er sich rasierte. Er kannte dort Leute, die sie umherführen würden. Und es gab diesen fremden, großen Fisch, der hier oben im Norden gefangen worden war, obwohl er aus ganz anderen Breitengraden stammte.

Einige Wochen zuvor hatte der Vater dem Restaurant, das zum Aquarium gehörte, einen Satz Porzellan verkauft. Und zwar das weiße, »Matrose«, mit einem blauen Wellenrand, das eben erst auf den Mark gekommen war. Danach war er von den Restaurantbesitzern umhergeführt worden. Der Fisch war an diesem Tag im Aquarium ausgesetzt worden, er war erschöpft und mitgenommen, hatte aber durchaus die Aussicht, wieder zu Kräften zu kommen.

»Als ich diesen Fisch gesehen habe, wusste ich, dass ich ihn dir zeigen müsste«, sagte er und zündete sich ein Zigarillo an. Er kurbelte das Fenster ein Stück hinunter und blies den Rauch durch den so entstandenen Spalt.

»Warum denn?«

Er hustete. »Ach, ich weiß nicht. War nur so ein Gefühl. Den muss Hilja sehen, der wird Hilja gefallen.« Er lachte verlegen. »Ich weiß, dass das blödsinnig klingt. Ich bin eben ein blödsinniger Mann, der blödsinnige Sachen sagt.«

»Aber nicht doch«, sagte sie leise. Und dann, lauter: »Wie heißt der Fisch?«

»Er hat unterschiedliche Namen, kommt darauf an, wo man ist. In Schweden und Dänemark hat er wahrhaftig keinen schönen Namen. Hier heißt er Klumpfisch. Die Engländer sagen Sunfish. Das bedeutet Sonnenfisch. Und die Deutschen nennen ihn Mondfisch. Dann hat er auch noch einen lateinischen Namen. Mola mola. Der ist rund und schön wie du. Ein echter Hiljafisch.«

Mola mola, dachte sie.

Das klang so verletzlich.

Das Haus, in dem sich das Aquarium befand, ragte wie ein Bunker aus dem Granit auf. Sie kannte dieses Wort, wusste, was es bedeutete, er hatte es ihr gezeigt, als sie am Strand entlanggefahren waren. Bunker waren die niedrigen grauen Bauwerke, die seit dem Krieg dort standen. Das Haus für die Fische war aus demselben Material erbaut.

Sie waren früh dran, und trotzdem war es schon schwer, einen Parkplatz zu finden, was ihm ein wenig die Laune verdarb. Doch dann fuhr ein Kastenwagen los, und er konnte dessen Parkplatz übernehmen.

»Tiddelipi und tiddelipom«, lachte er und zog sie an sich, als er das Auto abschloss. Sie wusste noch, dass sie sich versteift hatte. Er war an diesem Tag so seltsam und so übertrieben lustig. Und sie war noch nie so lange mit ihm allein gewesen.

In der großen Eingangshalle wimmelte es nur so von Kindern. Ihre Stimmen hallten überall wider. War sie damals noch nicht zur Schule gegangen? Wie alt mochte sie gewesen sein? Vielleicht erst sechs? Bestimmte Details sah sie messerscharf vor sich, obwohl es so lange her war. Zum Beispiel den Saft, den es im Hotel zum Frühstück gegeben hatte. Die glatten Klümpchen, die Fruchtfleisch genannt wurden. Sie konnte sich auch an ihre schwarzen Schuhe erinnern, vielleicht, weil die gedrückt hatten, weil sie vorn am großen Zeh eine Blase bekommen hatte, eine Blase, die am Ende platzte und blutete.

»Wir warten hier«, sagte der Vater. Er spiegelte sich in den verglasten Plakaten, er zog einen Kamm aus der Tasche und fuhr sich damit durch die Haare, wieder und wieder. Seine Augen waren klein und rot. Als sie die Eingangshalle betreten hatten, war er direkt zur Kasse gegangen und hatte etwas erklärt, die Kassiererin hatte aufgeblickt und genickt.

Hilja musste Pipi machen und versuchte, das ihrem Vater zu sagen, aber ihre Stimme war nicht zu hören, sie verschwand im Lärm der vielen Kinder. Einige davon schauten sie an. Sie waren älter als Hilja. Sie stießen einander an und schnitten Grimassen. Hiljas Rücken wurde heiß und juckte. Sie wäre gern weggelaufen, wollte sich hinter dem Vater in seinem langen Mantel verstecken, aber als sie sich umdrehte, war er verschwunden.

Ehe sie sich wirklich fürchten konnte, sah sie ihn dann wieder. Er sprach mit einer Frau, die einen Overall und Gummistiefel trug. Sie hatte kurze Haare, die wie Teppichborsten nach oben ragten. Sie redete eifrig und fuchtelte mit den Händen.

Mit ihrem Vater geschah etwas, als er mit der fremden Frau dort stand. Was es war, wusste sie nicht. Etwas mit seiner Haltung und seiner Stimme. Die Stimme wurde heller, sie klang plötzlich richtig kindlich.

»Das hier ist Benedikte«, sagte die helle Papastimme, und er winkte ihr zu, damit sie sich beeilte. Sie konnte sich an Benediktes Hand erinnern, daran, wie schwammig und weich die sich angefühlt hatte.

»Du bist also die Kleinste?«

Sie wusste nicht, was sie antworten sollte.

Papa rieb sich das Kinn. »Benedikte wird uns den Riesenfisch zeigen. Sie sorgt für ihn und zähmt ihn. Du hast ja keine Ahnung, was sie alles kann, dieses Mädel!«

Sie betraten eine Welt aus Glas und Wasser. Benedikte ging vor ihnen her, sie bahnte ihnen einen Weg durch die Menge, und sie hielten sich so dicht an sie, dass sie das Klatschen ihrer Gummisohlen hören konnten. Sie drehte sich um und lachte, immer wieder drehte sie sich um, und ihre Zähne waren klein und spitz.

Auf allen Seiten waren sie von Wasser und von einem wirbelnden Sog aus gezackten Flossen und Schlündern umgeben. Benedikte hielt Hilja mit ihren Fischhänden fest, drückte sie gegen die vielen Glasscheiben. Hilja musste schwer schlucken, es waren dunkle, kleine Körper, Unmengen, Schlangen, nein. Aale waren es, Schleimaale, *die leben von sterbenden Tieren, sie können mehrere Eimer mit ihrem Schleim füllen.* Ihr Körper wurde so seltsam schlaff, aber die anderen merkten das nicht, weder der Vater noch Benedikte, *die können nichts sehen, sie sind blind, aber sie jagen mit Hilfe ihres Geruchssinns, und sie haben Zähne auf der Zunge, und deshalb können sie sich in ihre Beute hineinbohren und alles herausholen, was drinnen sitzt.*

Sie musste an die Titanic denken, das riesige Passagierschiff, das an dem Tag im Meer versunken war, an dem ihr Vater geboren worden war. An all die Passagiere, die hinausgeschleudert worden waren, die in den Wellen kämpften und auf Rettung warteten. Bestimmt hatte es auch dort Schleimaale gegeben. Bei dieser Vorstellung wurde ihr schwindlig. So schwindlig, dass sie die Finger des Vaters packen und sich festhalten musste, sonst wäre sie umgefallen.

Der Vater redete eifrig und schnell. »Und schau mal, hier haben wir noch eine andere Sorte!« Er hob den Arm, und sie hielt sich fest, er las laut mit seiner neuen hellen Papastimme, was auf dem Schild unter der Glasscheibe stand:

»Lampetra fluviatilis. So heißt der. Oder, schöne Benedikte? Hab ich das richtig ausgesprochen?« Sein Bauch wackelte, weil er so lachen musste, er senkte seinen Arm ruckartig und setzte sie damit auf den Boden. »Meine Güte, sagt mal, der hat ja vielleicht einen Saugmund. Nun seht euch das an!«

Dann standen sie allein vor einer Glasscheibe, der größten, die Hilja je gesehen hatte. Sie hatte das Gefühl, dass die Scheibe ihr gegen die Stirn drückte.

»Was ist denn mit dir, hast du Angst?« Der Vater hatte jetzt wieder seine normale Stimme. »Herzchen, das ist doch nicht gefährlich. Dieses Glas ist fast einen halben Meter dick. Das muss auch so sein, sonst würde es platzen. Und dann würde das ganze Wasser hier auf den Boden laufen.« Er beschrieb mit der Hand eine Wellenbewegung. »So! Verstehst du?«

»Müssen wir dann sterben?«, jammerte sie.

»Sterben?«

»Ja, wenn das Glas platzt.«

Er lachte. »Nein, wir doch nicht. Aber nass werden, das schon. Die Fische dagegen, die müssten sterben. Die brauchen das Wasser doch zum Leben.«

Sie musste wieder an die Schleimaale denken. Sie sah sie nicht mehr, sie sah nur andere Fische. Große Schwärme, Makrelen, Heringe und kleine Haie. Ihr Blick wurde in den Tanz der Fische gezogen, ihr wurde schwindlig, sie war total benommen. Unten im Aquarium lag ein Schiffswrack. Steine und Sand leuchteten. Die Titanic war auch ein Wrack. Sie ruhte in von Tangfäden durchzogener Dunkelheit, und an ihren Seiten klebten spitze Schnecken.

»1513«, flüsterte sie. So viele Passagiere waren gestorben, das hatte er ihnen beigebracht, hatte es ihnen eingetrichtert, so dass sie es nie wieder vergessen würden.

»Aber während diese vielen Menschen starben, wurde auch neues Leben geboren. Und so gleicht sich eben alles aus. Die einen sterben, die anderen kommen auf die Welt.«

»Titanic«, sagte sie laut, er hörte nicht, er packte ihren Arm und zeigte auf die Glasscheibe. Und plötzlich löste sich ein riesiger, kugelrunder Fisch aus den Schatten und kam auf sie zugeglitten. Er war so groß wie Hilja, ja, er war größer, und sie wich vor Angst zurück, doch der Fisch hielt inne und schien sie zu betrachten, er öffnete seinen grauen Mund und ließ einige Blasen heraus.

Die Stimme ihres Vaters an ihrem Ohr.

»Ah! Da haben wir den Klumpfisch, wie gesagt. Mola mola. Hast du so was schon mal gesehen?«

Der Vater und Hilja auf einer Bank ganz vorn. Die ganze Halle mit Zuschauern gefüllt. Es waren die Kinder und ihre Lehrer, sie wollte sie nicht dort haben, sie wollte den Fisch allein ansehen, es sollte still sein, so still wie auf dem Meeresgrund. Am Ende ebbte der Lärm ab, und das Licht ging aus, wie im Kino. Der Vater saß dicht neben ihr, seine breiten Oberschenkel gespreizt. Er schnaufte ein wenig, es fiel ihm schwer, so tief zu sitzen, er war zu groß, und sein Bauch war im Weg.

»Wo ist Benedikte?«, fragte sie plötzlich, und ihre Stimme klang lauter, als sie erwartet hatte, das war ihr peinlich. Er gab keine Antwort, er starrte nur gespannt die Glasscheibe an. Ein Schauer aus weißen Blasen ganz weit oben, dann ein Leib, ein Mensch, der sich langsam und mit trägen Bewegungen senkte.

»Hallo und willkommen!« Sie war es, Benedikte, ihre Stimme klang ein wenig verschnupft, sie war unter Wasser, und sie sprach über einen Lautsprecher durch die dicke Glasscheibe.

Der Vater versetzte Hilja einen leichten Rippenstoß. »Da ist sie, das Mädel, da haben wir sie.«

Sie hatte einen Korb an einem Riemen umgehängt, und sie sahen, wie sie etwas herausnahm und dem Mola mola hinhielt. Der riesige Fisch blieb zuerst auf Distanz, scheu und würdevoll. Er wirkte so einsam im Gewimmel der kleinen Fische. Er hätte sie allesamt auf einmal verschlingen können, so riesig war er. Aber er hielt sich für sich und wirkte irgendwie traurig. Hilja musste ihn einfach anstarren.

Nach einer langen, langen Weile gab er auf und schwamm auf die Taucherin zu.

Hilja erstarrte am ganzen Körper. Nein, dachte sie schmerzlich. Noch heute konnte sie sich an diesen Gedanken erinnern. Als könnte der Fisch sich und seinen Stolz verraten, indem er sich von etwas in Versuchung bringen ließ, das ein Mensch ihm hinhielt. Benedikte. Als er den Korb erreicht hatte, schnappte er sich einen Bissen, dann drehte er ab und verschwand in der Dunkelheit. Der Vater beugte sich zu Hiljas Ohr herunter.

»Du solltest mal sehen, wie geschickt sie mit allem umgeht, egal, wie widerwillig und dumm es sich aufführt.«

An diesem Abend ließ er sie allein. Er hatte Heißwecken und Plätzchen mit Liebesperlen für sie gekauft.

»Iss das hier. Und dann gehst du brav ins Bett, ich gehe kurz aus, du wirst mich schon nicht vermissen.«

Das Zimmer war eng und stickig, es war darin gerade genug Platz für das Bett. An der Wand hing ein Teppich mit einem Muster aus Kamelen und Blättern. Irgendwer wohnte auch in diesem Haus, es war ein ganz normales Wohnhaus und außerdem auch ein Hotel. Eine Frau hatte sie in Empfang genommen und ihren Namen in ein Buch geschrieben. Sie sah seltsam aus, sie schien überhaupt kein Kinn zu haben, ihr Gesicht ging gleich in den Hals über. Die gummigelben Ohrläppchen wurden von Ringen nach unten gezogen, die so schwer zu sein schienen, dass es doch wehtun musste. Sie starrte sie aus zusammengekniffenen Augen an, die Sonne zeichnete einen staubigen Streifen über den Tisch.

»Und morgen fahren Sie also weiter?«

»Richtig. Es ist nur für eine Nacht.«

»Ich habe einige ausländische Gastarbeiter. Die wohnen in

Nr. 4 und 5. Nur das kleinste Zimmer ist noch frei. Reicht Ihnen das, ich habe wirklich kein anderes?«

»Aber natürlich. Darf ich Ihnen vielleicht Ekstads neues Frühstücksservice vorstellen? Falls Interesse vorliegt. Bitte sehr, hier ist der Prospekt.«

Die Frau blätterte darin, während sie die Treppe hochstiegen. Die Tapete hinter ihr war braun und fettig.

»Man muss jede Gelegenheit nutzen.« Der Vater schloss die Zimmertür auf und schob Hilja über die Schwelle. Er blieb einen Moment stehen, sein Atem ging schwer und pfeifend. Er ließ seine Blicke durch das Zimmer wandern.

»Tja, es muss gehen«, murmelte er, war aber noch immer zu Scherzen aufgelegt und gab ihr einen Klaps auf den Po. »Es ist ja auch nur für eine Nacht. Aber was für eine Nacht, du, was für eine Nacht.«

Dann zog er eine kleine Flasche aus der Tasche. Er setzte sie an den Mund und trank.

»Das ist fürs Herz«, erklärte er. »Digitalistropfen. Sonst würde mein Herz stehen bleiben. Schwupp, einfach so.«

»Was?«, flüsterte sie.

»Du weißt doch, dass das Herz der wichtigste Muskel im Körper ist. Wenn es stehen bleibt, ja, dann bleibt auch das Leben stehen.«

Während er sich zum Ausgehen bereitmachte, musste sie ins Bett kriechen und sich zur Wand umdrehen. Es gab vor dem Waschbecken keinen Wandschirm. Sie hörte seine Kleider knistern und das Wasser laufen. Sie dachte an den großen Mola-mola-Fisch. Irgendwo im Meer schwammen wohl andere Mola-mola-Fische und suchten ihn. Auch Fische haben schließlich schlagende Herzen.

Die Decke wurde weggezogen, sie lag mit weit offenen Augen da.

»Ich gehe jetzt, Hilja, und du bist brav. Du isst diese leckeren Sachen, und dann schläfst du.«

Er hatte sich schon wieder rasiert und ein anderes Hemd

angezogen. Das benutzte lag auf dem Boden. Sie sah den Kragen und dessen dunklen Rand an.

»Wann kommst du zurück?«, wollte sie fragen. »Wo gehst du hin?«

Aber das tat sie nicht.

In der stickigen Dunkelheit war sie der Fisch, war in dem Fisch. Sie lag auf der Seite, gepresst an die Netzmaschen, und die wurden zu einem Muster, das sich wie scharfe Karos in ihre Haut einprägte. Es waren noch andere da gewesen, ein ganzer Schwarm, sie spürte Tang und warme Algen, die über ihre Flossen strichen, aber jetzt war sie allein, eingesperrt, sie kniff die Augen zusammen und riss sie wieder auf, und die Blasen, die aus ihrem Mund quollen, waren keine Luft, sondern Schleim.

Sie war auf die Seite gekippt, nicht, weil sie verletzt gewesen wäre, sondern, um neue Kraft zu sammeln. Sie war vom Kurs abgekommen. Das Wasser hatte jetzt eine andere Farbe, sah aus wie Eis. Sie war beweglicher gewesen, lebhaft und rasch, sie hätte an die Oberfläche aufsteigen und dort an der Luft entlanggleiten können, die Flossen aufgerichtet, wie ein Hai.

Sie döste ein, schwamm aber weiter und drehte ihren dünnen Bauch nicht nach oben.

Es gab jetzt noch etwas anderes, ein anderes Licht, ein bleiches, mildes Licht. Sie fuhr zusammen, und das Licht bewegte sich, sie ließ ihre Hände über ihren glatten Leib streichen, wo der Glanz der Schuppen gerade verlosch.

Und in dem, was zur Erinnerung geworden war, gab es eine vage und unklare Sehnsucht, wie eine Spur im Sand auf dem Meeresgrund.

Sie hatte von dem Fisch geträumt, als sie seinen Körper neben sich im Bett ahnte. Sie hatte an den Füßen gefroren und sich nach ihren Strümpfen gesehnt, hatte es aber nicht über sich gebracht, aufzustehen und sie zu holen. Jetzt war sie schweißnass, fror aber noch immer. Er stank nach Parfüm und Zigaretten. So, wie er sich bewegte, merkte sie, dass etwas nicht stimmte. Sie gab sich alle Mühe, um langsam zu atmen, er sollte glauben, sie schlafe.

Am Ende glitt sie wieder in den Traum.

Als sie aufwachte, war es hell im Zimmer. Die Lampe brannte. Er lag auf dem Rücken und starrte die Decke an.

»Was ist los?«, fragte sie, und ihr Herz machte ihr zu schaffen. Sein Auge sah so unheimlich aus, es war blutunterlaufen und hatte seine Farbe geändert.

Er gab keine Antwort, er lag nur da und verzog keine Miene. Vor Angst sprang sie aus dem Bett und schrie hemmungslos auf. Sein Arm hob sich. Ihre Nase wurde in das Kissen gedrückt, bis sie keuchend nach Luft schnappte.

»Zum Teufel, Kind. Willst du das ganze Haus wecken?«

»Verzeihung, Verzeihung, aber ich dachte –«

»Was hast du gedacht?«

»Ach, ich weiß nicht.«

»Jetzt sieh dir nur an, was du gemacht hast«, fauchte er und knipste die Lampe an, um ihr sein blau geschwollenes Augenlid zu zeigen.

Sie verstummte.

»Du liegst im Bett nicht still. Du strampelst und fuchtelst mit deinen scharfen Beinen und Armen. Einen Ellbogen voll ins Auge hab ich abbekommen. Sieh nur!«

Später erzählte er es immer wieder. Allen, die es hören wollten. Der Frau, bei der sie gewohnt hatten. Mama, als sie dann wieder zu Hause waren.

»Dieses Kind ist verdammt noch mal nicht normal. Die hat immer viel mehr verlangt als alle anderen.«

Später bekam sie es mit Karla zu tun, das war mehrere Tage danach. Hilja zeichnete gerade, es sollten Kleider für eine ihrer Papierpuppen werden.

»Ich helfe dir.« Karla nahm ihr den Stift ab. Sie holte eine Rasierklinge und spitzte ihn über dem Spülbecken an. »Was sollen das denn für Kleider sein?«

»Ich weiß nicht, was meinst du?« Sie hatte für die Puppe einen Mantel zeichnen wollen, den brauchte sie. Einen Mantel mit Pelzbesatz und Bündchen.

Karla legte den Kopf schräg und runzelte die Stirn. Legte die Papierpuppe auf das Blatt und zog ihre Umrisse mit dem Stift nach. »Ich zeichne ein Kleid.«

»Ja?«

»Ein knallgelbes.«

»Ach.«

»Willst du ein knallgelbes Kleid?«

»Ja, sicher.«

»Aber das ist nicht modern.«

»Nein.«

»Sie kriegt ein unmodernes Kleid, das passt doch zu ihr, oder nicht?«

Hilja schwieg. Widerspruch hätte nichts gebracht, dann hätte Karla sich nur gerächt, auf irgendeine Weise.

»Da warst du also mit Papa verreist«, sagte sie langsam.

Hilja nickte eifrig.

»Was habt ihr denn gemacht?«

»Alles Mögliche. Geguckt.«

»Geguckt!«

»Ja.«

»Was habt ihr geguckt?«

Sie schluckte. »Aber das hab ich doch schon gesagt.«

»Ich will es noch mal hören.«

»Da war ein Haus mit großen Fischen. So groß.«

»Nicht so groß, so große gibt's nicht.«

»Frag ihn doch selbst. Der hieß Mola mola.«

Sie hatte das Wort Mola mola nicht verraten wollen. Sie hatte es für sich behalten wollen. Aber jetzt war es ihr herausgerutscht.

Karla schnaubte. »Klumpfisch heißt der, das hab ich dir doch schon gesagt. Klumpfisch.«

Hilja schwieg. In ihrem Hals saß ein weher Kloß.

»Und dann? Was habt ihr noch gemacht?«

»Nichts Besonderes.«

»Ihr habt also einfach diesen Fisch angeglotzt. Wirklich toll, Mensch. Supertoll.«

»Der war doch nicht allein. Da waren noch andere, viele. Es gab kleine Haie. Und es gab Aale, die waren …« Hilja schlang sich die Arme um den Leib und schauderte zusammen.

»Aale?«

»Ja. Schleimaale hießen die.«

»Was ist denn mit denen?«

»Die sind widerlich.«

»Ich kenne Leute, die Aale essen«, sagte Karla.

»Nie im Leben!«

»Doch, das weiß ich genau. Es gibt sogar Leute, die Schlangen essen. In der Not frisst der Teufel eben Fliegen.« Karla nahm sich einen knallgelben Buntstift. Sie hielt ihn ins Licht und puhlte ein wenig Papier ab. Ihre Lippen kräuselten sich.

»Und sonst noch?«, fragte sie nach einer Weile.

»Wieso sonst noch?«

»Was habt ihr sonst noch gemacht?«

»Wann denn?«

»Abends. Wenn ihr schlafen musstet.«

Ihr Bauch und ihr Rücken wurden heiß.

»Wir haben bei einer Tante mit Ohrenhängern gewohnt.«

»Was denn für einer Tante?«

»Wir haben in ihrem Haus gewohnt.«

»Habt ihr auch in ihrem Bett geschlafen?«

»Nein, nein, wir hatten selbst eins. Und Papa ist spazieren gegangen.«

Karla zog die Nase hoch. Sie war damals oft erkältet, und manchmal wurde sie deshalb zur Schulschwester geschickt und bekam dort eine Spritze. »Ohrgehänge heißt das.«

»Was?«

»Ohrenhänger hast du gesagt. Aber so heißt das nicht, das heißt Ohrgehänge.«

»Ach.«

»Jetzt sag schon, sag Ohrgehänge.«

»Ohrgehänge.«

»Wohin denn?«

»Was?«

»Wohin ist er gegangen?«

»Das weiß ich doch nicht.«

»Hat er das nicht gesagt?«

»Nein. Aber ich hab Plätzchen und Heißwecken bekommen.«

Die Hand umklammerte den Buntstift, so fest, dass das Papier zerknüllt wurde. »Du hast ihn am Auge verletzt.«

»Nein!«

»Ich hab's doch gesehen. Er hat es uns gezeigt.«

»Ich wollte das doch nicht.«

Karla schaute aus dem Fenster. Es regnete jetzt, die Fensterscheibe war von kleinen Tropfen besetzt. »Warum hast du das getan?«, fragte sie mit heiserer Stimme.

»Ich weiß nicht.«

»Wo er dich doch mitgenommen hat und überhaupt.«

»Ich wollte das doch nicht.«

»Du bist verrückt. Du bist ganz einfach verrückt.« Mit einem raschelnden Geräusch zerriss das Papierpuppenkleid. Karla riss den Bogen an sich, knüllte ihn zusammen und warf ihn wütend auf den Boden. Ihre Handfläche knallte gegen Hiljas nach oben gedrehtes Gesicht.

Der Fischtraum kam wieder. Das Gefühl, von Wasser umschlossen zu sein. Ab und zu wirkte der Traum so wirklich, dass ihr Zwerchfell sich verkrampfte. Mit vorgeschobenem Kinn glitt sie zwischen den Korallen abwärts ins perlende Rauschen. Es war wie ein Lied, wie Töne. Als läge sie unter der Dusche, kneife die Augen zusammen und lasse sich mitziehen.

Im Traum sah sie die Aale, aber die waren niemals bedrohlich, sie hielten sich unten am Boden auf, als dunkle Striche. Sie sah ihre Schatten, aber im Traum gab es die Kraft, die Urkraft. Die sogar vermochte, das Netz zu zerreißen.

In anderen Versionen ging es unbehaglicher zu. Dann erwachte sie mit ausgedrörrtem Mund, sie war erschöpft, und ihre Lunge brannte. Sie hatte das Bedürfnis, sich abzubürsten, als klebte alles Mögliche an ihrer Haut, Schnecken und Mollusken und Tang. Hinter ihrer Stirn saß ein dumpfer, pochender Schmerz, wenn sie den Kopf senkte, wurde er stärker. Aber an Bilder konnte sie sich nicht mehr erinnern.

Nachher schrieb er immer darüber. Nicht gesammelt, nicht in einem schönen linierten Tagebuch, nein, das wäre dann doch fast schon abstoßend gewesen. Er nahm sich irgendeinen Zettel. Es waren keine ausführlichen Berichte, sondern eher Stichwörter mit Datum und Ort:

Tullinge, Flottsbro, 5. Sept. 1972. Mädchen, zwei. Eine ängstlich, lief Hilfe holen, man musste ein Eisklotz sein (ha, ha.)

Nackareservat, 29. Sept., 1973. Frau, ca. 25. Glatte rote Hose.

Järvafältet, 2. April 1974, Türkin (vermutlich?), ca. 20. Groß und üppig.

Djurgården, 5. März 1979. Mein Geburtstag. Kurze Haare wie ein Junge. Schweinekalt.

Und so weiter.

Was die Zeitungen über die Überfälle schrieben, schnitt er aus und befestigte es mit einer Stecknadel an den Zetteln.

Wenn die Polizei ihm auf die Spur käme, hätte er keine Chance.

Bei dieser Vorstellung wurde er ganz hart.

Sie sagte Karla nicht, dass sie Jenny gesehen hatte. Sie hatte es auch Kristian nicht sagen wollen. Jenny hatte sie erkannt, aber sie hatte sie verleugnet. Sie schämte sich schrecklich, wenn sie daran dachte, wie sie an das Autofenster geschlagen und Jennys Namen gerufen hatte. Die Leute hatten sich umgedreht und gestarrt, einige auch gegrinst.

Zum Abendessen kaufte sie sich Grützwurst. Karla nahm ihr die Würste ab, sowie sie nach Hause kam, und wollte sie sofort braten. Sie trug einen Rock, einen eleganten Pullover und ihre Bernsteinkette.

»Ist was Besonderes?«, fragte Hilja.

Karla hörte nicht, der Ventilator rauschte.

Sie musste es noch einmal sagen, ein wenig lauter. »Ich habe gefragt, ob etwas Besonderes ist.«

»Nein, wieso denn?«

»Ich weiß nicht. Du bist so fein.«

»Wieso denn fein?«

»Ja, im Pullover und …«

Karla drehte sich zu ihr um. »Machst du Witze? Den Pullover hab ich seit drei Jahren. Siehst du nicht, dass er schon total verfilzt ist?«

»Das sieht man doch gar nicht.«

Die Schwester schüttelte den Kopf. Mitleidig, angesichts dieser Begriffsstutzigkeit.

»Ich hab dir jedenfalls Alvedon gekauft.«

»Ach.«

»Das hast du doch heute Morgen gesagt.«

»Ich weiß eigentlich gar nicht, ob Alvedon mir noch hilft.«

»Nicht?«

»Ich habe schon überlegt, ob ich ein Taxi anrufen und zum Krankenhaus fahren sollte. Vorhin, ehe du gekommen bist.«

»Ist es so schlimm?«

Karla schwieg.

»Sollen wir ein Taxi bestellen und hinfahren?«

Die Schwester seufzte tief. »Wir warten noch ab. Ich nehme vorher ein paar Tabletten. Dann werden wir ja sehen.«

Sie hatte auch nichts von Kristian erzählen wollen. Aber dann tat sie es doch.

Karla zerschnitt ihre Wurst. Sie zerbiss sie mit knackenden Geräuschen.

»Ach, Kristian«, sagte sie mit überaus vollem Mund.

»Ich soll dich grüßen«, murmelte Hilja, obwohl das überhaupt nicht stimmte.

»Der wird jetzt bald Probleme kriegen.« Karla hob das Milchglas an die Lippen und trank in großen Schlucken.

»Wieso das denn?«

»Das kannst du dir doch wohl denken.«

Hilja zuckte mit den Schultern.

»Die Konjunkturschwäche. Die Leute können sich keine teuren Wohnungen mehr leisten.«

»Davon hat er nichts gesagt.«

»Das kann man sich ja an den Fingern abzählen, wenn man nicht ganz leer im Kopf ist. Aber natürlich sagt er nichts. Er will doch sicher als das Glückskind erscheinen, für das er sich immer schon gehalten hat.«

»Warum bist du immer so negativ?«

»Anders als viele andere bin ich Realistin. Ich sehe, was die Leute wirklich wollen.« Sie erhob sich und fing an, den Tisch abzuräumen.

Auch Hilja stand auf. »Ich kann spülen«, sagte sie, und es klang wie ein Kläffen.

»Ich spüle. Ich muss mich schließlich auch nützlich machen.«

»Aber du hast doch Schmerzen.«

Das Wasser rauschte wütend. Hilja griff nach einem Geschirrtuch und blieb dann mit hängenden Armen stehen.

»Nicht nötig«, sagte Karla, »das trocknet von selbst.«

Sie war in ihrer Welt. In der, die ihr gehörte, ihrem Lebensraum. Dazu gehörten das Bett an der Wand mit seiner weißen wollenen Tagesdecke. Der Schreibtisch mit den vielen Schubladen, er stammte noch aus ihrer Schulzeit, sogar die Reste der Aufkleber, die sie damals an die Schubladen geklebt hatte, waren noch zu sehen. In der Ecke ein Sessel, sie hatte dort fernsehen wollen, tat es aber nie. Wenn sie fernsah, dann zusammen mit Karla draußen im Wohnzimmer. Sie hatte einen kleinen 17-Zoll-Fernseher, auf dem stand eine hohe Schüssel, von Ekstad-Tassen, aus einer der feinsten Serien, »Meerdorn«. Gerade diese Serie war nicht mehr aufzutreiben, sie hatten sie damals alle drei zu Weihnachten bekommen. Die Schüssel hatte Hilja als Blumenvase gedient, bis sie eines Tages las, dass es gefährlich sei, Blumenvasen auf Fernseher zu stellen. Sollten sie umkippen, konnte das Wasser die empfindlichen Röhren beschädigen. Jetzt lag nur noch Kleinkram in der Schale, Ohropax, eine Büroklammer, einige Haarnadeln und eine finnische Münze.

An die Wand über das Bett hatte sie ein Plakat gehängt. Es zeigte vier Pferde, die über einen Sandstrand liefen. Im Hintergrund ging die Sonne unter. Sie hatte das Plakat einige Jahre zuvor beim Vattenfestival gekauft.

Zuerst hatte sie es Göran schenken wollen, aber dann befürchtete sie, dass er es kitschig finden würde. Oder dass seine Frau das vielleicht meinen könnte. Sie wollte ihm gern Geschenke machen, zum einen, weil sie ihn liebte, zum anderen, damit er immer an sie dachte, wenn er die Geschenke sah. Aber leicht war es nicht, seine Frau durfte doch keinen Verdacht schöpfen. Einmal schenkte sie ihm einen Kugelschreiber, in den sie seinen Namen eingravieren ließ. Er schien sich sehr darüber gefreut zu haben. Aber sie wusste nicht, ob er ihn benutzte. Er schrieb wohl meistens am Computer.

In der Wohnung war es jetzt still. Karla war mit Spülen fertig. In ihr kam ein Gefühl der Rastlosigkeit auf. Sie holte das Telefonbuch und schaute unter A nach, wie Ask. Es gab zwei Jennys, aber keine Jennifer. Sie hatte wohl auch nicht im Ernst geglaubt, die Schauspielerin Jennifer Ask würde einfach so im Telefonbuch stehen.

Aber was war mit Arne Palmér? Dem, der Jenny Blumen geschickt hatte. Ob der wohl aufgeführt war? Nein, auch der nicht. Komisch. Er hatte doch eine Telefonnummer hinterlassen. Aber die war sicher geheim.

Sie wusste noch immer, wie er ausgesehen hatte, die Goldkette um den Hals, die schütteren, nach hinten gekämmten Haare, die Sonnenflecken. Er hatte sich so arrogant angehört. Für ihn war sie ein Nichts. Arne Palmér hatte sie in dem Moment vergessen, in dem er den Laden verlassen hatte, das stand einwandfrei fest.

»Schwein«, fauchte sie.

Wie konnte Jenny nur mit so einem zusammen sein? Wo sie doch von ganz Schweden bewundert und geliebt wurde. Wo sie mit einem gut aussehenden Komponisten verheiratet war und außerdem jeden haben könnte. Wo sie schlank und hübsch war, wie ein junges Mädchen, obwohl sie Kinder geboren hatte und auf die fünfzig zuging.

Sie wurde von Heißhunger auf etwas Süßes überfallen, Pralinen oder Geleehimbeeren. Sie zog die Nachttischschublade so hastig heraus, dass sie sie plötzlich in der Hand hielt. In dieser Schublade versteckte sie die Süßigkeiten, die sie sich oft kaufte. Der Heißhunger konnte sie jederzeit ohne Vorwarnung überkommen. Jetzt war die Schublade leer, bis auf einige klebrige Zuckerkrümel. Sie hob sie an den Mund und steckte die Zungenspitze hinein. Leckte Kanten und Ecken ab.

Auf einen plötzlichen Impuls hin griff sie dann zum Telefon und wählte Görans Mobilnummer. Sie sehnte sich nach seiner Stimme, und sei es auch nur die seines Anrufbeantworters.

Hier spricht Göran Markusson, und Tatsache ist, dass ich im Moment nicht antworten kann. Aber hinterlassen Sie Ihren Namen und Ihre Nummer, dann rufe ich zurück.

Zu ihrer Überraschung meldete er sich nach dem ersten Klingelton.

»Hallo, ich bin's«, sagte sie vorsichtig. »Kannst du reden? Sonst musst du so tun, als ob ich mich verwählt hätte.«

Er schwieg einige Sekunden lang. »Nein, ist schon gut.«

»Du kannst also reden?«

»Ja.«

»Wo bist du?«

»Zu Hause.«

»Zu Hause?«

»Ja. Allein. Sie ist bei einem Kurs.«

Tränen stiegen in ihr hoch, wild und übermächtig. Sie versuchte, sie hinunterzuschlucken. Von weit her hörte sie eine Stimme, die besorgt klang.

»Ist was passiert? Hilja, was ist los?«

»Nein, ich hatte nur Sehnsucht nach dir. So schreckliche Sehnsucht.«

»Es ist also nichts passiert?«

»Nein.«

»Du klingst so …«

»Nein, wirklich nicht. Ich fühle mich nur gerade nicht so toll. Ein bisschen niedergeschlagen.«

»Ach so.«

»Wenn wir uns wenigstens treffen könnten.«

»Du, ich sitze hier an der Arbeit. Wir sind mit diesem Mälaröprojekt beschäftigt, das muss morgen Nachmittag fertig sein. Es ist also ziemlich hektisch.«

Sie schniefte.

»Es ist wichtig, dass wir fertig werden.«

»Ja, natürlich.«

»Sonst hätten wir uns natürlich getroffen.«

Sie schniefte wieder.

»Wir hätten irgendwohin fahren können. Und uns einfach nur umarmen.«

»Mmmm.«

»Ich habe auch Sehnsucht nach dir, das weißt du doch, wenn bloß dieses verdammte Projekt nicht wäre.«

»Ja.«

»Engström sitzt mir die ganze Zeit im Nacken, du weißt ja, wie er ist.«

Das wusste sie. Göran unterhielt sie oft mit Geschichten von seinem Arbeitsplatz. Er hatte eine merkwürdige Beziehung zu seinem Chef. Bewunderte ihn und war von ihm beeindruckt. Fühlte sich aber gleichzeitig von ihm überfahren.

»Kümmer dich nicht um ihn«, sagte sie.

»Nein. Tu ich auch nicht. Aber dieses Projekt, das muss einfach fertig werden.«

Sie sah ihn vor sich, an dem niedrigen Wohnzimmertisch, wo er die Papiere über Stühle und Boden verteilt hatte. Sie war niemals bei Göran zu Hause gewesen, aber sie hatte es sich oft vorgestellt. Das Sofa aus ockergelbem Samt, dazu die passenden Satinvorhänge. Die vielen Katzenfiguren im Regal in der Diele, seine Frau sammelte Katzen, das wusste sie. Und dann der weiße Schrank mit den Glastüren. Dahinter prangte das gute Porzellan, sie hatten Ekstads »Dorfservice«, das mit den robusten Mohnblumen. Das stimmte wirklich, das wusste sie. Damit deckte Betty zu feierlichen Gelegenheiten. Wenn sie Freunde zu Besuch hatten, andere Ehepaare. Die Nachbarn aus der Reihenhaussiedlung. Oder Verwandte.

»Göran!« Das kam als leiser Ruf heraus.

»Ja.«

»Wann können wir uns treffen, was meinst du? Nächste Woche, kannst du dann?«

Sie hörte, wie er in seinen Unterlagen blätterte. »Am Mittwoch?«, fragte er zögernd. »Wie sieht es dann bei dir aus?«

»Ja. Am üblichen Treffpunkt also?«

»Am üblichen Treffpunkt. Und, Hilja?«

»Ja?«

»Du weißt, was ich für dich empfinde. Du weißt, dass ich wie ein Scheich auf einem feurigen Hengst loseilen würde, wenn ich nur könnte. Um dich zu holen. Und dich mitzunehmen.«

»Ich weiß.«

Als sie aufgelegt hatte, liefen ihre Tränen wieder. Sie legte den Kopf in den Nacken und spürte, wie die Tränen in ihre Haare sickerten.

Es wurde an die Tür geklopft, leise und irgendwie flehend. Ohne auf Antwort zu warten, kam Karla dann herein. Sie hatte sich einen Schal um ihre hochgezogenen Schultern gelegt.

»Störe ich?«

»Nein«, sagte sie mit rauer Stimme. »Haben die Tabletten geholfen?«

Karla schüttelte den Kopf. »Nicht sehr.«

»Sollen wir denn dann nicht zum Krankenhaus fahren?«

»Also wirklich! Was glaubst du denn, was die tun können? Da muss man dann sieben Stunden warten, und dann kommt ein gestresster und gleichgültiger junger Spund von Arzt, und was kann der schon machen, rein gar nichts kann der machen!«

»Ja, dann weiß ich auch nicht.«

»Nein.«

»Ich kann doch auch nicht …«

Karla ging zum Sessel weiter und nahm mühsam Platz. Sie legte ein Bein über das andere. Ihr Mund war weiß und verspannt. »Man kann sich ja fragen, was ich verbrochen habe, wo ich so hart gestraft werde.«

»Karla, ich …«

»Was habe ich verbrochen? Sag es mir!«

»Du hast sicher nichts verbrochen, im Gegenteil. Es ist ungerecht, das ist es wirklich. Überleg doch mal, wie viele andere es gibt, solche, die es wirklich verdient hätten, leiden zu müssen. Undankbare miese Trottel. Denen alles gelingt, was sie sich nur erträumen. Die sich nicht einmal anstrengen müssen, sondern die alles für selbstverständlich halten. Denen es einfach gut geht.« Sie sah plötzlich Jenny vor sich, im Taxi, ihren Verrat. Sie hustete und verstummte.

Karla wandte ihr ihr blasses, müdes Gesicht zu. Ein Rest Apfelschale klebte an ihrem Kinn. Es sah scheußlich aus, sie achtete sonst sehr auf ihr Äußeres.

»Bist du sicher, dass ich nicht störe?«, fragte sie nach einer Weile.

Irgendwo im Haus waren Hammerschläge zu hören. Hilja hatte einige Tage zuvor einen Möbelwagen gesehen. Und der Fahrstuhl war lange besetzt gewesen.

»Ganz sicher.«

»Ich habe gehört, wie du telefoniert hast.«

»Ach?«

»War das der Kerl, mit dem du dich triffst?«

»Welcher Kerl?«

»Ich bin weder blind noch taub.«

»Das habe ich auch nicht gesagt.«

»Göran. Heißt der nicht so?«

Hilja bewegte sich. In ihrem Hinterkopf hörte sie ein Rauschen.

Karla redete weiter. »Entschuldige, wenn ich das so sage, aber mir kommt diese Beziehung nicht gerade konstruktiv vor.«

»Wieso denn konstruktiv?«

»Die macht dich doch nur traurig. Ich sehe ja, wie traurig sie dich macht.«

Sie schluckte.

»Ein verheirateter Mann, Hilja! Da kann doch nichts Vernünftiges dabei rauskommen!«

»Was weißt du denn davon?«

Karla fuhr sich mit der Hand über das Kinn. Die Apfelschale fiel auf den Boden. »Das ist doch nicht schwer zu erraten.«

»Es ist ja wohl noch nicht verboten, sich mit verheirateten Männern zu unterhalten.« Sie saß gerade und hochaufgerichtet da, ihre Hände lagen klobig auf ihrem Schoß.

»Unterhalten, nein. Aber das ist ja wohl nicht alles, was ihr macht. Euch unterhaaaaalten.« Sie verstellte ihre Stimme, als sie das letzte Wort aussprach.

Hilja gab keine Antwort, Karla kratzte mit einem Daumennagel am anderen und zupfte an ihrer Nagelhaut herum. Ihre Nägel waren mit weißen Flecken übersät und brüchig. Sie hätte gern lange gehabt. Aber im Moment sahen sie zu unappetitlich aus.

»Ihr unterhaaaaaltet euch doch nicht nur, oder?«

»Er ist mein Freund. Kannst du begreifen, dass man einen Mann als besten Freund haben kann?«

»Dann lad ihn doch mal ein. Damit man ihn kennen lernt. Und ihm vorgestellt wird. Oder schämst du dich? Schämst du dich vielleicht?«

»Hör auf«, flüsterte sie.

»Ich finde, du solltest diesen Mann aufgeben. Das ist einfach nicht richtig, was du da machst. Niemandem gegenüber.«

»Er ist mein Freund, das habe ich dir doch gesagt. Der einzige Freund, den ich habe.« Sie hörte selbst, wie pathetisch das klang. Sie erhob sich und ging zum Fenster. Unten fuhr ein Zug mit gelben Postwagen vorbei. Hin und her fuhr er, er schien seine Richtung verloren zu haben. Sie zählte die Wagen, ganz mechanisch, es waren dreizehn, mit der Lokomotive vierzehn.

Karla stand ebenfalls auf. Ihre knochigen Finger zogen an den Fransen des Schals. »Gibt's nichts im Fernsehen?« Sie lachte.

»Ich weiß nicht.«

»Dann geh ich uns ein bisschen Kaffee kochen.«

Sie blieb im Zimmer sitzen. Etwas passierte mit ihr, das Weinen vertrocknete und verflog. Sie stand am Fenster, und der Zug fuhr vorbei, ein Pendlerzug nach Södertälje oder Nynäshamn, in die andere Richtung der Arlanda-Express. Gelb und gestreift wie eine Insektenlarve bahnte er sich seinen Weg und verschwand unter der Brücke. Es schepperte und klirrte, sie sah Menschen auf dem Bahnsteig, kleine dunkle Figuren, kleine Fetzen, zuerst geballt, dann jeder für sich, in alle Richtungen, sie verteilten sich in den Straßen und verschwanden.

Unten fuhr jemand mit einem Fahrrad auf den Innenhof. Sie wusste nicht, wer das war, sie kannte im Haus kaum jemanden, außer den unmittelbaren Nachbarn und einer halbsenilen Witwe, Frau Castell, aus dem fünften Stock. Der ging Hilja immer aus dem Weg. Frau Castell war übellaunig und aufdringlich, und immer brauchte sie bei irgendetwas Hilfe. Außerdem war sie neugierig und stellte direkte und indiskrete Fragen.

»Warum habt ihr keine Kerle gefunden, du und deine Schwester? Wollte euch denn keiner, he? Oder seid ihr lesbisch?«

Der Mann stieg vom Fahrrad und schloss es ab. Sie hörte, wie die Haustür zufiel, dann kreischte der Fahrstuhl auf. Das Haus hatte sechs Stockwerke.

Sie öffnete das Fenster. Die Luft kam ihr entgegen, kühl und feucht. Vom Kanal her hörte sie das rhythmische Tuckern eines Schiffsmotors. Sie lehnte sich über die Fensterbank hinaus, dort unten standen Büsche, die wurden jetzt gelb und verloren ihre Blätter. In einigen Tagen würden alle zum Säubern des Hofes aufgefordert werden, das passierte immer um diese Jahreszeit. Aber sie würde sich an dieser Arbeit nicht beteiligen.

Sie ballte die Faust und schlug damit gegen die raue Wand.

Immer wieder, bis Blut kam. Dann riss sie sich das Haarband vom Kopf und ließ es hinunter auf den Rasen fallen. Sie sah, wie es sich wie eine zarte, helle Maske dort abzeichnete. Cerise, surprise. Was spielte es schon für eine Rolle, wenn sie versuchte, sich zurechtzumachen und gut auszusehen? Die Haarnadeln fielen klirrend hinterher. Sie ließ den Kopf nach vorn hängen, ihre Stirn lag auf der Fensterband, und ihre Zähne knirschten, als bissen sie in Kies.

Über lange Zeiträume hinweg reichte es ihm, seine Aufzeichnungen hervorzuholen und darin zu blättern. Die Erinnerung an jede Frau, jeden Fall war stark genug.

Er würde sich von diesen Papieren niemals trennen. Sie retteten ihn vor Entzugserscheinungen.

Durch die stickige Dunkelheit näherte sich ihr Karlas Stimme. Sie kam durch die Diele, müde und weich, sie klang hilflos, so dass Hilja schlagartig hellwach war. Sie hatte nicht geschlafen, sondern einfach nur vor sich hingedöst, hatte sich in ihrer Phantasie alles Mögliche überlegt. Es war ja wohl noch erlaubt, sich nachts Szenen auszumalen, in denen sie selbst auftrat und zugleich Regie führte. Sie lag im Bett und verspürte Lust, sie presste die Hand an ihren Körper. Es war ein schönes und scharfes Gefühl, nah, ganz nah.

Bis die Karlastimme ins Zimmer eindrang.

Ihre Fußsohlen schraken zusammen, als sie den Boden berührte, obwohl es eigentlich nicht kalt war. Sie zog ihr Nachthemd gerade, es war zu den Hüften hochgerutscht, sie machte kein Licht, sie ging hinaus in die Dunkelheit und gab keine Antwort, denn sie wusste, dass Karla wusste, dass sie sie gehört hatte und unterwegs zu ihr war.

Vor Karlas Zimmer blieb sie stehen und schaltete die kleine Kommodenlampe ein. Schob die Tür auf. Ging die wenigen Schritte über den Teppich und zu Karlas Bett. Setzte sich auf die Bettkante.

»Hast du gerufen?«

Gequältes Jammern kam unter der Decke hervor.

»Hast du Schmerzen?«

»Jaaaa.«

»Ach, du Arme.«

Sie bewegte die Hand über dem verkrümmten Körper der Schwester hin und her, nur in der Luft, mehr tat sie nicht. »Was tut weh?«

»Rücken und Schultern. Und die Knochen, innen, im Skelett sozusagen.«

Ihre Handflächen lagen auf dem Laken. Darunter gab es diesen knotigen Schmerz, sie drückte, bis Karla sich aus dem Gewirr der Bettwäsche löste und auf das Kissen fiel. Ihre Haut glänzte vor Schweiß, und ihre spitzen Schulterblätter schienen die Haut zu durchbrechen.

»Und wenn ich so mache?«

Jetzt berührte sie die Haut, die erstarrte, ausgetrocknete, und mit dem Finger verteilte sie einen Klecks Salbe, eine Heilsalbe, gegen die Muskelspannung. Karla lag ganz still da und ließ sie gewähren, sie streckte ihre Arme zur Wand hin, damit Hilja nicht aus Versehen die winzigen Brüste berührte, ihre Finger liefen an den Rippen entlang, drückten und zogen, immer fester, bis auch ihre eigene Haut von der Salbe heiß wurde. Karla lag stumm und still da, sie schien jegliche Fähigkeit, irgendetwas zu empfinden, abgelegt zu haben.

Es sah ihr überhaupt nicht ähnlich, sie konnte doch sonst keine Berührung ertragen, schreckte zurück, wenn jemand ihr zu nahe kam. Diesmal nicht. Hilja musste sich anders setzen, denn nun bohrte sich die Bettkante in ihren Oberschenkel, und sie merkte, dass ihr linkes Bein kurz vor dem Einschlafen war. Sie kniete im Bett, lehnte sich an die Wand und griff nach Karlas Knöcheln. So schmal sahen die in ihren Händen aus. Sie hätte sie abbrechen können, nur ein Knick, dann der kurze, scharfe Knall, wie ein welker Ast. Ihre Daumen bewegten sich um die Ferse herum, in die Fußwölbung hinein, kreisten um die kleinen Kugeln, die die Laufkissen des Fußes darstellten. Zwischen Karlas Zehen quoll säuerlicher Schweißgeruch hervor. Sie rieb sie mit Salbe ein, zwischen den Zehen und über den Knöchel und den Spann, die Haut an den Füßen der Schwester war trocken und gesprungen, und sie drehte die kleinen Zehen und bewegte sie behutsam in ihrer Befestigung. Karla keuchte jetzt, die Salbe brannte in ihren Poren, drang in die Nerven ein, beruhigte sie. Sie atmete zischend und schlaff.

Sie konnte das Knien nicht mehr ertragen. Ihre Gelenke knackten, als sie die Beine über die Kante schwang und aufstand. Über die Schwester gebeugt, zog sie die Decke hoch und bedeckte den entblößten Körper. Der kleine dunkle Kopf zeichnete sich schwach vor dem Kissen ab.

»Gute Nacht«, flüsterte sie.

»Gute Nacht und danke.«

Erst, als sie ihr Zimmer betrat, ging ihr auf, dass die Heilsalbe in ihre eigene verletzte linke Hand eingezogen war. Die zerschrammte Haut glühte vor Schmerz. Sie rieb ihre Finger am Nachthemd ab. Blies darauf, bewegte die gespreizten Finger hin und her.

Sie sah ein Bild ihrer Mutter vor sich. Sie saßen am Küchentisch, und die Hand der Mutter umschloss ihre eigene. Die Hand der Mutter fühlte sich hart und mager an, so ganz anders als ihre eigene klobige Molligkeit.

Vor ihr lagen ein Schulheft mit hellblauen Linien und ein Bleistift, der einfach die Bewegungen verweigerte, die sie mit ihm ausführen wollte. Die vielen verschnörkelten Formen, wie in den Buchstaben S und B. Sie wollte zudrücken, wollte den Bleistift mit ihrer Kraft lenken.

Nur ging es hier nicht um Kraft. Es dauerte allerdings eine ganze Weile, bis sie das einsah.

Das Maklerbüro Agnevik & Bendrich lag ganz unten in einem schmutzig gelben, fünf Stockwerke hohen Haus in der Norrbackagata in Vasastan. Die Räumlichkeiten hatten ursprünglich als Lebensmittelladen gedient und bestanden aus zwei Zimmern, einem größeren und einem kleineren, sowie einer Teeküche. In das kleinere Zimmer passte kaum mehr als ein ovaler Tisch und einige Sessel. Hier saßen Käufer und Verkäufer, wenn sie den Vertrag unterschrieben. Auf dem Tisch standen Kaffeebecher mit dem Logo der Firma, ein Zinnbecher mit Kugelschreibern, ebenfalls mit Logo versehen, es gab Schreibblöcke, einen Hefter und eine Schale mit Reformhauskeksen.

Kristians Kompagnon, Andreas Bendrich, stammte aus Österreich. Er war zwar schon als Junge nach Schweden gekommen, sprach aber noch immer mit einem leichten Akzent. Sie hatten sich bei einer Fortbildung für Makler kennen gelernt und sofort gut verstanden. Erst rissen sie nur Witze darüber, dass ihre beiden Nachnamen sich als Firmennamen großartig eignen würden, so altertümlich und gediegen – der bloße Name bürge schon für Qualität. Nach und nach ging ihnen dann auf, dass sie wirklich Recht hatten, und sie beschlossen, sich zusammenzutun und ihre eigene Firma zu gründen. Das war jetzt fünf Jahre her. Bisher waren es gute Jahre gewesen. Sie kamen gut miteinander aus und konnten es auch mit der Konkurrenz der großen Firmen aufnehmen.

Blätter wurden vor der Treppe hochgewirbelt. Eine Frau kam mit einem Hund vorbei, der Hund riss an der Leine, wollte spielen, fing an, ein Blatt zu jagen. Kristian hatte Angst vor Hunden, fühlte sich in ihrer Gegenwart angespannt und unsicher. Er wurde nicht schlau aus ihnen. Jederzeit konnten sie durchdrehen und bellen. Dieser hier sah allerdings ziemlich harmlos aus, eher noch ein Welpe. Die Frau lächelte ihn an. Er zwang sich dazu, ihr Lächeln zu erwidern.

»Wie alt ist er?«, fragte er höflich.

»Ein halbes Jahr. Aber ich glaube, er wird nie richtig erwachsen.«

»Er sieht jedenfalls ziemlich nett aus.«

»Danke. Ist er auch. Meistens.« Die Hund zog sie weiter, sie lief los und verschwand am Ende der Straße. Kristian drückte auf die Türklinke. Die Tür war abgeschlossen. Das bedeutete, dass Andreas noch nicht gekommen war. Er war den ganzen Vormittag ausgeblieben. Und angerufen hatte er auch nicht.

Bohrende Unruhe überfiel Kristian. Sein Kollege hatte sich auf seltsame und fast schon beängstigende Weise verändert. Er kam nicht mehr regelmäßig ins Büro. An manchen Tagen ließ er sich überhaupt nicht blicken. Beim ersten Mal hatte Kristian angenommen, er besuche Kundschaft. Er nahm an, Andreas habe einfach vergessen, ihn wie gewohnt über seine Termine zu informieren. Am nächsten Tag war er dann wie üblich erschienen, wirkte aber verbissen, fast schon reizbar. Und immer wieder beschwerte er sich über irgendetwas. Über pure Bagatellen: dass Kristian in der Teeküche einen Zettel vergessen hatte, oder dass die Bilder, die er von einem Objekt in Spånga gemacht hatte, langweilig und unscharf seien. Er sagte das in einem vergrätzten und anklagenden Ton, der ihm überhaupt nicht ähnlich sah. Als Kristian endlich fragte, was in ihn gefahren sei, sagte er, er habe Migräne.

»Warst du deshalb gestern nicht hier?«

»Ja.«

»Du hättest aber anrufen können.«

»Das hab ich doch.«

»Ach?«

»Ganz sicher. Du hast es einfach vergessen.«

Einige Tage später kam er dann wieder nicht. Kristian versuchte, mit ihm zu sprechen, versuchte, herauszufinden, ob etwas anderes dahinter steckte, ob er zu Hause Probleme hatte, vielleicht mit seiner Freundin, Cecilia. Worauf Andreas einen Wutanfall erlitt und Kristian dessen Großer-Bruder-Haltung vorwarf.

Das Ganze war ziemlich unangenehm. Kristian wusste nicht, wie er damit umgehen sollte. Er spielte mit dem Gedanken, Cecilia zu fragen, aber dazu war er noch nicht gekommen. Vielleicht war ja alles nur ein Zufall. Jeder hatte mal eine schlechte Phase. Vielleicht würde das Problem sich von selbst lösen, wenn er es nicht an die große Glocke hängte.

Und er kannte Cecilia ja auch nicht gut. Andreas war noch nicht lange mit ihr zusammen. Ungefähr ein Jahr zuvor hatte er sich nach kurzer Ehe von seiner Frau getrennt. Er hatte keine Geduld mit Frauen. So drückte er sich aus, scherzhaft, aber doch auch ein wenig resigniert.

Andreas hatte keine Kinder. Kristian dagegen hatte in seiner Villa drei Frauen, die gut entwickelt waren, launisch und respektlos. Seine Frau und ihre Töchter. Linda war sechzehn, Ylva vierzehn. Er hatte Elisabet erst ziemlich spät kennen gelernt. Er war damals schon fünfunddreißig gewesen und hatte sich auf ein Leben als Junggeselle eingerichtet. Damals arbeitete er bei einer der größten Immobilienfirmen des Landes. Elisabet hatte über diese Firma eine Wohnung kaufen wollen. Sie war von Ljungby nach Stockholm gezogen und hatte absolut unrealistische Vorstellungen vom dortigen Preisniveau. Er musste noch immer lachen, wenn er an ihr Erspartes dachte: 35 000 Kronen. Was hatte sie sich dafür wohl erhofft? Das reichte ja kaum für einen Quadratdezimeter Betonboden in einer Garage.

Kristian ging hinaus in die Teeküche und machte in dem elektrischen Kocher Wasser heiß. Er goss sich einen Tee auf. Der Laminatboden sah noch immer wie neu aus. Andreas und er hatten ihn selbst gelegt, sie hatten sich eine Woche frei genommen und den Laden renoviert, ihn in ein Büro verwandelt. Andreas war zweifellos der Geschicktere von beiden. Er nahm alle Details peinlich genau. Aber das Ergebnis konnte sich sehen lassen. Sie hatten die Wände mit Sackleinen tapeziert und weiß gestrichen, sie hatten einen Anhänger gemietet und waren zu einem Baumarkt nach Hässelby gefahren. Dort bekam Andreas Rabatt, er kannte einen der Besitzer.

Als alles fertig war, hatten sie ihre Familien zu einem kleinen Einweihungsfest eingeladen.

Verdammt, dachte er jetzt. Verdammt, verdammt, verdammt. Was war denn bloß los?

Er setzte sich an seine Hälfte des riesigen Schreibtisches, dessen Querseite vor dem Fenster stand. Sie teilten sich diesen Tisch, er und Andreas. Jeder hatte eine halbe Tischplatte, eine Ablage, einen Computer, dazu gab es einen gemeinsamen Drucker. Er beugte sich vor und zog Andreas' Terminkalender zu sich. Der war bei der aktuellen Woche aufgeschlagen, enthielt aber keinerlei Vermerke. Es ging auf halb zwei zu. Er musste anrufen und fragen, was zum Teufel das nun wieder sollte. Auch wenn ihm dann seine Big-Brother-Tour vorgeworfen werden würde. Das musste er es riskieren.

Kristian schloss die Augen und versuchte, sich das Gesicht seines Partners vorzustellen, die struppigen blonden Haare, die Lachgrübchen – der wahr gewordene Traum jeder Schwiegermutter. Intensiv versuchte er sich vorzustellen, wie die Tür plötzlich aufgerissen wurde und Andreas auf der Schwelle stand, seine Aktentasche zu Boden fallen ließ, den Computer einschaltete und noch in Schal und Mantel die neuesten Objekte auf den Bildschirm holte.

»So, Mann. Jetzt können die Ärsche bieten!«

Nein. Er war noch immer allein. Er verschränkte die Hände

im Nacken und starrte das Aquarium an, in dem vier Goldfische träge umherglitten. Hatten sie schon Futter bekommen? Er konnte sich nicht erinnern. Sicherheitshalber drehte er den Deckel von der Dose und ließ ein wenig Trockenfutter ins Wasser rieseln. Muffiger Käsegeruch schlug ihm entgegen. Die Fische reagierten nicht. Vermutlich waren sie satt. Das Aquarium gehörte Andreas. Es hatte in dem ansonsten ziemlich unpersönlichen Büro durchaus dekorativ gewirkt. Jetzt aber war es von Algen und anderem Dreck überwuchert. Andreas nahm es sonst mit der Pflege sehr genau, ungefähr einmal pro Woche saugte er das Wasser mit einem kleinen Plastikschlauch heraus und kratzte die Glasscheiben von innen ab. Aber jetzt schien er sich nicht mehr darum zu kümmern.

Eigentlich müsste er das Aquarium leeren und wegstellen, egal was Andreas dazu sagen würde. Es war sein gutes Recht, aber er musste wohl warten, bis die Fische gestorben waren. Schon etliche hatten mit dem Bauch nach oben und weißen Augen auf dem Wasser getrieben. Und zwar so lange, bis die Kollegen ihn anknabberten. Andreas wollte die toten Fische als Sättigungsbeilage liegen lassen, wogegen Kristian energisch protestierte. Ihm schauderte vor Ekel, wenn er sie mit dem kleinen grünen Käscher herausfischte und in die Toilette warf. Wenn die Wasserflut sie dort hochspülte, schienen sie die Flossen zu spreizen und noch zu leben.

»Andreas, du Idiot«, murmelte er jetzt. »Was ist bloß los?«

Der Anrufbeantworter blinkte. Er musste ihn abhören, vielleicht hatte Andreas eine Nachricht hinterlassen, doch er wusste im Grunde schon, dass dem nicht so sein würde. Er trank einen Schluck Tee und hörte sich die Anrufe an. Es waren drei an der Zahl. Der erste war von seiner Tochter Ylva, er hörte ihre dünne, nasale Stimme. Sie bat um Entschuldigung dafür, dass sie am Vorabend so blöd gewesen war. Sie war schon seltsam, sie konnte immer noch zugeben, dass sie im Unrecht gewesen war. Bei Linda war das anders. Sie war stur und giftig wie eine Kobra. Er wusste schon gar nicht mehr, weshalb er mit Ylva aneinander geraten war. Das kam jetzt immer häufiger vor. Er konnte sich nur an den Knall erinnern, mit dem sie ihre Zimmertür zugeschlagen hatte, dann ein heftiges Klirren. Der Spiegel in ihrem Zimmer, wie sich nachher herausstellen sollte. Sie wollte ihn eigentlich nicht zerschlagen, sie hatte ihr Aussehen nur so »verdammt satt« gehabt.

Der zweite Anruf stammte von einem Käufer, der einen Termin verlegen wollte.

Dann hörte er eine Frauenstimme.

»Hallo, Kristian, hier ist Jennifer Ask, kannst du dich an mich erinnern? Ich hieß früher einmal Andersson, vor sehr langer Zeit, als wir miteinander zu tun hatten. Daran erinnerst du dich vielleicht? Jetzt brauche ich deine Hilfe, kannst du mich anrufen?«

Seine erste Reaktion war Unlust. Er drückte so hart mit der Kugelschreiberspitze gegen das Papier, dass sie abbrach. Alles kam wieder in ihm hoch, die ganze Geschichte mit Jenny. Er hatte sie seit dem Abiturtag nicht mehr getroffen, als sie plötzlich mit einer Rose in der Hand auf dem Schulhof stand. Ein Versöhnungsangebot, von dem er nicht mehr gewusst hatte, ob er es überhaupt noch wollte. Er war die Erinnerung an sie und alles, was mit ihr zu tun hatte, damals gerade erst los geworden.

Einige Jahre nach dem Tod seiner Mutter und seinem Umzug in die Stadt waren sie eine Zeit lang ein Paar gewesen. Zuerst hatte ihn das überrascht, für ihn war sie immer nur die anstrengende und aufdringliche Spielkameradin seiner kleinen Schwester gewesen. Doch eines Abends ging er ins Kino. Er sah Bergmans »Maskenfest« mit Liv Ullman und Bibi Andersson, ein Film, von dem er peinlich berührt war.

Als er das Kino verließ, stand sie da. Sie trug enge schwarze Jeans und eine abgenutzte Lederjacke, und an ihrem Gesicht war nichts Kindliches mehr.

Sie zündete sich eine Zigarette an, eine John Silver ohne Filter. Ein Stück Zigarettenpapier blieb an ihrer Unterlippe kleben. Trotz der Kälte trug sie die Jacke offen, ihre Haut war weiß und nackt, und sie fror so sehr, dass sie mit den Zähnen klapperte. Er hielt Ausschau nach Hilja oder irgendeiner anderen Begleitung, aber sie war allein. Ehe er es verhindern konnte, hatten seine Hände sich gehoben und ihre Jacke geschlossen. Mit dem Zeigefinger strich er die Papierflocke weg. Jenny schien das komisch zu finden. Sie machte einen Lungenzug, ihre Nase glänzte und war rot.

»Was machst du hier in der Stadt?«, fragte er und dachte an die lange U-Bahnfahrt nach Vällingby, die ihr bevorstand. Sie erzählte, dass sie nach der Scheidung ihrer Eltern umgezogen war. Ihre Mutter hatte sich in einen Flugkapitän verliebt. Und jetzt wohnte Jenny mit ihrem Vater in einer Zweizimmerwohnung in Abrahamsberg.

»Und du hast angefangen zu rauchen«, sagte er in dem hoffnungslosen Versuch, den Erwachsenen zu spielen.

Sie lachte spöttisch. »Willst du eine?«

Sie gingen in ein Café, es lag in der Kungsgata und war seither längst einem 7-Eleven-Kiosk gewichen. Ihre Hände wärmten sich an der Kaffeetasse, ihre Nägel waren lila lackiert. Er wusste nicht, was er sagen sollte. Plötzlich fehlten ihm die Worte, ihm fehlten die Worte, diese junge, fremde Frau, in die sie sich verwandelt hatte, anzusprechen. Auch sie war nicht gerade gesprächig. Sie musterte ihn nur, ungeniert, sie summte ein Beatlesstück mit. *Michelle. Ma belle. Sont des mots qui vont très bien ensemble, très bien ensemble.* Sie holte einen Taschenspiegel hervor und zog sich die Lippen nach. Kniff sie zusammen, trug noch eine Farbschicht auf.

»Wie geht's denn Hilja?«, fragte sie.

»Gut, nehme ich an.«

»Wir wollten ja Kontakt halten, aber du weißt, wie das ist. Man lebt sich auseinander. Entwickelt unterschiedliche Interessen.«

»Ich weiß.«

»Ich denke manchmal an sie. Ob es ihr gut geht und so.«

Er sagte wahrheitsgemäß, dass er Hilja auch nicht so oft sehe.

»Wieso nicht, sie ist doch deine Schwester.«

»Das schon.«

»Aber die wohnen wohl noch immer in Vällingby, Karla und sie?«

»Ja, ja, immer noch.«

»Die arme Hilja.«

»Wieso denn?«

»Du weißt, was ich meine.«

Er wich der Antwort aus.

Jenny spielte an ihrer Papierserviette herum, rollte sie zu einem kleinen harten Stab zusammen.

»Ich fand es übrigens blöd, dass du weggezogen bist.« Sie schaute ihn ganz kurz an. »Alles war so bizarr, nach der Sache mit eurer Mutter und allem anderen, meine ich.«

Bizarr. Dieses Wort blieb in ihm haften. Es stimmte, sie hatte den Nagel auf den Kopf getroffen.

»Wohnst du noch immer bei dem alten Kerl?«, fragte sie nun.

»Schon, aber er ist kein alter Kerl.«

»Was ist er denn dann?«

»Ein Freund der Familie. Unseres Vaters.«

Sie wechselte das Thema. Sprach über den Film, verwickelte sich in lange, komplizierte Deutungsversuche. Sie gehörte zu einer Gruppe, erzählte sie, in der über aktuelle Filme diskutiert wurde. Er mochte nicht zugeben, dass dieser Film zu anspruchsvoll für ihn gewesen war.

»Das war elegante Kameraarbeit«, damit zog er sich aus der Affaire. »So rein, gewissermaßen. Nur Strand und Stein und Wasser. Und diese beiden Frauengesichter.«

»Und zu Anfang der Typ. Wie würdest du den deuten? Sein Name stand gar nicht mit im Nachspann. Ich habe ihn jedenfalls nicht gesehen.«

»Ich auch nicht.«

»Zuerst habe ich das nicht begriffen. Aber dann kommt es ja doch noch, zum Schluss. Er ist das Kind von beiden, meinst du nicht? Symbolisch sozusagen. Beide haben ihr Kind doch verleugnet, könnte man behaupten. Bibi Andersson hat abtreiben lassen, und Liv Ullmann, die … die wollte ja eigentlich gar kein Kind.«

»Nein.«

»Ich möchte ja wissen, was es für eine Erfahrung war, so eine stumme Rolle zu spielen, wie Liv Ullmann das da macht. Was für eine Leistung! Sie muss alles durch ihre Augen und ihren Mund ausdrücken, einfach durch kleine Mienenwechsel. Was für ein Balanceakt! Man darf ja auch nicht übertreiben, so ungefähr.« Und kichernd verzog sie ihr Gesicht und schnitt Grimassen.

Plötzlich war sie so erwachsen gewesen. Da saßen sie und diskutierten wie zwei weltgewandte, reife Personen. Ihm ging auf, dass er fast nie mit ihr gesprochen hatte, außer auf diese höhnische, halb aggressive Weise, die Kinder miteinander oft an den Tag legen.

Gleich nach zehn Uhr kam die Kellnerin und bat sie, das Lokal zu verlassen. Es wurde geschlossen. Er begleitete Jenny zum Hötorg. Ehe sie in der U-Bahn verschwand, schob sie die Hand in die Tasche und zog einen Zettel heraus.

»Das muss ich noch erzählen, ich spiele Theater. Mit der Gruppe, die ich erwähnt habe. Wir haben am nächsten Freitag Premiere, das kannst du dir doch ansehen. Aber nur, wenn du Lust hast, fühl dich bloß nicht verpflichtet.«

Sie steckte so voller Überraschungen. Und ehe er antworten konnte, war sie mit der Rolltreppe verschwunden. Ohne einen Abschiedsgruß, ohne zu winken.

Den ganzen nächsten Tag hindurch war sie in ihm vorhanden, wie eine Freude, wie eine keimende Erwartung. Er musste einfach bei Hilja anrufen, musste plötzlich alles über Jenny wissen, Dinge, an die er nie gedacht hatte. Aber wer sich meldete, war Karla, übellaunig und kurz angebunden. Sofort bekam er eine Gänsehaut.

»Wie geht's?«, fragte er mechanisch.

»Wie es eben geht.«

»Na ja.«

»Ich bin gerade von der Arbeit gekommen.«

Damals hatte Karla noch gearbeitet, im Pflegeheim Råcksta.

»Ich bin müde, wenn du das wissen willst«, sagte sie dann. »Nicht alle können den ganzen Tag auf ihrem Hintern sitzen.«

»Ich wollte nur kurz Hilja etwas sagen«, murmelte er.

Sie legte den Hörer hin und rief den Namen der Schwester.

»Wer ist da?«, hörte er Hilja rufen.

»Dein Bruder.«

Dann war Hilja da, sie klang misstrauisch.

»Hallo?«

Er bereute diesen Anruf schon. Es kam ihm nicht richtig vor, jetzt nach Jenny zu fragen. »Ich bin's, Kristian, ich wollte nur kurz hören, wie es dir geht.«

»Gut, nehme ich an.« Sie holte Atem, während sie das sagte, im Hintergrund hörte er das Klirren von Töpfen und Tellern. »Aber du, wir essen gleich, ich muss Karla helfen.«

»Ich wollte nur sagen, dass ich gestern Jenny getroffen habe.«

»Jenny? Unsere Jenny?«

»Ja. Sie ist umgezogen.«

»Ich weiß.«

»Weißt du auch, dass sie Theater spielt?«

»Theater?«

Ja, Theater, wollte er schreien. Wiederhol doch nicht jedes Wort, das ich sage. Stattdessen sagte er: »Ich soll von ihr grüßen. Das ist alles.«

Die Vorstellung wurde in einem kahlen, primitiven Kellerlokal im Stramaljväg gegeben. Zu seiner Überraschung war sie recht gut besucht, von jüngeren und älteren Leuten, vor allem wohl von Bekannten und Verwandten der Theatergruppe. Er glaubte, Jennys Vater zu entdecken, konnte aber keinen Blickkontakt zu ihm bekommen. Und das war vielleicht auch besser so. Denn wie soll man sich einem Mann gegenüber verhalten, dessen Frau ihn wegen eines Flugkapitäns verlassen hat? Soll man einfach einen lockeren Spruch bringen? Oder lieber düster und teilnahmsvoll aussehen?

Die Sitzreihen waren ein Wirrwarr aus Stühlen, Hockern und Kisten. Er hielt Ausschau nach Jenny, konnte sie aber nirgens entdecken. Sicher zog sie sich gerade um. Schließlich setzte er sich ganz hinten auf eine Tonne. Die stand an der Wand, da konnte er sich anlehnen und seinen Rücken ausruhen.

Die Bühne war verdeckt von einem Vorhang, der mit vielen Sicherheitsnadeln an einer Wäscheleine befestigt war; er versuchte, die Sicherheitsnadeln zu zählen und kam auf 47. An den Wänden hingen handgemalte Plakate, zwei waren ziemlich identisch miteinander und durchaus professionell gestaltet.

»Teater Tetra spielt *Mors,* ein Stück in einem einzigen langen Akt von Martin Bolivia.«

Bolivia? Was war das für ein Name? In ihm brannte ein Gefühl, das Ähnlichkeit mit Eifersucht hatte.

Gleich nach sieben Uhr wurde der Vorhang geöffnet, zwei starke Scheinwerfer richteten sich auf die Bühne. Das Stimmengewirr verstummte. Jenny kam herein. Sie war in eine fast durchsichtige Stoffbahn gehüllt und heftig geschminkt. Als er sie sah, hatte er sofort Angst um sie, Angst, sie könnte versagen, Angst, sie könnte die nervöse Sicherheit einbüßen, die sie seiner Meinung nach ausstrahlte, Angst, die unterdrückte Unruhe, die sich doch hinter dieser Stoffbahn verbergen musste, könnte ausbrechen und sie vernichten.

Später hätte er nicht sagen können, wovon das Stück gehandelt hatte. Es war eine Art Kriminalgeschichte. Aber wer war der Mörder, und wer war das Opfer? Er saß ganz still da und lauschte, er wagte nicht, seine Haltung auf der Tonne zu verändern.

»Wie hat es dir gefallen?«, fragte sie später, als sie zu ihm in den Saal gekommen war, noch immer mit der Theaterschminke im Gesicht.

Er sagte, er sei *impressed.* Er wusste noch genau, dass er diesen Ausdruck benutzt hatte. »I am impressed.«

Sie runzelte die Stirn. »Heißt das, dass es dir gefallen hat, oder was?«

»Natürlich. Du bist tüchtig, Jenny. Du bist verdammt gut.«

Sie sprang auf eine Kiste und drehte eine ungeschickte Pirouette. »Soll ich dir was sagen? Das hier will ich für den Rest meines Lebens machen!«

Sie war noch keine fünfzehn, aber in sexueller Hinsicht bereits alles andere als unerfahren. Sie nahm ihn mit sich nach Hause. Während ihr Vater arbeitete, schlüpften sie in ihr wackeliges, schmales Bett.

»Hiljas Bruder«, flüsterte sie und schloss ihre mageren Oberschenkel um seinen Hals, so dass er feststeckte wie in einer Mausefalle. »Hiljas spröder und eingebildeter Bruder.«

»Was!«, protestierte er.

»Doch, sicher, du bist ein echter Snob. Wohnst in Östermalm und überhaupt. Gehst in diese feeeuuuune Schule.«

»Hör auf, Jenny, wie kannst du so was sagen? Das meinst du doch nicht im Ernst!«

»Tu ich wohl.«

»Tust du nicht!«

Sie kabbelten sich wie kleine Kinder. Sie war nackt. Das wollte sie so. Er sollte angezogen sein, sie nicht, und er sollte auf ihr liegen, so dass seine Knöpfe und der raue Stoff seiner Kleidung ein Muster in ihre Haut prägten. Als es ihr kam, sah er das Weiße in ihren Augen, und ihre Pupillen verschwanden hinter ihren Augenlidern. Sie keuchte und bebte wie bei einem epileptischen Anfall.

Erst danach durfte auch er sich ausziehen, und sie war ruhig und umsichtig, und ihre Hände hatten keinerlei Hemmungen.

Einmal kam ihr Vater nach Hause, früher als erwartet. Sie hatten vergessen, die Tür zu schließen. Kristian lag auf dem Rücken, durch den Türspalt sahen sie, wie der Vater seine Jacke aufhängte und dann für einen Moment stehen blieb und lauschte. Jenny saß über Kristians Beinen. Das Laken war zerknüllt und schweißnass. Kristian schloss die Augen und wartete auf einen Wutanfall des Mannes. Er hielt den Atem an, auch Jenny hielt den Atem an, sie hatte den Kopf abgewandt, wie eine Wühlmaus. Als sie wieder wagten hinüberzuschauen, sahen sie, dass die Tür diskret geschlossen worden war.

Warum es zu Ende ging? Das hing mit dem Theater zusammen. Aber nicht nur. Oft fühlte er sich ihr gegenüber unterlegen. Vielleicht lag es daran, dass sie ihn in seiner tiefsten Erniedrigung gesehen hatte, damals in Vällingby. Schluchzend und misshandelt auf dem Boden. Voll und ganz der Gewalt seiner Schwester Karla preisgegeben. An diese Dinge wollte er absolut nicht denken, und er wollte auch nicht daran erinnert werden. Diese Zeit war vorbei, er war jetzt ein anderer.

Außerdem wollte Jenny ihn in die Theatergruppe hineinziehen, mehr und mehr, er sollte sogar auf der Bühne stehen. Doch er hatte keinen Spaß daran, im Gegenteil, er schämte sich und war verlegen. Sie sagte, es sei eine Frage der Geduld, und sie warf ihm vor, sich nicht einbringen zu wollen.

»Krille, der Geizhals. Der nicht wagt, sich anzubieten.«

Martin Bolivia, der wirklich lateinamerikanischer Herkunft war, schrieb ein neues Stück. Auf Jennys Wunsch hin fügte er die Rolle eines Hausmeisters hinzu, die für Kristian bestimmt war. Alles geschah inzwischen über seinen Kopf hinweg. Und es gab nicht länger nur ihn und Jenny.

Er hatte in diesem Stück nicht viel zu sagen, eigentlich gab es nur eine Replik, aber die kam ihm langweilig und verworren vor. Er gab sich Mühe, wenigstens anfänglich. Er hörte selbst, wie aufgesetzt er klang, und er konnte sich noch immer an Martin Bolivias verächtliches Grinsen und das Funkeln seiner runden Brille erinnern.

»Ich bringe eine Botschaft der Toten.«

Es klang pathetisch, schwülstig, aber er versuchte es trotzdem. Bis Martin Bolivia auf die Bühne sprang und seinen Arm packte. Seine wohlgeformten Lippen bebten.

»Ich bringe eine Boooootschaft. Verdammt, Kumpel, nicht so verkrampft. Du siehst aus wie ein Schürhaken, falls Schürhaken überhaupt gehen können, denk an etwas anderes, denk dich weg von der ganzen verdammten Bühne!«

Das tat er. Ja, genau das tat er.

Er dachte an Jennys Reaktion, als er ihr erzählte, dass er nicht mehr mitmachen wollte. Sie zeigte eine vage Erleichterung, sie richtete sich auf und schien sich endlich von einer schweren, niederdrückenden Last befreit zu haben.

»Alle haben sich für dich eingesetzt, und jetzt lässt du uns im Stich, du zeigst, dass dir das alles hier scheißegal ist. Was soll ich Martin sagen? Wie soll ich ihm das erklären? Du blamierst dich und mich zugleich.«

Aber in ihrer Stimme lag keine wirkliche Kraft, keine echte Empörung.

Er machte auf dem Absatz kehrt und ging.

Danach kamen ihm Zweifel. Hätte er bleiben und sich verteidigen sollen? Um Jenny auf seine Seite zu bringen? Dazu war es jetzt zu spät. Die folgenden Wochen waren schwer für ihn. Sie fehlte ihm, genauer gesagt, ihm fehlten ihr Körper und das, was sie in ihrem Zimmer gemacht hatten. Er war niedergeschlagen und übellaunig und vernachlässigte die Schule. Einmal sah er sie, nicht allein, sondern zusammen mit Martin Bolivia. Sie hielten einander an den Händen und leckten beide an einem Lolly. Kristian zog sich in einen Hauseingang zurück. Sie entdeckten ihn nicht. Er hätte Martin Bolivia umbringen mögen und fing allen Ernstes an, sich über die

Herstellung von Briefbomben zu informieren. Er schrieb außerdem Gedichte. Schwülstig und übertrieben, er hatte sie vor einigen Jahren beim Aufräumen gefunden und im Kamin verbrannt.

Verdammt, wie schön war es doch, nicht mehr jung zu sein!

Danach war er Jenny noch einmal an dem Tag begegnet, an dem er Abitur gemacht hatte. Sie stand im Gedränge auf dem Schulhof und hielt eine Rose in der Hand, hielt sie über die Köpfe aller anderen. Sie überreichte ihm die Rose und umarmte ihn unbeholfen. Ihre Haare waren rot und wild, und ihr stumpfes kleines Gesicht leuchtete im Gewimmel.

Ob sie ihn zurückhaben wollte? Dann würde sie sich Mühe geben müssen. Er öffnete den Mund, um etwas zu sagen. Aber in diesem Moment hatten sich die anderen zu ihm durchgedrängt, Onkel Bertil, Karla, Hilja.

Und ihm stand nun eine glänzende Zukunft bevor.

Er stand auf einer mit Zweigen verzierten Lastwagenfläche und stimmte so heftig in den Gesang ein, dass seine Stimme ins Falsett umschlug.

Wenn es vorüber war, waren ihre Gesichter für ihn fast sofort verschwunden. Das geschah nicht bewusst, er gab sich keine Mühe, um seine Schuldgefühle zu verringern oder so. Nein, eher verhielt es sich so, dass es ihm unmöglich war, sich das Aussehen dieser Frauen und Mädchen einzuprägen. Auf jeden Fall keine persönlichen Züge, das spielte keine Rolle für ihn.

Aber er sah sie die ganze Zeit, sah ihre verängstigten Augen, ihre bebenden Wangen, ihre weißen, zerbissenen Lippen. Manche flehten und weinten, manche versuchten sogar zu handeln: Ich werde ganz bestimmt nichts sagen, du bekommst all mein Geld… wenn du mich nur am Leben lässt.

Andere sagten kein Wort, sie atmeten kaum. Sie starrten ihn an, schienen ihn aber nicht zu sehen.

Eine Frau, sie war sehr jung, hatte sein Kinn angespuckt und dann wild und schrill geschrien, bis er sie auf den Bauch drehen und ihr mit der Handkante gegen den Halswirbel schlagen konnte.

Aber nur wenige von ihnen hatten sich wirklich gewehrt.

Konnte man sich wohl an sein erstes Wort erinnern? Mama? Das musste es doch gewesen sein, Mama war süß und leicht zu sagen, es schmeckte nach Haut und Milch.

Das Wort Papa kam später, es war kürzer und hatte eine ganz andere Schärfe. Er war zufrieden, als sie das geschafft hatte, da musste er doch zufrieden gewesen sein. Sie war zwar das dritte Kind, und sicher hatte er sich inzwischen an seine Vaterrolle gewöhnt. Aber trotzdem. Sie nannte seinen Namen, und sie war nicht unbegabt, sondern ebenso klug wie ihre Geschwister.

»Isä«, fügte er auf Finnisch hinzu.

Das hörte sich nicht ganz so leicht an. Er lachte dröhnend, sie war noch so klein. War gerade ein Jahr geworden.

Auch Karla war einmal klein gewesen. Es gab ein gerahmtes Foto von ihr, ein schmächtiges und ernsthaftes Mädchen mit einer Haarspange in Form eines Marienkäfers. Das Foto stand jetzt im Wohnzimmer, auf der Kommode. Ansonsten gab es nicht sehr viele Bilder aus ihrer Kinderzeit.

In seiner Brieftasche, in einem Geheimfach, hatte der Vater ein Foto von allen dreien gehabt. Karla und Kristian auf dem Sofa, Hilja auf ihren Knien. Sie lag da wie Neugeborene eben liegen, ohne Kontrolle über ihren Kopf und mit gespreizten Fingern. Dieses eine Mal schrie sie nicht, sondern schlief, weshalb sofort das Foto gemacht werden musste.

Die Brieftasche war abgegriffen und braun und fett wie ein

Seehundsbauch. Sie beulte seine Hosentasche aus. Manchmal zog er sie heraus und öffnete sie, ging die Fächer durch und griff schließlich mit seinen Wurstfingern zu. Zog das Foto heraus und zeigte es ihnen.

»Jesus im Himmel, was wart ihr klein! Was für kleine Würmer, was!«

Zu Hause, dort, wo er wohnte, musste er das Foto verstecken. Wegen Sigrid. Sie wäre sonst unbeschreiblich traurig gewesen.

»Diese Sigrid, die kann selber nämlich keine Kinder kriegen«, hatte Kristian seiner jüngeren Schwester erzählt.

»Wieso das nicht?«

»Weiß nicht. Sie hat vielleicht zu viel geraucht. So wie Königin Louise.«

Hilja hörte staunend zu.

»Sigrid muss uns Leid tun. Sie ist unglücklich. Deshalb kann er nicht von ihr wegziehen.«

»Kann sie nicht auch zu uns ziehen?«, hatte Hilja gefragt, auf ihre naive kleine Schwesternart. »Dann kann sie unsere Extramama sein.«

Er hatte sich Zeit genommen, um ihr alles zu erklären. »Spinnst du! Kein Mann darf zwei Frauen haben. Das steht sogar so im Gesetz. Weißt du, was dann passieren würde? Papa würde ins Gefängnis kommen, wenn die Leute das wüssten. Wir dürfen kein Wort darüber verraten, verstehst du. Nie und nimmer.«

Diese Vorstellung machte ihr zu schaffen. Es wäre doch so leicht für irgendwelche Außenstehenden, die Wahrheit zu erfahren. Ein Nachbar zum Beispiel, der sah, wie er sich in die Wohnung schlich. Und die Leute würden nicht schweigen. Sie würden zur Polizei gehen und kleine Andeutungen machen, und am Ende würde ein Polizist ihnen glauben. Er würde mit dem Streifenwagen losfahren und in die Wohnung hochpoltern. Wenn Papa gerade nicht da wäre, würden sie Mama oder vielleicht ein Kind mitnehmen. Sie an eine Wand drücken. Einen Scheinwerfer auf sie richten und sie verhören.

Als sie älter wurde, dachte sie, dass Sigrid sicher von ihrer Existenz gewusst hatte. Sie musste doch irgendwann einmal Leopolds Brieftasche durchsucht haben, nach Geld oder heimlichen Zetteln, und dabei hatte sie bestimmt das abgegriffene Foto entdeckt. Hilja stellte sich diese Szene gern vor. Sie wusste ungefähr, wie Sigrid aussah. In einer Schublade im Klapptisch lag ein Zeitungsausschnitt mit einem Bild des Ehepaars Ekstad. Es war bei der Einweihung einer neuen Porzellanfabrik in Älta aufgenommen. Bis dahin war Sigrid nur ein Wort gewesen, ein vager Begriff. Jetzt erwies sie sich als blonde Frau in einem Kostüm und mit einem kreisrunden Hut auf den Dauerwellen. Sie hielt einen Blumenstrauß in der Hand, wie eine Königin, ja, genau wie Königin Louise. Man konnte ihr Gesicht nicht richtig sehen, Hilja hatte es mit einem Vergrößerungsglas versucht, aber das hatte nur graue Punkte gezeigt.

Jetzt stand sie dort, Sigrid, mit der Brieftasche ihres Mannes und einem Foto von drei fremden kleinen Kindern. Das Kleinste war noch ein Baby. Niedlich waren sie, alles andere wäre gelogen gewesen. Die Älteste war schon ziemlich groß, sie sah erwachsen und zuverlässig aus. Es waren zwei Mädchen, dazwischen kam ein Junge mit dunklen Locken, die ihm auf die Schultern fielen, als hätten die Eltern sich nicht so recht entscheiden können, welches Geschlecht er haben sollte. Ja, was für hübsche und niedliche Kinder, dachte Sigrid, denn das musste sie doch denken, und dann hielt sie das Foto unter die Lampe und sah sich ein Kind nach dem anderen an. Und dann entdeckte sie bei ihnen Ähnlichkeit mit Leopold, vor allem bei der ganz Kleinen, die eben erst geboren war. Ich hätte diese Kinder gerne, dachte sie, und vielleicht lief eine Träne über ihre gepuderte Wange, ich möchte sie kennen lernen und ihre Mutter sein. Aber nach einer Weile fiel ihr dann ein, dass die Kinder natürlich schon eine Mutter hatten. Vielleicht bekam sie jetzt Lust, das Foto zu zerreißen.

»Glaubst du, sie hasst uns?«, fragte Hilja. »Glaubst du, sie möchte uns umbringen, glaubst du, sie kommt nachts mit einer Pistole angeschlichen, um uns zu erschießen?«

»Nein, sie hasst uns doch nicht. Sie kann ihrem Mann keine Kinder schenken, und deshalb freut sie sich sicher darüber, dass es uns gibt. Damit er nicht so enttäuscht ist. Sie hat ihn doch sozusagen an der Nase herumgeführt, verstehst du. Wenn man heiratet, dann will man doch Kinder. Man will eine richtige Familie.«

Eine richtige Familie. Das waren sie auch nicht. Sie wünschte sich so sehr, dass Leopold und ihre Mama heiraten könnten. Dass Mama ein Brautkleid mit Schleppe und Spitzen tragen und ein funkelndes Diadem auf dem Kopf haben könnte. Vielleicht wäre sie dann munterer gewesen, nicht so schwermütig und abwesend. Und die Kinder hätten die Sache mit Papa nicht immer wieder aller Welt erklären müssen.

Den Kindern im Hof erzählte Hilja, ihr Vater sei ein reisender Zoologe. Diesen Ausdruck hatte sie irgendwo aufgeschnappt. Fast wie ein Gott sei er. Sie sagte, er gehe auf Expeditionen in fremde Länder und suche nach neuen Tierarten, von denen noch niemand wusste. Er gab ihnen passende Namen, und manchmal durfte Hilja auch einen aussuchen. Für diesen Fisch, zum Beispiel. Den Mola-mola-Fisch. Diesen Namen hatte sie sich ausgedacht, nachdem ihr Papa den Fisch entdeckt hatte.

»Andere Leute wollten ihn Klumpfisch nennen«, erzählte sie. »Aber ich fand Mola mola schöner, und deshalb haben sie sich am Ende dafür entschieden.« Sie sagte »am Ende«, um anzudeuten, dass es bei dieser Namenswahl reichlich Diskussionen gegeben, dass aber sie den Sieg davongetragen habe.

Mit heftigen Gesten beschrieb sie, wie der Mola-mola-Fisch aussah und wie er durch das Wasser jagte. Die anderen hörten sprachlos und mit großen Augen zu. Sie erzählte von den vielen Eiern, die er legen konnte, mehr als jeder andere Fisch auf der Welt, über dreihundert Millionen. Aus jedem Ei wurde dann ein neuer Fisch. Und damit die anderen Fische die Jungen nicht auffressen konnten, hatten ihre Mola-mola-Mamas ihnen Stacheln gegeben, mit denen sie zustachen, die aber verschwanden, wenn sie älter wurden.

Ein Junge, Tommy, behauptete, schon einmal Klumpfischfleisch gegessen zu haben. Dieses Wort benutzte er.

Hilja lief vor Zorn tiefrot an. »Das geht nicht, du lügst. Denn dann wärst du jetzt tot!«

»Nichts da!«

»Doch, die kann man nämlich gar nicht essen, die sind giftig und schmecken zum Kotzen.«

Einige Kinder waren skeptisch. Aber sie besaß Beweismaterial. Der Fisch war auf einer Postkarte abgebildet, die ihr Benedikte im Aquarium geschenkt hatte. Rund und blau schimmernd hob er sich von dem dunklen Hintergrund ab.

Eine Zeit lang war sie unter den Kindern hoch angesehen. Aber dann schienen die anderen sie durchschaut zu haben. Und plötzlich ging ihnen offenbar auf, dass Hilja anders war. Sie war größer als die anderen, dicker, sie bewegte sich träger, und ihre Oberschenkel rieben aneinander, so dass ihre Hosen Falten und Flecken bekamen.

»Klumpfisch!«, riefen sie. »Hier kommt der giftige Klumpfisch!«

Sie wünschte sich Stacheln, wie die kleinen Fische sie hatten.

Kristian war auf ihrer Seite. Beide hielten gegen Karla zusammen. Nicht offen, nicht herausfordernd, denn Karla war so viel stärker. Aber sie konnten sich gegenseitig trösten. Karla war geräuschempfindlich. An manchen Tagen hatte sie nicht die geringste Geduld. Vor allem, nachdem der Vater tot war und die Mutter immer tiefer in ihrer Verzweiflung versank.

Sie schlug sie mit einem alten Regenschirm. Bohrte ihnen die harte Spitze zwischen die Rippen, schlug gegen Waden und Hinterteil. Oder sie wurde den Kleinen gegenüber eiskalt. Nie bei beiden gleichzeitig, sondern nacheinander. Sie sprach nicht mit ihnen, es schien sie einfach nicht zu geben. Es reichte, wenn sie sich irgendeiner Anordnung widersetzten. Sie sah sie nicht mehr an. Und das war in gewisser Hinsicht schlimmer als das mit dem Regenschirm. Denn das Schweigen hielt tagelang vor, es bohrte sich wie eine Schraube in ihren Bauch. Wenn Kristian durch Schweigen gestraft wurde, durfte auch Hilja nicht mit ihm reden. Sonst wurde zum Regenschirm gegriffen.

Sie erfanden ihre eigene Sprache aus Gesten und einfachen Symbolen. Eine geheime Zeichensprache.

Zwei Finger in Richtung Boden bedeutete: Jetzt gehe ich weg.

Ein rasch mit dem Daumen der rechten Hand beschriebener Kreis: Was du sagst, ist mir doch scheißegal, du verdammte Hexe.

Die Handfläche gegen die Stirn: Ich bring sie um. Wenn ich groß bin, bring ich sie um.

Auf die, die weinten und jammerten, konnte er wirklich wütend werden. Auf ihre fleischigen, umgestülpten Lippen, auf den Rotz, der aus ihren Nasenlöchern quoll. Sie machten ihm alles so schwer. Machten sich abstoßend und unappetitlich, um ihn um seinen Genuss zu bringen.

Ja, auf die konnte er wütend werden.

Er wollte ihnen doch nichts tun. Das würden sie auch verstehen, wenn sie sich nur die Zeit zum Nachdenken ließen. Wenn sie sich nur die Zeit ließen, ihre Muskeln zu entspannen, ihre Beine locker zu machen, ihn einzuladen.

Sein Glied war glatt wie sonnenwarmes Holz.

Sie sollten es wie ein Geschenk entgegennehmen.

Jenny hatte ihren Traum von damals in die Tat umgesetzt, den Traum von einer Karriere als Schauspielerin. Sie hatte ihn nicht nur verwirklicht, sondern sie hatte auch großen Erfolg. Sie war einfach eine Siegerin.

Kristian legte die Füße auf die Schreibtischkante. Er wippte mit dem Sessel hin und her, bis er gegen die Wand stieß. Seine Schuhe mussten geputzt werden. Er fischte in der Tasche nach einem Taschentuch, zog dann mit einer gewissen Anstrengung die Beine an und wischte den Staub von den Schuhen. Wieder stellte er fest, dass er zugenommen hatte, sein Bauch war im Weg. Er müsste sich in einem Fitness-Center anmelden und regelmäßig trainieren. Aber dazu kam er einfach nie, und schon gar nicht jetzt, wo Andreas die Arbeit vernachlässigte. In seiner Nachbarschaft gab es eine Gruppe von Männern, die mehrmals pro Woche zusammen auf den Trimmpfad gingen. Einige waren in seinem Alter. Danach ging es in die Sauna. Er hatte sie zurückkehren sehen, mit rosigen Wangen und in bester Laune. Er hatte schreckliche Angst davor, in so etwas hineingezogen zu werden.

Warum hatte Jenny Ask ihn angerufen? Was wollte sie von ihm?

Er hatte ihre Karriere nicht ignorieren können. Elisabet hatte ihn in fast alle ihrer Filme geschleift. Er hatte seiner Frau nicht erzählt, auf welche Weise er und Jenny einander gekannt hatten, Elisabet neigte zur Eifersucht. Er erwähnte nur, dass sie vor hundert Jahren einmal in Vällingby im selben Haus gewohnt hatten. Und miteinander gespielt, Verstecken unten im Keller, Räuber und Gendarm auf dem Eis, wenn im Winter der Fußballplatz vereist war. Ihr kleiner, zäher, rascher Körper, nur wenige konnten sie einholen.

Sie auf der weißen Leinwand zu sehen, berührte ihn nicht sonderlich. Er konnte einfach nicht begreifen, dass sie es war. Dass es dieselbe Person war, die sich in zerknülltem, verwaschenem Kinderschlafanzug bei ihnen über dem Spülbecken die Zähne geputzt hatte. Und die ihn einige Jahre später in die Liebesspiele der Erwachsenen eingeweiht hatte. Die Frauen, die sie spielte, hatten keinerlei Ähnlichkeit mit der, die sie damals gewesen war.

Er hatte ihre Telefonnummer auf die Schreibunterlage notiert. Brachte er es wohl über sich, sie wiederzusehen? Würde das alte Wunden aufreißen? Wohl kaum. Jetzt war doch alles anders. Er war ein freier, erwachsener Mensch, und alles Vorherige war ausradiert.

Sie meldete sich sofort. Ihre Art, ihren Namen zu nennen, hatte etwas Gehetztes.

»Hallo«, rief sie. »Hallo, wer ist da?«

»Hier ist Kristian Agnevik. Du hattest bei mir angerufen.«

Sie schwieg einige Sekunden lang.

»Kristian!«, rief sie dann. »Krille! Bist du das wirklich?«

»Yes.«

»Nett von dir, so schnell anzurufen.«

»Ja, ich dachte... worum geht es denn eigentlich?«

»Ich will meine Villa verkaufen. Und so was machst du doch, nicht wahr?«

Er fühlte sich sofort erleichtert und weniger angespannt.

»Es eilt ein wenig«, fügte sie hinzu. »Aus mehreren Gründen.«

»Ach, ja, dann bist du hier wirklich an der passenden Adresse«, brachte er heraus. »Das hier ist eine rasch arbeitende und überaus ehrliche Firma.«

»Gut. Dann habe ich ja die richtige Wahl getroffen.«

»Wir haben uns ja länger nicht mehr gesehen, könnte man wohl sagen.«

»Könnte man.«

»Und wie geht es dir?«

»Danke, es geht.«

»Du hast doch großen Erfolg. Ich habe deine Filme gesehen, noch nicht den letzten, wie heißt der doch noch gleich?«

»Land des Zorns.«

»Ja, genau, ja. Land des Zorns. Den also nicht. Aber viele andere. Du machst das wirklich gut.«

»Das ist mein Job.«

»Na ja, dazu gehört sicher noch mehr.«

Er hörte, wie sie sich eine Zigarette anzündete.

»Und was ist mit dir?«, fragte sie.

»Mir geht es gut. Ich arbeite als Makler, aber das hast du ja offenbar schon gewusst.«

»Ja, so ein Zufall, ich habe einfach im Telefonbuch nachgesehen. Und da stehst du an erster Stelle. Das kam mir vor wie ein Fingerzeig des Schicksals.«

»Ach, so war das also? Ich hab mich schon gefragt, warum du nicht zu einer großen Firma gegangen bist.«

»Macht es Spaß, als Makler zu arbeiten?«

Er lachte kurz. »Spaß? Kann man in unserem Alter überhaupt damit rechnen, dass irgendwas Spaß macht?«

»Jetzt klingst du aber wirklich zynisch.«

»Na ja, es ist eine Arbeit wie jede andere auch. Ziemlich frei, ziemlich stressig, ziemlich eintönig auf die Dauer. Aber so lange man davon leben kann …«

»Ihr seid doch offenbar zu zweit. Agnevik & Bendrich.«

»Andreas Bendrich. Ja, das ist mein Partner.« Er legte eine kleine Pause ein. »Du willst also deine Villa verkaufen?«, fragte er dann.

»Ja. Sobald wie möglich.«

»Wo liegt sie?«

»In Bromma. Lekskattsväg.«

»So bald wie möglich, sagst du. Darf ich fragen, weshalb es so eilt?«

»Ich will eben weg hier. Ich kann im Moment nicht mehr sagen.«

Die Worte schienen ihr im Hals stecken zu bleiben, und er glaubte, ihre Schauspielerinnenstimme zu hören, so, als spielte sie gerade eine Rolle. Er hatte das Gefühl, diesen Film schon gesehen zu haben. Und das nicht nur einmal.

»Na gut, ich kann sie mir ja mal ansehen«, sagte er.

»Klasse.«

»Wann passt es dir denn?«

»Tja... heute? Aber so kurzfristig bist du vielleicht nicht abkömmlich?«

Er schaute auf die Uhr. Viertel nach zwei. »Es könnte schon gehen. Wie komme ich hin? Am einfachsten wohl mit der Nockebybahn?«

»Kannst du kein Taxi nehmen?«

»Na ja...« Er zögerte. Sie versuchten, ihre Taxikosten zu reduzieren.

»Hab ich es da mal wieder mit Krille dem Geizhals zu tun?«

Er ärgerte sich. Und das merkte sie sofort.

»Nein, entschuldige, so war das nicht gemeint. Es sollte nur ein Scherz sein. Du kannst mit der U-Bahn bis Stora Mossen fahren. Da gehst du nach rechts und dann ein Stück den Hang hoch, und da warte ich auf dich. Ich habe einen weißen Volvo. Und hier hast du sicherheitshalber noch meine Mobilnummer.«

Er packte seine Aktentasche und steckte die Digitalkamera ins Futteral. Andreas hatte sie gekauft, als das Modell noch relativ neu gewesen war. Inzwischen war es schon fast wieder unmodern, würde aber noch eine Weile halten müssen.

Ehe er ging, legte er einen Zettel auf Andreas' Sessel. »Bin bei einer Kundin. Ruf mich an. Wichtig!« Dann ging er zum Odenplan und stieg in eine Bahn nach Åkeshov. Er landete neben einigen Teenies, die sich lauthals unterhielten und ihre Kaugummis knallen ließen. In ihm krampfte sich alles zusammen, als er sie hörte. Er hätte gern etwas gesagt, sie aufgefordert, sich zusammenzunehmen. Aber er sah ein, dass das die Sache nur schlimmer machen würde.

Alle drei waren mit ihren Mobiltelefonen beschäftigt. Er sah zu, wie geschickt sie mit den Tasten umgingen, wie sie mit Hilfe des einen Daumens ihre Kurzmeldungen schrieben, so schnell, das Telefon wirkte bei ihnen wie eine Verlängerung der Hand. Wie leicht wäre das Spicken gewesen, wenn es zu seiner Schulzeit schon Mobiltelefone gegeben hätte. Man ging einfach auf die Toilette und wählte sich ins Netz ein. Oder rief jemanden an, der schon mit der Antwort bereitsaß. Wie wurde so etwas heutzutage verhindert? Viele Telefone waren so klein, dass sie in einem BH untergebracht werden konnten. Vielleicht würden die Schulen sich in Zukunft Durchleuchtungsschranken anschaffen müssen? Wie die Flughäfen?

Es war kurz nach drei, als er in Stora Mossen ausstieg. Inzwischen war Wind aufgekommen. Er zog seine Jacke enger zusammen und schlug den Kragen hoch. Bog nach rechts ab und ging die Straße entlang. Jenny erwartete ihn oben am Hang. Sie war ausgestiegen und kam ihm entgegen. Ihr Wagen war ein Volvo 940, Landhausmodell. Sie hob die Hand und winkte unsicher. Er dachte, dass sie ihn nach all den Jahren ja wohl kaum wiedererkennen konnte. Sein Gesicht hatte sich verändert, seine Haare hatten ihre Farbe verloren und waren schütter geworden, auch wenn er noch längst keine Glatze hatte. Seine Augen lagen tiefer in den Höhlen; wenn er müde war, konnte die Haut darunter violett schimmern. Und ihm wuchsen jetzt Haare an Stellen, wo sie ihm gar nicht willkommen waren, sie ragten aus seinen Nasenlöchern und sogar aus seinen Ohren. Zu seinem letzten Geburtstag hatte Ylva ihm so ein kleines Gerät geschenkt, einen Nasenrasierer. Sie hatte angeekelt zugesehen, während er ihn auspackte.

»Du musst endlich mehr auf dein Aussehen achten, Papa. Schaust du denn nie in den Spiegel?«

Er klemmte sich die Aktentasche unter den einen Arm und winkte mit der freien Hand. Jenny trug eine dicke rote Jacke mit Kapuze, die, als sie winkte, hinabglitt und ihr Gesicht entblößte. Er ging auf sie zu, wusste nicht, wohin er blicken sollte. Sie kam ihm entgegen und umarmte ihn kurz. Er roch ihr Parfüm.

»Kristian! So lange nicht mehr gesehen.«

Er nickte. Schaute sie rasch an, sie sah um einiges jünger aus, als sie war, ungeschminkt, die Haare fielen glatt und dicht über ihren Rücken.

»Du bist blond geworden«, stellte er fest. »Früher warst du einmal rothaarig.«

»Blondinen bevorzugt«, lachte sie. »Stimmt das nicht?«

»Aber Männer heiraten Brünette.« Diese alten Filmtitel fielen ihm plötzlich ein, Elisabet zitierte sie auch gern, sie selbst hatte braune Haare.

»Du hast mich also erkannt?«, fragte er.

»Ja. Du hast dich nicht sehr verändert. Bist vielleicht ein wenig rundlicher geworden, älter. Aber wer ist das nicht?«

Sie öffnete die Tür zum Beifahrersitz. »Steig ein. Schön, dass du schon heute gekommen bist. Du tust mir wirklich einen Riesengefallen.«

»Ich hatte gerade einen Termin frei. Pures Glück, du musst es gerochen haben.«

Sie ließ den Motor an und fuhr los. Als er gerade den Sicherheitsgurt anlegen wollte, bremste sie so abrupt, dass sie beide nach vorne geschleudert wurden. Direkt vor ihnen wendete ein Auto, das Jenny nicht gesehen hatte. Der Fahrer hupte wütend. Er schaute sie an und hob den Finger.

»Was für ein Idiot!«, fauchte Kristian und schnallte sich an. »Was für ein Scheißtrottel.«

Jennys Gesicht war knallrot. »Nein, nein, das war meine Schuld, ich habe ihn nicht gesehen. Du musst schon entschuldigen, aber… ich bin ein bisschen aus dem Gleichgewicht geraten.«

Sie atmete ruckhaft und mühsam. Schaute ihn an, er sah, dass sie mit den Tränen kämpfte.

»Soll ich fahren?«, fragte er.

Sie schüttelte den Kopf, trat aufs Gaspedal und fuhr weiter.

»Es ist schön hier draußen«, sagte er nach einer Weile. »Diese Herbstfarben. Aber in diesem Jahr ist alles so schnell gegangen. Ansonsten ist der Herbst meine Lieblingsjahreszeit.«

»Früher fand ich das auch. Aber das ist vorbei.«

»Und welche Jahreszeit gefällt dir jetzt?«

»Keine.«

»Das klingt aber negativ.«

Er schaute verstohlen zu ihrem Profil hinüber, glaubte, irgendwo dahinter die junge Jenny zu entdecken. Sie hatte ihn immer an ein kleines Tier mit stumpfer Nase erinnert. Ihre Hände, die das Lenkrad hielten, waren glatt und ringlos. Er hätte sie gern berührt, ihre Haare gestreichelt oder einfach nur ihre Jacke festgehalten, ohne dass sie es bemerkte.

»Wohnst du schon lange hier draußen?«, fragte er.

»Fünfzehn Jahre. Mein Mann und ich wollten, wie soll ich sagen, einen festen Punkt im Dasein finden. Wir waren so oft umgezogen, konnten uns nie richtig entscheiden. Aber dann sahen wir dieses Haus, und es war Liebe auf den ersten Blick.«

»Was ist dein Mann von Beruf?«

»Ach, weißt du das nicht? Er ist Musiker und Komponist, nicht ganz unbekannt. Reinhold Ask.«

»Ach ja?«

»Er hat unter anderem die Musik zu dem Musical ›Der Wald und die Stadt‹ komponiert, ich weiß nicht, ob du dich daran erinnerst.«

»Kann sein«, sagte er vage.

»Ach, es war kein großer Erfolg und wurde schon nach ein paar Monaten wieder vom Spielplan genommen.«

»Das muss ja eine arge Enttäuschung gewesen sein.«

»Ja«, sagte sie.

Sie bog in eine schmalere Straße ab, und er sah für einen Moment ein Schild mit dem Namen Lekstattsväg, das jedoch zur Hälfte hinter Zweigen verschwunden war.

»Hier ist es schön«, sagte er noch einmal.

»Ja, das ist es. Da hinten haben wir das Objekt, so sagt man doch wohl in eurer Branche.«

Sie zeigte auf ein zweistöckiges Haus mit blauem Verputz, weißen Fensterrahmen und Klinkerdach. Eine niedrige Mauer aus Granitquadern umgab das Grundstück. Langsam fuhr sie durch das enge Tor und hielt. Als sie ausstieg, knirschte der Kies unter ihren Füßen. Das Grundstück war naturbelassen und wies weiter hinten einige kleine Birken auf. Das gefallene Laub lag wie Goldstücke im dunklen Gras. Es gab keine Beete oder sonstige Anpflanzungen, bis auf einige überwuchernde Himbeersträucher, um die sich wohl lange niemand mehr gekümmert hatte. Eine Harke lag quer über dem Fußweg. Auf dem Rasen standen noch immer Gartenmöbel, vor ihnen lag ein nicht aufgerollter Schlauch. Genau wie bei ihm zu Hause. Ihm fiel auf, dass es sich um Holzmöbel handelte. Die würden von unten her faulen, sie durften nicht direkt auf dem Rasen stehen. Ob er ihr das sagen sollte? Er entschied sich dagegen.

»Wir hatten noch keine Zeit, um hier Ordnung zu schaffen«, sagte sie zu ihrer Entschuldigung. »Es war so viel los.«

»Geht mir genauso«, sagte er. »Jedes Jahr das Gleiche, plötzlich, eines Morgens, ist es kalt. Und dann ist wieder ein Sommer vorüber.«

Die Fassade sah frisch renoviert aus. Er nahm an, dass das Haus Anfang der zwanziger Jahre errichtet worden war. Jenny stand vor der Tür und suchte ihren Schlüssel. Er registrierte einen Türklopfer in Form eines Löwenkopfes, mit schwarzem, weit aufgerissenem Schlund.

»Ihr habt einen Wachhund, wie ich sehe«, versuchte er zu scherzen.

Sie fuhr zusammen und drehte sich zu ihm um. Im schräg fallenden Sonnenlicht sah sie plötzlich alt aus.

»Wie meinst du das?«

»Na ja, den da.« Er nickte zu dem Löwen hinüber.

»Ach, den. Ja, so einen könnte man manchmal wirklich brauchen. So einen echten Zerberus.«

»Weshalb denn? Papparazzi oder was?«

»Mehr oder weniger.«

Sie öffnete die Tür und schaltete die Alarmanlage aus. Sie betraten eine Diele mit Klinkerboden. Sie schob mit dem Fuß ein Paar Turnschuhe beiseite und faltete einen Trainingsanzug zusammen, der achtlos auf einen Stuhl geworfen worden war.

»Du musst entschuldigen«, sagte sie und reichte ihm einen Kleiderbügel. »Ich bin heute Morgen eine Runde gelaufen, und zum Aufräumen war danach keine Zeit.«

»Ach was, du joggst?«

»Ja.«

»Aber doch nicht allein?«

»Doch!« Sie bewegte so heftig den Kopf, dass ihre Haare ihn wie einen Fächer umgaben.

»Ist das nicht ein wenig leichtsinnig?«

»Wie meinst du das?«

»Du könntest doch überfallen werden.«

»Ach was. Doch nicht am helllichten Tag?«

»Ich sollte mich auch mal dazu aufraffen.« Er kniff sich in den Bauch und lachte. »Ich setze wirklich mehr und mehr Speck an.«

»Weißt du, irgendwann ist das fast wie eine Sucht. Ich fahre immer nach Grimsta, da gibt es jetzt so schöne Wege zum Laufen. Ungefähr da, wo wir früher gespielt haben, falls du dich erinnerst. Im Wald.«

Er dachte daran, dass sie rauchte. Wie passte das zum Training? Er streifte die Schuhe ab und stand auf Socken auf dem warmen Boden.

»Mmm, Fußbodenheizung«, sagte er beifällig.

»Ich friere so leicht, deshalb hat Reinhold sie fast im ganzen Haus legen lassen. Nur nicht in der Waschküche.«

»Gehört die Bude euch beiden, dir und ihm?«

»Jeweils zur Hälfte.«

Sie ging vor ihm her in eine helle, offene Küche, die unpraktischerweise jedoch einen Holzboden aufwies. In der Mitte standen ein Tisch und vier Ikeastühle mit orangeroten Sitzen. Das Spülbecken war mit Porzellan voll geladen. In der Ecke lagen Wollmäuse und Krümel. Sie folgte seinem Blick und sagte leise, sie hätte vielleicht vorher sauber machen sollen.

»Ich brauche doch Fotos«, erklärte er ihr. »Und es macht unleugbar einen besseren Eindruck, wenn alles sauber ist. Wenn ich das mal so sagen darf.«

Zu seiner Bestürzung brach sie in Tränen aus. Sie riss ein Stück Küchenpapier ab und putzte sich geräuschvoll die Nase.

»Verdammt«, fluchte sie in das Papier hinein.

Ihm brach auf den Schultern der Schweiß aus. Er umklammerte seine Aktentasche. »Stimmt was nicht?«, hörte er sich fragen.

Sie schluckte und schüttelte heftig den Kopf. »Ich bin einfach nicht ganz bei mir. Entschuldige. Ich hätte natürlich Ordnung schaffen sollen. Ich habe aus einem puren Impuls heraus angerufen. Mir kam es einfach plötzlich so dringend vor.«

»Ach so«, sagte er schwach. »Kam es dir so vor?«

»Ja.«

»Und dein Mann? Will er das auch?«

»Natürlich.«

»Denn sonst ...«

»Aber sicher. Wir wollen verkaufen, Reinhold und ich. Ich war so froh, als ich deinen Namen im Branchenbuch gesehen habe, alles geht immer leichter, wenn man sich kennt. Findest du nicht auch?«

»Doch. Natürlich.«

»Möchtest du etwas trinken? Ein Glas Wein?«

»Warum nicht? Ich bin ja schließlich nicht mit dem Auto.«

Sie schniefte und nahm zwei Gläser aus einem Schrank. Holte dann eine Flasche aus dem reich ausgestatteten Weingestell. »Kannst du sie bitte öffnen? Ich schaff das nicht, meine Hände sind zu schwach.«

Sie öffnete eine Schublade und reichte ihm einen Korkenzieher. Der Korken ließ sich nur mühsam aus der Flasche entfernen. Sie füllte die Gläser und ging damit ins Wohnzimmer. Hier waren die Wände in leichtem Olivgrün gestrichen. Über dem Sofa hing ein schwarzweißes Portrait von Jenny, der Fotograf hatte es signiert. Arne Palmér, las Kristian. Der Name kam ihm irgendwie bekannt vor. Es war schwer, ihr Alter auf diesem Foto zu schätzen. Sie trug ein gepunktetes, tief ausgeschnittenes Kleid mit weißer Bordüre. Die Haare hatte sie zu einer Pagenfrisur gekämmt, und sie lächelte in die Kamera, fast wie bei einem Flirt. Das Portrait hatte etwas Altmodisches an sich, wie ein Bild aus der Zeit der Stummfilme.

»Sieht gut aus«, kommentierte er und trank einen Schluck Wein. »Tüchtiger Fotograf offenbar.«

»Danke.« Sie setzte sich auf das Sofa und zeigte neben sich auf das Polster. Plötzlich ging ihm auf, dass es keine andere Sitzgelegenheit gab. Wegen seiner drei Türen war das Zimmer nur spärlich möbliert. Es gab nur dieses eine Sofa, und davor einen runden, vermutlich antiken Tisch mit Messingplatte. Das Sofa schaute auf den riesigen Kamin, so einen, durch den in Zeichentrickfilmen der Weihnachtsmann ins Haus kommt. Jenny fegte auf dem Tisch einige Traubenstängel zusammen, um Platz für die Gläser zu schaffen. Ihm fiel auf, dass ihre Hände zitterten. Fast sofort sprang sie wieder auf und holte eine Packung Zigaretten. Gab sich Feuer und zog den Rauch tief ein. Schloss die Augen und blies einige Rauchringe. Kristian fiel ein, dass das schon in jungen Jahren ihre Spezialität gewesen war und dass sie gerne mit ihren runden, dicht aufeinander folgenden Ringen brilliert hatte. Wie dumm, dass sie im Haus rauchte, dadurch würde sich der Preis verschlechtern.

Er schaute sich im Zimmer um. Hinter ihnen hingen typische Schulfotos von zwei Jugendlichen, einem Jungen und einem etwas jüngeren Mädchen. Beide hatten Ähnlichkeit mit Jenny.

»Aha, das müssen deine Kinder sein!«, sagte er.

»Ja.«

»Feine Kinder. Wie alt sind sie?«

»Die sind jetzt erwachsen, dreiundzwanzig und fünfundzwanzig. Unter anderem sind wir damals ihretwegen hergezogen. Hier kam uns alles so ruhig und sicher vor. Keine Kriminalität wie in anderen Wohngebieten. Aber das ändert sich jetzt auch. Du hast vielleicht gehört, dass im Bromma-Gymnasium vor ein paar Jahren ein Junge ermordet worden ist. Meine Kinder haben diese Schule besucht. Aber damals war alles ruhig da. Nichts darf wohl bleiben, wie es ist. Kein Idyll ist von Dauer.«

»Nein. Das Klima wird rauer, da hast du schon Recht.«

»Und wie geht es Hilja und Karla?«, fragte sie unvermittelt.

»Gut, nehme ich an. Sie wohnen jetzt in Kungsholmen, aber das weißt du vielleicht schon.«

»Alle beide?«

»Ja.«

»Wohnen sie noch immer zusammen?«

Er nickte kurz.

»Das kann doch nicht dein Ernst sein!«, rief sie.

»Doch.«

»Sie ist wirklich eine schrecklich tragische Figur.«

»Hilja?«

»In erster Linie habe ich wohl an Karla gedacht. So eine düstere und unangenehme Person, wenn du entschuldigst. Sie war niemals nett. Ich glaube, ich habe nie ein freundliches Wort von ihr gehört. Kein einziges Mal. Sogar ich habe mich manchmal vor ihr gefürchtet.«

Sein Gesicht verspannte sich ein wenig.

»Eine richtige Sadistin«, sagte Jenny jetzt. »Weißt du noch, wie wir sie genannt haben? Die steinerne Jungfrau. Weißt du noch?«

»Sie hatte es wohl auch nicht so leicht«, sagte er ausweichend.

»Jetzt versuch ja nicht, sie in Schutz zu nehmen! Sie war eine Teufelin, sie war die personifizierte Bosheit. Ich denke manchmal daran, wie sie mit euch beiden umgesprungen ist. Und dass ihr euch nie gewehrt habt oder wenigstens versucht habt, euch zu wehren. Ihr habt es ihr niemals heimgezahlt, aus Angst, und das ist das eigentlich Unheimliche daran.«

Kristian hob sein Glas und nahm einen großen Schluck. Sein Nacken prickelte und brannte.

»Sie war älter und stärker.«

»Aber ihr war zu zweit.« Sie unterbrach sich und schenkte ihm nach. »Egal«, sagte sie dann, um die Spannung zu lindern, »mich geht das ja eigentlich überhaupt nichts an.«

Er ließ seine Blicke am Muster des Parkettbodens entlangwandern, es war ein Holzparkett im Fischgrätenmuster, dem eine Runde Abschleifen gut getan hätte.

»Hast du Kinder?«, fragte sie und wechselte damit das Thema.

»Zwei Töchter im Teenageralter.«

»Und deine Frau?«

»Sie arbeitet mit geistig zurückgebliebenen Kindern.«

»Seid ihr glücklich?«

»Wieso willst du das wissen?«

»Wieso nicht?«

»Solche Fragen stellt man nicht. Auch nicht solche wie vorhin über meine Arbeit, ob sie mir Spaß macht, ob ich glücklich bin. Das sind ungewöhnliche und vielleicht sogar unangenehme Fragen.«

Sie legte ihre Zigarette weg, drückte die Fingerspitzen gegen die Stirn und fing an zu massieren. »Machen sie dir etwas aus? Sind sie dir peinlich?«

»Vielleicht, aber es liegt wohl eher daran, dass es gar nicht so leicht ist, solche Themen in wenigen Minuten abzuhandeln.«

Sie schaute ihn kurz an. »Ja, vielleicht.«

»Aber ich kann mir die Gegenfrage ja doch nicht verkneifen«, sagte er dann. »Wie sieht es denn mit dir und deinem Glück aus?«

Sie stand auf und ging ans Fenster. »Es hat Tage in meinem Leben gegeben, die bis zum Bersten mit Lebensfreude und Glück gefüllt waren. Aber ich kenne auch das Gegenteil ... wenn es ganz tief nach unten geht.« Sie zog die Vorhänge gerade.

»Aber – wir sollten uns besser dem Objekt zuwenden.«

Er hatte deutlich das Gefühl, sie enttäuscht zu haben. Während er seine Aktentasche öffnete und Block und Bleistift hervornahm, spürte er, wie seine Ohrläppchen heiß wurden. Ungefähr wie damals, als er im Hausmeisterkittel im Übungslokal gestanden und versucht hatte, seinen einzigen Satz herauszubringen.

»Wie groß ist das Haus?«, fragte er mit bemühter Ruhe.

»Hundertachtzig Quadratmeter. Dann gibt es noch einen kleinen Keller, gute sechzig. Wir haben da unten eine Sauna und eine Art Allzweckraum oder Partykeller. Aber kein Mensch will wohl in einem Partykeller herumsitzen.«

»Sag das nicht. Meiner Erfahrung nach sind sie sogar ziemlich populär. Was habt ihr hier für Heizung, Öl?«

»Wir haben einen alten Ölofen. Reinhold hat davon gesprochen, dass wir Fernwärme installieren sollten. Aber darum müssen sich dann die neuen Besitzer kümmern.«

»Ja, gut. Was habt ihr euch denn für einen Preis vorgestellt?«

»Sieben Millionen.«

»Hm.«

»Ist das zu viel? Jemand weiter unten in der Straße hat für sieben acht verkauft.«

»Ich muss mich ein wenig umhören, ob das realistisch ist. Die Lage ist auf jeden Fall gut.«

»Ja, du musst dich mal genauer umsehen. Ich führe dich herum.«

»Darf ich fragen, warum ihr wegziehen wollt?«

Er rechnete damit, dass sie jetzt etwas von Scheidung sagen würde. Zu seiner Überraschung sank sie an seine Brust, packte seine Hand und hielt sie fest. Sie starrte die Tischplatte an und schluckte einige Male.

»Willst du nicht darüber reden?«

Er merkte, wie sie erstarrte.

»Wollt ihr euch scheiden lassen, du und dein Mann?«

Sofort schüttelte sie den Kopf. »Nein!«, schrie sie dann. »Wirklich nicht. Wir kennen uns seit siebenundzwanzig Jahren, und wir lieben uns!«

Wieder füllten ihre Augen sich mit Tränen. Ihr Gesicht verzerrte sich, sie sah hässlich aus. Sie holte einige Male tief und schluchzend Luft. »Nein, das ist es wirklich nicht. Es ist schlimmer. Viel, viel schlimmer.«

Er schaute sie unsicher an. »Wieso denn? Wovon sprichst du?«

Sie zuckte, wie unter Krämpfen. »Ich habe es noch niemandem erzählt. Ich wollte es auch dir nicht sagen. Ach, Kristian, was kann man nur alles anrichten, man kann so dumm sein, so durch und durch blöd!«

»Das stimmt wohl.«

»Würdest du mir eins versprechen? Würdest du mir versprechen, mit niemandem darüber zu reden? Kann ich mich darauf verlassen?«

Er nickte. Ihre Hand lag wie ein kaltes, kleines Tier auf seiner.

Sie riss sich zusammen. »Es ist ein Mann, er verfolgt mich. Und seinetwegen wird alles zum Teufel gehen.«

Ihre Ausdrucksweise hatte etwas Theatralisches. Aber zugleich leuchtete die Angst aus ihrem Gesicht, eine leere und unsinnige Angst, und abermals packte sie seine Hand mit ihren eiskalten Fingern.

Nach und nach ging ihm dann auf, wovon die Rede war. Es ging um einen Fotografen, übrigens den, von dem das Portrait an der Wand stammte. Er arbeitete für die Zeitung *Dagens Nyheter* und hatte sie im Zusammenhang mit einem Interview fotografiert. Damals hatte sie sich in ihn verliebt. Unsterblich verliebt, sie hatte sich gegen diese Gefühle nicht wehren können. Es war dreizehn Jahre her. Sie waren eine geheime Beziehung eingegangen, die noch immer nicht beendet war.

»Ich wage nicht, mich von ihm zu trennen«, flüsterte Jenny. »Er hat sich so verändert, er ist gefährlich, Kristian, lebensgefährlich. Er kann solche entsetzlichen Wutanfälle bekommen. Ich glaube, er ist krank. Ja, das hoffe ich sogar, vielleicht hat er einen Gehirntumor ... und dann löst das Problem sich doch von selbst? So was kann man doch nicht überleben? Oder kann man das?«

Kristian dachte an Andreas. Er wollte einen Schluck Wein trinken, konnte sich aber nicht rühren. »Tut er dir weh?«, brachte er endlich heraus.

»Wenn du wissen willst, ob er mich misshandelt, dann lautet die Antwort nein. Jedenfalls nicht körperlich.«

»Kannst du die Beziehung nicht einfach beenden?«

Sie schlug die Hände vors Gesicht und stöhnte. »Nein, das geht nicht.«

»Wieso nicht?«

»Aus mehreren Gründen. Unter anderem, weil er einen Schlüssel zu diesem Haus hat. Er kommt manchmal her, wenn er weiß, dass Reinhold verreist ist. Sie kennen einander, sind befreundet. Aber Reinhold hat doch keine Ahnung ... er fährt oft weg, um in Ruhe komponieren zu können. Wir haben ein Haus auf Fårö, und dahin fährt er dann, er muss einfach ganz und gar ungestört sein, wenn er an seiner Musik arbeitet, er hat nicht einmal ein Telefon. Im Moment ist er auch dort.«

»Was sagst du da, verdammt noch mal! Der Mann, der dich verfolgt, hat einen Schlüssel zu eurem Haus!« Ungläubig schüttelte er den Kopf.

»Ja, wir haben es damals von ihm gekauft. Wir fanden es praktisch, ihn einen Schlüssel behalten zu lassen. Dann konnte er doch im Haus nach dem Rechten sehen, wenn wir verreist waren. Ich meine, wir kannten ihn doch, Reinhold und er sind befreundet. Er kennt sogar den Code der Alarmanlage.«

»Was für ein guter Freund. Der die Frau seines besten Kumpels verführt.«

Sie schaute ihn niedergeschlagen an. »It takes two to tango.«

»Dieses Haus hat also ihm gehört, und dann habt ihr es von ihm gekauft?«

»Ja.«

»Er muss doch Familie gehabt haben? In so einem großen Haus kann er doch wohl kaum allein gewohnt haben?«

»Er hatte Familie. Seine Frau ist tot, sie wurde von einem Betrunkenen hier unten im Drottningholmsväg angefahren, auf dem Zebrastreifen. Und danach wollte er hier nicht wohnen bleiben, was man ja verstehen kann. Er hat auch eine Tochter, sie ist Glaskünstlerin, neulich war in *Sköna Hem* eine Reportage über sie. Die hast du vielleicht gelesen, wenn du dich für so was interessierst. Sandra Palmér. Das da ist übrigens von ihr.«

Sie zeigte auf einen Apfel aus durchsichtigem Glas, mit einem kleinen giftgrünen Blatt ganz oben.

»Sandra ist wirklich gut. Sie hatte im vorigen Sommer eine Ausstellung, in einer Galerie in der Hornsgata, da habe ich auch diesen Apfel gekauft. Ein liebes, sympathisches Mädchen, sie ist etwas ganz Besonderes.«

Ihre Stimme klang angespannt, sie zündete sich noch eine Zigarette an und zog hastig daran.

»Das glaube ich gern«, sagte er. »Aber du musst dafür sorgen, dass er dir den Schlüssel zurückgibt. Oder noch besser, lass das Schloss auswechseln.«

Sie drehte sich zu ihm um und schaute ihm in die Augen. »Du verstehst das nicht, Kristian, du hast keine Ahnung, wovon ich rede.«

»Nicht?«

»Er würde so … ach, du kennst ihn nicht.«

»Wie meinst du das? Was würde passieren?«

»Er könnte Reinhold alles erzählen. Und das wäre dann das Ende für uns alle.«

»Wieso das Ende?«

»Das verstehst du nicht«, sagte sie noch einmal, und ihre Stimme klang schrill und kindlich. »Wir haben sozusagen ein Gelübde getan. Das war irrsinnig, jetzt sehe ich das ein, aber ich war so verblendet. Wir haben gelobt, dass wir immer, immer zueinander gehören werden. Auch, wenn ich weiterhin mit Reinhold verheiratet wäre, so würde ich in meiner Seele und meinen Gedanken doch zu Arne gehören. Ach Gott … er macht mir solche Angst. Er ist hier im Haus, in den Wänden, in der Luft, die wir atmen. Sowie ich die Augen aufschlage, ist er da. Ich will nur noch verkaufen und weg von hier. Ich halte es nicht einen Tag länger aus.«

Sie war wieder aufgesprungen und lief jetzt im Zimmer auf und ab. Der Boden knarrte unter ihren Schritten. Sie zog hart an der Zigarette und musste sofort husten. In Kristian stieg langsam ein vages Gefühl von Furcht auf.

»Im Prinzip könnte dieser Mann also jetzt hier im Haus sein?«, fragte er.

Sie nickte. »Im Prinzip ja. Aber da die Alarmanlage eingeschaltet war, ist er das nicht. Man kann sich hier drinnen nicht rühren, wenn die Anlage läuft.«

»Er könnte sich danach hereingeschlichen haben. Vielleicht haben wir ihn ja nicht gehört.«

Sie schaute sich besorgt um. »Das glaube ich nicht.«

»Aber Jenny«, sagte er und senkte die Stimme. »Ich verstehe das noch immer nicht so ganz. Wo wollt ihr denn hinziehen? Er kann euch doch sicher finden, egal, wohin ihr geht?«

»Ich muss ganz vorsichtig sein«, sagte sie heiser und schien in sich zusammenzusinken. »Ich werde ihm natürlich sagen, wo wir hinziehen. Ich traue mich nicht, ihn nicht mehr zu treffen, aber ich kann immerhin verhindern, dass er um mein Zuhause herumschleicht, oder schlimmer noch, dass er hereinkommt. Wir wollen in eine kleinere Wohnung in einem Hochhaus in der Stadt ziehen. Wir haben die Wohnung sogar schon gekauft. Wenn wir uns dann treffen, muss das bei ihm zu Hause geschehen. Wenn ich vorsichtig vorgehe und es ihm auf die richtige Weise beibringe, dann besteht die Chance, dass er es akzeptieren wird, oder?«

Sein Körper pulsierte vor Hitze. Seine Adern pochten. Darin lag eine Kraft, die ihn überlegen machte, er hätte jeden Marathonlauf gewinnen können. Und wenn die Zeit erst gekommen wäre, würde er das sicher auch tun.

Die älteren Männer liefen mit gekrümmten Körpern. Er überholte sie auf dem Trimmpfad, überholte ihre stummen, stolpernden Schritte. Verlegen wichen sie aus, schienen um Entschuldigung zu bitten. Traten beiseite, machten eine Pause.

Er würde immer jünger sein als sie.

Seine Füße liefen in den neuen leichten Schuhen. Seine Haare waren ein glänzendes Vlies.

Und es gab Zeiten, in denen nur das wichtig war. Wille und Kraft seiner Muskeln. Auf dem Flutlichtpfad wurden die Kilometer zu Meilen. Für andere Triebe war kein Platz mehr.

Die Sonntage waren nur schwer erträglich. Und doch kam es vor, dass Hilja sich unter der Woche nach ihnen sehnte, zumindest in dem Augenblick, wenn der Wecker schellte und sie wusste, dass sie aufstehen musste. Sie war nur selten ausgeruht. Wenn das Wochenende kam, hoffte sie immer, richtig ausschlafen zu können, aber seltsamerweise erwachte sie dann meistens noch früher als sonst und konnte nicht wieder einschlafen.

So war es auch an diesem Sonntagmorgen.

Der Samstag war stressig gewesen, im Laden hatte es von Kundschaft seltsamerweise nur so gewimmelt. Es war kein typisches Blumenwochenende, der wirkliche Ansturm würde erst im Dezember einsetzen. Nicht einmal um Allerheiligen herum war sonst so viel zu tun, auch wenn alle die Gräber ihrer Angehörigen schmücken wollten. Die Leute gingen nicht in die Läden der Innenstadt, wenn sie Gestecke für ihre Toten brauchten. Da bevorzugten sie doch lieber die Friedhofsgärtnereien.

Außerdem hatten sie an diesem Samstag nicht weniger als vier Hochzeiten gehabt – mit Ansteckstäußchen für Bräutigam und Brautführer, Blumenschmuck für die Brautjungfern und natürlich den Brautsträußen. Mitten im ganzen Stress schickte Alexander die Großmutter der einen Braut die Wendeltreppe herunter, eine spitznäsige Frau in schrillen Farben, die sofort anfing, Befehle in Bezug auf den Brautstrauß ihrer

Enkelin zu erteilen. Sie fuchtelte mit ihren runzligen Händen, ihre Fingernägel waren lang und rot, es sah grotesk aus.

»Und dann brauchen wir Weiß, Cerise und Grün, sie hat nämlich grüne Augen, wie Smaragde, das hat sie von der Mutter, das meiste und Beste hat sie von dieser Seite, und das sage ich nicht nur, weil ich auch damit zu tun habe... und dann, mal sehen, dann will ich noch so einen, weiß also, Fuchsschwanz vielleicht, und diese schwarzen Beeren und die Herzen, die sozusagen an einem Faden hängen, das wird symbolisch, die ganze Ehe hängt schon von Anfang an an einem seidenen Faden, er ist wirklich ein Schuft, der Bräutigam, ich glaube also nicht, dass es von Dauer sein wird, aber das ist ja nicht meine Sache, es ist Sussies Entscheidung, sie muss mit ihm leben, ja, herzlichen Glückwunsch.« Sie lachte röchelnd und beugte sich über den Tisch. Dabei war ihre Schnapsfahne deutlich zu riechen.

Ringo musste sie durch die Garage hinauslotsen, denn ihr wurde plötzlich schwindlig, und sie konnte die Treppe nicht wieder hinaufsteigen.

»Schick uns ja keine alten Omas mehr runter!«, brüllte er Alexander an. »Wir werden doch nie fertig, wenn wir nicht in Ruhe arbeiten können.«

Wenig später kam es zu einem Streit zwischen Alexander und Anki, die sonst nur selten die Stimme hob. Sie hatten gemeinsam beschlossen, im Laden Musik laufen zu lassen, leise klassische Musik, die die Kundschaft in Stimmung bringen sollte. Plötzlich dröhnte oben Hardrock los, dass die Glastüren nur so klirrten. Alexander hatte die CD gewechselt.

Hilja hätte nie gedacht, dass Anki so wütend werden könnte. Sie war sonst zurückhaltend und wortkarg, fast schon ein wenig furchtsam. Jetzt stürzte sie mit hocherhobenem Skalpell die Treppe hoch und kam erst zu Besinnung, als sie vor dem Tresen stand. Die Musik wurde ausgedreht. Tiefe Stille herrschte. Danach hörten sie Ankis helle, erregte und Alexanders wütende Stimme. War Kundschaft im Laden? Das wusste

Hilja nicht. Ihr ganzer Körper krampfte sich vor Unbehagen zusammen.

Nach einer Weile kam Anki wieder herunter, bleich und verbissen. Sie sagte nichts. Niemand sagte irgendetwas. Hilja fand das komisch. Ringo zumindest hätte sie doch in den Arm nehmen und versuchen können, sie zu trösten. Das tat er aber nicht. Er war mit einem Brautstrauß beschäftigt und sagte kein Wort.

Sie wäre froh gewesen, wenn sie Alexander entlassen hätten. Seit er da war, hatte die Stimmung sich verändert. Er wollte mehr und mehr bestimmen, ergriff die Initiative, ohne bei Ringo und Anki um Erlaubnis zu fragen. Als Florist war er einfach unbrauchbar. Hilja überlegte, welche Branche zu ihm passen würde. Vielleicht ein Laden für elektronische Geräte, in dem er Computerspiele und Mobiltelefone verkaufen könnte.

Alexander konnte auch bissig und gemein sein. Anfangs hatte sie seine Sprüche über das Aussehen der Kunden lustig gefunden, ab und zu wurde der Kundschaft ein fast übertriebener Respekt entgegengebracht. Aber inzwischen war auch sie zur Zielscheibe seines Spottes geworden, und da hörte der Spaß schnell auf.

»Warst du schon bei der Hausfrauengymnastik?«, konnte er sie anpöbeln. Oder etwas zu ihrem Mittagessen sagen, wenn sie das im Personalzimmer verzehrte. »Wie viel Punkte hat denn diese Pizza, Hilja? Und was sagen die Weight Watcher dazu? Du weißt vielleicht nicht, wer die Weight Watcher sind? Ich kann meine Mutter bitten, dich anzurufen, meine Mutter ist Beraterin bei den Weight Watchern, sie hat hundertvierzig Kilo gewogen. Jetzt bringt sie nicht mal mehr die Hälfte auf die Waage. Sie sieht gut aus, total gut sieht sie aus.«

Vielleicht wollte er insgeheim nur ihr Bestes? Vielleicht konnte er nichts dafür, dass er sich ungeschickt und verletzend verhielt.

Tatsache war, dass sie bei den Weight Watchern gewesen war, und zwar mehr als einmal. Aber während alle anderen auf der Waage Gewichtsverluste melden konnten, war ihr Gewicht unverändert, oder, schlimmer noch, sie nahm zu. Sie hatte gehofft, die Weight Watcher würden sich um sie besonders kümmern, irgendein Berater würde sich zu ihr setzen und mit ihr Tag für Tag durchgehen, was sie gegessen hatte. Aber die Zeit hatte keiner von denen. Die Treffen fanden in einem engen Lokal am Fridhemsplan statt, und die Schlangen vor der Waage stauten sich im Flur. Bei den Vorträgen gab es nicht genug Stühle, viele mussten stehen, und die Luft war bald schrecklich stickig. Nach einigen Wochen hatte sie aufgegeben.

Wie spät mochte es sein? Sechs vielleicht? Auf der Straße war es ganz still. Nachts hatte irgendwer im Haus mit schrecklich lauter Musik gefeiert. Dann war ein Autoalarm losgegangen. Niemand hatte ihn abstellen können. Am Ende hatte Karla die Polizei angerufen, die versprochen hatte, jemanden zu schicken. Als Hilja endlich eingeschlafen war, war es schon nach zwei gewesen.

Und jetzt war Sonntag, Sie müsste eigentlich schlafen können, sie war so müde. Aber ihr Gehirn wollte nicht zur Ruhe kommen. Sie hatte die Decke bis ans Kinn hochgezogen, sie lag auf dem Rücken. Ab und zu jagte ein stechender Schmerz durch ihren Bauch. Sie drückte die Hände auf die schwammige Haut. Bekam sie ihre Tage? Aber doch nicht schon wieder? Vier Wochen konnten doch noch nicht um sein?

Nach einer Weile klangen die Schmerzen ab. Es regnete. Sie hörte die Tropfen, die auf die Fensterbank prasselten, und plötzlich sehnte sie sich hinaus in den Wald. Wann war sie zuletzt in einem wilden, endlosen Wald gewesen? Nicht in so einem jämmerlichen kleinen Vorortwald wie dem, zu dem sie mit Göran gefahren war, sondern in einem wütenden, launischen Urwald, in dem man sich verirren konnte. Dort wollte sie jetzt sein, und als sie die Augen zukniff, sah sie ihre Gummistiefel, die Spuren im Blaubeergestrüpp hinterließen, sie sah zerbrochene Zweige im weichen Moos, und ihre Augen trübten sich, wie vor Hunger oder Erschöpfung. Sie legte den Kopf in den Nacken, und die Tropfen von den Bäumen fielen ihr in die Augen, ließen sie wässrig werden, ließen die Farbe ihrer Iris verbleichen. Hörte sie irgendwo etwas? Irgendein anderes Geräusch als das der fast unsichtbaren Herbstvögel, die die Flechten auf etwas Essbares hin durchsuchten? Ein Geräusch, das zwischen den Stämmen widerhallte, wie das Gebell umherstreunender Hunde.

Es war Alarm gegeben worden, das wusste sie. Endlich wurde Alarm gegeben. Eine Frau hat sich im Wald verirrt, im WALD, mit Großbuchstaben.

Und nun wurde der Wald durchkämmt.

Die Polizei schaltete auch das Militär ein, es waren junge Burschen, aber auch Männer in ihrem eigenen Alter, robuste Männer mit Speckgürteln um den Bauch, an denen sie sich festhalten konnte, als sie gefunden wurde. Genau solche Männer, von denen eine Frau gefunden werden wollte.

Sie schloss die Augen, spürte die Schauer zwischen den Beinen. Streifte mit den Fingerspitzen in einer leichten, fast unmerklichen Berührung ihre Oberschenkel.

Solche Männer, von denen eine Frau gefunden werden wollte.

Sie streckte sich im Bett aus, bis ihre Zehen gegen das Fußende stießen und sie einen Anflug von Krampf in einer Wade verspürte. Sie entspannte sich. Ihr Nachthemd war feucht. Sie schwitzte nachts arg, war aber noch nicht in den Wechseljahren. So lange sie noch blutete, war es nicht zu spät.

Um schwanger zu werden, zu gebären.

Sie legte die Hände um ihren Bauch und stellte sich darin ein Kind vor. Ein lebendes Kind, ein Baby. Manchmal, wenn sie Apfelsinen aß, spürte sie unter der Haut eine wogende Bewegung. Sie stellte sich vor, dass die ersten Bewegungen eines Embryos sich so anfühlten.

Ob sie das Kind wohl allein aufziehen könnte? Würde sie es schaffen, in eine eigene Wohnung zu ziehen? Es gab Darlehen, hatte Kristian gesagt. Darlehen von der Bank. Sie würde Kindergeld bekommen, das war fast so viel, wie sie im Blumenladen verdiente. Und Erziehungsbeihilfe. Alles würde anders, wenn sie erst in ihre Rolle als Schwangere und angehende Mutter hineingewachsen wäre. Sie würde eine ganz andere Würde und Stärke gewinnen, so wie sie das bei angehenden Müttern zu sehen glaubte; sie strahlten geradezu von einer inneren Kraft, die sie nun erfüllte, die sie auf das Schwere vorbereitete, das ihnen bevorstand. Das Schwere und so Wunderbare.

Ihr Kind musste auch einen Vater haben.

Göran?

Der Vater des Kindes müsste mit ihr ins Krankenhaus kommen, ihre Hände streicheln, sie bitten, richtig zu atmen, und ihr schmerzendes Kreuz massieren. Sie öffnete den Mund und stieß Luft aus, zog mit einer Kraftanstrengung die Beine an.

Du bist tüchtig, Hilja, jetzt dauert es nicht mehr lange, wir sehen schon ein Haarbüschel, jetzt musst du pressen, für König und Vaterland.

Sie warf den Kopf hin und her, bohrte die Hacken in die Matratze, schrie. Aber so, dass es nicht zu hören war.

Göran. Wo bist du, bist du hier?

Ihr eigener Vater hatte es meisterlich verstanden, zwei Familien auseinander zu halten. Ein Betrüger. Nichts anderes war er gewesen! Sie versuchte sich an sein Aussehen zu erinnern, aber sie sah sein Gesicht nicht mehr vor sich. Sie sah seine Hände, sie ähnelten Görans, waren kräftig und glatt, mit ungewöhnlich langen Fingern. Ungefähr wie ihre eigenen. Ihre Kinder sollten solche Hände haben.

Hätten
haben
sollen.

Sie hob das linke Handgelenk an ihre Lippen. Leckte kurz daran, tastete mit der Zunge die kleinen Vertiefungen ab. Ihre Arbeitshände, ihr Werkzeug, sie empfand eine tiefe Trauer, und ihre Augen wurden nass und heiß.

Sie konnte einen solchen Zorn verspüren. Auf den Vater. Aber auch auf die Mutter. Nicht zuletzt auf die Mutter, die sich damit abgefunden, die ihren Kindern einen richtigen Vater verweigert hatte. Sie war ihrer Mutter niemals nahe gekommen. Nicht wie Karla. Bei ihrer Geburt hatte es keine Gefühle mehr gegeben, die hatte alle das älteste Kind bekommen. In ihrer Erinnerung war die Mutter eine dünne, krumme Gestalt, die meistens schweigend auf dem Bett lag, eingewickelt in dicke Decken.

Stört Mama nicht, sie ist müde.

Doch! Ich will sie stören. Sieh mich, Mama. Sieh mich. Ich bin hier. Ich habe zehn Finger und zehn Zehen, wie sich das gehört. Die werden doch als Erstes gezählt, wenn ein Kind auf die Welt kommt, stimmt alles, ist sie gesund und nicht verkrüppelt? Und alles stimmt, Mama, dreh dich um, dann kannst du es sehen.

Sie kannte die Geschichte der Mutter. Maria Agnevik. Siebzehn Jahre. Aus einem sörmländischen Kaff in die Großstadt gekommen. Fast sofort hatte sie mitten in der Hauptstadt in einer Konditorei eine Stelle gefunden, irgendwo im Sveaväg. Die Serviererinnen trugen schwarze Kleider und weiße Schürzen und eine Art Nonnenschleier auf dem Kopf. Der Kaffee war dünn, es war doch im Krieg. Aber trotzdem kamen viele Gäste, um für einen Moment die Wirklichkeit zu vergessen. Um auf einem bequemen Stuhl zu sitzen und Sahne aus einem kleinen Kännchen zu gießen. Viele dienten in der Bereitschaftstruppe, sie trugen ihre unförmigen Uniformen und rochen nach Wolle und Gewehröl.

Einer von denen, die gern einen Kaffee tranken, war Leopold, der zu Beginn der dreißiger Jahre nach Schweden gezogen war. Aus irgendeinem Grund war er vom Wehrdienst befreit worden und wurde deshalb nie eingezogen, weder in Finnland noch in Schweden. Seit einigen Jahren war er mit Sigrid verheiratet. Aber als er dieses schweigsame Mädchen vom Lande kennen lernte, das ihm hier den Kaffee brachte, erwachten seine Beschützerinstinkte. Und Maria? Wie hätte sie sich dagegen wehren können? Sie fühlte sich natürlich geschmeichelt und war auf naive Weise glücklich. Er war dreißig Jahre alt und weltgewandt, und er hatte sich für sie entschieden. Sie versuchte gar nicht erst, sich zu schützen.

Wohin sie wohl gingen, wenn sie sich treffen wollten? Solche Fragen hatte Hilja niemals stellen können. Gingen sie als Mann und Frau in ein Hotel? Oder standen sie zwischen Ratten bei den hohen Holzstapeln, die in den Straßen aufgetürmt waren? War sie so naiv, dass sie sich dazu verleiten ließ? Wie eine Nutte oder eine Schlampe oder ein Flittchen? Gefallene Frauen hatten viele Namen. Ein Freudenmädchen! Ja, für Leopold bedeutete sie nichts als Freude. Sonst hätte er sie doch sicher sehr bald fallen lassen.

Zwei Jahre nach ihrer ersten Begegnung wurde Karla geboren. Damals hatte sie sicher gehofft, dass er sich erweichen lassen, dass er sein Versprechen halten und seine Frau verlassen würde. Scheidungen kamen damals nicht häufig vor, aber Maria hatte sich bestimmt an dieses Versprechen geklammert, es war doch ihre einzige Hoffnung gewesen.

Natürlich kam es nicht dazu. Wie hätte Leopold sich scheiden lassen können? Sein ganzes finanzielles und soziales Dasein hing doch mit Sigrid zusammen. Da war die Porzellanfabrik, die er von ihrem Vater übernommen hatte. Ganz bestimmt gab es einen Vertrag, der besagte, dass er im Scheidungsfall die ganze Herrlichkeit verlieren würde.

Er musste sein Doppelleben also durchhalten. Oder hatte sie seinem Leben vielleicht eine besondere Würze gegeben, diese heimliche Familie?

Nach sieben Jahren wurde dann Kristian geboren, nach zwei weiteren sie selbst, Hilja.

Die Tür war geschlossen. Karlas Pantoffeln schlurften über den Boden. Bald sickerte auch Kaffeeduft durch den Türspalt. Hilja bohrte die Nägel in die Handflächen, so fest, dass sie

Spuren hinterließen. Karla hatte das Radio eingeschaltet. Es gab ein Naturprogramm. Hilja konnte noch in ihrem Zimmer hören, wie eine Männerstimme über Jagd und Elche redete.

Und sie versank wieder im Wald und wartete im tiefen Moos, sie war jetzt nass, denn es regnete, und einer ihrer Gummistiefel war undicht, sie umklammerte einen Baumstamm, um sich zu verstecken. Als der Schuss fiel, spürte sie ihn zuerst nicht, aber ihre Ohren waren wie mit Watte verstopft. Dann schwoll etwas unter ihrer Jacke, und etwas strömte hervor, eine heiße, klebrige Flüssigkeit, etwas Gefährliches. Sie ließ den Stamm nicht los und ging in die Knie. In dieser Stellung verharrte sie, bis die Männer kamen. Und in dem Moment, in dem der Erste sie erreichte, kippte sie zur Seite. Der Mann war rot und warm, Kautabakspuren zogen sich über sein Kinn. Er drückte ihren Kopf gegen sein Hosenbein, strich ihr die Haare aus dem Gesicht.

»Du dummes Mädchen«, schalt er. »Du dummes, dummes Mädchen.«

Ein anderer Mann öffnete ihre Jacke. Sie zitterte in der kalten Luft und spürte endlich, dass es wehtat.

Die Wunde war nicht sonderlich tief.

Aber wir müssen die Schrotkugeln herausholen.

Jetzt standen drei Männer um sie herum, sie zählte ihre Nasen, ihre Augenbrauen. Mit ihren Körpern drückten sie sie ins Moos. Der Mann, auf dessen Knie ihr Kopf gelegen hatte, hielt ihr etwas Hartes an den Mund. Glas klirrte an ihren Zähnen.

»Trink«, sagte der Mann. »Das brauchst du. Denn das hier wird schrecklich wehtun.«

Ihr Hals brannte, als der Whisky durch ihre Kehle strömte, oder Cognac war es, ja, Cognac.

Zwischen den Beinen wurde alles dicker und feuchter, dort unten unter der Decke, dort war nur sie. Und ihre Fingerspitzen und das viele Weiche, Warme, das hart wurde und heiß durch die ganze Haut jagte, wie ein unbeschreiblich schöner

Blitz. Ihr kamen die Tränen, sie drangen unter ihren Augenlidern hervor, sie fror, es war ein kühles, zitterndes Gefühl. Sie zog die Decke fester um sich, und dann kam Karla an die Tür, bald, bald war es Zeit zum Aufstehen.

Man konnte ins Nachbarhaus hinüberschauen. Ihnen genau gegenüber, wenn auch einen Stock tiefer, wohnte die junge Familie mit dem Baby. Sie waren zuerst zu zweit gewesen, nur der Mann und die Frau, im Schutze der Dunkelheit hatte Hilja sie beobachtet. Eines Morgens standen sie da und hatten das Kind in eine Decke gehüllt.

Es war ein Junge, das hatte sie gesehen, später, als das Baby krabbeln gelernt hatte. Die Mutter kroch hinter ihm her über den Boden, er war nackt, und sein Mund lächelte. Jetzt spielten sie wieder.

Der Junge war gewachsen. Er war mollig und flink, sie sah sein kleines bleiches Hinterteil. Die Mutter mit ihrem unordentlichen Pferdeschwanz sah aus wie ein junges Mädchen. Sie kroch hinter ihrem Kind her über den Boden. Das Parkett glänzte, es gab keine Teppiche, keine Möbel. Nur Spielzeug und Stofftiere, Windeln und Schnuller. Ein Fenster weiter lag die Küche. Dort stand der Vater, das sah sie jetzt, er trug einen gestreiften Bademantel, so ein teures Teil, wie sie es aus Anzeigen kannte. Hilja war einmal zu Ströms an der Kreuzung Sveaväg und Kungsgata gegangen, um sich nach dem Preis zu erkundigen. Sie wollte ein schönes Geschenk für Göran kaufen, er sollte an sie denken, wenn er diesen Bademantel anzog, aber der kostete mehrere tausend. Wie hätte sie sich das leisten können? Und wie sollte sie Karla erklären, dass sie für sich selbst einen Bademantel gekauft hatte? So etwas tat man einfach nicht, Bademäntel bekam man geschenkt.

Jetzt stand der junge Vater da in seinem bei Ströms gekauften Bademantel und rührte in einer Schale Brei an.

»Glotz nicht so!« Karla war hinter sie getreten.

»Wieso, mich sieht doch niemand.«

»Man wird besser gesehen, als man glaubt. Und egal wie, so was tut man nicht. Peeping-Tom-Mentalität wird das genannt, das ist widerlich. In unserer Familie ist das nicht Sitte so.«

Das Baby hatte jetzt kehrtgemacht. Er kroch in wildem Tempo dahin, seine Mutter folgte ihm auf dem Fuße, ihr Gesicht strömte über vor Glück.

»Der ist niedlich, der Kleine«, sagte Hilja. »Nun sieh doch nur!«

»Ich hab uns ein wenig Morgenkaffee gekocht.«

Es regnete nicht mehr. Das Thermometer zeigte fünf Grad über Null. Sie saßen einander gegenüber am Küchentisch, jetzt angezogen, bereit, sich dem Tag zu stellen. Karla hatte einen Teller mit Kardamomzwiebäcken hingestellt. Sie suchte sich einen aus, beschmierte ihn mit Butter und biss hinein. Sie hielt die Handfläche darunter, um Krümel aufzufangen, ihre Kiefer bewegten sich energisch auf und ab.

Hilja streckte die Hand nach dem Buttermesser aus.

»Nein!« Karlas Hand fiel auf ihre.

»Was?«

»Lass die Butter in Ruhe.«

»Was?«

»Ich finde, du solltest dich zusammennehmen.«

Schwarze Flammen loderten durch ihr Gehirn. Ihre Hand lag auf der Tischdecke, ihre eigene Hand mit den abgenagten, schmutzigen Nägeln.

»Einen Zwieback kannst du gern haben, die hab ich deinetwegen gekauft. Aber auf Butter solltest du verzichten, die schmecken doch auch so.«

Sie konnte keinen Kaffee mehr trinken, konnte die Tasse nicht hochheben, sie war glatt und heiß und schien an der Tischplatte angewachsen zu sein.

»Kannst du verstehen, wieso wir so verschieden sind?«, hörte sie nun Karlas Stimme. »Kannst du das verstehen? Ich koche für uns dasselbe, aber trotzdem, trotzdem sehen wir so ganz anders aus. Bestimmt frisst du bei der Arbeit eine Menge überflüssige Dinge, was? Was wiegst du eigentlich, Hilja, hast du dich in letzter Zeit überhaupt mal gewogen? Die Waage steht im Badezimmer, ich finde, du solltest das mal feststellen, jetzt sofort. Ich selbst wiege knapp über fünfzig. Nur Haut und Knochen. Du könntest mir ruhig ein paar Kilo abgeben, das würde mir gut tun.«

Sie rannte. Das war das nächste Erinnerungsbild. Sie rannte, rannte am Kanal entlang. Sie war nicht zum Rennen geschaffen. Als sie dann langsamer wurde und ins Schritttempo verfiel, schienen sich Nadeln in ihre Lunge zu bohren. Das Gras war nass, nass und lehmig. Mehrere Male wäre sie fast ausgerutscht.

Ein Stück weiter, an der Anlegestelle, wurden Boote an Land gezogen. Sie sollten hinter dem Zaun liegen und mit Planen bedeckt werden, sollten dort liegen und sich den Winter über ausruhen. Es würde schwer für sie sein, dort vorbeizukommen, sie waren mit einer kräftigen Winsch am Werk.

Und wohin hätte sie gehen sollen? Sie hatte überhaupt nichts überlegt, als sie losgestürzt war, hatte nur gedacht, dass sie weg musste. Wieder sah sie Karlas weit aufgerissene Augen vor sich. Und ihre eigene Hand mit dem Perlmuttmesser, dem kleinen schönen, das sie immer schon gehabt hatten. Einem Buttermesser! Karlas verächtliche Miene, *willst du mir drohen, willst du das? Das wirst du noch bereuen.*

Aber es hatte auch eine gewisse Überraschung tief unten in diesen trüben Augen gelegen. Überraschung und eine Spur von Angst.

Hilja hatte das Messer durch die ganze Küche geworfen. Es knallte gegen die Wand und landete auf dem Boden. Die helle Tapete wurde mit Butter beschmiert. Sie zitterte so sehr, dass sie kaum ihre Jacke überziehen konnte. Sie griff nach ihrem Rucksack und stürzte los. Sie ließ die Tür zufallen und merkte, wie das ganze Haus bebte. Bis hinunter in den Keller.

Ein Stück vom Weg entfernt gab es einen Baum, in dem eine Eule wohnte. Es war eine Eiche, uralt war sie, manchmal dachte er an alles, was sie im Laufe der Jahrhunderte wohl gesehen hatte. Im Sommer konnte man deutlich sehen, wie alt der Baum war, man sah, dass manche Äste verdorrt waren und schon längst keine neuen Blätter mehr bildeten.

Im Stamm gab es ein Loch, eine dunkle Vertiefung. Er hatte drinnen zwei Augen funkeln sehen und war näher getreten, um hineinzuschauen. Doch das Loch war leer gewesen. Er fasste den Stamm an, der war rau und fest. Etwas Klebriges streifte seine Stirn, und von den noch vorhandenen Blättern hingen Larven herab.

Im Gestrüpp hinter der Eiche war es zum ersten Mal passiert.

Er war damals verwirrt gewesen und völlig überrumpelt worden.

Sie hatte ihn in die Hand gebissen und war entkommen.

An diesem Tag hatte er zwei Besichtigungen. Es würde schwer sein, beide zu schaffen. Zuerst kam Jennys Villa in Bromma, er hatte die Besichtigung auf die Zeit von dreizehn bis vierzehn Uhr angesetzt. Eine halbe Stunde darauf musste er in einer Wohnung in Birkastan sein, einer Einzimmerwohnung mit Kochnische. Er musste rechtzeitig eintreffen, aufschließen, Hinweisschilder aushängen, überall Licht machen, dafür sorgen, dass die Wohnung attraktiv wirkte. Es war wichtig, dass die Lampen brannten, damit die Leute alles sehen konnten und nicht glaubten, man wollte ihnen etwas verheimlichen. Er erklärte das den Verkäufern immer ganz genau, aber es kam doch vor, dass sie sich nicht an die Abmachung hielten.

Einmal hatte ein Verkäufer sich im Datum geirrt, eine entsetzlich peinliche Situation. Als er die Wohnungstür aufschloss, lag der Mann noch im Bett, zusammen mit einer Frau, die Luft war stickig und verbraucht. Kristian war wütend gewesen, hatte den Vertrag aber nicht kündigen können.

Die beiden Prospekte mit den Objektbeschreibungen lagen fertig vor ihm. Jennys Villa war auf einen Einstiegspreis von 6,5 Millionen taxiert worden. Sie fand das reichlich wenig, aber er hatte ihr erklärt, dass es besser sei, so viele Interessenten wie möglich anzulocken und dann eine Auktion zu veranstalten. Große Villen waren nicht mehr so leicht zu verkaufen wie noch vor wenigen Jahren. Seit dem 11. September waren eben alle vorsichtiger geworden.

Die Wohnung in der Rörstrandsgata würde um einiges leichter zu verkaufen sein. Obwohl sie heruntergekommen und verwohnt war, obwohl sie keinen Balkon hatte. Sie lag im Erdgeschoss eines soliden Hauses, das einer Genossenschaft gehörte und allerlei Vorteile bot, wie große Fenster zum Hof und Sauna und Turnraum im Keller. Das Wohngeld betrug eins vier. Er hatte einen Einstiegspreis von 92500 festgelegt. wusste aber, dass das letzte Angebot beträchtlich höher sein würde. Die Wohnung war hervorragend geeignet für junge Leute, die zum ersten Mal allein wohnten. Die meisten Interessenten würden sicher ihre Eltern mitbringen.

Es könnte problematisch werden, dort einen Parkplatz zu finden. Aber an diesem Tag brauchte er das Auto, wenn er beide Termine einhalten wollte.

Elisabet war sauer gewesen.

»Du hast schon am vorigen Sonntag gearbeitet, warum kannst du dir nie frei nehmen! Wir kommen immer an zweiter Stelle, die Mädchen und ich. Ja, ich jedenfalls. Die Mädchen hast du schon verloren. Siehst du das überhaupt? Sie sind herangewachsen, ohne dass du das gemerkt hättest.«

»Jetzt bist du ungerecht«, wehrte er ab. »Ich gehe ja nicht arbeiten, weil ich das so wahnsinnig lustig finde. Aber ich muss meine Aufgaben erledigen, sonst geht alles zum Teufel! Denk doch ein einziges Mal nach!«

»Und was ist mit Andreas?«, fragte sie, und im Licht, das durch das Fenster fiel, sah er, dass sie jetzt ein Doppelkinn bekam. »Seid ihr nicht zu zweit in eurer Firma? Könntet ihr euch nicht so arrangieren, dass du wenigstens ab und zu an einem Sonntag frei hast?«

Er brachte es nicht über sich, zu antworten. Als er auf der Treppe stand, rief sie hinter ihm her, dass sie das Auto auch gebraucht hätte. »Ich wollte in Richtung Sörmland fahren und Pfifferlinge suchen, ehe der Schnee kommt, aber das geht jetzt ja nicht, jetzt wird jemand anders die pflücken.«

Er stellte sich taub. Solche Wortwechsel führten nie zu

etwas Konstruktivem. Aber sie hatte schon Recht, die ganze Arbeit in der Firma blieb an ihm hängen.

Am Freitag hatte er bei Andreas zu Hause angerufen. Cecilia war am Telefon. Andreas schlief.

»Ja, verdammt, dann weck ihn eben.« Kristian war es schwer gefallen, höflich zu bleiben.

»Das möchte ich nicht, er hat Tabletten genommen.«

»Tabletten?«

»Schlaftabletten. Er muss einfach schlafen, er ist total erschöpft.«

»Was ist denn eigentlich los mit ihm? Hat er noch immer Kopfschmerzen?«

»Migräne«, murmelte sie.

»Du musst mir helfen, Cecilia, wir sind zu zweit in der Firma, aber im Moment muss ich mit dem ganzen Dreck alleine fertig werden. Ich gehe hier noch die Wände hoch. Ganz zu schweigen von meinem so genannten Familienleben.«

»Verzeihung«, hörte er ihre Stimme.

»Verzeihung? Deine Schuld ist das ja nun wirklich nicht.«

»Verzeih, dass er dir solche Probleme macht. Ich habe ihm so zugeredet, damit er endlich zum Arzt geht, aber ich glaube, er hat Angst. Davor, dass es …«

Er hörte, dass sie weinte.

»Jedenfalls kann es so nicht weitergehen«, sagte er müde.

»Das weiß ich.«

»Hat er Angst, es könnte ein Tumor sein oder so etwas? Meinst du das?«

»Ja.« Das war nur noch ein Flüstern.

»Aber trotzdem ist es ja wohl besser zu wissen, woran man ist. Er ist verdammt noch mal ein erwachsener Mann, er trägt Verantwortung, sich selbst und uns gegenüber.«

»Er hat einen Termin gemacht. Am Montag, das steht in seinem Terminkalender.«

»Aha.«

»Danach wird er ins Büro kommen, das verspreche ich dir. Ich werde ihn hinbringen.«

»Ihr werdet mir willkommen sein«, sagte er säuerlich.

Später am Freitagvormittag hörte er etwas an der Tür. Kristian schaute auf, dort stand jemand, eine Frau, sie drückte auf die Klinke, doch da die Tür verschlossen war, blieb sie verunsichert stehen. Kristian ging hin und öffnete. Erst jetzt erkannte er sie.

»Hallo«, rief sie, »was für ein Glück, dass du da bist. Ich dachte schon, du wärst schon weg.«

Sie war klein und schmächtig, ihre Augen quollen hervor und verliehen ihr leichte Ähnlichkeit mit einer Kuh. Sie streckte die Hand aus, es regnete, sie war nass.

»Hast du Zeit, kann ich kurz mit dir reden?«, fragte sie, und nun endlich sah er, dass er Cecilia vor sich hatte.

»Natürlich.« Er trat beiseite, um sie einzulassen. Sie schloss ihren Regenschirm und stellte ihn auf den Boden. Fuhr sich mit den Fingern durch die halblangen blonden Haare, die sich vor Feuchtigkeit kräuselten.

»Ich war ohnehin hier in der Nähe, und da...«

»Möchtest du Kaffee?«

»Nein, danke. Ich bleibe nicht lange, ich wollte nur...«

Sie war sehr blass, und ihre Wangen waren von Ausschlag überzogen. Sie drängte sich an ihm vorbei und ging zu Andreas' Sessel. Zog ihn vorsichtig hervor und setzte sich.

»Ist etwas passiert?«, fragte Kristian.

Sie schüttelte den Kopf.

»Wie geht es Andreas?«

»Der weiß nicht, dass ich hier bin. Aber ich hatte mir schon vor deinem Anruf Gedanken gemacht. Es ist nicht richtig, dass du einen Haufen Probleme bekommst, weil es ihm nicht gut geht.«

»Ehrlich gesagt, Cecilia, ich werde nicht mehr schlau aus ihm. Ich mache mir Sorgen. Er ist so seltsam, so gereizt auf irgendeine Weise. Er hat sich total verändert. Das kann doch nicht nur von seinen Kopfschmerzen kommen?«

Sie schwieg. Er sah, dass sie schluckte. Die Pumpe im Aquarium blubberte. Am Morgen war ein weiterer Fisch tot gewesen. Jetzt waren nur noch drei übrig. Mit trägen Flossenschlägen glitten sie durch das trübe Wasser.

»Ist zwischen euch etwas passiert?«, fragte er. »Irgendwelche Kommunikationsstörungen?«

»Nein, das ist es nicht«, sagte sie hastig. »Es ist etwas anderes, etwas Tieferes. Etwas hier drinnen, in der Seele sozusagen.«

Er verspürte ein Gefühl des Unbehagens. »Wie meinst du das?«

»Er war auch früher schon so, aber nie so arg wie jetzt. Normalerweise kann er es verbergen. Es setzt offenbar im Herbst ein, seine Stimmung schlägt dann um, und er wird so entsetzlich deprimiert.«

»Und dann?«

»Er wird ohne Grund wütend, und ansonsten ist er einfach total antriebslos.« Sie verstummte und schien Atem zu holen. »Es ist so, als ob... ja, als ob er sich deshalb schämt. Er wäre stocksauer, wenn er wüsste, dass ich heimlich zu dir gekommen bin. Er hat wahnsinnige Angst davor, dass irgendwer es erfährt, er scheint es für eine Schande zu halten, na ja, du verstehst schon.«

»Vielleicht.«

»Man soll doch stark und zielstrebig sein, wenn man in der heutigen Gesellschaft irgendeinen Wert haben will. Man muss den Druck aushalten. Er funktioniert ja auch, er ist ganz normal, aber im Moment ist er eben labil, und auch dafür müsste es im Leben Platz geben. Damit man zwischendurch aussteigen kann, ohne von den anderen deshalb verurteilt zu werden.«

Sie hob einen Kugelschreiber hoch und drehte ihn zwischen ihren mageren Fingern. Die Haare hingen ihr in die Augen, mit einer heftigen Kopfbewegung schleuderte sie sie fort.

»Er hat also gar keine Migräne?«, fragte er vage.

»Doch, das schon, aber das ist nicht das eigentliche Problem. Das ist eher eine Nebenwirkung. Sein Vater ist genauso, das liegt in der Familie, der Vater war zeitweise in der Klinik, im Steinhof, so hieß das jedenfalls früher, das ist eine Klinik in Wien. Die Eltern wohnen doch da.«

»Ich dachte, die wohnen in Schweden.«

»Nein, das ist lange her.«

Ich weiß so wenig, dachte er. Ich weiß so wenig über die Menschen in meiner nächsten Nähe.

»Ich glaube, er hat Angst davor, dass du eure Zusammenarbeit beenden willst. Ich weiß, wie wichtig sie ihm ist. Ich glaube, er wagt es nicht, dir etwas zu sagen, aus Angst, dass du ihn verachtest, wenn das mit seinen Depressionen herauskommt. Er kann irgendwie an gar nichts anderes denken.«

»Ach was, glaubt er denn, dass ich ihn weniger verachte, wenn er sich so aufführt wie jetzt? Wenn er nicht zur Arbeit kommt und sauer und übellaunig ist? So war er doch früher nicht, wir haben immer verdammt gut zusammengearbeitet. Ich habe das allen Bekannten erzählt, Andreas und ich, wir haben die Superzusammenarbeit, ich habe den besten Partner aller Zeiten.«

»Es geht doch vorbei«, sagte sie tonlos. »Die Depression meine ich. Die geht vorbei.«

»Ja, sicher. Wenn man nur davon weiß, dann lässt sie sich beheben. Aber da ist diese Ungewissheit. Und dass jemand sich so einfach über Nacht verändert, der engste Mitarbeiter. Und man selbst hat keine Ahnung, warum.«

»Ich weiß.« Sie stand auf und knöpfte ihre Jacke zu. Sie war jetzt nicht mehr bleich, sondern rot, und diese Röte überzog auch ihren Hals und reichte bis unter den Pullover. Er registrierte, dass sie unverhältnismäßig große Brüste hatte, die sahen schwerfällig aus an ihrem schmächtigen Körper. Am linken Ringfinger trug sie einen Diamantring.

»Dir macht es doch sicher auch arg zu schaffen«, sagte er und gab sich alle Mühe, um teilnahmsvoll zu klingen.

Sie nickte. »Ja, das stimmt.«

»Wie lange seid ihr jetzt schon zusammen?«

»Wir haben uns im August verlobt«, flüsterte sie. »Und ich muss dir noch etwas sagen.«

»Was denn?«

»Wir bekommen ein Kind.«

Als sie das gesagt hatte, warf sie den Kugelschreiber auf den Tisch und schlug die Hände vors Gesicht. Kristian erhob sich schwerfällig. Er ging um den Schreibtisch herum und legte die Hand in ihren mageren Rücken.

»Sieh an, wie nett, ihr bekommt ein Kind. Wann denn?«

Sie zog die Nase hoch. »Anfang März.«

»Das kommt schon in Ordnung«, sagte er hilflos. »Cecilia, das kommt in Ordnung. Sorg dafür, dass er zum Arzt geht, es gibt Medikamente. Alles findet sich, ganz bestimmt. Es gibt Medikamente, schick ihn zum Arzt, dann kommt es in Ordnung.«

Er streichelte ihre knochigen Schultern und fragte sich, wie in diesem mageren Mädchenkörper ein Kind heranwachsen sollte.

»Er schafft es nicht einmal, sich über das Baby zu freuen«, flüsterte sie. »Es war die große Sehnsucht seines Lebens, irgendwann einmal Vater zu werden. Und jetzt kann er sich nicht einmal freuen.«

Hilja ging am Kanal entlang zurück. Das Laub breitete sich vor ihr wie ein gelber glatter Teppich aus und roch nach Verwesung und Herbst. Eine plötzliche Kraftlosigkeit überkam sie und zwang sie dazu, sich auf eine Bank am Rand des Spazierweges sinken zu lassen. Obwohl sie nun saß, wurde ihr schwindlig, sie ballte die Fäuste und fing an zu zittern. Sie versuchte ruhig und gleichmäßig zu atmen, während sie die Beine spreizte und den Kopf so tief senkte, wie sie nur konnte. Durch ihre zusammengekniffenen Augen ahnte sie Kippen, Kaugummipapier und eine achtlos zusammengeknotete Tüte mit Hundekot. Ihr Rücken war schweißnass und wurde dann kalt.

Mir ist so schwindlig, dachte sie, Gott, was ist mir schwindlig.

Sie legte sich auf den Rücken und starrte in den grauen Himmel hinaus. Kleine, unsichtbare Tropfen fielen auf ihr Gesicht. Sie hörte mehr, als sie es sah, dass Leute vorüberkamen. Das rhythmische Klatschen der Turnschuhe, die Räder von Kinderwagen, gedämpfte Stimmen. Die Leute hatten Angst vor ihr. Man legte sich nicht sonntags vormittags auf eine nasse Parkbank, so lange man noch halbwegs bei Verstand war.

Als der Schwindel endlich abflaute, richtete sie sich langsam auf. Sie zitterte zwar noch immer, aber auch das ließ langsam nach. Eine Frau mit einer Kinderkarre ging vorbei, und das Kind schaute sie ablehnend an.

Hilf mir, dachte sie. Kann nicht irgendwer mir helfen?

Sie fuhr zusammen und strich mit den Händen über ihre Jacke. Ihre Kleider waren nass geworden. Und sie musste dringend aufs Klo, wie sollte sie dieses Problem bloß lösen?

Eilig überquerte sie Kungsholms Strand und lief die Treppen zur Fridhemsgata hoch. Auf der asphaltierten Terrasse, gleich neben dem Weg, lag eine tote Ratte.

Ihr begegneten einige Jugendliche, die zum Fitness-Studio Friskis & Svettis unterwegs waren, mit Sporttaschen und Wasserflaschen, durchtrainiert und fröhlich. Friskis & Svettis, was für ein Name! Sie hatte sich immer schon über diesen gewollt flapsigen Ton geärgert!

Als sie die St. Eriksgata erreicht hatte, fühlte sie sich schon besser. Mitten auf der Brücke blieb sie stehen und beugte sich über das Geländer. Ein Stück von ihr entfernt lag Schloss Karlberg mit seinen schönen Gebäuden, dahinter das Wäldchen, das einst ein Wald gewesen war, der dann jedoch der Autobahn hatte weichen müssen. Karl XII. hatte das Schloss errichten lassen. Im Park dahinter lagen einige seiner Hunde begraben. Sie war einmal mit Göran hingegangen und hatte ihm den Diana-Tempel und die von Karl XII. gepflanzte hohe Eiche gezeigt. Hinten auf der Aschenbahn trainierten die Kadetten. Sie wusste noch, dass ihn das gestört hatte, er hatte wieder gehen wollen.

Auf dem schwarzen, öligen Wasser schwammen einige Enten. Im Frühsommer war der Kanal von Entenfamilien gefüllt gewesen, aber viele Junge fielen den Wellen der Sportboote zum Opfer. Wieder jagte der Schmerz durch ihren Bauch, so heftig, dass sie aufkeuchen musste. Sie beugte sich noch tiefer über das Geländer und starrte ins tiefe, kalte Wasser. Und plötzlich war ihr eins vollkommen klar:

Nie und nimmer würde sie zu Karla zurückgehen! Sie richtete sich auf und starrte über die Straße. Nie und nimmer. Kristian musste ihr helfen. Sie war jetzt auf dem Weg zu ihm. Zu ihm war sie die ganze Zeit unterwegs gewesen, ohne es zu wissen. Es war Sonntag; wenn sie Glück hatte, war er jetzt im Büro, um die Besichtigungen am Nachmittag vorzubereiten. Sonst würde sie zu seinem Haus nach Älvsjö fahren müssen.

Sie ging schneller. Hinter der Brücke bog sie nach links ab und lief dann die Treppe hinunter zur Bahnlinie. Der Zug schepperte und klirrte, er dröhnte und drang schneidend in ihr Ohr. Von diesem Ufer aus konnte sie nach Kungsholmen hinüberblicken, sie entdeckte sogar das Dach des Hauses, in dem sie wohnte.

Hier unten war alles verdreckt und verkommen, es sah aus wie in einem Gangsterfilm aus Chicago, mit Kartons, Abfällen und Glasscherben. Die Wände waren von Graffiti übersät. Sie hatte mit dem Gedanken gespielt, eines der wilden schwarzen Kaninchen zu fangen, die es hier unten gab, und es mit nach Hause zu nehmen, etwas Weiches, in dem sie die Finger begraben könnte, ein Leben, für das sie Verantwortung übernehmen würde. Einmal hatte sie ein Vogeljunges gefunden. In Vällingby, sie war damals noch klein gewesen. Sie legte es auf ein Wattebett in einen Schuhkarton. Es war gesund und hungrig, und sie fing Fliegen, aber es konnte noch nicht allein fressen. Am Morgen lag es starr da, die Krallen gesenkt und mit Wattefäden im Schnabel.

Was sollte sie machen, wenn Kristian nicht im Büro wäre? Und auch nicht zu Hause? Sie besaß die Schlüssel zum Blumenladen, aber sie lagen zu Hause in ihrem Zimmer. Sie hatte ihren Rucksack mitgenommen und nicht lange überlegt, was sie sonst noch brauchen würde. Karla hatte in der Diele gestanden, als sie ihre Stiefel anzog, sonntäglich fein gemacht, als ob sie ausgehen wollte. Aber sie gingen doch nie aus, Karla wollte das ja nicht.

»Wo willst du hin?«

Die Frage gab Hilja Kraft, sie spürte Ungewissheit und vielleicht Unruhe bei der anderen. Sie schwieg, riss an den Schnürsenkeln, weshalb die sich verknoteten.

»Hilja! Antworte!«

Keine Antwort, nur Schlucken, Schlucken, den sauren Geschmack nach unten pressen, der ihr jetzt im Hals hochstieg. Karlas Schuhe standen vor ihr, vor ihren Augen, sie sah im Leder Spuren, die die Bewegungen der Füße hinterlassen hatten, sah die Knöchel, die Waden in den Strümpfen, mit dunklen Haaren, die sich platt auf die Haut legten.

Dann drehten sie um und verschwanden, schlurften über den Boden, in die Küche, das Rauschen des Wassers, das auf kaltes Porzellan strömte. Das Radio wurde eingeschaltet, »Guten Morgen, Welt« mit Ludvig Rasmussen, sein bissig trockener Humor.

Sie war so weit. Sie streifte die Jacke über, nahm den Rucksack in die Hand und bereitete sich auf das Türknallen vor, das das ganze Haus zum Zittern bringen sollte.

Kristian drehte den Deckel von der Fischfutterdose und ließ einige Flocken ins Wasser rieseln. Früher waren die Fische sofort zusammengeströmt und hatten das Futter aufgesaugt, hatten geschmatzt und geblubbert, und schon war es verschwunden gewesen.

»Sie dürfen nicht mehr bekommen, als sie sofort aufessen können«, hatte Andreas erklärt.

Er betrachtete sie, sie bewegten sich kaum, das Futter schwamm an der Wasseroberfläche und blieb liegen. Er erinnerte sich an eine Episode aus ihrer Kindheit. Hilja war von einer Reise mit dem Vater zurückgekehrt, ihre Augen hatten geglänzt, und sie war verändert gewesen. An die Wand über ihr Bett hatte sie das Bild eines Fisches gehängt, eine Postkarte aus einem großen Aquarium. Sie hatte ihm den Fisch gezeigt, hatte auf die spitze Schnauze und die runden, traurig blickenden Augen gedeutet.

»Der ist voll auf mich zugeschwommen«, sagte sie, und ihre Stimme war heiser vor Aufregung. »Ich dachte schon, der wollte etwas von mir, mir ein Zeichen geben oder so. Der mochte mich leiden, der ist auf mich zugekommen und dann dicht vor mir hinter dem Glas geblieben.«

Er hatte nicht gelacht und ihr auch nicht widersprochen.

Mola mola, dachte er. So hatte der Fisch geheißen. Wie poetisch und schön das klang. Später hatte der Vater erzählt, was es eigentlich bedeutete. Mola war das lateinische Wort für

Mühlstein. Aber der Fisch hatte auch andere Namen, weniger poetische. Die Kinder auf der Straße hatten sich über sie lustig gemacht. Klumpfisch, hatten sie gerufen. Es war schrecklich für ihn gewesen, das zu hören. Er hatte einen Jungen verprügelt, einen von den Schlimmsten, einen zähen, sehnigen Burschen namens Bosse Björk, der es später zum Fernsehreporter gebracht hatte.

Er schaute auf und sah zu seiner Überraschung, dass seine jüngste Schwester draußen stand. Er ging hinüber und machte ihr die Tür auf.

»Du bist hier? Ich habe eben an dich gedacht.«

Ihr Gesicht war ausdruckslos. »Darf ich mal aufs Klo gehen, sonst pisse ich mir die Beine voll.«

»Natürlich.«

Sie blieb lange auf der Toilette, es plätscherte und floss. Als sie herauskam, wollte er gerade gehen.

»Ich bin in Eile, ich muss diese Villa vorführen«, sagte er und reichte ihr einen Prospekt. »Und du errätst bestimmt nicht, wem die gehört.«

Sie blätterte und schaute sich das Foto an. »Was für ein schönes Haus«, sagte sie mit gepresster Stimme.

»Das ist Jennys Bude, kannst du dich an Jenny erinnern?«

»Meinst du Jenny? Unsere Jenny?«

Er nickte. »Sie wollen verkaufen, sie und ihr Mann. Sie wollen in die Stadt ziehen.«

»Ach, warum denn?«

»Ihre Kinder sind jetzt groß und wohnen schon lange nicht mehr zu Hause.«

»Ach so.«

»Deshalb muss ich jetzt los, sonst komme ich zu spät. Wohin bist du denn unterwegs?«

Schweigend drehte sie sich zu ihm hin. Ihr Mund schien in einer hilflosen Bewegung erstarrt zu sein, sie schien etwas sagen zu wollen, aber kein Wort herauszubringen.

»Hilja?«, fragte er.

»Es ist vorbei, Krille, ich kann nicht mehr bei ihr wohnen, du hast gesagt, du könntest mir helfen, tu das jetzt, tu es!«

Sie sagte es schnell und tonlos, ihre Finger packten den Prospekt.

»Ich muss los«, sagte er matt.

»Dann komme ich mit.«

Im Wagen erzählte sie dann alles. Für ihn hörte es sich nicht so schrecklich an. Sie hatte doch sicher schon Schlimmeres erlebt. Aber er konnte sie auch verstehen. Das Ganze war eindeutig der Tropfen, der das Fass zum Überlaufen brachte.

»Du hättest schon längst ausziehen müssen«, sagte er. »Alle haben das Recht auf ihr eigenes Zuhause und ihr eigenes Leben. Auf eine Privatsphäre, meine ich.«

»Ich weiß. Aber zugleich … sie hat sich doch um uns gekümmert, als wir noch klein waren.«

»Ja, verdammt, dafür hast du doch schon längst bezahlt!«, brach es aus ihm heraus, und vor lauter Ärger hörte er sich vulgär an. »Wie alt bist du, Hilja? Zwei Jahre jünger als ich, oder? Hilja, zum Teufel!«

»Ja«, sagte sie leise.

»Du musst endlich mehr Selbstachtung entwickeln. Bist du denn nichts wert, was meinst du? Na los!«

Sie schluchzte auf und schluckte. Ihre Stimme brach. »Aber wenn sie mich jetzt anzeigt!«

»Wieso denn?«

»Wegen des Messers. Ich hab doch das Messer nach ihr geworfen.«

»Aber du hast doch nicht getroffen?«

»Nein. Leider nicht.« Sie lachte mühsam. »Aber dieses kleine Messer hätte wohl nicht mal einen Kratzer hinterlassen.«

»Es ist wirklich besser, wenn du ausziehst.«

»Ja.«

»Ich werde sehen, was ich tun kann.«

»Ich gehe nicht wieder zurück! Ich will sie nie mehr wieder sehen, nie im Leben. Du musst meine Sachen abholen, du musst den Umzug organisieren, das tust du doch, Krille, das tust du doch?«

»Na ja, ganz so schnell kann ich dir keine Wohnung besorgen. Das verstehst du doch sicher.«

Sie schwieg.

»Es dauert ein paar Monate, damit musst du rechnen.«

»Ein paar Monate!«

»Ja.«

»Ich geh nie mehr zurück«, wiederholte sie, jetzt aber leiser, als hätte sie schon angefangen zu resignieren.

»Hilja«, bettelte er. »Sei doch darüber erhaben. Denk daran, dass du bald von dort wegkommst. Wenn du daran denkst, dann schaffst du das.«

»Gibt es keine andere Lösung?«, murmelte sie. »Kann ich nicht bei euch wohnen?«

Er schüttelte den Kopf. »Das geht nicht. Wir haben keinen Platz.«

»Und im Büro? Ich kann auf dem Boden schlafen, ich brauche kein Bett.«

Er streichelte kurz ihre Wange. »Sei jetzt erwachsen, Hilja, versuch stark zu sein.«

Sie war bei Kristian, er kümmerte sich um sie, genau wie früher, als Kinder.

Sie kümmerten sich umeinander.

Auch er war klein und wehrlos gewesen. Sie waren Kinder. Sie wusste noch, wie ein Regenschirm seinen blassen Kinderkörper verunstalten konnte. Der Hass auf Karla war in ihr gewachsen, hatte sie zum Fliegen gebracht. Auf kurzen, nackten Fledermausflügeln hatte sie sich erhoben und war auf Karla zugeflogen, hatte ihr mit der Schnauze den Schirm aus der Hand gerissen, hatte sie dazu gebracht, zu fuchteln und zu schlagen. Ein Schlag hatte sie mitten auf dem Kopf getroffen. Sie stürzte und leerte sich, wie eine Tüte.

Ein Bild der Mutter in ihrem zerknitterten Nachthemd, sie lehnte am Türpfosten, mit strähnigen, fettigen Haaren. Karla schlug nicht mehr. In dem hallenden Schweigen stand Karla neben der Mutter, ihr Gesicht wurde weich und schlaff. Hilja kroch auf allen vieren ins Wohnzimmer. Dort hing noch Kristians Geruch, der Geruch von Urin und Angst, ihre Finger suchten den Boden ab, tasteten, bis sie ihn gefunden hatten. Er war in die Ecke hinter dem Sessel gekrochen. Ein Sonnenstreifen fiel durch das Fenster, fiel auf seine Beine und das fingergroße Glied, das sich an seinen Hodensack presste. Er nahm ihre Hand, führte sie zu seinem Oberschenkel, und sie spürte die Schwellung nach dem Schlag, wie einen Wulst. Sie zog seinen Kopf an ihre Brust.

»Ich bring sie um«, flüsterte sie. »Ich werde sie mit meinem Giftzahn beißen, bis sie tot ist.«

So hatte sie sich selbst gesehen. Als Schlange oder Fledermaus. Oder als der große Mola-mola-Fisch, der Karla mit seinem harten Maul packte und sie mit sich in die Tiefe zog. Danach würden die Schleimaale die Sache übernehmen; während sie nach Luft schnappte, würden sie mit ihren spitzen Zungen kommen und sich in den Weichteilen festbeißen, alles sauber fressen, bis nur die Knochen übrig wären. Karlas Skelett, widerlich schimmernd wie Phosphor. Danach könnte es dann herausgefischt, auf eine Stange montiert und in einer abgelegenen Schule im Biologieunterricht verwendet werden. Das hatte sie sich vorgestellt, das hatte sie ihrem Bruder ins Ohr geflüstert, während ihre Zunge die Reste von Tränen und Blut ableckte. Er schmeckte warm und süß, sie lutschte gern an ihm, an seinen Ohrläppchen und seinem Hals. Sie zog seine Haut in ihrem Mund in ein Vakuum. Sie lag auf dem Boden und tröstete und saugte, und er wurde unter ihr schwer und still.

Bis sie plötzlich merkte, dass er zusammenzuckte und ein warnendes Jammern ausstieß, aber es war zu spät, denn schon hatte die Hand sich um ihren Nacken geschlossen, Karlas Hand mit den Nägeln, die sich in ihre Haut bohrten und den Schlag wie eine brennende Lähmung über ihre Nasenwurzel setzten.

»Was machst du denn da? Das ist doch dein Bruder, hast du denn den Verstand verloren, du ekelhafte Göre!«

»Mama«, wimmerte sie, während Karla sie ins Badezimmer schleifte, ihre Hand presste sich auf Hiljas Mund, und Hilja fauchte und biss, aber der Schmerz jagte wie Flammen über ihre Augen, und der Regenschirm mit seinem Holzgriff tanzte über ihren Rücken und ihre Arme, und sie kämpfte und zappelte, musste sich am Ende aber geschlagen geben.

Sie schaute verstohlen zu ihrem Bruder hinüber. Er sah müde aus, die gutmütigen Mundwinkel hatten etwas Erschöpftes bekommen, die Augen lagen tief in ihren Höhlen. Seine Nase war schmal und gerade, wie auch Karlas, sie hatten sie beide von der Mutter geerbt, diese so fein gemeißelten Züge. Dünn und schön war sie gewesen, bis zu ihrem Tod.

Oben an seiner Schläfe war eine Ader zu sehen, Hilja starrte sie an, fasziniert. Wie ein kleiner Wurm, der lebte und zappelte. Sie hätte sie gern berührt. Aber er war jetzt ein Mann, ein fremder, erwachsener Mann.

»Hast du mit Jenny gesprochen?«, fragte sie schließlich.

»Ja, sicher.«

»Hast du dich auch mit ihr getroffen?«

»Ja. Ich war draußen bei ihr in der Villa, sie hat mir ihre Reserveschlüssel gegeben.«

»Sah sie gut aus?«

Er lachte. »Du weißt ja wohl, wie Jenny aussieht.«

»Ja, aber sieht sie so gut aus wie auf den Bildern?«

»Sie sieht wirklich gut aus. Aber nicht auf eine zurechtgemachte Weise. Sie hat eine Art Würde, und die wird dafür sorgen, dass sie ihren Stil beibehält, auch später als alte Dame noch.«

»Glaubst du?«

»Ja. Ich weiß nicht, was es ist. Oder woran es liegt. Oder wie man zu so einem Menschen wird. Es ist sicher angeboren.«

»Bei mir jedenfalls nicht«, sagte sie mürrisch.

Er verkniff sich eine Antwort.

»Ihr wart doch vor vielen Jahren mal zusammen, Jenny und du.«

»Ja.«

»Hast du sie geliebt?«

»Herrgott, wir waren doch fast noch Kinder.«

»Hat sie damals Schluss gemacht?«

»Nein, das war wohl eher ich.«

»Stell dir vor, ihr hättet nicht Schluss gemacht. Dann würde heute vielleicht alles anders aussehen. Für mich, meine ich.«

»Für dich? Wieso das?« Er schaute sie überrascht an.

»Ich hätte vielleicht auch Theater gespielt. Ich wäre vielleicht auch ein berühmter Filmstar. Ich würde nicht bei dieser Hexe festsitzen.«

»Diese Logik verstehe ich nicht.«

»Es wäre doch natürlich gewesen, meine ich, wenn sie die Schwester ihres Freundes mitgenommen hätte, ich meine, ich wäre in dieses Leben eingeführt worden. Und nicht mit Karla draußen sitzen geblieben.«

»Aber so läuft das nicht.«

»Doch«, sagte sie starrköpfig.

»Wenn du gern Theater gespielt hättest, dann hättest du damit angefangen, völlig unabhängig von Jenny. Wir müssen alle selber die Verantwortung für unser Leben übernehmen.«

»Man hat aber nicht immer die Möglichkeiten dazu. Ich meine, ich saß doch da draußen in Vällingby, und ihr wart beide in die Stadt gezogen.«

»Aber nicht gleichzeitig.«

»Das weiß ich. Aber trotzdem.«

»Jetzt dichtest du im Nachhinein alles um, Herzchen.«

Sie zuckte starrköpfig mit den Schultern. Sie hatten jetzt das Villenviertel erreicht. In den Gärten harkten die Leute Laub oder sammelten Fallobst auf.

»Übrigens habe ich sie vor einer Weile gesehen«, sagte Hilja nach einer Weile. »Jenny, meine ich. Sie saß in einem Taxi, das war beim Odenplan. Ich hab gewinkt, aber sie hat nicht reagiert.«

»Dann hat sie dich sicher nicht gesehen.«

»Doch.«

»Dann hat sie dich wohl nicht erkannt.«

»Was soll das denn heißen? Wir waren wie Schwestern, ja, mehr als Schwestern, wir haben zusammengehört. Damals. In der Vällingbyzeit.«

»Man lebt sich eben auseinander, das geht den meisten so«, wich er aus.

Hilja räusperte sich. »Ich habe ihr auch eine Karte geschickt«, sagte sie leise. »Ich dachte, wir könnten mal zusammen einen Kaffee trinken oder so. Aber sie hat nie geantwortet.«

»Eine erfolgreiche Schauspielerin wie Jenny, du musst doch einsehen, dass sie überhaupt nicht alle Karten und Briefe lesen kann! Bestimmt bekommt sie tausende von Grüßen von Unbekannten. Sie ist doch ein Idol, fast schon eine Ikone.«

»Ja«, sagte sie müde. »Aber ich fand es nicht gut, wirklich nicht. Eben weil wir uns früher einmal so nahe gestanden haben.«

Er streichelte ihre Wange. »Ich finde, du solltest das nicht persönlich nehmen. Sie meint es nicht böse, glaub mir das. Jetzt sind wir da. Ich hoffe, es kommen viele Leute, die sich ganz schnell entscheiden. Denn danach muss ich wie der Teufel zurückjagen, ich hab noch eine Besichtigung, in Vasastan.«

Die Villa war genauso groß und repräsentativ, wie sie sich das vorgestellt hatte. Sie nahm Kristian den Kasten mit den Prospekten und die blauen Plastiküberzüge ab, die die Leute über ihre Schuhe streifen sollten, um den Boden nicht schmutzig zu machen. Er hatte Probleme mit den Schlüsseln.

»Wir müssen uns vorsehen, damit wir keinen Alarm auslösen, sagte er nervös. »Ich muss einen Code eingeben, den Jenny mir genannt hat.«

»Was denn für einen Alarm?«

»Gegen Einbruch und so.«

»Das klingt aber ein bisschen übertrieben«, sagte sie trocken.

»Sag das nicht. Elisabet und ich, wir haben auch so eine Alarmanlage. Wir hatten vor ein paar Jahren einen Einbruch. Das war überhaupt nicht lustig. Deshalb gibt es jetzt an allen möglichen Stellen im Haus Bewegungsdetektoren, und wenn jemand oder etwas sich dort bei eingeschalteter Alarmanlage bewegt, dann gibt es sofort einen Höllenlärm. Und der Wachdienst rückt an.«

Er öffnete die Tür und schob Hilja zur Seite. Sofort ertönte ein schrilles Signal. »Warte hier, bis ich den ausgeschaltet habe.«

Es war zehn vor eins.

»So, jetzt kannst du dich umsehen, wenn du willst«, sagte er. »Aber ja nichts anfassen.«

Sie lehnte sich an die Wand und streifte Plastiküberzüge über ihre Schuhe. Es war die Sorte Überzug, die auch in Krankenhäusern verwandt wird, und durch die man sich sofort hilflos fühlt. Nichts anfassen, dachte sie. Sie fühlte sich verletzt. Sie hätte ihm gern gesagt, wofür hältst du mich eigentlich? Sie hob den Arm, aber er achtete nicht darauf, er ging in die Küche. Zögernd ging sie hinterher.

Der Spülstein glänzte, und die ein wenig altmodische hölzerne Geschirrablage war fast leer, bis auf ein sauberes und zusammengefaltetes Geschirrtuch. In einem Wandregal standen Gläser mit Müsli und allen möglichen Körnern, einige Kochbücher, ein Korb Knäckebrot und eine Flasche Salatsoße. Auf dem Tisch gab es eine blaue, zu den Fliesen passende Chrysantheme und eine kleine Decke mit spärlichen Fransen.

Ach, hier frühstücken sie sicher, dachte Hilja. Jenny und ihr Mann. Bestimmt gibt es dann Tee. Tee und Toast. Vielleicht eine hauchdünne Scheibe Käse. Keine Butter. Aber einen Jogurt und eine bittere Pampelmusenhälfte. Das nehmen sie zu sich. Nur das.

Sie fühlte sich gebrechlich, als könnte sie jeden Moment zu Boden sinken. Sie blätterte in einem der Prospekte, die Kristian auf den Küchentisch gelegt hatte.

»Sechs komma fünf Millionen«, sagte sie. »So wahnsinnig viel Geld!«

Ihr Bruder runzelte die Stirn. »Wieso denn? Das ist ein gutes Haus. Ganz zu schweigen von der Lage. Hier zu wohnen ist einfach toll.«

»Ach.«

»Jenny findet die Summe übrigens gar nicht so hoch«, fügte Kristian hinzu. »Sie will sehr viel mehr. Aber wir werden sehen. Wir werden sehen.«

Durch das Fenster sahen sie, dass ein Auto durch die Straße fuhr. Es wurde langsamer und hielt. Sie wichen vom Fenster zurück. Zwei Autotüren wurden zugeschlagen.

»Das sind die Ersten«, sagte Kristian. »Du kannst doch eine Interessentin spielen und dich ein wenig umsehen. Aber danach müssen wir ganz schnell zurück in die Stadt.«

Sie rollte den Prospekt in ihrer Hand zusammen und verließ die Küche. Das Zimmer, das sie nun betrat, war in Grün gehalten, es hatte einen offenen Kamin und war nur spärlich möbliert. Als Erstes sah sie ein Portrait von Jenny, das vermutlich bei Dreharbeiten entstanden war. Sie ging vorsichtig näher. Ganz unten rechts stand ein Name, so wie auf einem Gemälde, das der Künstler signiert hat. Hilja beugte sich vor und las: Arne Palmér. Den Namen erkannte sie sofort. Das war doch der Mann, der Blumen für Jenny bestellt hatte! Weiße Lilien. Sie dachte an seinen arroganten Tonfall, und ihr Magen krampfte sich zusammen.

Jennys Augen musterten sie vom Foto her. Ihr Blick schien sie durch das ganze Zimmer zu verfolgen. Wie die Detektoren, von denen Kristian erzählt hatte. Jenny sah höhnisch aus. Fast anklagend. Nichts war noch übrig von der kleinen Jenny, die einmal Hiljas Vertraute und beste Freundin gewesen war. Gleich neben diesem Bild hingen Fotos von zwei Jugendlichen, sicher ihre Kinder. So groß waren die also schon? Hilja erinnerte sich an einen Ausschnitt aus einer Illustrierten, die Kinder waren auf dem Foto noch klein, fast Babys. Jenny hielt das Mädchen auf dem Arm und lehnte sich an eine helle, grobe Wand.

Jennifer Ask und das Sommerglück, Hilja sah die Überschrift vor sich. Und die Bildunterschrift, die konnte sie fast auswendig.

Jennifer Ask und ihre Familie besuchen ihr Sommerhaus auf dem schönen Fårö, um Kraft und Inspiration für die Arbeit im

Herbst zu tanken. Sie hat nette Nachbarn. Und nur einen Steinwurf weiter lebt der große Regisseur Ingmar Bergman.

Jetzt hatten die ersten Interessenten das Haus betreten. Sie hörte die Stimme ihres Bruders, die sich veränderte, als er mit den Leuten sprach, sie wurde tiefer, bekam einen metallischen Klang. Noch weitere Autos fuhren vor, der Kies knirschte und knisterte. Hilja wusste plötzlich, dass sie es nicht ertragen könnte, jemandem zu begegnen, wirklich keinem einzigen Menschen. Sie war keine Interessentin, das würden sie auf den ersten Blick begreifen. Sie war eine dickliche Frau mittleren Alters, arm wie eine Kirchenmaus, das war ihr anzusehen, es war ein Irrtum, dass sie hier über dieses feine Parkett lief. Ja, das würden sie denken, und das könnte Hilja nicht ertragen, sie könnte es nicht ertragen, für einen Moment Bestürzung und Misstrauen über die Gesichter der anderen huschen zu sehen, wenn sie sie entdeckten. Rasch lief sie aus dem Zimmer und die breite weiße Treppe hoch, Jennys Treppe, die Jenny morgens hinunterstieg, mit zerzausten Haaren, den Körper noch warm vom Schlaf. Sie ließ ihre Hand über das Geländer gleiten, das sonst von Jennys Hand berührt wurde. Das Holz war warm und glatt.

Oben blieb sie im Flur stehen. Mehrere Türen führten dort in irgendwelche Zimmer. Für welches sollte sie sich entscheiden? Sie holte tief Atem und ging ins erste auf der linken Seite. Und stand in Jennys Schlafzimmer, dem Aller-, Allerheiligsten, dem Herzen des Hauses. Das breite Doppelbett hatte ein Gestell aus Messing und war überhäuft mit weißen Zierkissen. Zwischen Spitzen und Schleifen hob ein Eisbär seine schwarze Schnauze. Seine blanken Augen glotzten. Rasch streckte sie die Hand aus und befühlte das Fell. Sicher war er ein Maskottchen, Jennys Maskottchen. Ohne es wirklich zu wollen, zog sie den Eisbären aus dem Kissenhaufen und klemmte ihn sich unter den Arm.

Zwei große Glastüren führten auf einen Balkon. Dort saßen sicher Jenny und ihr Mann an Sommerabenden bei einem Glas

Wein, während die Sonne hinter den Baumkronen verschwand. Auf einem Gestell vor dem Fenster stand ein prachtvoller grüner Farn. Als Hilja näher trat, sah sie, dass der gar nicht echt war. Sie fühlte sich auf seltsame Weise enttäuscht. Die Tapete war rosa getönt. Das ganze Zimmer schien aus einer Zeitschrift für Wohnkultur zu stammen. Spiegel an der einen Querwand, für einen Moment sah sie sich darin, groß und mit krummem Rücken, mit Haarsträhnen, die ihr über die Wangen hingen, und den an ihre Brust gedrückten Bären. Sie kniff energisch die Augen zusammen.

Jetzt kam jemand die Treppe hoch. Die Interessenten näherten sich. Wie eine Elefantenherde kamen sie angerannt, und sie würden sie sehen, jeden Moment könnten sie sie entdecken und sie mit ihrer stummen Verachtung zu Boden drücken. Im selben Moment fiel Hiljas Blick auf eine Tapetentür, und sie machte einige Schritte darauf zu, drehte die Klinke um und taumelte in die Dunkelheit.

Es war eine Kleiderkammer, schmal und mit schräger Decke, voll gestopft mit Kleidern, die an Kleiderbügeln und Haken hingen. So lautlos, wie sie konnte, bahnte sie sich zwischen den Stoffhaufen einen Weg, rasch und mit einer Beweglichkeit, die sie selbst in Erstaunen versetzte. Was mach ich hier, durchfuhr es sie, und ein Schauer der Angst jagte ihr Rückgrat hinab.

Ganz hinten in der Ecke ließ ein kleines Fenster trübe Lichtstreifen herein. Ihre Finger stießen gegen ein hartes, raues Stück Holz, es war ein Querbalken, sie kroch darunter in sich zusammen und quetschte sich hinter etwas, das wohl der Schornstein war. Sie hätte fast das Gleichgewicht verloren, und als sie sich festhalten wollte, bohrte ein spitzes Stück Holz sich tief in den Daumenansatz ihrer linken Hand. Vor Schmerz keuchte sie auf.

Während sie dort saß, streifte sie langsam ihren Rucksack ab. Sie steckte den Eisbären hinein und band den Rucksack wieder zu. Niemand sollte sie mit dem Bären überraschen. Die

Tür zum Schlafzimmer war angelehnt. Die Interessenten waren jetzt oben, sie schnurrten wie Katzen, schrien auf und riefen alles Mögliche. Die immer näher kommenden Geräusche, noch mehr Stimmen, noch mehr Schritte. Hilja hockte in ihrer Ecke, ihre Oberschenkel taten weh. Sie presste die Hand auf den Mund, sie spürte das Holzstück, wie grob es war, wie tief es sich ins Fleisch gebohrt hatte. Vor ihren Augen tanzten rote Wellen.

Die Tür wurde ganz geöffnet, Licht fiel über den Boden. Eine Hand kratzte über die Wand.

»Hier drinnen gibt es offenbar kein Licht.«

»Ist doch egal, du siehst es ja auch so einigermaßen.«

»Das schon. Aber ich würde gern ... wir hatten so eine Kleiderkammer, als ich klein war. Darin haben wir immer gespielt, meine Schwester und ich.«

»Na gut, aber jetzt gehen wir weiter. Wir haben doch noch die anderen Besichtigungen.«

Die Stimmen verhallten. Die Tür zur Kleiderkammer stand offen. Hilja bohrte ihre Nase in glatten, glänzenden Stoff. Eins von Jennys Kleidern. In dem trüben Licht sah sie die gelbliche Farbe. Sie berührte den Stoff, umklammerte ihn mit ihren feuchten Handflächen, zerknitterte ihn und hinterließ Abdrücke. Das Kleid roch, es roch nach längst vergangenen Festen, sie merkte, dass sie vielleicht niesen müsste. Sie presste die Zunge so fest an den Gaumen, dass ihr Tränen in die Augen traten. Dann begrub sie das Gesicht in dem Kleid und ließ in kleinen, unterdrückten Zügen ihrem Atem freien Lauf.

Jenny! Kleine feine Jennyfreundin!

Wie sie zusammen auf dem breiten Sofa gelegen hatten, ihre Schwester und Freundin, du verlässt mich doch nie, nein, nie. Wir werden uns lieben wie Verliebteste, dieses geheime Wort, es tauchte in ihrem Gehirn auf, sie hatte es vergessen. War es Jenny oder sie gewesen, die es geprägt hatte? Ihr Geheimnis. Verliebteste, das sind wir, und das werden wir auch bleiben. In alle Ewigkeit.

Mühsam richtete sie sich auf. Sie spürte, wie es in ihrem Körper hämmerte, wie ihr Herz pochte, pumpte und brannte. Und dabei waren ihre Fingerspitzen eingeschlafen, wie gespreizte Eiszapfen. Sie beugte sie abrupt vor, sie fuhr mit den Nägeln über ihr Hosenbein, die Hand war gefroren, stumm, abgesehen von dem pochenden Bereich um die Wunde.

Ich bin tot, dachte sie. Bald werde ich tot und verschwunden sein.

Die dünne Luft bohrte sich in ihre Lunge, so heftig und lange vermisst, dass sie das Gefühl hatte, dass die Wände über ihr zusammenbrachen. Sie tastete und suchte, fand aber nur Jennys glatte Kleider, die keinen Halt gaben. Bitterer Speichel strömte in ihren Mund, und sie stürzte.

Sie wurde davon geweckt, dass jemand ihren Namen rief. Während sie langsam zu sich kam, registrierte ihr träges Gehirn, dass jemand sie gerufen hatte. Es war eine Männerstimme, sie kam von weither, und er hatte nicht nur einmal gerufen, sondern mehrmals, und jedes Mal hatte er verzweifelter geklungen. Göran, durchfuhr es sie, sie musste kichern, und ein übermütiges Gefühl der Verantwortungslosigkeit verteilte sich in Becken und Scham. Sie schlief, aber nun musste sie aufwachen, es war wichtig, dass sie aufwachte, sie holte tief Luft und kam auf die Knie.

»Ja«, krächzte sie, und dieses Wort fühlte sich in ihrem Mund an wie Kies. »Ja, hier bin ich.«

Irgendwo weit weg fiel eine Tür zu, und dann hörte sie rasche, laute Pfeiftöne. Danach war es sehr still.

Sie drückte sich die Hand auf die Stirn, und ihre Finger wurden feucht. Es tat weh. Im selben Moment ging ihr mit einem eisigen Schauer auf, wo sie sich befand.

Ihr erster Impuls war es, loszustürzen und die Kammertür aufzureißen. Auf der Straße wurde ein Wagen angelassen. Kristian. Ihr Bruder. Er hatte sie gerufen, aber sie hatte nicht geantwortet. Jetzt fuhr er ohne sie los. Er musste ganz schnell zum nächsten Termin, das fiel ihr nun ein. Aber trotzdem. Wie konnte er ihr das antun? Er konnte sie hier doch nicht einfach sitzen lassen.

Ich muss raus hier, dachte sie verzweifelt, aber tief in ihrem benebelten Gehirn wusste sie, dass er alle Türen von außen abgeschlossen hatte.

Dann fiel ihr die Alarmanlage ein.

Und sie dachte an die Detektoren, die in allen Räumen angebracht waren. Die Bewegungsdetektoren. Die würden losdröhnen, wenn sie sich bewegte.

Und was dann? Wenn der Wachdienst kam, würde sie wohl die Wahrheit sagen müssen. Dass sie hier vergessen worden war. Von ihrem Bruder, dem Immobilienmakler. Aber würden sie ihr glauben? Vorsichtig öffnete sie die Tür einen Spaltbreit und schaute ins Schlafzimmer. In einer Ecke, dicht unter der Decke, war eine kleine Dose angebracht. Die gab ein rotes, warnenden Blinken ab. Das richtete sich nicht auf Hilja, sondern auf die Zimmertür. Man würde nicht durch diese Tür gehen können, ohne dass es seinen unsichtbaren Strahl aussandte und Alarm schlug.

»Verdammt«, fluchte sie und schluchzte. Sie griff sich abermals an die Stirn und hatte Blut an den Fingern. Sie hatte sich verletzt. Das musste passiert sein, als sie gestürzt war, ehe sie das Bewusstsein verloren hatte. Ob sie ernstlich verletzt war? Es tat nicht mehr weh. Ein Teil des Blutes war geronnen. Sie fuhr sich mit den Fingernägeln durch das Gesicht und rieb mit den Fingerknöcheln daran. Was sollte sie tun? Was in aller Welt sollte sie tun!

Wenn sie doch wenigstens Kristian anrufen könnte! Damit er zurückkam und ihr half. Aber sie hatte seine Mobilnummer nicht. Sie hatte auch kein Mobiltelefon. Sie hatte es nicht zu einem gebracht.

Jetzt weinte sie, laut und verzweifelt.

»Was soll ich tun, Gottwassollichtun?«

Mit dem Jackenärmel verteilte sie die Tränen in ihrem Gesicht und versuchte, sich sauber zu wischen. Als wäre das im Moment das Wichtigste. Ihre Zähne klapperten, sie fror, obwohl ihre Haut brannte.

Das hier ist ein Traum, dachte sie. Gott, mach, dass es ein Albtraum ist, mach, dass ich zu Hause in meinem Bett aufwache und dass nichts passiert ist, wirklich nichts.

Wachdienst, hatte Kristian gesagt. Wenn sich im Zimmer jemand bewegt, dann rückt der Wachdienst an. Diese Wachdienstleute würden ihr nicht glauben. Sie würden sie zur Polizei bringen. Junge Typen mit pickligem Kinn. Ihre Hände, die ihr Gewalt antaten.

Ich will nicht, dachte sie. Ich will nicht, ich will nicht.

Plötzlich war sie außer sich vor Wut auf ihren Bruder, der sie einfach verlassen hatte. Er hätte doch zumindest die Alarmanlage ausgeschaltet lassen könnten. Er hatte sicher nach ihr gesucht, nur nicht sorgfältig genug. Er hatte wohl geglaubt, sie sei gegangen. Aber warum hätte sie das tun sollen? Gab es dafür eine glaubhafte Erklärung? Sie waren doch zusammen gekommen, da hatte sie natürlich auch mit dem Trottel wieder wegfahren wollen. Wieder weinte sie.

»Blöder, blöder Krille«, sie wurde klein wie ein Kind und sank vor der Tür zu Jennys Schlafzimmer auf die Knie. Wenn Jenny nun nach Hause käme und sie hier fände. Welche Erniedrigung. Welche Schande! Jenny war nicht mehr Jenny. Sie waren jetzt andere Menschen, und Jenny war eine große, angesehene Schauspielerin, die sich zu Hilja nicht mehr bekennen wollte.

Sie lehnte sich mit dem Rücken an den Türrahmen. Zog die kräftigen Beine an, entdeckte die Plastiküberzüge und riss sie von ihren Füßen. Die waren jetzt nicht mehr wichtig. Sie knüllte sie zusammen und stopfte sie in ihren Rucksack. Da lag noch immer der Eisbär. Sie zupfte an seinem Fell, es fühlte sich kühl und fast lebendig an.

Was soll ich tun, überlegte sie, plötzlich mit klarem Kopf, aber eine Lösung fand sie nicht.

Ich stehe einfach auf und gehe.

Nein, der Alarm.

Soll er doch plärren, du musst weg hier.

Sie ging mühsam in die Hocke und wollte ins Zimmer hinausgehen, aber es gelang ihr nicht, etwas hielt sie zurück, die Angst vor dem Lärm, der zwischen diesen Wänden widerhallen würde, die Angst vor dem, was danach passieren könnte. Es war ein schreckliches, beängstigendes Warten. Würden sie mit Sirenen kommen oder stumm und leise, um sie zu überraschen? Was wäre schlimmer? Vom Wachdienst geholt zu werden, oder sitzen zu bleiben und auf Jenny zu warten?

Jetzt eilte es, es eilte wirklich. Er hätte schon vor zehn Minuten losfahren müssen. Unersetzliche Minuten, die er brauchte, um sich zu sammeln. Um einen Parkplatz zu finden, die Wohnung aufzuschließen, sich auf die Gespräche mit den Interessenten vorzubereiten.

Zuerst hatte er sich geärgert, sie wusste doch, dass sie sich beeilen mussten, er hatte ihr das genau erklärt. Und sie würde ihm ja wohl kaum Probleme machen wollen, indem sie ihn bewusst aufhielt. Wo konnte sie also stecken? Ihm kam für einen Moment der Gedanke, ihr könnte etwas passiert, ihr könnte in ihrem verwirrten Zustand etwas zugestoßen sein.

Dieses Benehmen sah ihr überhaupt nicht ähnlich. Seines Wissens war sie eine freundliche, loyale Person, die niemandem zur Last fallen wollte. Das hätte er gesagt, wenn jemand ihn gebeten hätte, sie zu beschreiben. Aber nach so vielen Jahren, wie gut kannte er seine Schwester Hilja eigentlich?

Er hatte die Interessenten rechtzeitig loswerden können, um abzuschließen und aufzubrechen. Mindestens zwei schienen wirklich interessiert zu sein. Jetzt würde er sich bei den Banken erkundigen müssen. Ob sie solvent waren. Insgesamt waren an die dreißig Personen da gewesen. Viele waren einfach nur neugierig gewesen, davon war er überzeugt. Sie wollten wissen, wie es zu Hause bei einem Star wie Jennifer Ask aussah. Ob sie irgendwelche pikanten Details über ihr Privatleben entdecken könnten.

Er hatte alle mehr oder weniger dazu gezwungen, ihre Namen aufzuschreiben, aber einige hatten falsche Namen genannt, das hatte er gemerkt. Sie schrieben einfach irgendetwas auf, einen schwer überprüfbaren Allerweltsnamen. Und eine erfundene Telefonnummer. Solche Menschen gab es, Menschen, die aus purer Neugier zu Hausbesichtigungen gingen. Einige erkannte er inzwischen schon wieder. Aber an diesem Tag war ein anderer Besuchertyp da gewesen, nicht die üblichen Trottel. Meistens Paare, vor allem jüngere, ein oder zwei allein stehende Männer.

Als er hinter dem letzten die Tür geschlossen hatte, drängte die Zeit. Er hatte seine Schwester nicht mehr gesehen, seit er sie gebeten hatte, durch das Haus zu wandern und die Interessentin zu spielen. Sie hatte mit den Schultern gezuckt und war mit ihrem Rucksack wie einem klobigen Buckel aus der Küche geschlurft. Arme Kleine, hatte er gedacht. Ich werde mich um dich kümmern. Ich werde dir dabei helfen, von Karla wegzukommen. Mitten im Stress erfüllte ihn eine tiefe Zärtlichkeit. Zugleich war er böse. Vor allem auf Hilja, die es nicht geschafft hatte, sich zusammenzureißen und sich ein eigenes Leben aufzubauen. Aber natürlich auch auf Karla, die sie immer tyrannisiert und unterdrückt hatte. Nun riskierte er, wieder in alles hineingezogen zu werden. Aber er war jetzt stärker, versuchte er zu denken. Er war ein erwachsener Mann, mit der Reife und der Kraft des Erwachsenen. Er würde Karla jetzt ganz anders gegenübertreten können.

»Hilja«, rief er und streifte die Jacke über. Jetzt, wo alle gegangen waren, war es plötzlich sehr still im Haus. Eine Fliege, die aus ihrem Schlummer erwacht war, flog gegen das Dielenfenster. Er schlug mit dem Schal nach ihr und konnte sie auf den Boden fegen. Als er sie unter seinem Absatz zerquetschen wollte, verschwand sie unter einem Schrank.

Wieder rief er, lauter jetzt, und seine Stimme versagte. Wahrscheinlich drückte sie sich irgendwo im Obergeschoss herum, düster und reuig, voller Angst davor, nach Hause fahren und sich Karla stellen zu müssen. Er musste ihr helfen, sich zu befreien, irgendwann musste sie die Chance bekommen, ein normales Leben zu führen. Er ging zur Treppe, blieb dort stehen und brüllte:

»Hilja, komm jetzt, verdammt noch mal, wir müssen los!«

Sie gab keine Antwort. Er lief mit wenigen Sprüngen die Treppe hoch und schaute sich in den Zimmern um. Immer wieder rief er ihren Namen, diesen weichen Hiljanamen, der sich wie eine Liebkosung anhören konnte, so rollend und glatt. Aber jetzt nicht, jetzt klang er kurz und scharf. Er hatte es schrecklich eilig, das musste sie doch wissen, er hatte es ihr schließlich gesagt.

Er konnte sie nirgendwo finden. Und jetzt wurde er wütend. Wenn sie weggegangen wäre, hätte sie ihm Bescheid sagen müssen. Er hatte bereits wichtige Minuten verloren, und es würde schwer sein, noch rechtzeitig die Rörstrandsgata zu erreichen. Er verabscheute Hektik, fand es schrecklich, gleichzeitig mit den Interessenten einzutreffen, oder, schlimmer noch, nach ihnen, wenn sie schon auf ihn warteten, auf die Uhr schauten und bissige Kommentare lieferten.

Was sollte er tun? Ihm wurde ein wenig schwindlig, ein typisches Stresssympton, er verspürte einen langsam stärker werdenden Druck im Hinterkopf, sah ein Flimmern vor seinen Augen. Er ging in den Keller hinunter, noch einmal, da hatte er eben erst nachgesehen, aber warum sollte sie überhaupt unten sein? Nein. Dazu gab es keinen plausiblen Grund. Sie musste ganz einfach das Haus verlassen haben. Sie war labil und verstört, vielleicht war sie nervös geworden und hatte sich hinausgeschlichen, diskret, um ihn bei der Besichtigungsrunde nicht zu stören. Und dann wartete sie sicher auf der Straße, um mit ihm zurückzufahren. Ja, so musste es sein.

Er rief sie noch ein letztes Mal, dann knipste er in der Diele das Licht aus und aktivierte den Alarm. Er war davon überzeugt gewesen, dass sie beim Auto warten würde, aber das tat sie nicht. Sicherheitshalber drehte er eine schnelle Runde durch den Garten, schaute sogar hinter dem Geräteschuppen nach und warf einen Blick durch das verstaubte kleine Fenster. Natürlich war sie nicht dort. Die Tür war außerdem mit einem Hängeschloss versehen. Er musste jetzt fahren. Das musste er ganz einfach. Er lief zum Auto zurück, ließ den Motor an, fuhr im Rückwärtsgang auf die Straße und legte im Schritttempo fünfzig Meter zurück, während er in den Gärten nach ihr suchte. Einmal blieb er stehen, öffnete das Fenster und fragte einen Mann hinter einer Fliederhecke, ob er vor kurzem eine kräftige Frau in einer braunen Wildlederjacke vorbeigehen gesehen habe.

»Sie hat vielleicht traurig ausgesehen… oder wie soll ich sagen, ein bisschen scheu. Helle, aschblonde Haare. Zu so einem Pferdeschwanz gebunden. Sie wissen schon. Und einen Rucksack auf dem Rücken.«

Der Mann schaute ihn fragend an. »Traurig? Wie meinen Sie das?«

»Ach, ich weiß nicht, sie hatte eine unangenehme Nachricht erhalten.« Er wusste nicht, wie er auf diese Idee kam, er empfand nur das starke Bedürfnis, dieses verletzte Geschöpf zu beschützen, das seine kleine Schwester war.

Der Mann atmete aus. »Ich hab nicht so genau hingeschaut. Aber hier waren ja ziemlich viele Leute. In einem von den Häusern da ist Besichtigungstermin. Das soll verkauft werden, die, die da wohnen, wollen verkaufen.«

»Das weiß ich«, sagte Kristian schroff. »Trotzdem vielen Dank.«

Er musste jetzt fahren. Er würde ihr seine Meinung sagen, wenn er sie erst vor sich hätte. Er würde sie dermaßen zusammenstauchen, dass sie es nie wieder vergessen würde.

Der Besichtigungstermin wäre fast zum Teufel gegangen. Natürlich konnte er keinen Parkplatz finden. Überall war es voll, viele standen sogar in der zweiten Reihe. Das tat er am Ende auch, er quetschte sich so dicht neben einen alten Mazda, wie es überhaupt nur möglich war.

Die Besichtigung hätte schon vor zwanzig Minuten beginnen müssen. Er erreichte den Hauseingang, keuchend und immer mehr gestresst, er war fast gerannt. Eine Gruppe Interessenten warteten schon auf ihn, genau, wie er sich das vorgestellt hatte. Verschlossene, abweisende Gesichter. »Ich bitte um Entschuldigung, auf dem Drottningholmsväg war ein Unfall passiert.«

Noch eine Notlüge. *So what?*

»Wir warten schon ziemlich lange«, sagte ein Mann in seinem eigenen Alter, mit gebückter Haltung und kleinen, flackernden Augen. Er war zusammen mit einem bebrillten Mädchen, vermutlich seiner Tochter. Sie lächelte verlegen.

»Das weiß ich, und es tut mir Leid. Aber wie gesagt, es war ein langer Stau. Und dagegen ist man eben machtlos.«

Er verteilte an etwa fünfzehn Personen die Unterlagen und schloss die Tür auf. Wartete in der Diele, während sie sich umsahen. Beantwortete Fragen. Wie verhält es sich mit den Nebenkosten? Ist die Genossenschaft wirklich solide? Wird das Wohngeld erhöht werden, können Sie dazu etwas sagen?

Eine Frau wollte wissen, ob es im Haus eine Garage gebe.

»Leider nein. Hier in dieser Gegend ist das fast nie der Fall.«

»Und was soll man dann mit seinem Auto machen?«, fragte sie, vorwurfsvoll, als wäre der Makler für die Verkehrsplanung in der Innenstadt zuständig.

Die ganze Zeit dachte er an Hilja. Hatte sie genug Geld bei sich, um nach Hause zu kommen? Ein Telefon hatte sie nicht, er würde ihr eins kaufen müssen, heutzutage hatte doch alle Welt ein Mobiltelefon. Die Wut über ihr Verschwinden wich jetzt einer wachsenden Unruhe.

Der Mann mit der Tochter kam auf ihn zu. »Der Standard ist wohl nicht umwerfend«, sagte er und kratzte mit dem Daumennagel über die Fensterbank. Eine Farbflocke löste sich und rieselte zu Boden.

»Es ist möglich, dass hier einiges zu tun ist«, antwortete Kristian ausweichend.

»Gelinde gesagt.«

»Aber oft möchte man das doch auch, wenn man eine Wohnung kauft. Damit alles nach dem eigenen Geschmack ausfällt.«

Der Mann starrte ihn wütend an. »Der Boden, dieser Fleck vor dem Heizkörper. Hat es hier eine Leckage gegeben oder was?«

»Die früheren Besitzer hatten vermutlich eine Katze. Die Besitzer vor denen, die jetzt verkaufen, meine ich.«

»Wucherpreise sind das. Aber wir werden wohl neunhundert bieten. Erlandsson.« Er zeigte auf Kristians Block und schwenkte wütend die Handfläche.

»Es ist eine gute Wohnung für junge Leute«, murmelte Kristian.

»Wenn sie Eltern mit Geld haben, ja«, fauchte der Mann ihn an. Seine Tochter lief dunkelrot an.

Danach fuhr er ins Büro. Andreas schien nicht dort gewesen zu sein, aber er hatte auch nicht damit gerechnet. Er hängte seinen Mantel auf und schaltete den Wasserkocher ein. Leerte eine Tüte Café-au-lait-Pulver in einen Becher. Ließ sich in den Schreibtischsessel sinken und wählte Jennys Mobilnummer. Es klingelte einige Male, aber sie meldete sich nicht.

Er trank einen Schluck Kaffee, der so heiß war, dass er sich die Zunge verbrannte. Er öffnete sein Notizbuch und suchte die Nummer seiner Schwestern heraus.

Karla nahm ab. Ihre Stimme hörte sich verschnupft und erkältet an.

»Hallo. Hier ist Kristian. Wie geht's?«

»Ach, du rufst an?«

»Ja, ich wollte nur kurz mit Hilja sprechen.«

»Hilja? Die ist nicht zu Hause.«

»Und wann kommt sie zurück?«

»Das weiß ich nicht.«

»Kannst du sie bitten, mich anzurufen, wenn sie auftaucht?«

»Gibt's was Besonderes?«

»Ja, ich muss etwas mit ihr besprechen.«

Die Worte schienen ihn verlassen zu wollen, die Siegerworte. Er merkte, wie sie ihm entglitten, wie er sie mehr und mehr verlor. Er holte tief Atem und richtete sich auf. Kniff sich hart in den Oberschenkel.

»Ich werde ihr sagen, dass du angerufen hast«, hörte er Karla sagen.

Die Hand, die den Hörer hielt, zitterte. Er schien jegliches Gefühl darin verloren zu haben. Um den Hörer aufzulegen, brauchte er beide Hände.

»Verdammt«, fluchte er. »Verdammt!«

Als er nach Hause kam, hatte Elisabet einen Eintopf gekocht. Plötzlich merkte er, dass er vollständig ausgehungert war. Die Familie hatte schon gegessen. Elisabet füllte für ihn einen Teller und schob ihn unter die Mikrowelle. Ihre Bewegungen hatten etwas Abwartendes und Ungeschicktes.

»Was ist los?«, fragte er.

»Ich war vorhin ungerecht«, sagte sie mit belegter Stimme. »Ich wusste doch nichts über diese Sache mit Andreas.«

»Wie meinst du das?«

»Er hat angerufen.«

»Andreas hat angerufen?«

Sie nickte.

»Und?«

»Er hat gesagt, was los ist. Dass er allerlei Probleme hat.«

»Das hat er gesagt?«

Sie lachte, es war ein dünnes, tonloses Lachen. »Nein.«

»Nein?«

»Ich bin ein feiger Arsch. Das hat er gesagt. Das kannst du Krille ausrichten. Ich bin ein feiger, mieser Arsch, und ich will aus der Firma aussteigen.«

Kristian ließ die Gabel sinken. »Was! Er hat gesagt, dass er aussteigen will?«

»Ja.«

»Verdammt, der spinnt doch!«

»Was ist denn los mit ihm? Warum sagt er das? Ich wollte ihn danach fragen, aber ich konnte keine vernünftige Antwort bekommen.«

»Er ist in letzter Zeit so seltsam. Er kommt nicht zur Arbeit und sagt mir auch nicht Bescheid. Irgendeine Art von Persönlichkeitsveränderung. Es war ziemlich hart, das kann ich dir sagen.«

»Warum hast du mir nichts davon erzählt?«

Er trank einen Schluck Bier. »Ich wusste ja selbst nicht so recht, was da los war. Aber dann war Cecilia bei mir, ohne dass Andreas etwas davon wusste. Er hat Probleme mit den Nerven. Ich hatte keine Ahnung davon, ich habe das erst jetzt gemerkt.«

»Was für Probleme mit den Nerven? Ist er geisteskrank?«

»Nicht direkt krank. Aber verdammt deprimiert. Und ich sollte davon nichts erfahren. Es scheint in der Familie zu liegen.«

»Hat sie das gewusst?«

»Keine Ahnung.«

»Sie bekommen ein Kind.«

»Ja, irgendwann im Frühling. Hat er das gesagt?«

»Ja. Ehrlich gesagt hat er sich ein wenig komisch angehört. Ich habe ihn zuerst gar nicht erkannt.«

»Warum hat er mich nicht angerufen? Er muss doch begriffen haben, dass ich dienstlich unterwegs war.«

»Ich hatte das Gefühl, dass er eher mit mir sprechen wollte.«

»Mit dir? Wieso denn das?«

»Vielleicht ist es leichter, mit einer Frau zu sprechen, ich weiß es nicht.«

Er goss sich den letzten Rest Bier ein. »Na gut«, sagte er. »Und was mach ich jetzt?«

»Du musst mit ihm reden. Fahr zu ihm, was weiß ich. Er hat jedenfalls eine Art ersten Schritt gemacht. Ich glaube, er schämt sich.«

»Ja, das will ich doch hoffen.«

»Er kann dir Leid tun, Krille, und sie auch. Und dann das mit dem Kind. O Scheiße. Das scheint doch erblich zu sein. Aber wenn er endlich zum Arzt geht, dann bekommt er sicher ein Medikament.«

»Ich verstehe nicht, warum er nicht mit mir reden will. Ich hatte geglaubt, ihn gut zu kennen, wir arbeiten doch seit vielen Jahren zusammen.«

Sie schüttelte sich, wie ein Hund. »Es ist eben nicht alles so leicht auf dieser Welt.«

»Nein.«

»Iss jetzt, ehe es kalt wird.«

»Wo sind die Mädchen?«

»Bei Freundinnen.«

Sie lief in der Küche umher und machte sich an Schüsseln und Tellern zu schaffen. Nach einer Weile trat sie hinter seinen Stuhl. Er spürte die Wärme ihres Körpers.

»Verzeih, dass ich heute Morgen so dumm war«, sagte sie undeutlich.

Er drehte sich zu ihr um und bohrte sein Gesicht in ihren Bauch. Seine Augen waren feucht. Und das sollte sie nicht sehen.

Hilja musste schon wieder aufs Klo. Darauf hatte sie die ganze Zeit gewartet, aber jetzt war es plötzlich akut.

»Verdammt«, schluchzte sie. »Verdammte Scheißkacke.«

Wenn sie nicht bald zur Toilette gehen könnte, würde ein Unglück geschehen.

Sie kniete in der Tür zum Schlafzimmer. Die Schwelle bohrte sich in ihre Knie. Wenn sie sich nun nicht aufrichtete, sondern über den Boden robbte? Könnte sie die Detektoren dann austricksen? Oder würden die reagieren? Würden sie in die ganze Welt hinausposaunen, dass sich hier verbotenerweise eine Unbefugte eingeschlichen hatte?

Sie wagte nicht, dieses Risiko auf sich zu nehmen. Sie drehte sich um und kroch zurück in die Kleiderkammer. Schwankend und mit zusammengekniffenem Schließmuskel. Hinten an der Wand schob sie einige hochhackige Schuhe und Stiefel beiseite. Sie zog ihre lange Hose nach unten, ging in die Hocke und ließ den Urin über die Bodenbretter strömen.

Die Erleichterung war unbeschreiblich. Sie stieg ihr sofort ins Gehirn. Sie blieb noch eine Weile hocken und atmete laut hörbar. Richtete sich dann langsam auf und zog die Hose wieder hoch. Der Reißverschluss bohrte sich in ihren Bauch. Sie fluchte leise. Und im selben Moment, als sie gerade wieder angezogen war, nahm sie ein Geräusch wahr. Es kam von unten. Die Alarmanlage piepste einmal, dann wurde mit einer Tür geknallt.

Kristian, dachte sie. Sie blieb mit hängenden Armen stehen.

Aber nein… es war nicht Kristian. Sie wusste nicht, warum sie sich plötzlich so sicher war. Sie hörte dort unten Schritte, energische Schritte von jemandem, der gewöhnt war, in diesem Haus herumzulaufen. Es waren Männerschritte. Aber nicht Kristians. Also musste Jennys Mann gekommen sein.

Der Uringestank erreichte ihre Nase. Vorsichtig ging sie weiter, um nicht in die Pfütze zu treten. Sie beugte sich zum Fenster vor und versuchte hinauszuschauen. Sie hatte kein Auto kommen hören. Und sie sah auch kein Auto. Sie konnte die kahlen Äste der Bäume und das Dach des Geräteschuppens sehen. Mehr nicht.

Der Mann würde natürlich nach oben kommen, früher oder später. Die Tür zur Kleiderkammer war angelehnt. Vielleicht würde er misstrauisch werden und hineinschauen. Würde er sie dann entdecken, oder war es zu dunkel? Offenbar gab es hier kein Licht. Sie schluchzte auf. Und ein Taschentuch hatte sie auch nicht. Ihr fielen einige nette Worte aus einer Bildunterschrift ein.

Ein munterer Partygast war Jennifer Ask, in Begleitung ihres Mannes Reinhold, dem Komponisten und Musiker.

Jenny in glitzerndem Kleid, ihr Mann den Kopf zurückgelegt, als könnte er jeden Moment losprusten.

Sie galten als unzertrennliches Paar.

Würde jetzt Reinhold Ask nach oben kommen und sie entdecken? Entsetzt versuchte sie sich seine Reaktion auszumalen. Die gepflegten Pianistenfinger würden sie packen. Und das nur zu Recht. Vielleicht würde er sie schlagen. Er würde sie in den Polizeigriff nehmen und zu Boden drücken.

»Darf man fragen, was du hier suchst? Wer hat dir erlaubt, mein Haus zu betreten?«

Was sollte sie antworten?

»Wer bist du? Hast du etwas gestohlen? Was hast du im Rucksack? Lass mal nachsehen.«

»Aber ich kenne doch Jenny«, flüsterte sie. »Sie ist meine liebste und beste Freundin.«

Der Mann lief unten hin und her und brummte und murmelte vor sich hin. Er schien wütend zu sein. Er zog Schubladen heraus und knallte mit den Schranktüren, ungefähr so wie Karla, wenn sie in dieser Stimmung war.

Karla, ja. Sogar bei Karla in der Wohnung zu sein wäre besser als das hier. Sie presste sich wieder hinter den Schornstein, ganz fest gegen die Wand. Blieb dann ganz still stehen. Sie konnte ihr Herz schlagen und ihre Eingeweide gurgeln hören. Danach hörte sie Schritte. Reinholds Schritte, jetzt kam er die Treppe hoch. Sie schluckte hart und stand atemlos und glühend vor Fieber da.

Er war jetzt oben, im Obergeschoss. Er war unterwegs ins Schlafzimmer. Er würde die offene Tür entdecken und sich seine Gedanken machen. Und gleich darauf würde er sie dann finden. Ein Schluchzen löste sich aus ihrer Kehle.

Da fuhr unten ein Auto vor.

Gleich darauf wurde abermals mit der Haustür geknallt.

»Hallo?« Eine Frauenstimme, es war Jenny.

Der Mann im Schlafzimmer gab keine Antwort. Aber er war noch dort, er stand auf der anderen Seite der Wand und wusste nichts von Hiljas Anwesenheit.

Jenny rief noch einmal. Ihre Stimme war hell und wachsam. »Ist jemand zu Hause?«

Dann lief sie auf Socken die Treppe hoch, tunk, tunk, tunk.

Für eine halbe Minute herrschte eine fast unwirkliche Stille. Dann war wieder Jennys Stimme zu hören, überrascht jetzt, heiser und angespannt.

»Was ist denn los mit dir, Arne? Aber mach doch nicht so ein Gesicht …«

Arne? Jenny hatte nicht Reinhold gesagt, Arne hatte sie gesagt. Der Fotograf Arne? War der hier in Jennys Haus?

»Du weißt, dass nichts sich zwischen uns ändern kann.« Das kam wie ein Schrei.

Der Mann brüllte los. Gleich darauf war Jennys verzweifeltes Schluchzen zu hören.

»Aber beruhige dich doch, Arne, beruhige dich.«

Sie standen ein Stück auseinander, das ging Hilja auf, als sie sie jetzt hörte.

»Ich war bei der Besichtigung«, sagte der Mann, und jetzt sah sie ihn wieder vor sich, die Haut, die sich vor Sonnenbrand schälte, die groben, behaarten Handgelenke.

Jenny weinte. »Das hast du doch gewusst, ich hatte es doch angedeutet.«

»Angedeutet, ja. Aber ich hab verdammt noch mal gar nichts gewusst. Jemand hatte die Annonce gesehen und mich freundlicherweise darauf aufmerksam gemacht. Ist das nicht deine alte Hütte, die da verkauft werden soll?«

»Arne, bitte.«

»Ich stand doch wie ein Trottel da. Das muss falsch sein, dachte ich, ein Irrtum. In meinem alten Haus wohnt doch Jennifer Ask. Sie hat nicht vor, jemals dort auszuziehen. Das habe ich auch Bitte gesagt, die mich darauf aufmerksam gemacht hat. Jennifer liebt dieses Haus. Wer mich hier raushaben will, muss mich hier raustragen, sagt sie immer.«

»Das ist so, Arne, hör jetzt zu. Das hier wird wirklich unhaltbar. Er wird etwas bemerken, jeden Moment kann ihm aufgehen, was wir machen. Und weder du noch ich wollen ihm doch diesen Kummer bereiten, sind wir uns da nicht einig?«

»Er ist nicht der Einzige, der Kummer hat.«

»Wie meinst du das?«

»Du weißt, was ich meine.«

Ein Feuerzeug klickte.

»Arne!«

»Man muss seine eigene Wahrheit finden.«

»Ich weiß, was meine Wahrheit ist.«

»Dann bist du vielleicht reif genug, um dich zu entscheiden, kleine Jennifer. Man kann nicht in alle Ewigkeit auf sämtlichen Hochzeiten tanzen.«

Sie jammerte: »Du weißt, dass ich ihn nicht verlassen kann. Damit würde er niemals fertigwerden, niemals. Ich kann ihm nicht so wehtun, das weißt du, also hör auf damit, du quälst mich.«

»Du quäääääalst mich«, äffte er sie nach.

»Wir quälen uns beide.«

»Dann ist es also aus?«

»Nein!«, schrie sie.

Ein Telefon klingelte. Mehrere Signale, eine bekannte klassische Melodie. Niemand antwortete. Dann blieb lange alles still.

Schließlich sagte der Mann schroff und wütend: »Na gut. Und wann zieht ihr um?«

Jenny hustete. »Wir haben eine Wohnung am Kungsholmstorg gekauft. Hör mir jetzt genau zu: Der Umzug hat keine Bedeutung für dich und mich, zwischen uns bleibt alles so, wie es immer war. Das hier passiert aus rein praktischen Gründen. Nichts Wichtiges ändert sich, geliebter Arne, versuch das zu verstehen, nur werde ich in Zukunft zu dir nach Hause kommen. Da sind wir auch viel sicherer.«

Der Mann schwieg. Er machte einige Schritte. Als er dann etwas sagte, hörte er sich müde und niedergeschlagen an. Und nicht wenig theatralisch.

»Das hier reißt eine Wunde in mein Vertrauen zu dir, Jennifer.«

»Du verstehst nicht! Reinhold hat angefangen…« Sie verstummte und weinte wieder, laut und verzweifelt.

»Was hat er angefangen?«

»Manchmal glaube ich fast, dass er es weiß.«

Dröhnend ging ein harter Gegenstand zu Boden. Danach hörte sie ein gurgelndes Geräusch.

Was macht er da, erwürgt er sie?

Hilja lauschte entsetzt, sie hatte Stahlgeschmack im Mund.

Jenny, ich werde dir helfen.

Nein. Sie wagte nicht, sich zu bewegen. Sie presste sich an

den Schornstein und hielt sich so fest, wie sie nur konnte. Draußen hörte sie dumpfe Geräusche. Dann nahm sie ein leises Jammern wahr, das sich zu einem Schrei steigerte. Der Krampf in ihren Armen ließ nach, und sie näherte sich vorsichtig der Tür.

Großer Gott, hilf mir, schluchzte sie in Gedanken. Hol mich hier weg und rette mich!

Sie hatte die Tür erreicht. Durch den schmalen Spalt sah sie ins Schlafzimmer. Sie sah den bestrumpften Fuß eines Mannes. Er stieß hart und rhythmisch zu. Sie hörte Jenny laut rufen, fast singen: »O du, o du, ich liebe dich! Du darfst mich nie, nie verlassen!«

Danach gingen sie nach unten. Hilja hörte, wie das Telefon klingelte und wie Jenny antwortete. Einzelne Wörter konnte sie nicht verstehen. Vorsichtig schob sie die Kammertür auf und ging ins Zimmer. Der Teppich war verrutscht, und ein Stuhl war neben dem Bett umgekippt. Mehrere Zierkissen waren auf dem Boden gelandet. Sie hielt den Atem an und horchte nach unten. Jenny und der Mann redeten miteinander. Der Mann schien wieder aufgebracht zu sein. Jenny bettelte und flehte.

Könnt ihr nicht einfach rausgehen, dachte Hilja hektisch. Könnt ihr nicht einfach für ein paar Minuten das Haus verlassen!

Später würde sie sich an diesen Moment erinnern, wieder und wieder. Konnte man eine Handlung heraufbeschwören? Wenn man verzweifelt genug war? War das wirklich möglich?

Denn Jenny stand unten in der Diele. »Ich kann dich fahren, Arne«, sagte sie. »Ich fahre dich, wohin du willst.«

Der Mann, der Arne Palmér hieß, schien sich eine Jacke anzuziehen. Schlüssel klirrten in einer Jackentasche. »Das ist nicht nötig«, sagte er abweisend.

»Doch, ich mache das gerne.«

Die Haustür wurde geöffnet, grobe Sohlen ließen den Kies

knirschen. Dann folgten Jennys leichtere Schritte. Sie lief hinter ihm her. Und ließ die Haustür offen stehen. Unverschlossen, ohne Alarm! Konnte das denn wirklich wahr sein?

Rasch stürzte sie zur Treppe. Ihr tat alles weh, als ob sie in einem kleinen Käfig eingesperrt gewesen wäre. Sie horchte gespannt. Sie musste sich jetzt zusammenreißen, durfte nicht zögern oder einen Fehler machen. Das hier war ihre einzige Chance. Sehr schnell ging sie die Treppe hinunter. Auf halber Höhe glaubte sie, den Rucksack vergessen zu haben. Sie blieb eine Sekunde stehen. Dann sah sie den Rucksackriemen in ihrer Hand und spürte das Gewicht seines Inhaltes.

Sie war unten. Die frische Luft schlug ihr entgegen, kühl und erlösend. Sie schlüpfte auf die Vortreppe, und ohne sich umzusehen, ging sie hinter der Hausecke in Deckung. Blieb keuchend dort stehen, ihre Knie zitterten dermaßen, dass sie sich fast nicht aufrecht halten konnte.

Niemand war zu sehen. Nur der Wagen, ein verdreckter Volvo-Geländewagen. Er war leer. Einige Blätter rieselten auf die Motorhaube.

Wo mochten sie sein? Wohin waren sie verschwunden? Sie lud sich den Rucksack auf den Rücken und lief los. Sie machte einen Bogen um den Kiesweg, überquerte den aufgeweichten Rasen und hatte die Straße erreicht.

Es nieselte jetzt wieder. Sie schaute zum Himmel hoch.

»Danke«, flüsterte sie. »Wenn es da oben einen Gott gibt, dann danke, danke für diese Hilfe.«

Die ganz jungen.

Die Mädchen.

Die sich ihres Körpers gerade erst bewusst geworden waren und sich deshalb alle Mühe gaben, um ihn zu zeigen. Ihre Bewegungen waren so einstudiert, ihre Stimmen so grell und schneidend. Mit ihrem eisigen Lachen verdammten sie alle, die auch nur um Haaresbreite von den Normen abwichen, die für sie die Alleingültigen waren.

Er spürte, wie der Zorn durch sein Gehirn pulsierte. Er hatte Lust zu strafen, sie anzuschleichen und zu überwältigen, sie umzustoßen und ihre Körper auf den rauen Boden zu pressen.

Aber bei diesen sehr jungen gab es ein Problem: Sie waren schwer zu fangen und nur ganz selten allein.

Und das ärgerte ihn unsäglich.

Es war ziemlich weit bis zur U-Bahn, und sie verirrte sich in den Straßen, die alle gleich aussahen. Als sie endlich den Bahnhof erreichte, wurde es schon dunkel. In ihrem müden und verwirrten Zustand konnte sie ihre Monatskarte nicht finden, aber das spielte keine Rolle, denn die Sperre war nicht besetzt. Erleichtert ging sie auf den Bahnsteig und betrachtete den Strom von Autos, die in beiden Richtungen unterwegs waren, nach Hässelby hinaus und hinein in die Stadt. Ob Kristian sie suchte? Er musste die Besichtigung jetzt doch hinter sich haben. Was er wohl dachte?

Der Zug kam, es war einer der älteren grünen. Die Wagen waren außen mit Graffiti voll gekritzelt. Als sie einstieg, glaubte sie zu bemerken, dass die Menschen zurückwichen, in ihren Blicken las sie Unbehagen und Ablehnung. Nervös fuhr sie sich über die Jackenärmel. War sie schmutzig, wie sah sie aus?

Neben einer Frau war ein Platz frei. Dort ließ sie sich nieder. Fast sofort sprang die Frau auf und lief durch den Wagen. Hinten blieb sie stehen. Niemand setzte sich auf den Platz, den sie verlassen hatte.

Ein kurzer Zorn flammte in Hilja auf.

Was ist denn los mit euch? Hab ich Beulenpest oder was?

Sie versuchte Blickkontakt zu den beiden Personen aufzunehmen, die ihr gegenüber saßen, ein Mann und eine Frau, beide etwas älter als sie selbst. Sie starrten mit leeren Blicken aus dem Fenster.

Sie hielt den Rucksack auf ihren Knien. Trotz der Wärme im Wagen war sie durchgefroren. Jenny und Arne Palmér. Was hatte sie da für ein Drama belauscht, was für eine unglaubliche Geschichte. Die fast als Heilige geltende Jennifer Ask hatte einen heimlichen Liebhaber. Wenn das die Fans wüssten. Ihr tat Jenny Leid, die einem so unangenehmen Typen wie Arne Palmér in die Hände gefallen war. Aber andererseits geschah es ihr fast schon recht. Es war eine Strafe für ihre Gleichgültigkeit.

Wir hätten so viel miteinander zu besprechen, dachte sie. Genau wie früher, als wir klein und jung waren. Ich könnte dich trösten und du mich, denn wir wissen beide, was es für ein Gefühl ist, Jenny, wir wissen alles über die Verzweiflung der Liebe.

Jennys Lage war noch komplizierter als ihre eigene. Sie war bekannt. Und sie war verheiratet. Das treue, unzertrennliche Paar. Dass niemand einen Verdacht geschöpft hatte. Die Nachbarn? Das Haus war ein wenig abgelegen, aber irgendwer hätte doch bemerken müssen, dass in regelmäßigen Abständen ein fremder Mann zu Besuch kam. Vor allem dann, wenn der Ehemann nicht zu Hause war.

Und die Illustrierten?

Sie hatte von Belohnungen gehört. Wenn man eine Redaktion anrief und eine Neuigkeit berichten konnte, wurde man bezahlt. Man konnte sich auch dafür bezahlen lassen, dass man den Mund hielt. Das wurde Erpressung genannt.

Wo steckte übrigens Jennys Mann? Wenn der nun während der Orgie im Schlafzimmer aufgetaucht wäre! Sie hätten ihn nicht gehört. Plötzlich hätte er einfach dort gestanden. Wie in einem Film. Jennys Leben war wie ein Film.

Und im Moment hatte auch ihr eigenes Leben etwas von einem Film.

Sie wünschte, es wäre nicht so.

Sie stieg am Fridhemsplan aus. Sie konnte auch gleich nach Hause gehen, sie hatte ja sowieso keine andere Wahl. Ihr war eiskalt, und sie hatte Hunger. Sie ging durch die Fleminggata und bog nach rechts in die Fridhemsgata ab. Aufgrund von Bauarbeiten war der Bürgersteig teilweise gesperrt. Fußgänger wurden auf die andere Straßenseite verwiesen. Aber auch dort standen Schilder mit demselben Text. Karla ärgerte sich immer schrecklich darüber.

»Man wird hin und her geworfen wie bei einem Tennisspiel«, hatte sie einige Tage zuvor beim Einkaufen gefaucht. Sie stützte sich schwer auf Hilja und hatte kleine Schweißtropfen um die Nase. Als sie zurückkamen, setzte sie sich hin und schrieb einen Leserbrief an die Stadtteilzeitung. Hilja warf den Brief ein, als sie am nächsten Morgen zur Arbeit ging. Bald würde der sicher gedruckt werden.

Hier in der Ecke hatte ein Obdachloser mit Gehhilfe sein Nachtquartier aufgeschlagen. Hilja hatte ihn ausgestreckt auf dem Boden liegen sehen, zwischen Abfall und Bauschutt. Seine trüben Augen hatten sie beobachtet, aber nie hatte er etwas gesagt. Heute war er auch dort, zusammen mit einem anderen Mann. Sie tranken aus einer Flasche.

Wenn sie nun keine Wohnung fand. Oder wenn sie eine kaufte und das Darlehen nicht zurückzahlen könnte. Dann würde sie vielleicht auch mit den Obdachlosen und Verlassenen in der Ecke landen. Und Karla würde auf dem Weg zum Einkaufen an ihr vorbeihumpeln.

»Ich hab's ja gesagt«, würde sie dann triumphieren, »ich wusste ja, dass du in der Gosse enden wirst.«

Der Mann mit der Gehhilfe sagte plötzlich etwas. Er winkte ihr. Sie zuckte zusammen und ging schneller. Vor dem Seniorenwohnhaus stand ein Krankenwagen mit offener Hecktür. Das war ein vertrauter Anblick. In regelmäßigen Abständen wurde in den Zeitungen über Vernachlässigung und Not berichtet. Außerdem brannte es ab und zu in diesem Haus. Die Alten vergaßen ihre Kochplatten oder stellten brennende Kerzen zu dicht an die Vorhänge. Bewusst? Vielleicht war es ganz einfach die moderne Version des Abgrundes, in den früher die alten Leute gestürzt worden waren. Bei der Arbeit hatten sie darüber Witze gemacht. Vor allem Ringo, der Ankis alte Großmutter einfach satt hatte.

»Man sollte ihr Kerzen schenken. Und Streichhölzer.«

Anki war rot angelaufen. »Sag so was nicht! Eines schönen Tages bist du selbst alt. Und brauchst alle Hilfe, die du kriegen kannst.«

»So verdammt alt und stur wie deine Oma kann ich überhaupt nicht werden.«

Hilja näherte sich jetzt dem Haus, in dem sie wohnte. Es war ein Klinkerbau aus den achtziger Jahren. Sie und Karla waren kurz nach dem Bau eingezogen. Zusammen mit Frau Castell aus dem fünften Stock wohnten sie jetzt am längsten hier.

Sie war unendlich müde. Der Spiegel im Fahrstuhl enthüllte, warum die Leute ihr ausgewichen waren. Ihre Wangen waren mit Schmutz überzogen, und Blut war im ganzen Gesicht verschmiert. Unter ihrem Haaransatz klaffte eine Wunde. Ein Stück Haut war abgerissen, die Wunde sah fleischig und widerlich aus. Angeekelt versuchte sie, die Haut wieder auf die Wunde zu drücken. Es tat schon lange nicht mehr weh. Aber jetzt setzte der Schmerz so heftig wieder ein, dass er sich wie ein Keil in ihr Gehirn zu bohren schien.

Karla kam ihr in der Diele entgegen. Ihre Lippen waren zu einem farblosen Strich zusammengekniffen.

»Was hast du gemacht? Was hast du denn bloß angestellt?«

Sie wollte sich an Karla vorbeidrängen und sofort auf ihr Zimmer gehen. Aber daraus wurde nichts.

»Her mit der Jacke!« Karla streckte die Hand aus. Hilja ließ ihren Rucksack auf den Boden fallen und sich von Karla die Jacke ausziehen. Die kleinen mageren Finger packten den Stoff, betasteten ihn, rissen die Kontrolle an sich.

»Geh duschen, du siehst schrecklich aus. Und ich habe schon Abendessen gemacht. Es ist fast fertig.«

Das heiße Wasser füllte ihre Poren mit einer stillen Freude. Sie stand unter den Strahlen und schrubbte ihre Oberschenkel und ihre Hüften. Die Seife brannte auf ihrer Haut, und sie löste ihre Haare und spülte sie mit heißem Wasser durch. Füllte ihre ganze Handfläche mit Shampoo, rieb und massierte, versuchte, die Wunde nicht zu berühren. Ihre Brüste hingen dick und strotzend an ihr. Als wären sie voll Milch und wollten in Gebrauch genommen werden. Ein Kind, dachte sie, ein Babymund mit weichem Zahnfleisch. Einmal hatte sie den kleinen Finger in den Mund eines neugeborenen Kindes gehalten. Bei Linda, Kristians älterer Tochter. Wie alt mochte die jetzt sein? Fünfzehn, sechzehn Jahre. Elisabet war gerade aus dem Krankenhaus gekommen. Sie wohnten damals in Essingen. Hilja war mit einer Blume hingefahren. Sie konnte sich noch an die Wärme des kleinen Körpers erinnern, den Kristian ihr in die Arme gelegt hatte. Als die Kleine wimmerte, steckte er ihr die Spitze seines kleinen Fingers in den Mund.

»Es ist unglaublich, welche Kraft sie in diesem kleinen Mund hat«, sagte er. »Erinnerst du dich an die Kälber, damals, als wir im Ferienlager waren? Ungefähr so fühlt sich das an. Versuch mal.«

Sie war so gerührt gewesen. Das Kind hatte nicht mehr gejammert, sondern einfach an ihrem Finger genuckelt, bis es fast eingeschlafen war.

»Die ist aber süß«, sagte Hilja. »Was müsst ihr glücklich sein.«

Ihr Bruder hatte müde ausgesehen, erschöpft, gelb im Gesicht. Aber in seinen Augen hatte ein Stolz gelegen, den sie nicht vergessen konnte. Er war bei der Geburt dabei gewesen, am folgenden Abend hatte er angerufen und berichtet.

»Ich bin Papa geworden, Hilja. Vom feinsten kleinen Mädchen auf der Welt. Drei Kilo genau und fünfzig Zentimeter lang. Ein kleines Prachtkind.«

Sie hob ihre Brüste hoch, testete deren Gewicht. Sie verzog weinerlich das Gesicht.

Steril, dachte sie. Steril und nicht genutzt. Bald würde ihre Gebärmutter zusammenschrumpfen und eintrocknen. Bald würde ihr Frauenleben zu Ende sein. Unwiderruflich.

Sie hatte ihre BH-Größe ändern müssen, war auf F-Körbchen umgestiegen. Sie hatte nicht gewusst, dass es so große Körbchen überhaupt gab. Göran hatte es ihr gesagt.

»Dieser kleine BH-Fetzen!« Er schwenkte ihn über seinem Kopf. Plötzlich sah sie, wie hässlich und verschlissen er war, die Reste der Gummibänder schauten wie kleine Würmer hervor.

»Hier, nimm das Geld hier. Wenn ich dich das nächste Mal sehe, trägst du einen richtigen BH. Das hast du verdient.«

Er konnte so fürsorglich sein, ihr Göran. Er wäre ein wunderbarer Vater geworden. Und er betete ihre Brüste an. Er legte ihr so gern den Kopf auf die Knie und saugte, während sie ihn festhielt und ihn wiegte.

»Ach, Göran«, murmelte sie dem Wasserstrahl zu, und das Wasser stahl sich in ihren Mund und schmeckte süß und warm.

Karla hatte in der Küche den Tisch gedeckt. Auf dem Tisch lag eine saubere, gebügelte Decke, und sie zündete gerade die Petroleumlampe mit dem grünen Schirm an, die früher ihrer Mutter gehört hatte.

»Komm her und lass dich ansehen«, sagte sie und hatte schon Schere und Pflaster bereit gelegt. »Wir lassen erst die Haare trocknen, dann helfe ich dir.«

Auf einer kleinen Silberplatte stand eine Flasche Wein. Sie hatte eine Tüte Krabben aufgetaut und Brot und Käse aufgetischt.

»Ich hab mir wirklich Sorgen gemacht«, sagte sie schroff. »Aber jetzt vergessen wir das alles. Geh dir erst mal die Haare trocknen.«

Hilja trug ihren Bademantel. Ihre Haut schmerzte und war von blauen Flecken übersät. Als sie den Fön ausschaltete, stand plötzlich Karla hinter ihr. Sie hielt den Rucksack in der Hand und hatte die hellblauen Plastiküberzüge herausgeholt.

»Warst du im Krankenhaus?«

»Nein, wieso?«

»Deswegen.«

»Nein.«

»Du hast eine schlimme Wunde auf der Stirn. Die hätten sie nähen oder zukleben sollen. Warum haben sie das nicht getan? Warum bist du nicht geblieben, bis sie fertig waren?«

Hilja schloss die Augen und ließ sich von Karla ein Pflaster aufkleben.

Die fragte noch einmal: »Was hast du gemacht? Hat jemand dich geschlagen?«

»Ich bin gestürzt«, sagte Hilja ungeduldig.

»Das glaube ich nicht.«

»Dann nicht.«

»Ist es dieser Mann?«

»Welcher Mann?«

»Stell dich nicht dumm.«

»Er ist nicht so, das würde er nie tun.«

»Ist er gemein zu dir? Ist er brutal?«

»Er ist mein Freund«, flüsterte sie. »Das hab ich dir doch erklärt.«

»Auch Freunde können manchmal wütend werden.«

»Ich bin gestürzt, ich hab doch gesagt, dass ich gestürzt bin. Als ich heute Morgen weggerannt bin. Gleich hier vor dem Haus.«

Karla zuckte mit den Schultern. »Na gut. Reden wir nicht mehr darüber.« Sie ging in die Küche und öffnete die Weinflasche. »Es ist serviert«, sagte sie kurz.

Die Krabben waren scharf. Ihr Salz ließ die Finger brennen. Sie trank Wein, große Schlucke. Und ein Dunst schob sich vor ihre Augen. Durch den Dunst sah sie Karla wie eine blanke, spitze Echse.

»Ich ziehe aus«, hörte sie sich sagen. Ihre Stimme schien über den Tisch zu fließen und sich zwischen sie und Karla zu legen.

Karla antwortete nicht. Sie brach einer Krabbe den Kopf ab.

»Ich muss jetzt ausziehen, es wird Zeit, dass ich mein eigenes Zuhause bekomme.«

Der Krabbenschwanz verschwand zwischen Karlas Lippen. Sie kaute langsam und mit halb offenem Mund. Hob ihr Glas, trank. Dann fing sie an zu lachen.

Hilja zwang sich dazu, weiterzureden. »Aber das ist mir ernst, Karla. Mein Entschluss steht fest.«

Durch den Dunst sah sie Karlas Zunge zum Vorschein kommen, schmal und dünn. Sie spielte an ihren Zähnen herum.

»Was du nicht sagst.«

Hilja nickte.

»Dann begreife ich, warum Kristian angerufen hat«, sagte Karla.

»Kristian? Wann hat er angerufen?«

»Vorhin. Als du nicht zu Hause warst.«

»Kristian sagt, er kann mir eine kleine Einzimmerwohnung

besorgen. Und mehr brauche ich doch nicht. Das reicht voll und ganz.«

»Ach was, das sagt er also.«

»Und du, Karla, du brauchst doch auch keine so große Wohnung. Das ist doch auch teuer. Wo du nur deine Rente hast. Aber du kannst ja vielleicht Wohngeld bekommen. Sonst kann er sicher auch für dich etwas finden. Wenn wir ihn bitten.«

An Karlas Finger klebte ein kleines Rogenkorn. Gereizt schnippte sie es auf ihren Teller. Hilja räusperte sich. »Was sind das für leckere Krabben«, sagte sie.

Karla bewegte fast unmerklich den Kopf.

»Was ist das für eine Sorte?«

»Eismeer.«

»Die sind wirklich köstlich.«

Karla schenkte ihnen Wein nach. »Kristian Agnevik«, sagte sie dann.

Hilja schob mit der Hand Brotkrümel zusammen. Sie schob sie über die Tischkante und fing sie mit der anderen Hand auf. Streute sie über ihren Teller.

»Der gute Kristian Agnevik«, sagte Karla.

»Er… er weiß doch, was es für Wohnungen gibt. Damit kennt er sich aus.«

Karla faltete ihre Serviette zusammen und schlug damit auf den Tisch. »Er setzt dir Grillen in den Kopf«, sagte sie. »Überleg dir die Sache noch mal gut.«

»Hab ich doch.«

»Du würdest ein Darlehen aufnehmen müssen. Ist dir das nicht klar?«

»Doch.«

»Weißt du, was das bedeutet? Es reicht nicht, einfach ein Papier zu unterschreiben und zu glauben, dass damit alles in Ordnung geht. Das wird hart. Du wirst dir nichts mehr leisten können. Vielleicht nicht einmal Essen zu kaufen.«

»Er stellt für mich eine Kalkulation auf, hat er gesagt.«

»Kalkulation! Mit deinem kleinen Drecksgehalt. Du hörst doch, wie das klingt!«

Hilja schwieg.

»Wenn du überhaupt ein Darlehen bekommen kannst. Wenn irgendeine Bank dir eins bewilligt.«

»Er hat gesagt, dass sich das machen lässt.«

»Mmm.«

»Das hat er gesagt. Und er muss es doch wissen.«

»Iss jetzt auf, damit ich spülen kann.«

Als sie ihr Zimmer betrat, lag der Eisbär auf dem Boden. Seine Nase sah schwarz und irgendwie hämisch aus, als machte er sich über sie lustig. Mit einem Fußtritt beförderte sie ihn gegen die Wand. Das bereute sie dann sofort wieder, sie hob ihn auf, trug ihn zum Bett und steckte ihn unter die Decke. Sie hatte einen Schwips, sie trank ja kaum Wein. Aber ab und zu wollte Karla eben alles ein wenig festlicher gestalten.

Dieser Abend war so ein Fall gewesen. Ein Versöhnungsmahl.

Sie ließ den Bademantel auf den Teppich fallen und stand nackt mitten im Zimmer.

Mein Mädchen-Ich, durchfuhr es sie. Was ist nur aus meinem Mädchen-Ich geworden?

Mädchen-Ich. Ein seltsames Wort. Sie wusste nicht, woher sie es hatte. Dusche und Wein hatten sie aufgewärmt, aber sie bekam trotzdem eine Gänsehaut und fing wieder an zu frieren. Sie zog das Flanellnachthemd an, das sie zu Weihnachten von Karla bekommen hatte. Züchtig und lang war es. Göran würde sie gar nicht gern so sehen. Er hatte seine Wünsche. Eines Abends in seinem Wagen hatte sie ihn dazu gebracht, diese Wünsche zu verraten. Danach waren sie beide leicht verlegen gewesen.

Der nächste Tag war ein Arbeitstag. Sie musste sich Kleidung herauslegen und alles vorbereiten. Sie dachte an Jenny, die ganze Zeit dachte sie an Jenny. In gewisser Weise wäre es schön, wenn Jenny wüsste, dass sie wusste. Aber wie sollte sie ihr das zu verstehen geben?

»Also, du musst wissen, ich hatte mich in deiner Kleiderkammer versteckt, und da habe ich gesehen, wie du mit Arne Palmér gevögelt hast.«

Nein.

Sie könnte natürlich auch bei Jenny zu Hause anrufen und ein Treffen vorschlagen. Sie brauchte ja den Brief von neulich nicht zu erwähnen. Und auch nicht die Szene mit dem Taxi. Sie würde ihre Enttäuschung vergessen und einen Strich unter Jennys gemeines Verhalten ziehen.

Ich werde mit einem Strauß Rosen zu ihr fahren, überlegte sie. Und zwar am Mittwoch, wenn ich frei habe. Wenn sie nicht zu Hause ist, dann hänge ich die Blumen und eine Karte an die Tür. Ich schreibe ihr meine Adresse und meine Telefonnummer dazu. Und dann wäre es doch zu seltsam, wenn sie nicht reagierte!

Sie zog ein Paar dicke Wollsocken an. Ihre Füße waren eiskalte Klumpen. Alle Knubbel und Schwielen taten weh, sie müsste häufiger ein Fußbad nehmen, aber das machte solche Mühe, deshalb ließ sie es meistens. Ihr war auch geraten worden, sich einen Fußpfleger zu suchen. In der Hantverkargata gab es mehrere. Anki hatte einmal angedeutet, dass der Laden einen Teil der Kosten übernehmen könnte. Schließlich ruinierte sie ihre Füße ja auf dessen Steinboden. Aber seitdem hatte Anki die Sache nie mehr erwähnt, und Hilja brachte es nicht über sich, sie noch einmal zur Sprache zu bringen. Anki kam ihr in letzter Zeit so müde und mutlos vor. So gestresst. Wie sah eigentlich ihre Beziehung zu Ringo aus? Sie hatte gehört, wie die beiden einander anfauchten, wenn sie sich allein wähnten.

Sie verkroch sich im Bett und zog unter dem Nachthemd die Knie an. Schlang die Arme um ihre Beine. Der Eisbär lag neben ihr. Ob Jenny den wohl schon vermisst hatte? Nein. Sie hatte sicher andere Sorgen als ein verschwundenes Kuscheltier.

Wenn sie wieder Freundinnen sein könnten. Verliebteste. Nein, nicht Verliebteste in dem Sinn, dass sie jemals lesbisch oder so gewesen wären. Es war ein anderes Gefühl gewesen, eine innige Zusammengehörigkeit. Und Schwesternschaft. Jenny, meine Verliebteste und Freundin.

Nach dem Tod des Vaters hatte sie bei Jenny wohnen dürfen. Nicht lange, nur ein paar Wochen, während Karla und die Mutter verreist waren. Kristian wurde in ein Kinderheim gesteckt. Es war die schlimmste Zeit seines Lebens gewesen, wie er Hilja viel später anvertraut hatte.

»Man war nie allein, das war das Schlimmste, dass man nie für sich sein durfte. Wir waren zu viert auf jedem Zimmer. Und die drei, die in meinem wohnten, die kannten sich schon eine Ewigkeit.«

»Waren sie gemein zu dir?«, hatte sie auf ihre naive und offene Weise gefragt.

Da hatte er sie angesehen. »Die waren allesamt Psychopathen.«

Sie wusste nicht, was dieses Wort bedeutete, also fragte sie Jenny, deren Vater kannte sich doch bestimmt damit aus.

»Er sagt, das sind die Schlimmsten«, sagte Jenny. »Denn die wirken ganz normal, aber sie haben eine gläserne Schale.«

Hilja begriff das nicht ganz. »Wieso denn gläsern, meinst du, man kann in sie hineinsehen?«

»Ja, aber das stimmt dann nicht, weil man nur sieht, wie nett sie sind. Aber dann, eines Tages, wenn die Augen sich daran gewöhnt haben und die Reflexe nicht mehr blenden, dann sieht man Dinge, die einem Angst machen.«

Hilja begriff noch immer nicht. Aber sie merkte, dass ihr Bruder sich nach seiner Verbannung ins Kinderheim verändert hatte. Und sie hatte das Gefühl, sein Vertrauen zu verlieren.

Jennys Mutter war in dieser Woche ausnahmsweise einmal

zu Hause. Sie lief auf Stöckelschuhen umher, und ihre Wangen waren zart und flaumig. Ihre gezupften Augenbrauen sahen aus wie dünne Bleistiftstriche.

»Ich mach Pfannkuchen für euch«, versprach sie, meistens aber saß sie im Schlafzimmer und telefonierte. Jenny bestrich Graubrotscheiben mit Kaviar und streute Zucker darüber. Das Brot war weich und porös, und die dunkelbraune Kruste ging dauernd ab. Sie verrührte Sirup und Kakao miteinander, und beide gaben Sahne in die Tassen, bis sie einen richtig klebrigen Teig produziert hatten.

Als Jennys Vater nach Hause kam, ging er sofort in die Küche und buk ganze Stapel Pfannkuchen. Er zog nicht einmal seinen Mantel aus. Sie aßen, bis ihnen fast schlecht wurde.

Nachts hörten sie durch die Wand, wie Jennys Eltern sich liebten.

»Das machen sie jede Nacht«, flüsterte Jenny. Sie hockte sich ins Bett und hielt ein Glas gegen die Wand. »Die müssen die Gelegenheit nutzen, wenn meine Mutter zu Hause ist. Die fliegt doch sonst die ganze Zeit. Halt mal dein Ohr hier hin, dann kannst du es auch hören.«

Aber eigentlich war gar kein Klangverstärker nötig. Jennys Vater brummte wie ein Motor, ab und zu unterbrach er sich und lieferte einen abgehackten Hustenanfall. Er war Kettenraucher und starb schließlich ausgemergelt an Lungenkrebs. Hilja las seinen Nachruf im *Dagens Nyheter*. Sie schnitt ihn aus und klebte ihn in ihr Jenny-Album. Die Mutter lebte noch immer, das hatte sie gelesen. Sie wohnte mit ihrem inzwischen pensionierten Flugkapitän in Genf und züchtete Windhunde.

Auch Jennys Mutter war während des Liebesaktes zu hören gewesen. Hilja hatte es peinlich, aber zugleich auch erregend gefunden. Es fiel ihr am nächsten Tag schwer, Jennys Eltern ins Gesicht zu sehen. Aber sie sahen aus wie immer. Der Vater saß lässig am Küchentisch, blätterte in der Zeitung, rauchte und trank Kaffee. Die Mutter lag noch im Bett.

»Ihr macht euch selber Frühstück, Mädels, ja?«, rief sie zur Küche hinüber. »Jenny, du weißt, wo alles steht.«

Sie brauchte Ruhe. Es war anstrengend, immer in der Luft zu sein. Es führte zu Störungen im Gleichgewichtssystem.

Jennys Bett hatte eine doppelte Matratze, wie das der Prinzessin auf der Erbse. Sie nahmen die eine heraus und legten sie auf den Boden. Zwischen den Matratzen fanden sie vergessene Gegenstände. Eine halb volle Schachtel Halspastillen. Ein platt gedrücktes Vogelei und ein Buch aus der Bücherei, »Die Borger in den Feldern« von Mary Norton. Jenny riss das Buch an sich.

»Verdammt«, rief sie. »Dafür mussten wir in der Bibliothek Strafe zahlen. Wir konnten es einfach nicht finden. Ich habe gesagt, wir hätten es schon zurückgegeben, aber das wollten sie mir nicht glauben. Papa war stocksauer.«

Als sie das Wort Papa sagte, spürte Hilja einen Kloß in ihrem Hals. Sie streckte die Hand nach dem Vogelei aus. Die Schale war angebrochen, hing aber noch zusammen.

»Was ist das hier?«, fragte sie.

»Ach, das ist lange her. Ich dachte, es könnte etwas rauskommen. Wenn ich es anwärmte und so. Das ist ein Wellensittichei.«

»Woher hast du das?«

»Von meiner Kusine. Ihre Wellensittiche hatten einen Nistkasten. Kalle und Lotta hießen sie. Sie haben jede Menge Eier gelegt, aber Junge gab es nie. Und dann sind sie weggeflogen. Meine Tante hatte vergessen, den Käfig zuzumachen.«

Vorsichtig legte Hilja das Ei auf den Tisch. Ein kleines Stück Schale löste sich und fiel herunter. Unter der Haut konnte sie etwas Dunkles ahnen. Ein eingetrocknetes Junges. Jenny zeigte auf das Bett.

»Du kannst das Bett haben, dann schlafe ich auf dem Boden.«

»Nein, das ist nicht nötig«, sagte Hilja, und ihre Stimme hatte jetzt etwas Höfliches, Erwachsenes.

Aber Jenny hatte schon ihre eigene Bettwäsche auf die Matratze gelegt und fing an, das Bett neu zu beziehen.

»Welche Decke möchtest du, die blaue oder die rosa?«

»Das ist doch egal.«

»Dann kriegst du Rosa. Rosa passt nicht zu meinen Haaren.«

»Was?«

»Nein, das beißt sich. Rosa beißt.«

»Wieso denn?«

»Am besten ist Grün für mich. Ich habe rote Haare, Rot und Grün sind schün.«

Jenny redete immer viel Unsinn. Hilja fühlte sich plötzlich schrecklich müde. Sie lehnte sich an die Wand und fing an, sich auszuziehen. Sie hatte vergessen, etwas für die Nacht mitzubringen, sie musste sich von Jenny einen Schlafanzug leihen.

»Bist du sauer?«, fragte dann Jennys leise, heisere Stimme.

»Wieso denn sauer?«

»Wie ein Bauer.«

»Nö.«

»Sauer wie ein Bauer auf der Lauer.«

Sie hatte noch nicht geweint, aber jetzt schien in ihr etwas zu zerbrechen. Mit abgewandtem Gesicht schlug sie die Decke beiseite und kroch darunter. Jenny saß im Schneidersitz auf der Matratze.

»Du bist traurig, nicht wahr? Kann ich mir denken, das wäre ich auch.«

»Ich denke an … an ihn, an Papa.«

Jenny zog die Nase hoch. »Du musst denken, dass es ihm sicher gut geht, da, wo er jetzt ist.«

»So meine ich das nicht. Ich meine nur, dass es so seltsam ist. Dass man sozusagen nie wieder …«

»Nein.«

Hilja schwieg eine Weile. Dann sagte sie: »Übrigens, was ist denn *da, wo er jetzt ist*?«

»Was meinst du damit?«

»Du hast gesagt, es geht ihm gut, da, wo er jetzt ist.«

»Ja … da, also im Sarg.«

»In einem Sarg kann es einem ja wohl nicht gut gehen?«

»Ich habe keine Ahnung. Aber er hat jedenfalls keine Schmerzen mehr.«

Hilja dachte daran, wie ihr Vater gestorben war. Ihr Gesicht lief tiefrot an.

»Und weich ist es doch auch«, sagte Jenny jetzt. »Die legen einen richtig schön weich hin. Mit feinen weißen Decken.«

Hilja schluckte.

»Mama hat gesagt, sie hätte so gern die Decken um ihn festgesteckt.«

Das stimmte. Die Mutter hatte Leopolds Strickjacke in der Hand gehalten und an Knöpfen und Knopflöchern herumgezupft.

»Was soll ich jetzt damit machen?«, hatte sie gefragt, mit wilden, flackernden Augen. »Ich will mich von ihm verabschieden. Ich will nicht, dass er friert.«

»Mama«, sagte Karla, und ihr Gesicht zuckte. Die Mutter schleuderte die Jacke quer durch das Zimmer und schrie gemeine Unflätigkeiten. Die hatten vor allem mit Sigrid Rosenbaum zu tun, deren Name dabei jedoch nicht erwähnt wurde.

Hilja faltete die Hände und überlegte, wie es darin wohl aussehen könnte. Sie betastete ihre Knochenfinger.

»Ich möchte wissen, wo alles hingeht«, sagte sie.

»Was denn, alles?«

»Was man denkt. Und was man sieht und hört. Alles, woran man sich erinnert. Wo geht das hin, wenn man stirbt?«

»Vielleicht bleibt es irgendwo.«

»Er muss sich doch an mich erinnern. Er muss sich doch an uns erinnern. Auch wenn er tot ist.«

»Natürlich erinnert er sich an dich!« Jenny war aufgesprungen. »Ich glaube, dass diese Erinnerungen in der Luft schweben, wie, ja, Bilder.« Sie unterbrach sich und rief, während sie zugleich an die Decke zeigte: »Sieh mal da! War das nicht Hilja? Doch, genau!«

»Hör auf.«

»Aber ich glaube, dass es so ist.«

»Wirklich?«

»Ja, aber der Körper stirbt natürlich, von dem bleibt nichts übrig, außer Knochen. Alles andere wird von den Würmern gegessen.«

Hilja dachte an die Schleimaale. »Das will ich nicht. Ich will nicht sterben, gar nichts soll sterben.«

»Na, das will doch niemand.«

»Ich will nicht!«

»Aber wir tun es trotzdem, wir sterben. Am Ende sterben wir. Dem Tod kann niemand entgehen. Hast du dir das schon mal überlegt? Egal, wie viel Geld man hat. Ich hab von einem Kerl gehört, der hatte ein Schloss und vier Straßenkreuzer. Er hat in der Nähe von meiner Tante gewohnt. Es waren Chevrolets, mit Schiebedach, mit denen ist er durch die Gegend gedüst. Natürlich nicht mit allen gleichzeitig.« Sie kicherte. »Dann wurde er krank und starb. Und da half es gar nichts, dass er das Schloss und die Autos hatte. Dem Tod ist das doch scheißegal.«

»Ja.«

»Man kann eben nichts mitnehmen.«

»Glaubst du, den Tod gibt es?«

»Wie meinst du das? Natürlich gibt es den Tod.«

»Aber wie sieht er denn aus? Weißt du das?«

»Mager. Mit einem krummen Rücken. Ein bisschen wie Studienrat Knutsson.«

»Ich glaube, der Tod ist eine Frau. Eine alte Frau mit langen Röcken.«

»Das glaube ich nicht.«

Hilja lag auf dem Rücken im Bett. Die Matratze war klumpig und hart. Sie starrte zu der gelben Deckenlampe hoch, die Jenny mit ausgeschnittenen Bildern aus Comics beklebt hatte.

Das Klebeband sah braun und hässlich aus. Sie sah das Phantom und sein Pferd. Hero hieß das Pferd. Hero.

»Ich denke auch an sie«, sagte sie nach einer Weile. »Du weißt schon, Sigrid Rosenbaum.«

»Die Frau deines Vaters?«

»Ja.«

»Ihr geschieht es nur recht, dass er nicht mehr lebt. Sie hat ihn euch doch weggenommen. Er hätte bei euch sein müssen.«

»Aber wenn sie ihn nun geliebt hat?«

»Tja, was dann?«

»Ich möchte wissen, ob sie traurig ist, ich möchte wissen, ob sie jammert und heult.«

»Das tut sie bestimmt, sie heult und jammert wie ein Esel.«

»Esel heulen ja wohl nicht.«

»Wenn sie Sigrid Rosenbaum heißen, wohl.«

»Aber du, vielleicht findet sie es gut, dass sie ihn nicht mehr teilen muss. Mit uns, meine ich. Jetzt hat ihn doch niemand. Sie nicht. Und wir nicht. Und da braucht sie nicht mehr eifersüchtig zu sein.«

»Aber jetzt kriegt ihr sicher einen Haufen Geld, was? Mama sagt, ihr habt ein Recht auf das Erbe. Und er war ja wohl nicht arm, euer Vater. Er hatte doch wohl verdammt viel Geld?«

»Ich weiß nicht«, sagte sie leise.

»Vielleicht wirst du Millionärin, Hilja. Hast du dir das schon mal überlegt?«

»Ach, das werde ich sicher nicht.«

Und es stellte sich dann auch heraus, dass Ekstad-Tassen kurz vor dem Konkurs gestanden hatte. Der Anwalt, der einige Male bei ihnen gewesen war, hatte jedes Mal düsterer ausgesehen. Er redete von Schulden und Wechseln. Aber nach und nach hatten sie alle ihr kleines Erbteil erhalten. Reich waren sie dabei jedoch nicht geworden.

»Denk jetzt nicht mehr an ihn«, sagte Jenny vom Boden her.

Hilja presste ihr Gesicht ins Kissen. Sie gab keine Antwort. Zerstreut registrierte sie, wie Jenny die rosa Decke hochhob und sich zu ihr legte. Ihre Fingernägel stahlen sich unter den Schlafanzug und kratzten und fegten über Hiljas Rücken. Das war schön.

»Wir haben doch immer noch einander«, flüsterte sie Hilja ins Ohr.

Hilja nickte.

»Er war doch auch gemein zu dir, das darfst du nicht vergessen.«

»Aber manchmal war er auch lieb.«

»Aber manchmal hat er dich verprügelt. Das weiß ich.«

»Aber nur, wenn er müde und nervös war. Dann konnte er fast gar nichts vertragen. Ich glaube, er hatte Angst um sein Geld.«

»Ja, das hatte er bestimmt. Er hatte Angst um sein Geld. Eine Frau, die teure feine Kostüme tragen wollte, und dann ein Haufen Kinder und eure Mutter. Kein Wunder, dass er Angst um sein Geld hatte.«

Jennys Hand glitt zu Hiljas Hintern hinunter. Hilja wurde dösig und träge von dieser Berührung.

»Ich liebe dich, Jenny«, hörte sie ihre eigene Stimme. »Du bist meine Verliebteste und meine Freundin.«

»Ich liebe dich auch«, sie spürte Jennys Lippen. »Ich werde dich immer, immer lieben.«

Sie hatte ihm wehgetan. Aber das merkte er erst, als er nach Hause kam. Sie hatte durch den Stoff seiner Jacke hindurchgebissen und Zahnspuren in seiner Haut hinterlassen. Sie hatte lange, tiefe Schrammen gekratzt. Die entdeckte er an seinem Hals, an seinen Handgelenken und auf seiner Brust.

Er hatte nichts gespürt.

Auch das konnte er nicht begreifen. Ihre stumpfen, abgeknabberten Nägel. Hatte sie noch etwas anderes gehabt, etwas Spitzes, das er nicht gesehen hatte? Eine Nagelfeile oder ein kleines Messer? War sie mit einer in der Hand versteckten Waffe den Weg entlanggelaufen? Ihm wurde ganz anders, wenn er daran dachte. Sie hätte ihm die scharfe Spitze zwischen die Rippen rammen. Und vielleicht seine Lunge durchstechen können.

Und er hätte gespürt, wie das Leben aus ihm hinausströmte, sie hätte einfach da gelegen und ihn über sich zusammenfallen lassen, mehr und mehr.

Und wenn er nicht mehr geatmet hätte, hätte sie ihn abgeschüttelt, wäre aufgestanden und hätte die Polizei angerufen.

Er hatte nichts zu Hause, um die Wunden auszuwaschen, kein Desinfektionsmittel, kein Jod. Er dachte daran, was er über Menschenbisse gehört hatte, dass die sogar noch gefährlicher sein könnten als Rattenbisse. Konnte das wohl auch für Kratzer gelten?

Er stand am Waschbecken und zerriss ein Hemd. Er machte die Fetzen unter dem Hahn nass und zog sie kurz über die saubere Unterseite des Seifenstücks. Es brannte wie Essig in seinen Wunden.

Sie wurde davon geweckt, dass sie mit nach hinten verdrehtem Kopf auf dem Rücken lag. Ihre Haare kamen ihr schwer vor, als hätte irgendwer Stäbe hineingeflochten, Stäbe aus Metall und glühendem Eisen. Als sie versuchte, sich anders zu legen, kam ein Krächzen aus ihrem Hals.

Ich bin krank.

Es durchwogte sie wie Fieberwellen.

Mama, Mama, ich bin krank.

Sie betastete ihre Ellbogen, fühlte, wie die Knochen unter der Haut umherglitten. Als hätten sie sich vom Skelett gelöst. Das war immer ihre große Angst gewesen, nicht mehr zusammenzuhängen. Von innen her zu zerfallen.

Sie war unbeschreiblich durstig. Ihre Schleimhäute waren eingetrocknet, ihre Zunge geschrumpft und dürr. Sie versuchte, mit ihrem Mund einen Ruf zu formen, aber es gelang ihr nicht, ihr Gesicht war gelähmt.

Sie blieb eine Weile liegen, dann fiel ihr alles wieder ein. Sicher, es war Nacht. Die Nacht zum Montag. Wenn der Wecker klingelte, was er in wenigen Stunden wohl tun würde, würde sie das Bett verlassen und aufstehen müssen. Sie musste zur Arbeit gehen, es war der Anfang einer neuen langen Woche, sie musste zu ihrer Arbeit im Blumenladen, sie musste Stängel zurechtschneiden und das Wasser in den Vasen wechseln, es war Sonntag gewesen, aber jetzt war wieder ein Arbeitstag.

Göran, dachte sie. Komm und nimm mich in den Arm, Göran!

Etwas war passiert, etwas Bedrohliches und Gefährliches. Aber was? Karla, jagte es ihr durch den Kopf, es hatte mit Karla zu tun. Sie konnte nicht mehr nachdenken, sie schloss die Augen, schloss ihre glühend heißen Augenlider, aber das Bild von Karla wurde immer deutlicher. Sie wurde wieder klein und stumm. Sie musste still liegen und durfte nicht atmen. Sie musste still und mit geraden Beinen daliegen.

Du fieser kleiner Egel, du saugst dich fest, du wirst erst loslassen, was, wenn du uns alle kaputtgemacht hast.

Sie hatte geschlafen und war dann aufgestanden, sie war fünf oder sechs Jahre alt, und ihre Mama saß mit gespreizten Beinen auf einem Hocker. Sie war zwischen die Oberschenkel der Mutter gerannt und hatte sich gegen ihren Bauch gepresst.

Sie ist wie ein Egel, dieses Kind, saugt sich fest, wo sie nur kann.

Die Mutter war aus der Badewanne gestiegen. Sie saß auf dem Hocker, um Kraft zum Abtrocknen zu sammeln. Die Hand der Mutter war erwacht, und die runzligen Finger hatten ihre Stirn berührt, sie hatte in den Augen ein Funkeln der Verwunderung gesehen.

»Hilja Maria, bist du zur Schlafwandlerin geworden?«

Nun kletterte sie auf die feuchten, warmen Knie der Mutter. In der Tür wuchs Karlas Schatten.

»Lass sie jetzt in Ruhe«, sagte die Mutter.

»Aber es ist spät, sie muss schlafen.«

»Nein, lass sie!«

Sie hatte ihre Mutter noch nie so gehört.

»Hast du etwas Böses geträumt?« Der Arm der Mutter legte sich um ihren Rücken, damit sie nicht hinunterfallen könnte.

»Ja«, nickte Hilja.

»Dann kann es passieren, dass man schlafwandelt. Der Körper will vor dem Bösen weglaufen. Und am Ende wacht man auf.«

»Ja«, nickte sie.

»Was hast du geträumt, meine Hilja?«

»Da war ein Käfer, der hatte lange Saughörner.«

»Saughörner?«

»Der hat mit seinen Hörnern gesaugt, der wollte mich wegsaugen. Und da hab ich dich gerufen. Mama, hab ich geschrien.«

Sie schmiegte die Wange an den flachen Körper ihrer Mutter. Sie hörte, wie das Blut hindurchströmte.

Der Bauch der Mutter bewegte sich. »Das habe ich sicher gehört«, lachte sie. »Ganz sicher habe ich meine kleine Jüngste rufen hören.«

»Und wolltest du, dass ich komme?«, wagte sie zu fragen.

»O ja. Und wie! Du kannst dir gar nicht vorstellen, wie sehr ich mir das gewünscht habe.«

Aus der Küche war wütendes Klirren zu hören.

»Das kannst du dir gar nicht vorstellen«, sagte die Mutter noch einmal, leiser jetzt, müder.

Dann sagte sie einfach in die Luft hinein: »Jetzt kannst du sie nehmen, bitte?«

Sie durfte nicht widersprechen, nicht versuchen, sich an der Mutter festzuhalten, das wusste sie. Aber sie tat es trotzdem. Sie zappelte unter Karlas Zugriff und jammerte.

Sie ist wie ein Egel, dieses Kind. Saugt das Mark aus uns heraus.

Sie fiel auf die Matratze und knallte mit dem Schienbein auf die Bettkante.

Die Hand mit dem Regenschirm.

»Wenn du jetzt nicht die Klappe hältst, dann schlag ich dich tot!«

»Karla«, hörte sie die kleine Piepsstimme der Mutter. Die Vogelstimme, das Flattern. Wie von Flügeln, die sich entfernen. »Karla, komm her, du musst mir helfen!«

Karla wie ein Schatten über dem Bett. Sie waren jetzt erwachsen, und es war Nacht.

»Herrgott, was bist du heiß, Mensch, du hast ja Fieber!«

Sie bewegte den Kopf hin und her. Ihr Nacken knackte und knirschte.

»Ich hol dir ein Alvedon und ein Glas Wasser.«

Sie fror jetzt. Es war eine Kälte, die sich mit nichts anderem vergleichen ließ. Karla legte weitere Decken über sie. Sie holte sogar ihren Pelzmantel, und als sie sie damit zudeckte, entdeckte sie Jennys Bärenmaskottchen, das unter der Decke hervorgerutscht war. Sie setzte es auf den Schreibtisch. Da saß es nun und glotzte hämisch.

»Wo hast du das denn her? Von ihm etwa?«

Hatte sie das nicht schon gefragt? Einmal, vor langer Zeit?

Von ihm. Das war Göran. Das war er.

Ich will ein Kind von Göran.

Hatte sie das laut gesagt? Sie sah, wie Karla zusammenzuckte und sich auf die Lippe biss.

Karla, nicht weinen, dachte sie. Nicht weinen.

Aber es war nicht Karla, die weinte, sie war es selbst, und ihre Tränen strömten aus ihren Augen in ihren Hals, und sie verschluckte sich und musste husten.

Ich werde ausziehen, ich werde in eine Wohnung ziehen, wo ich leben kann, wie ich will, mein eigenes Leben.

»Kristian«, nuschelte sie.

»Du musst jetzt schlafen. Reg dich nicht so auf. Du bist krank, Hilja, du hast Fieber.«

Sie war in eine glühend heiße Schale eingeschlossen, aber obwohl ihre Haut loderte und brannte, bebte sie vor Kälte. Karla fasste ihre Finger, schob sie zwischen ihre eigenen. Die Gelenke taten dabei weh.

»Wir kümmern uns umeinander, du und ich. Wir kümmern uns umeinander, kleine Hilja.«

Hiljas Stirn drohte zu bersten. Karla war lieb.

Du bist lieb, Karla, du bist so lieb.

Ein Handtuch war zusammengefaltet und in Eiswasser getunkt worden. Sie wimmerte, als es ihre Haut berührte.

»Ich mache auf«, und das Fenster klirrte, als es aufgerissen wurde. »Ich glaube, es liegt Schnee in der Luft.«

Sie fror dermaßen, dass ihr ganzer Körper wehtat.

»Wir kennen einander, wir haben unser Leben zusammen gelebt. Ich kenne dich, Hilja, du kennst mich. Sei jetzt nicht traurig, nein, nicht weinen, ich bleibe hier sitzen, bis du eingeschlafen bist. Und danach lasse ich die Tür offen stehen, damit ich dich hören kann.«

Sie dachte an Mama und hob die Arme. Aber die wollten sich nicht bewegen.

Am nächsten Morgen ging es ihr ein wenig besser. Wenn auch alles andere als gut. Karla brachte ihr Saft und einen Becher Joghurt. Sie schüttelte die Kissen auf. Sie zog eine Bürste durch Hiljas zerzauste Haare.

»Grippe«, sagte sie. »Typische Grippesymptome.«

»Wenn du dich nur nicht ansteckst.« Hiljas Stimme hatte sich über Nacht verwandelt, klang jetzt brüchig und heiser.

»Na ja, dann müssen wir versuchen, uns abzuwechseln. Wir können nicht beide wie tote Kröten hier herumliegen.«

»Danke für heute Nacht … dafür, dass du … mir geholfen hast.«

»Du hilfst mir doch auch, dafür ist man ja wohl da.«

Sie lief umher und klapperte dabei mit den Absätzen.

»Wie war noch die Nummer? Ich ruf im Laden an und sage, dass du nicht kommen kannst.«

Sie saß in Hiljas Zimmer und öffnete die Lippen zu einer Art Lachen. Mit dem Zeigefinger drückte sie die sieben Ziffern. Sie hatte sich die Nägel lackiert, das machte sie sonst nie.

»Hier spricht Hiljas Schwester, Karla Agnevik. Hilja kommt heute nicht, sie hat die Grippe. Ja. Nein, das glaube ich nicht. Nein, leider, sie wird wohl die ganze Woche brauchen. Ja, ja. Vielen Dank. Ja, das werde ich.

Ich soll grüßen. Von einem gewissen Alexander.«

»Ach.«

»Der hat sich ja vielleicht jung angehört.«

»Er ist jung.«

»Im Moment sind alle jung. Der pure Kindergarten überall.«

»Und was hat er gesagt?«

»Dass du dich schonen sollst.«

»Das hat er gesagt?«

Aber Karla war schon in der Küche. Hilja hörte das Wasser rauschen. Später an diesem Vormittag zog sie sich an und ging aus. Das sah ihr gar nicht ähnlich. Sie verließ nur sehr selten allein das Haus. Sie hatte sich den Schal um den Hals gewickelt. Er war gelb, er leuchtete heftig. Über ihre Schulter hing die Tasche, die mit der Schnalle.

»Ich muss kurz weg. Du kommst schon zurecht.«

»Aber… schaffst du das?«

»Wir müssen doch einkaufen. Soll ich dir etwas Besonderes besorgen?«

Ihre Augen schienen mit Sand gefüllt zu sein. »Ich weiß nicht«, flüsterte sie.

Sie hörte, wie die Tür zugezogen wurde, dann wurde der Schlüssel im Schloss umgedreht. Sie dachte, dass sie noch nie allein gewesen war. Oder vielleicht doch? In der Wohnung? Sie kam sich plötzlich feierlich vor. Sie schlug die Decke beiseite und war wieder kühl. Das Nachthemd war gewaltig zerknittert.

Auf dem Tisch saß der weiße Bär. Sofort fiel ihr alles wieder ein. Warum um alles in der Welt hatte sie Jennys Bären mitgenommen? Sie wollte ihn nicht mehr im Zimmer haben. Sie dachte an Jennys flehende Stimme, als sie hinter Arne Palmér hergelaufen war.

»Ich kann dich fahren, Arne, ich fahre dich, wohin du willst.«

Wie schrecklich, so einen Menschen um sich zu haben.

Mühsam gelang es ihr, sich im Bett aufzusetzen. Vor ihren Augen drehte sich alles, ihre Ohren rauschten, in ihrem Gehirn erklang ein schriller Ton. Nach einer Weile beruhigten sich ihre Sinne. Sie sah sich im Spiegel an der gegenüberliegenden Wand. Das Pflaster auf ihrer Stirn hatte sich an einer Ecke gelockert. Als sie darauf drückte, war darunter alles glatt, wie vor Eiter, aber weh tat die Wunde nicht. Wohl aber ihre Glieder und ihr Kopf, als hätte sie eine viel zu kleine Mütze getragen.

Sie hielt das Telefon in der Hand. Sie sah ihre Füße mit den kurzen breiten Zehen an. Sie dachte, dass sie gleich wieder frieren würde. Rasch wählte sie die Büronummer ihres Bruders, einmal, mehrere Male. Immer war dort besetzt.

Und Göran? Der wollte eigentlich nicht, dass sie ihn anrief. Aber jetzt war sie krank, sie brauchte ihn. Sie kannte seine Nummer auswendig. Alle seine Nummern. Die im Büro. Die Mobilnummer, die Nummer zu Hause. Es war zehn nach zehn. Er musste jetzt im Büro sein. Sie hörte die Züge, die die Spur wechselten. Sie hätte sie gern gesehen, aber dafür müsste sie den Vorhang öffnen. Und die Kraft hatte sie nicht.

Mit dem Zeigefinger gab sie seine Durchwahl im Büro ein.

Er meldete sich nach dreimaligem Klingeln.

»Göran«, sagte sie.

»Du bist das?« Seinem Tonfall konnte sie entnehmen, dass er allein war.

»Ja«, flüsterte sie.

»Ist etwas passiert?«

»Ich bin krank. Vermutlich Grippe.«

»Ach, verdammt. Kommt das nicht ein bisschen früh?«

»Wie meinst du das?«

»Die Grippewelle kommt doch sonst immer erst gegen Weihnachten.«

»Ich weiß nicht.«

»Liegst du im Bett?«

»Ja. Und ich fühle mich so…«

»Nicht jetzt, kein Zusammenbruch.«

»Komm her«, quengelte sie.

»Wenn du allein wohntest, wäre ich jetzt schon bei dir.«

»Wirklich?«

»Das weißt du doch.«

»Ja.«

»Aber das tust du nun mal nicht. Du wohnst nicht allein.«

Sie dachte an ihre Umzugspläne. Aber sie sagte nichts.

»Hallo?«, fragte er, um festzustellen, ob sie noch immer da war.

»Ja.«

»Bald bist du wieder gesund, und dann sehen wir uns.«

»Wirklich?«

»Ja, sicher.«

»Das will ich.« Sie klang starrköpfig wie ein Kind.

»Das will ich auch.«

»Was machst du?«

»Ich arbeite natürlich.«

»Aber woran?«

»Ach, das ist ein neues Projekt, das er mir aufs Auge gedrückt hat, die Giraffe. Zu kompliziert, um es zu erklären.«

»Ist er denn nicht da?«

»Er hat sich nach Montreal verzogen.«

»Montreal?«

»Ja.«

»Wo liegt das?«

»Aber Hilja.«

»Göran«, sagte sie jämmerlich. »Gestern war alles so schrecklich, ich muss mit dir reden.«

»Was denn? Was war so schrecklich?«

»Ich weiß nicht.«

Er lachte. »Das weißt du nicht?«

»Doch, aber …«

»Du erzählst es mir, wenn wir uns treffen.«

»Ja.«

»Wenn du wieder gesund bist, treffen wir uns. Dann werden wir … ja, du weißt, was wir machen werden.«

»Weiß ich das?«

»Aber sicher weißt du das, du Dusselchen.«

»Was werden wir machen? Kannst du nicht darüber reden?«

Sie hörte, wie er sich räusperte. Dann wurde er wieder zum Büromenschen.

Ein Kollege war ins Zimmer gekommen.

»Dann ist das abgemacht, alles klar. Wir reden später weiter. Ich freue mich schon auf unsere nächste Besprechung.«

Sie hörte ein Klicken. Der Telefonhörer fühlte sich plötzlich schwer und glatt an. Sie ließ ihn auf die Gabel zurückgleiten.

Montagmorgen. Er hatte verdammt viel zu erledigen. Er hatte die vage Hoffnung gehabt, dass Andreas endlich wieder auftauchen würde, aber der kam natürlich nicht. Die Fische standen still im Wasser, und das war so trüb, dass er sie fast nicht mehr erkennen konnte. Er fand, es rieche faulig. Er holte Wasser aus der Leitung und goss es ins Aquarium. Eine Kaskade aus Schlamm und Mansch wurde vom Boden hochgewirbelt.

Am späten Abend zuvor hatte er seine Schwestern angerufen. Karla hatte sich gemeldet. Sie hatte erklärt, dass Hilja schlief. Seine Erleichterung hatte ihn gesprächig werden lassen.

»Wie geht es dir denn, Karla?«, hörte er seine eigene Stimme, sanft und offen, als wäre alles Alte ausradiert.

»Wie immer«, sagte sie kurz.

Sofort kam er aus dem Konzept. »Und Hilja?«

»Das weißt du ja selbst, du hast ja heute noch mit ihr geredet.«

Und dann hätte er es sagen müssen. Sagen, dass er Hilja helfen würde, eine Wohnung zu finden. Dass es nicht gut für zwei Schwestern sei, ihr ganzes Leben zusammenzuwohnen, sondern geradezu schädlich.

Er brachte es nicht über sich.

»Mach's gut, dann«, würgte er heraus und legte auf.

Danach wurde ihm schwarz vor Augen. Die steinerne Jungfrau. Wie konnte sie noch immer diese Macht besitzen? Die steinerne Jungfrau, so hatten Hilja und er sie insgeheim genannt. Sie hatten sie gezeichnet und die Umrisse schwarz ausgetuscht. Sie sollte nicht beweisen können, dass sie gemeint war, sie würde ihnen niemals auf die Schliche kommen. Der Gedanke an ihre Geheimwaffe machte sie stärker.

Nach dem Telefongespräch konnte er nicht einschlafen. Elisabet schnarchte neben ihm, vermutlich brütete sie gerade eine Erkältung aus. Er blieb eine Weile liegen und versuchte sich zu entspannen, versuchte diesen alten Trick, von zehn abwärts zu zählen und sich dabei jede Ziffer bildlich vorzustellen, ehe die nächste an die Reihe kam. Es half nichts. Am Ende stand er auf und machte sich Milch warm, die er am Küchenfenster schlürfte. Es war halb eins. Der Garten war dunkel, nur weit hinten am Zaun sah er das trübe Licht einer Straßenlaterne. Die Musik unten in den Teenagerzimmern war verstummt. Vor dem Schlafengehen hatte er noch mit seiner jüngeren Tochter eine Auseinandersetzung gehabt. Sie war spät nach Hause gekommen, viel zu spät. In Kleidern, die er noch nie gesehen hatte. Die Jeans begannen einen Dezimeter unter dem Nabel, und der Pullover verbarg die Brust, mehr aber auch nicht. Die Jacke war offen, ihre Augen waren grotesk geschminkt. Ihr Aussehen machte ihm Angst, zugleich wurde er wütend.

»Bist du so unter Leute gegangen?«, rutschte es aus ihm heraus, was natürlich dumm und psychologisch nicht gerade sinnvoll war.

»Wieso unter Leute?«

»Zum einen ist bald Winter.«

»Mir ist nicht kalt.«

»Zum anderen, Ylva, ist das gefährlich! Es gibt Irre, die dir nur zu gern etwas antun würden.«

»Wieso denn was antun?«

»Stell dich hier nicht dumm. Du bist alt genug, um zu begreifen, was ich meine.«

»Ach was! Und da soll ich also mein Leben von irgendwelchen Irren bestimmen lassen? Die haben also das Sagen? Und ich muss mich nach denen richten, ist das so zu verstehen?«

Er seufzte. »Es gibt Leute, die deine Kleidung als Herausforderung betrachten würden. Oder als Einladung.«

»So ein Scheiß«, fauchte sie. »Soll ich vielleicht rumlaufen wie eine verdammte Nonne!«

»Reg dich ab«, Elisabet schaltete sich ein. »Papa meint doch nur, dass er nicht will, dass du vergewaltigt wirst.«

»Nie darf ich anziehen, was ich will. Immer quengelt ihr und hackt auf mir rum. Ich wünschte, ich wäre tot.«

Ihr niedliches Gesicht verzerrte sich vor Weinen. Er verspürte ein Gefühl der Ohnmacht. Er hätte sie gern in den Arm genommen, ihre Haare gestreichelt und sie getröstet, aber er wusste ja, dass sie ihn nur abweisen würde.

Und eine solche Niederlage würde er nicht verwinden. Nicht an diesem Abend.

Er ging ins Badezimmer. Trat vor den Spiegel und starrte in sein graubleiches Gesicht, wo sich bereits Bartstoppeln zeigten. Seine Augenbrauen waren grob und buschig, er sah Striche und Linien um sein Kinn, die ihm noch nie aufgefallen waren. Er klappte den Klodeckel hoch und pisste. Es dauerte lange, vielleicht sollte er seine Prostata untersuchen lassen. Frauen machten so etwas, sie gingen regelmäßig zu gynäkologischen Untersuchungen. Bei Männern war das nicht so üblich.

Er fasste sein Glied und drückte ein wenig darauf, ließ die Finger seine Hoden abtasten. Nein, das fühlte sich doch alles wie sonst auch an? Aber wie würde es sich anfühlen, wenn etwas nicht stimmte? Wie eine Verhärtung, ein Knubbel? Im Frühsommer war ein Mitglied des Schwedischen Maklerverbandes an Hodenkrebs gestorben. Lasse Johansson hatte er geheißen. Er war zehn Jahre jünger als Kristian, ein munterer, lebhafter Bursche, Vater von drei Kindern. In dieser Branche kannten alle einander. Lasse war absolut davon überzeugt gewesen, dass er seine Krankheit überwinden würde. Aber einige

Zeit nach der Operation waren in der Lunge Metastasen entdeckt worden. Er hatte mehrere Chemotherapien gemacht, aber vergeblich.

Es wurde an die Tür geklopft.

»Papa, wirst du irgendwann noch mal fertig?« Das war Linda.

»Du kannst doch auf die andere Toilette gehen.«

»Ich muss da was holen.«

»Na gut. Einen Moment nur noch.«

Elisabet lag schon im Bett. Sie blätterte in einer Zeitschrift für Wohnkultur.

»Sollen wir im Wohnzimmer neu tapezieren?«, fragte sie und zeigte ihm das Bild eines Zimmers mit kornblumenblauen Wänden mit oben einer dunkleren Kante.

Er schlug die Decke zurück und stieg ins Bett. »Würde es mit dieser Farbe nicht ein wenig düster aussehen?«

»Nein, nur toll. Schau doch mal.«

»Tja. Aber wir müssen bis zum Sommer warten. Jetzt liegt so viel anderes an.«

»Ich kann es machen. Zusammen mit den Mädchen.«

»Na, dann viel Vergnügen«, sagte er ironisch und streckte sich im Bett aus.

Sie streichelte seine Haare. Freundlich und beschützend, wie bei einem Haustier. »Mach dir keine Sorgen wegen Ylva«, sagte sie. »Das geht vorbei, so was geht immer vorbei. Sieh dir Linda an, sie ist schon viel ruhiger und stabiler. Und du weißt ja noch, wie viel Mühe wir mit ihr hatten.«

»Ja.«

»So wird es mit Ylva auch kommen. Aber vor uns liegen noch ein paar harte Jahre. Wenn wir die nur durchhalten, dann.«

»Ihre Kleider! Linda ist ja wohl nie so schamlos rumgelaufen!«

»Das ist wirklich nicht schön, da bin ich ganz deiner Meinung. Aber so ist die Mode eben, Liebling. Derzeit sind nackte Bäuche angesagt.«

»Ja, und es gibt auch jede Menge Überfälle und Vergewaltigungen.«

»Die hat es aber immer schon gegeben.«

Er schnitt eine Grimasse. Die Decke war von seinen Füßen geglitten. Er fror.

»Ach, dass die Typen sich auch nicht beherrschen können«, rief sie mit unerwarteter Heftigkeit. »Diese miesen kleinen Dreckskerle. Das schränkt unsere Freiheit ein. Ihr Männer braucht euch nie so zu fürchten wie wir Frauen, ihr könnt fast überall hingehen, wenn ihr wollt, sogar mitten in der Nacht, euch passiert nicht das Geringste. Während wir ja fast einen Leibwächter brauchen. In dieser Hinsicht gebe ich Ylva Recht. Müssen wir Frauen uns wirklich damit abfinden, dass kranke Typen bestimmen, wie wir uns anziehen und wann wir wohin gehen können? Man braucht wirklich keine wilde Emanze zu sein, um sich darüber zu ärgern.«

»Rein theoretisch bin ich ganz deiner Ansicht«, sagte er leise. »Aber du weißt ja, wie es in der Praxis aussieht.«

Sie blätterte weiter in ihrer Zeitschrift. »Wie auch immer. Diese Tapete gefällt mir jedenfalls richtig gut.«

Er war müde und unruhig, das Ganze schlug ihm auf den Magen. Er ging die Mappen für die beiden Objekte durch, die er am Sonntag gezeigt hatte. So bald wie möglich musste er sich bei den Besuchern melden, die offensichtlich ernsthaft interessiert waren, und deren Angebote einholen. Je schneller, desto besser, ehe die Leute anfingen, sich die Sache noch einmal zu überlegen. Er machte Wasser heiß, nicht, weil er wirklich Kaffeedurst hatte, sondern eher als Ritual. In einer Schüssel lagen ein paar Kekse, er biss in einen und ging zum Telefon. Er musste auch mit Andreas sprechen. Wollte er nicht heute zum Arzt gehen? Wenn das überhaupt stimmte. Es konnte doch auch eine Lüge sein. Eine Ausflucht.

Er hatte es mehrere Male bei Jenny versucht, aber sie meldete sich nicht, und das ärgerte ihn, weil er wirklich mit ihr sprechen musste. Es hatte sich eine gelinde gesagt eigentümliche Situation ergeben. Es gab mindestens zwei Interessenten, die einen seriösen Eindruck machten. Ein Paar von Mitte dreißig, sie hießen Haglund, und ein Mann, mit dem Jenny nach eigener Aussage ein Verhältnis hatte und der der frühere Besitzer der Villa war. Der Fotograf Arne Palmér. Obwohl Palmér ruhig und gelassen gewirkt hatte, beschlich Kristian ein ungutes Gefühl. Der Mann hatte allerlei Scherze gemacht und sogar zugegeben, dass er früher einmal in diesem Haus gewohnt hatte.

»Wenn sie also verkaufen wollen, dann könnte ich mir schon vorstellen, wieder herzuziehen«, sagte er und legte seine breite Hand auf den Spülstein. »Es wäre doch traurig, wenn die Bude in andere Hände fiele. In fremde. Hier in den Wänden sitzen so viele Erinnerungen.«

»Das glaube ich gern«, murmelte Kristian.

»Und ich bin ja auch noch nicht zu alt für einen neuen Anfang, haha.«

Der Mann sah nicht unsympathisch aus. Er hatte das, was man Charisma nennt. Um den Hals trug er eine goldene Kette, die störte den Gesamteindruck ein wenig. Seine Augen waren braun und lebhaft.

»Und dann kenne ich die Besitzer«, fügte er hinzu. »Aber denen habe ich noch nichts gesagt. Wenn es klappt, dann soll es eine Überraschung sein.«

Ja, das wäre es zweifellos. Er stellte sich Jennys Reaktion vor.

Was die Wohnung in Vasastan anging, so wollte Kristian zehn Personen anrufen. Der übellaunige Vater hatte schon ein Angebot gemacht. Und nun musste Kristian die der anderen einholen.

Wieder wählte er Jennys Nummer. Es war schon verdammt seltsam, dass sie sich nicht meldete. Sie hatten verabredet, dass er sie am Tag nach der Besichtigung anrufen würde. Er fand ihr Schweigen ganz schön unverschämt, so, als wäre seine Zeit weniger wert als ihre. Er versuchte es noch einmal auf ihrem Mobiltelefon. Eine mechanische Stimme teilte mit: »Diese Nummer ist zur Zeit nicht erreichbar. Bitte versuchen Sie es später noch einmal.«

Er wollte gerade einen Schluck Kaffee trinken, als die Tür aufging. Andreas, dachte er und empfand ein kurzes Unbehagen. Aber es war nicht Andreas. Auf der Fußmatte stand seine Schwester Karla. Sie wischte sich die Füße ab und lockerte ihren Schal.

»So, so, hier sitzt du also.«

Bei ihr hörte es sich an, als hätte sie ihn in einem Rattenloch überrascht.

»Karla«, sagte er.

»Ich will nicht lange bleiben. Du brauchst mir keinen Stuhl anzubieten oder so. Falls du das überhaupt vorhattest.«

Er schluckte. »Dann nicht. Was willst du also?«

»Es geht um Hilja. Sie ist krank.«

Seine Gedanken wirbelten wild durcheinander. »Wieso denn? Was ist los mit ihr?«

Karla runzelte die Stirn. »Es ist deine Schuld, du hast sie krank gemacht, du mit deinem dummen Gerede über einen Umzug. Du wiegelst sie auf, du führst sie an der Nase herum, jawohl. Man könnte von dir etwas mehr Mitgefühl erwarten, du weißt schließlich, wie sie ist. Sie hat keinerlei Möglichkeiten, ein Darlehen zurückzuzahlen, das muss dir doch klar sein. Bei ihrem Job verdient sie doch kaum etwas. Es ist feige und gemein von dir, in ihr Hoffnungen zu erwecken, die sich nie im Leben erfüllen werden. Verstehst du nicht, wie enttäuscht sie dann sein wird? Sie ist doch deine Schwester. Und du tust ihr weh. Verstehst du das nicht?«

»Was zum Teufel sagst du da!« Seine Stimme klang belegt. Er war aufgesprungen und ging jetzt auf sie zu.

»Ich finde, du könntest ein wenig Verständnis zeigen. Statt ihr diesen Floh ins Ohr zu setzen. Hilja und ich, wir haben es gut, wir helfen einander. Manchmal sind wir richtig lustig.

Glaubst du, sie wäre allein glücklicher? Ganz ehrlich, glaubst du das wirklich? Du weißt genauso gut wie ich, dass ihre Chancen, einen Mann zu finden, der mit ihr zusammenziehen will, gleich null sind. Einen gesunden und ehrlichen Mann meine ich, der keine Hintergedanken hat. Und wir brauchen nicht darauf einzugehen, warum das so ist, das würde sie unnötig kränken. Ich sorge mich um unsere kleine Schwester, Kristian. Sie ist eine sensible Person. Aber das begreifst du nicht. Denn du kennst sie nicht so gut wie ich. Hilja und ich haben unser ganzes Leben zusammen verbracht. Wir kümmern uns umeinander. Daran sind wir gewöhnt.«

Vor lauter Wut drohten die Worte in seinem Mund durcheinander zu purzeln. »Du bist nicht normal! Du bist verdammt noch mal nicht normal! Hilja ist eine erwachsene Frau, und ich werde ihr helfen, eine eigene Wohnung zu finden, und wenn du dich auf den Kopf stellst. Das habe ich ihr versprochen.«

Karla hob abwehrend die Hand. »Reg dich nicht so auf, sonst platzt du noch.«

Er schluckte, plötzlich sprachlos.

»Du machst sie nur unglücklich und verwirrt«, sagte Karla. »Dieses ganze Gerede hat sie schon krank gemacht. Sie liegt zu Hause und redet irre. Sie hat hohes Fieber, ich habe kaum gewagt, sie allein zu lassen. Und das ist deine Schuld, Kristian, deine!«

Sie riss an ihrem Schal, rückte ihn gerade. Schnupperte mit ihrer kleinen Nase in der Luft herum. »Was stinkt denn hier bloß so?«, fragte sie.

»Nichts. Nichts, was dich etwas anginge. Und jetzt geh bitte. Ich habe zu arbeiten. Lass mich bitte in Ruhe.«

Sie schaute ihn aus zusammengekniffenen Augen an. »Ich werde niemals nachgeben«, sagte sie. »Und das weißt du.«

Als sie gegangen war, blieb er mitten im Zimmer stehen, er keuchte wie kurz vor einem Anfall. Sein Herz stach und brannte. Nach einer Weile kam er so weit zur Ruhe, dass er zur Tür gehen und abschließen konnte. Und dann kam die Übelkeit. Sie riss ihn mit Gewalt mit sich, und er presste die Handflächen auf den Mund und rannte zur Toilette. Er konnte sich gerade noch über das Klobecken beugen, als Frühstück und Kaffee auch schon herauskamen. Angeekelt wusch er sich danach ab.

Er war stark gewesen. Er hatte ihr widerstanden. Er hätte das als Sieg auffassen müssen. Aber das tat er nicht. Er ging in die Hocke und lehnte sich an die Wand. Seine Kiefer schmerzten, als hätte er zu lange und zu hart zugebissen. Er schlug die Hände vor die Augen und presste einen Jammerlaut aus sich heraus.

Ich hasse sie, dachte er, hasse, hasse, hasse! Sie glaubt, sie kann mein Leben zerstören, aber damit ist jetzt Schluss, Schluss!

An manchen Tagen hatte sie alles beherrscht. Sie wagten dann kaum zu atmen, aus Angst, ihren Zorn zu erregen. Sie schlug sofort zu, und zwar hart. Oft wussten sie nicht einmal, warum.

Die Mutter war ihnen nur selten eine Hilfe. Und der Vater auch nicht. Und schon gar nicht die Schule, auch wenn den Sportlehrern ihre ewigen blauen Flecken doch aufgefallen sein mussten. Kristian hatte später darüber nachgedacht. Wie wehrlos sie gewesen waren, er und Hilja. Damals gab es keine Rechtsberatung für Kinder, nur das Jugendamt, aber auf wessen Seite standen die eigentlich?

Es gab auch keinen Außenstehenden, mit dem er hätte sprechen können, doch, vielleicht Onkel Bertil. Doch die Gelegenheit dazu kam nie. Und außerdem war Onkel Bertil in Karla verliebt, er hätte nie und nimmer etwas Negatives über sie hören wollen.

Bei den seltenen Besuchen des Vaters standen Klagen außer Frage, und ob er es gewagt hätte, war auch nicht sicher. Er hatte gesehen, wie wütend der Vater werden konnte, und dann ließ er seinen Zorn zumeist an Hilja aus. Den Jähzorn hatte Karla vom Vater geerbt.

Der Vater zog ihn zwischen seine Knie.

»Was macht denn mein großer Junge? Macht er brav seine Aufgaben, wie sich das gehört?«

»Dem geht es gut, er hat großartige Zeugnisse.« Die Mutter

schwenkte ein Blatt Papier. »Schau mal, Leopold, er hat jede Menge gut und sehr gut. Er hat sogar einen Preis gewonnen, ein Buch über die nordländische Flora. Zeig das mal dem Papa, Kristian. Hol es! Er wird es noch weit bringen. Vielleicht kann er einmal die Firma übernehmen.«

»Mein Junge.«

Die Knie des Vaters schlossen sich um seine Hüften.

»Was ist viermal sieben?«

»Achtundzwanzig.«

»Wohin war die Titanic auf ihrer Jungfernfahrt unterwegs?«

»Äh … nach New York City.«

»Und woher kam sie, weißt du das auch noch?«

»Ja, aus Southampton.«

»Na, und dieser Eisberg, wo lag der?«

»Im Süden von Neufundland, an die vierhundert *miles.*«

»Genau. Im Süden.« Er lachte zufrieden und schaute zur Mutter hinüber. »Da haben wir wirklich begabte Sprösslinge, Maria, nicht wahr?«

»Das sag ich ja die ganze Zeit.« Die Wangen der Mutter zeigten zwei Grübchen.

»Und vierhundert *miles,* Kristian, was ist das in Kilometern?«

Das hatte er vergessen. Sein Gehirn war leer und kalt. Er hatte es gewusst. Aber jetzt war es einfach verschwunden.

»Äääh«, setzte er an.

»Sechshundertvierzig Kilometer«, ertönte Karlas Stimme vom Sofa her.

»Sieh an, sieh an.« Der Vater lachte dröhnend. Sein umfangreicher Bauch hüpfte auf und ab.

»Eines Tages fahre ich mit euch los«, sagte er. »Das wisst ihr ja schon. Mit dir und Karla und Hilja. Und natürlich mit eurer bezaubernden Mutter. Wir werden an Bord einer Fähre nach Helsinki gehen. Die ist groß, aber nicht so groß wie die Titanic. Aber sie ist groß genug. Wir werden im Restaurant etwas Leckeres essen und dann zum Schlafen in unsere Kabinen gehen. Ich will, dass ihr ein Stück vom Heimatland eures Vaters kennen lernt, das ist nur recht und billig. Ich werde euch das Haus zeigen, in dem ich gewohnt habe, ein gelbes und reich verziertes Holzhaus mit Giebeln und Türmen mitten in Ekenäs, da würde es euch gefallen, und die Schule, wo mich die liebe Frau Asplund unterrichtet hat. Und später gehen wir zum Friedhof und nehmen ein schönes Gesteck mit. Eure Großeltern sind dort begraben, schade, dass ihr die nicht mehr kennen gelernt habt.«

Ein einziges Mal hatte Kristian versucht, bei seinem Vater das Problem Karla zur Sprache zu bringen. Am Vortag hatte sie ihn und Hilja misshandelt.

»Papa, kannst du nicht mal mit Karla reden?«

»Mit Karla? Warum denn?«

»Sie ist so blöd. Sie schlägt uns immer wieder, schau mal.« Er zog sein Hemd hoch, aber der Vater wollte nicht hinsehen.

»Und sie ist sauer, immer ist sie sauer.«

Der Vater musterte ihn mit ernster Miene.

»Ich muss dir eins sagen, Kristian. Andere Leute zu verpfeifen, das ist ein überaus schlechter Zug, und es gehört sich einfach nicht für uns Männer. Mädchen dürfen das, klatschen und kichern und so. Aber Jungen nicht. Sind wir da einer Meinung?«

Sie war so viel stärker. Sie war so viele Jahre älter als er. Als er sieben war, war sie vierzehn, also doppelt so alt. Sie drehte ihm die Ohren um, und er hatte schon Angst, sie könnten abreißen. Sie hatte ihm gesagt, er solle den Tisch abräumen, weil sie decken wollte. Er legte ein Puzzle, er war fast fertig.

»Ja, gleich«, sagte er abwesend. Dann wusste er nur noch, dass das Puzzle auf den Boden gefegt und in tausend Stücke zersprungen war.

»Ich habe *jetzt* gesagt!«

Ihre Mutter. Wo war sie? Sie war nie dabei, wenn es passierte, nie dabei, um zu beschützen oder zu verhindern. Er war später schrecklich wütend auf sie gewesen, vor allem auf sie, die Mutter. Als Erwachsener hatte er in lichten Moment erkannt, wie unerträglich schwer Karlas Leben gewesen sein musste. Sie hatte diese ständige Verantwortung tragen und sich nicht nur um ihre Geschwister kümmern müssen, sondern auch um die immer apathischere und antriebslosere Mutter. Aber Karla war zu weit gegangen. Einwandfrei hatte sie sadistische Züge. Er wusste noch, wie er zwischen den Puzzlestücken gelegen hatte, ja, er erinnerte sich an die Ränder des Kunststoffteppichs, wie sie in sein Kinn geschnitten hatten. Sie war mit wütenden Schritten durch den Raum gelaufen und hatte den Regenschirm in der Hand gehalten, den Arm gehoben und geschlagen, sie stach ihn mit der Spitze, bis er sich übergab und hoffnungslos weinte.

Und die Nachbarn, warum hatten sie nicht reagiert? Auch darüber wunderte er sich.

Hilja hatte danach versucht, ihn zu trösten. War damals auch Jenny dabei gewesen? Er wollte nicht von ihr gesehen werden, von einer Außenstehenden. Er schämte sich.

Jenny hockte neben ihm und flüsterte: »Die spinnt doch, die verdammte Kuh. Himmel, was ist sie eklig, sie spinnt doch total.«

»Die steinerne Jungfrau«, sagte Hilja dramatisch. »Sie ist die steinerne Jungfrau, und wir werden sie in die Luft sprengen.«

»Ich sag meinem Vater, wie sie ist. Und dann kommt sie ins Irrenhaus, in die geschlossene Abteilung, da gehört sie hin, sie ist doch total verrückt.«

»Das darfst du nicht!« Stöhnend kam er auf die Knie. »Das darfst du keinem einzigen Menschen sagen. Versprich mir das!«

Ihr stumpfes Gesicht verzog sich überrascht. »Wieso nicht?«

Er wusste nicht, was er sagen sollte. »Wegen Mama«, presste er hervor.

»Was?«

»Sie wäre so traurig. Versprich, dass du nichts sagst.«

Jenny schaute ihn mit einem seltsamen Blick an. »Na gut, dann verspreche ich das eben.«

Sie hatte ihr Versprechen gehalten. Aber sie hatte nicht vergessen, was Karla getan hatte, das wusste er noch. Jahre später, während ihrer kurzen Beziehung, hatte sie das Thema noch einmal zur Sprache gebracht.

»Du hättest sie anzeigen sollen, Krille. Wirklich. Wegen Kindesmisshandlung.«

»Hör doch auf.«

»Ich hab es schließlich mit eigenen Augen gesehen.«

»Ich will nicht darüber reden. Kannst du das bitte respektieren?«

»Aber Hilja, denkst du nicht an sie? Die steckt doch noch immer in dieser Hölle.«

»So ist das nicht mehr«, sagte er. »Es ist jetzt anders.«

Er wusste nicht, ob das stimmte. Er hatte nicht mehr viel Kontakt zu seinen Schwestern. Er wohnte in Onkel Bertils Wohnung in einem großen Zimmer mit hohen Fenstern, und im Wohnzimmer stand ein Fernseher.

Es kam vor, dass Karla zu ihm kam, wenn er auf dem Küchensofa lag. Sie stand am Spülstein und trank aus der Leitung. Ab und zu trat sie vor ihn, und das Wasser tropfte auf seine Stirn. Er versuchte, sich schlafend zu stellen, aber darauf achtete sie nicht weiter. Sie kroch in das schmale Bett, und er spürte ihre Hüftknochen an seinem Rücken.

»Dreh dich um«, flüsterte sie.

Er schüttelte schwach den Kopf.

»Doch, dreh dich zu mir um.«

Sie trug ihr Nachthemd. Sie half ihm, sich herumzudrehen, und griff mit vorsichtigen Fingern zu. Er konnte ein Wimmern nicht unterdrücken.

Scherzhaft zog sie an seinen Nackenhaaren. »Du musst mir gehorchen, dann passiert das alles nicht.«

Er schwieg. Er überlegte sich, dass sie so um Verzeihung bat.

Ab und zu, wenn sie glaubte, dass er schlief, gab sie Geräusche von sich. Sie schien zu weinen. Manchmal fasste sie ihn auch an, betastete und streichelte ihn. Er lag ganz starr da und hielt den Atem an. Einmal führte sie seine Hand zwischen ihre Beine.

»Fühl mal, ich hab eine Windel.«

Verzweifelt riss er seine Hand zurück.

Sie hatte einen ganz besonderen Geruch, wenn sie diese Windel trug. Einen süßlichen, fauligen Geruch, der ihn anwiderte. Als er eines Morgens das Bett machte, fand er Blutspuren. Karla öffnete die Tür, als er noch ins Bett starrte.

Wütend riss sie das Laken an sich. »Euch bleibt das erspart! Nur wir Mädchen werden damit gequält!«

Er war zu klein, um wissen zu wollen, wovon sie redete. Aber als er älter wurde, konnte er die Pakete, die im Badezimmer am Heizkörper hingen, ja nicht mehr übersehen. Alle bluteten, die Mutter, Karla, und schließlich auch Hilja, die sich sehr früh entwickelte. Und Hilja erklärte ihm dann, was da passierte.

Der Umzug zu Bertil Holms war ihm als eine Befreiung erschienen. Bertil war einmal verheiratet gewesen, aber seine Frau hatte ihn verlassen. Fast hätte er seinen Posten als Jugendbetreuer verloren. Geschiedene Männer galten als ungeeignete Pflegeväter. Er hatte natürlich auch noch einen anderen Beruf. Er war Rechtsanwalt und wusste deshalb, wie er mit den Paragraphen umgehen konnte. Eigene Kinder hatte er nie gehabt.

»Deshalb möchte ich mich gern um andere kümmern.«

Es war gewissermaßen läuternd, bei Onkel Bertil zu wohnen. In der Wohnung gab es ein Zimmer nur für Bücher, mit kleinen länglichen Lampen an den Regalen, um leichter die Buchrücken lesen zu können. Es gab auch eine Leiter, mit der man die Bücher in den oberen Reihen erreichen konnte. Ab und zu kam eine Frau und kochte für sie. Sie blieb dann zum Essen, und danach setzten sie sich auf das Sofa vor dem Fernseher. Er kam sich vor wie bei einer normalen Familie, wo er zu den Mitgliedern gehörte.

An einem Abend im Oktober 1982 ging er zu weit. Er hatte es nicht gewollt, nein, das hatte er natürlich niemals so gewollt, auch wenn die Medien es dann so darstellten.

Es war eine ziemlich alte Frau, und das war ihm zuerst nicht aufgefallen, denn ihr Körper sah jung aus, und sie lief mit leichten Schritten. Aber er hatte es später in der Zeitung gelesen.

Ulla Zetterberg, 58. Mutter von drei Kindern, aus Hässelby.

Es war in Lövsta. Sie hatte eine Pudelmütze getragen. Die riss er ihr vom Kopf und stopfte sie in ihre Tasche. Ihre Lippen wurden grau und weiß.

Und die ganze Zeit lag sie ganz still da, als verschaffte er ihr einen Genuss, ja, warum nicht, sie war alt genug, um ausgehungert zu sein, und das hier war ihre letzte Chance.

Aber dann?

Dann hatte sie plötzlich geschrien. Als hätte sie sich verstellt und Luft in der Lunge gesammelt, genug, um sie herausstoßen und schreien zu können.

Hiiiiiiilfe! Heeeeelft mir!

Er sah einen Mund, der ein Loch war, und Zähne mit Amalgam und Flecken. Aus der Nase schauten helle Haare hervor. Er nahm den Geruch ihrer Todesangst wahr.

Seine Finger packten ihren glatten Hals. Er konnte sich noch an das Knacken erinnern.

Er war ziemlich lange neben ihr sitzen geblieben. Am Ende hatte er einige Zweige abgebrochen und sie damit zugedeckt. Ihre Hand ragte aus dem Moos hervor. Sie hatte zu denen gehört, die sich die Nägel abknabberten.

Das war jetzt so lange her. Sie hatte ihm die Lust genommen.

Er holte zweimal tief Atem und versuchte, eine Art inneres Gleichgewicht zu finden, ehe er sich an den Tisch setzte, um die Interessenten anzurufen. Karla durfte ihn nicht dermaßen aus der Fassung bringen. Sich von ihr beeinflussen zu lassen, bedeutete, dass sie noch immer Macht hatte. Aber die hatte sie nicht. Diese Zeit war schon lange vorbei.

Er hob den Hörer und sah, wie seine Hände zitterten. Seine Kehle brannte nach dem Erbrechen, er goss ein Magenmittel in ein Glas und trank es auf einen Zug, aber das schien nicht zu helfen.

Der Erste auf seiner Liste war gerade in einer Besprechung.

»Bitten Sie ihn, bei Kristian Agnevik anzurufen, wenn er zurückkommt«, bat er die Sekretärin. Zu seiner Überraschung und Empörung legte sie auf, ohne zu antworten.

»Frustfotze«, rutschte es ihm heraus.

Als er wieder zum Hörer greifen wollte, klingelte das Telefon. Es war ein weiterer Interessent.

»Kent Sandersson hier«, sagte der Mann rasch und mit ausgeprägtem Ekener Akzent. »Wie ist die Lage?«

»Unter Kontrolle. Wir fangen gerade an, Angebote einzuholen.«

»Ja, eins können Sie sich klar vor Augen halten, ich scheiß drauf, was die anderen gesagt haben. Ich biete eins drei.«

»Wie bitte?«

»Ich biete eins drei, sage ich.«

»Eine Million dreihunderttausend?«
»Japp.«
»Okay, ich weiß Bescheid. Ich melde mich.«
»Kriege ich sie denn nicht?«
»Wahrscheinlich schon, aber Sie werden sicher verstehen, dass ich auch mit den anderen reden muss.«
»Sind das viele?« Der Mann hörte sich enttäuscht an.
»Eine ganze Reihe, ja.«
»Eins drei. Das ist verdammt viel für so eine kleine Hütte.«
»Aber Sie haben diesen Preis ja selbst genannt.«
»Nicht ich allein, oder? Das hängt wohl auch ein wenig mit der allgemeinen Konjunktur zusammen.«

Kristian seufzte. »Okay, ich habe Ihr Angebot notiert. Ich melde mich so rasch wie möglich.«

Er wollte diesen redseligen Mann los sein. Manche Leute hatten wirklich zu viel Zeit. Dann fiel ihm ein, dass er versuchen müsste, mit Hilja zu sprechen, ehe Karla wieder zu Hause wäre. Nachdem er sein Angebot noch einmal wiederholt hatte, beendete Kent Sandersson das Gespräch. Rasch wählte Kristian die Nummer seiner Schwester.

Dort war besetzt.

Verdammt, dachte er.

Er blätterte in seinem Block, machte ein Kreuz hinter den Namen Sandersson und notierte dessen Angebot. Aber sein Kugelschreiber war leer. Vergeblich suchte er auf dem Schreibtisch nach einem anderen. Auch die Schubladen konnten nicht weiterhelfen. Ob Andreas einen hatte? Er erhob sich unsicher und ging um den Tisch herum. Die beiden obersten Schubladen waren unverschlossen. Er zog sie heraus und fand einen ganzen Packen ihrer Kugelschreiber mit dem Firmenlogo. Sie teilten sie unter den Kunden aus. Die untersten Schubladen hatten sie immer abgeschlossen. Andreas verwahrte in seiner etwas Geld, das wusste Kristian, und außerdem Unterlagen für Bank- und Postgirokonto. In seiner eigenen lagen private Unterlagen, unter anderem sein Abiturzeugnis. Bertil Holm hatte es damals rahmen lassen, aber längst war das Glas zerbrochen und entfernt worden. Außerdem enthielt die Schublade zwei Flaschen Whisky und eine Blechflasche Jägermeister, die von einer Flugreise stammte.

Er ging auf seine Schreibtischseite zurück. Wieder wählte er Hiljas Nummer. Noch immer besetzt. Ob sie den Hörer neben das Telefon gelegt hatte? Oder redete sie so lange mit irgendwem? Dann konnte sie doch wirklich nicht so krank sein. Sollte er es wohl noch einmal bei Jenny versuchen? Sieben Signale ertönten, aber niemand meldete sich. Blöde Kuh! Sie hätte wenigstens den Anrufbeantworter einschalten können! Er schloss die Augen und sah einen Schwarm aus schwarzen Punkten, die aus allen Richtungen ineinander glitten.

»Reiß dich jetzt zusammen«, murmelte er.

Mit großer Mühe griff er zu seinem Block und ging systematisch die übrigen Wohnungsinteressenten durch. Diese Arbeit bereitete ihm heute ungewöhnliche Probleme. Viele hatten ihre Voicemails laufen. Er hinterließ Namen und Telefonnummer. Die beiden, die er dann doch erreichen konnte, stiegen sofort aus, als sie Sanderssons Angebot hörten.

Gegen elf zog er den Mantel an und ging hinaus. Es war ein windiger Tag. Große Wolken jagten über den Himmel. Er hatte Kopfschmerzen und sehnte sich nach einem Spaziergang an der frischen Luft, aber nicht hier in den steinernen Straßen, sondern irgendwo zwischen Bäumen und Moos. Vorher musste er etwas essen, noch war der Ansturm zum Mittagessen noch nicht losgebrochen, also sollte er sich beeilen, wenn er noch einen Platz finden wollte. Ihm war noch immer ein wenig schlecht, aber eine Suppe würde er wohl hinunterbringen können. Er setzte sich in Karls & Håkans Bar, ein gemütliches Lokal, das von zwei Männern Mitte dreißig betrieben wurde. Er und Andreas waren einige Male nach Feierabend dort gewesen. Sie hatten ein Bier getrunken und ein Croque Monsieur gegessen.

Andreas, ja. Wie sollte es wohl weitergehen? Könnte er die Firma weiterbetreiben, wenn Andreas ausstieg? Nein, er musste mit ihm reden, ihn dazu bringen, sich zusammenzureißen und zurückzukommen. Es musste möglich sein! Kristian schätzte seinen Partner so sehr, dass er auf die Zusammenarbeit nicht verzichten wollte. Einen schwachen Moment haben doch alle mal. Auch ihm konnte das passieren. Es war auch schon passiert.

Das Restaurant bestand aus zwei ziemlich kleinen Räumen, der hintere lag eine halbe Treppe hoch. Die Tische standen dicht nebeneinander. Mehrere waren bereits besetzt. Kristian setzte sich an den der Tür am nächsten gelegenen Tisch und bestellte eine Tomatensuppe. Das Einzige, was ihm hier nicht so recht gefiel, war die Akustik. Das Klappern von Porzellan und Besteck schien von den gefliesten Wänden noch verstärkt zu werden.

Er zog eine Zeitung aus einem Behälter an der Wand und blätterte zerstreut darin. Plötzlich vibrierte das Telefon in seiner Tasche. Hilja, dachte er aufgeregt. Aber sie war es nicht, es war Jenny. Er hörte, dass sie sich eine Zigarette ansteckte.

»Hast du versucht, mich anzurufen?«

»Nicht nur einmal«, er hörte, wie steif das klang.

»Es tut mir Leid, es war einfach zu viel.«

»Es interessiert dich vielleicht, wie die Besichtigung verlaufen ist?«

»Ja, natürlich.«

»Tatsache ist, dass etwas sehr Komisches passiert ist.«

Eine Gruppe von Gästen kam herein. Deshalb konnte er Jennys Antwort nur mit Mühe verstehen.

»Jenny?«, fragte er und drückte sich den Finger gegen das andere Ohr.

»Hallo?«, hörte er sie rufen. »Bist du noch da?«

»Ja, hier ist es nur so laut. Ich bin in einem Restaurant, wollte gerade essen.«

»Was? Was sagst du?«

»Kann ich mal kurz vorbeikommen?«, rief er durch den Lärm. »Bist du heute Nachmittag zu Hause?«

»Ja, die ganze Zeit.«

»Kann ich also kommen?«

»Ja, ja. Ich warte auf dich.«

Er bekam seine Suppe, sie war heiß und kräftig und mit grünen Blättchen bestreut. Er nahm einen Löffel und biss in das heiße Käsebrot, das dazu serviert worden war, aber schon wurde ihm wieder schlecht. Nach einer Weile erhob er sich schwankend, schob einen Hunderter unter den Teller und verließ das Lokal, ohne auf Wechselgeld zu warten.

Luft, dachte er. Alles wird besser, wenn ich nur ein wenig Luft schnappen kann.

Auf dem Rückweg kam er bei dem Autoverleih vorbei, bei dem er manchmal einen Wagen mietete. Es war um einiges billiger, zu mieten, als mit dem eigenen Wagen zur Arbeit zu fahren, und dann war da ja auch noch der Parkplatzmangel. Er drückte auf die Klinke und ging hinein.

Der Autohändler erkannte ihn sofort. »Na, ist es mal wieder so weit?«

»Ja«, hörte er sich sagen. »Was haben Sie denn heute?«

»Nicht sehr viel. Eigentlich nur einen Ka.«

»Das ist ein Ford, oder? Ist das nicht ein Tantenauto?«

»Tante hin oder her«, der andere lachte. »Nein, dieses Auto besitzt ungeahnte Qualitäten. Es sieht klein aus, ist von innen aber um einiges geräumiger, als man annehmen könnte. Ich bin vorige Woche damit aus Helsingborg gekommen. Also weiß ich Bescheid.«

»Ich brauche ihn bis morgen.«

»Alles klar. Hier haben Sie den Schlüssel. Er steht auf dem Parkplatz.«

Der Wagen sah aus wie ein runder roter Käfer. Er zwängte sich hinter das Lenkrad und drehte den Zündschlüssel um. Der Motor sprang sofort an. Er erinnerte sich an all die elenden Schrottmühlen, die er bisher besessen hatte, die zickten und bockten und bei denen man sich durch Chokeregler und allerlei Startversuche hindurchschummeln musste. Ein ganz neues Auto hatte er sich nie leisten können. Ihr Toyota war sechs Jahre alt und relativ zuverlässig. Sie hatten ihn von Elisabets Bruder gekauft, und meistens fuhr Elisabet damit.

Er überquerte die St. Eriksbro und sah für einen Moment das Dach des Hauses, in dem seine Schwestern wohnten. Hilja, dachte er rasch. Zu blöd, dass er es nicht geschafft hatte, mit ihr zu sprechen. Er wollte doch wissen, warum sie bei der Besichtigung so einfach verschwunden war. Er wollte wissen, wie es ihr ging. Und wie Karla reagiert hatte, als Hilja von ihrem Fluchtversuch zurückgekehrt war. Hatte sie geschwiegen und die Märtyrin gespielt? Sie strafte ja so gern durch Kälte. Sein Hals wurde ganz trocken, als er daran dachte.

Aber jetzt war es zu spät zum Anrufen. Karla war sicher wieder zu Hause. Und selbst, wenn Hilja am Telefon wäre, würde sie nicht wagen, ein klares Wort zu sagen. Verdammt, er musste die arme Kleine dort wegholen. Fort aus dem Reich der steinernen Jungfrau!

Die steinerne Jungfrau, dachte er, und sein Mund verzog

sich zu einem Grinsen. Das war wirklich ein Name, der auch heute noch passte.

Hilja war sehr still geworden, als es sich herausgestellt hatte, dass er sie nach dem Tod der Mutter verlassen und zu Onkel Bertil ziehen würde. Kristian hatte sie damals im Stich gelassen, das wusste er. Er ließ sie im Stich, ließ sie allein bei der steinernen Jungfrau zurück. Aber trotzdem hatte sie ihm niemals Vorwürfe gemacht.

»Wir telefonieren jeden Tag miteinander«, hatte er ihr versprochen.

Sie nickte stumm.

»Du weißt, wo ich bin. Du hast die Telefonnummer. Und wir treffen uns wirklich jede Woche. Du kommst mit der U-Bahn in die Stadt, und dann unternehmen wir lauter lustige Dinge. Und später kannst du vielleicht auch zu Onkel Bertil ziehen. Ich rede mit ihm. Er hat eine riesengroße Wohnung, sicher ist da auch Platz für dich.«

Sie stand in ihren ausgebeulten Hosen und einem Hemd vor ihm, das über ihren kräftigen Bauch hing. Ihr Kinn war vor Pickeln geschwollen.

»Ja«, flüsterte sie und zog sich die Haare vors Gesicht. Er wusste, dass sie weinte, er konnte sie nicht ansehen, konnte ihre Verzweiflung nicht an sich heranlassen.

»Du, ich muss jetzt los, er steht schon vor dem Haus. Mach's erst mal gut, bis bald.«

Ohne auf Antwort zu warten, machte er auf dem Absatz kehrt und rannte die Treppe hinunter. Onkel Bertil hatte seine Taschen schon geholt und wartete im Auto. Kristian setzte sich auf den Beifahrersitz.

»Und damit verlassen wir die Vorortidylle«, sagte Onkel Bertil und schnippte mit den Fingern. Er trug einen Siegelring mit dem Bild eines Kronhirschen.

Das war fast siebenunddreißig Jahre her. Aber Kristian konnte sich noch an alle Einzelheiten erinnern.

Das kleine Auto hielt nicht ganz, was der Autohändler versprochen hatte. Kristian war zu groß, um bequem sitzen zu können, nach einer Weile tat sein Rücken weh. Er schaltete das Radio ein und hörte einen Schlager von Carola. Er wollte in den Refrain einstimmen, aber es klang schräg und falsch.

Obwohl es mitten am Tag war, war am Fridhemsplan sehr viel Verkehr, und er landete mehrmals im Stau, ehe er dann den Drottningsholmsväg erreichte. Er glitt auf die linke Fahrspur hinüber, ein wenig plötzlich vielleicht, was den Fahrer im Wagen hinter ihm zu aggressivem Hupen veranlasste.

»Fuck you«, fauchte er und fragte sich, wie seine Töchter reagiert hätten, wenn sie das hätten hören können. Vermutlich hätten sie gegrinst und ihn korrigiert.

»Papa, das heißt nicht *fuck,* sondern *fack.«*

Natürlich hatte er es nicht geschafft, Hilja oft zu sehen, nachdem er aus Vällingby weggezogen war. Es gab so viel anderes, so viel Neues.

In der ersten Zeit hatte er sie einige Male angerufen, aber immer rief er an, niemals sie. Sie war am Telefon mürrisch und wortkarg. Er hatte das Gefühl zu stören.

»Gibt es Probleme?«, fragte Onkel Bertil einmal, als er gerade aufgelegt hatte. Er stand in der Türöffnung und hatte sich fein gemacht, es war einer der Abende, an denen Tante Gun kam und Bratendüfte aus der Küche schweben ließ.

Kristian betrachtete das Muster des Perserteppichs. »Es geht um Hilja«, sagte er widerwillig. »Ich weiß nicht, was mit ihr los ist.«

Onkel Bertils Handfläche strich über seinen Kopf. »Sie trauert, Kristian. Sie steht noch immer unter Schock. Sie braucht Zeit, um dieses schreckliche Erlebnis zu überwinden.«

»Ja, schon.«

»Ich werde versuchen, für sie einen Termin bei einer Psychologin zu machen. Ich kenne eine wirklich gute. Aslög Liljedahl, sie arbeitet manchmal mit der Polizei zusammen. Deine kleine Schwester muss das verarbeiten, was sie durchgemacht hat. Und dann kommt alles in Ordnung, das verspreche ich dir.«

»Könnte sie nicht zu uns zieh…«, setzte Kristian an, aber in diesem Moment rief Tante Gun aus dem Speisezimmer.

»Ihr Knaben! Das Essen steht auf dem Tisch.«

Wenn Tante Gun kam, gab es Wein, auch wenn es mitten in der Woche war. Kristian bekam Limonade. Einmal goss Onkel Bertil einen Schluck Rotwein in ein Kristallglas und reichte es ihm.

»Bitte sehr, probier mal. Junge Leute müssen Wein auf ganz natürliche Weise kennen lernen. Dann wird das nicht so dramatisch.«

Kristian nippte an dem Wein. Er verzog das Gesicht, weil der so sauer war.

Tante Gun lachte schallend. »Dieses Gesicht, Bertil, dieses Gesicht, das war unbezahlbar.«

Er hatte es nie ertragen können, wenn jemand sich über ihn lustig machte.

Er wusste, wo Onkel Bertil seinen Weinvorrat aufbewahrte. Als er allein war, ging er hin und holte sich eine Flasche. Niemand merkte etwas. Er versteckte die Flasche in seinem Kleiderschrank. Dann stellte er sich an den nächsten Abenden vor den Spiegel und übte trinken, ohne eine Miene zu verziehen.

Wieder klingelte das Telefon. Es hatte es neben sich auf den Sitz gelegt. Wieder war es Kent Sandersson.

»Verzeihen Sie die Störung, ich war eine Weile nicht zu Hause. Ich wollte nur wissen, wie es aussieht. Wie der aktuelle Stand ist.«

»Ich habe noch nicht alle erreicht. Aber Ihr Gebot ist bisher das höchste.«

»Wie viele fehlen noch?«

»Sechs oder sieben.«

»O verflixt.«

»Hören Sie, ich habe gerade zu tun, ich rufe Sie an, sobald es Neuigkeiten gibt.«

»Ich verstehe schon«, lachte Sandersson. »Don't call us, we'll call you.«

»So ungefähr, ja.«

Er näherte sich der Traneborgsbro. Die Brücke war alt und abgenutzt und wurde gerade saniert. Im Fundament waren Risse entdeckt worden, und das Risiko war groß, dass die ganze Brücke ins Wasser stürzen könnte, mit Autos und U-Bahnen. Die Arbeiten liefen jetzt seit zwei Jahren, und die Fahrbahn war eng und überfüllt. Kristian dachte an die arme Tröpfe, die mit dem Auto pendelten und dieses Elend jeden Tag über sich ergehen lassen mussten. Wenn man da nicht den Verstand verlor! Vorsichtig schummelte er sich weiter über die abschüssige, provisorische Fahrbahn und bog dann in Richtung Bromma ab.

Als er eine Weile darauf den Lekattstig erreichte, überlegte er, dass er vielleicht trotz allem ungelegen kam. Jenny konnte doch unerwarteten Besuch bekommen haben. Vielleicht war dieser Palmér aufgetaucht und fickte sie jetzt gerade munter in ihrem Ehebett. Oder drohte ihr und machte ihr eine Höllenangst, weil sie verkaufen wollte. Vielleicht würde er in ein Handgemenge hineingezogen werden. Und darauf hatte er nun wirklich keine Lust.

Kurz vor Jennys Haus hielt er an und wählte ihre Nummer. Keine Antwort. Unschlüssig blieb er sitzen. Was sollte er jetzt tun? Sie hatte doch den ganzen Nachmittag zu Hause sein wollen. Auch ihr Wagen war nicht zu sehen. Was seine Verwirrung noch steigerte. Er hatte doch erst vor einer knappen Stunde mit ihr gesprochen. Konnte ihr Mann das Auto genommen haben? Aber der war doch auf Fårö. Oder war er schon wieder da?

Kristian fuhr in die Auffahrt und stieg aus. Der Garten lag leer und öde vor ihm. Der Wind fuhr durch die kahlen Zweige der Obstbäume, und der Boden war braun vor Laub. Seine Übelkeit hatte sich fast gelegt, und er holte einige Male vorsichtig Atem. Vielleicht war Jenny einfach nur Zigaretten holen gefahren.

Ob sie schon wusste, dass Palmér bei der Besichtigung gewesen war? Der Typ hatte doch trotz allem sympathisch gewirkt. Hatte gescherzt und gelacht. Aber man konnte an solchen Äußerlichkeiten nur sehr selten den Charakter eines Menschen ablesen, das wusste er nur zu gut. Er dachte an alles, was Jenny erzählt hatte, und er fühlte sich weiterhin gar nicht wohl in seiner Haut.

Er schaute gerade zum Balkon hoch, als plötzlich etwas sein linkes Bein berührte. Er schrie vor Überraschung auf. Es war eine Katze. Er erschrak über seine Reaktion, fürchtete sich vor seiner eigenen unmotivierten Furcht. Es war doch nur ein Tier. Eine große Angorakatze mit üppigem blassrotem Fell. Die Katze öffnete den Mund, es war aber kein Geräusch zu hören. Er sah die kleinen nadelspitzen Zähne und die lachsrosa Zunge. Als er sich bückte, um das Tier zu streicheln, fauchte es und verschwand unter einem Busch.

Ein vages Gefühl von Gefahr stieg in ihm auf. Was war denn nur los mit ihm? Er schüttelte sich, um sich von diesem Gefühl zu befreien. Verstimmt wanderte er über den Kies und schaute zu den Fenstern hoch. Stand dahinter jemand und beobachtete ihn? Arne Palmér? Nein. Absolut nicht. Natürlich nicht. Er musste sich jetzt zusammenreißen und wenigstens klingeln. Er ging gerade auf die Treppe zu, als eine Stimme ihn anhalten ließ.

»Hallo? Suchen Sie jemanden?«

Ein Mann von vielleicht siebzig kam die Auffahrt hoch. Kristian fuhr herum.

»Ja.«

»Wer sind Sie?«

Jetzt ärgerte er sich. »Wieso?«

»Wieso? Man wird ja wohl noch fragen dürfen.«

»Ach was, und wer sind denn Sie?«

»Ich wohne ein Stück von hier entfernt, auf der anderen Straßenseite. Ich habe Ihr Auto gesehen.«

»Und?«

»Ich suche meine Katze.«

»Eben war hier noch eine. Eine große, fette und wütende.«

Der Mann starrte ihn feindselig an. »Verstehe. Aber was machen Sie hier?«

»Ich bin mit Jennifer Ask verabredet.«

»Die ist nicht zu Hause.«

»Das ist ja seltsam, denn sie hat mich herbestellt.«

Der Mann kratzte sich die Wange. Sein Blick war scharf. »Ja«, sagte er langsam. »Das ist wirklich seltsam.«

Im Gebüsch raschelte es, und die Katze kam zum Vorschein. Mühsam ging der Mann in die Hocke. Die Katze lief auf ihn zu und rieb sich an seiner Hand.

»Du Katzenviech«, sagte er.

Kristian hielt die Wagenschlüssel in der Hand. »Dann muss ich wohl wieder fahren.«

Der Mann erhob sich mit überraschender Leichtigkeit. »Sie ist vor einer Weile weggefahren, das kann ich Ihnen sicher verraten. Sie wollte zum Joggen nach Grimsta, hat sie gesagt.«

Mein Fleisch gegen deines.«

Eine Stimme im Raum, klar und sehr deutlich. Hilja erwachte. Sie war benebelt von Schlaf und Fieber, die Stimme war dort gewesen, aber als sie langsam zu sich kam, war alles wie immer. Sie lag unter ihrer Decke, in ihrem Bett.

Göran.

Da war er.

Er war bei ihr im Zimmer gewesen, hatte die Decke hochgehoben und sie betrachtet.

Er stand mit einem Stock am Bett, es war ein Zauberstab, und der zeigte zur Decke, bis sie die Beine hob, bis sie sie spreizte, damit er sehen könnte.

Und da hatte er diese Worte gesagt.

Mein Fleisch gegen deins.

Dann war sie erwacht.

Sie fuhr zusammen, ein eiskalter Schauer durchfuhr sie. Ihre Lippen schienen an den Zähnen zu kleben.

Karla, dachte sie.

Das Wasserglas auf dem Nachttisch war leer.

Irgendwo im Haus hörte sie den Fahrstuhl. Er heulte und dröhnte, hielt an und setzte sich wieder in Bewegung. Was war es für ein Tag, Montag? Wurde schon wieder die Treppe geputzt? Er hatte aufgehört, der hübsche Putzmann. Schon vor langer Zeit, natürlich, vor langer Zeit. Er hatte Daniel geheißen, und sie hatte gelogen und behauptet, Angst vor dem

Fahrstuhlfahren zu haben, das hatte sie getan, um ihm begegnen zu können, wenn er gerade die Treppe putzte.

»Was, leiden Sie etwa an Klaustrophobie?«, hatte er gefragt und ungeheuer reizend gelacht.

»Ja«, antwortete sie. »Und das ist ziemlich blöd, wenn man so hoch oben wohnt.«

Sie hatte sich vorgestellt, dass er den Arm um sie legte und sie zum Fahrstuhl führte. Dass sie sich wehrte und zappelte.

»Nun sei nicht dumm«, sagte Daniel in ihren Phantasien. »Ich fahre einige Male mit dir, bis du deine Angst überwunden hast.«

An seine Schulter gelehnt war sie mit ihm im Fahrstuhl auf- und abgefahren. Er hielt sie im Arm, streichelte ihre Haare.

Sie hätte gern gewusst, was wohl aus ihm geworden war. Eines Tages war er einfach verschwunden gewesen. Sie wünschte, er hätte ihr gesagt, dass er aufhören würde. Sie kam sich ein wenig betrogen vor, und deswegen war sie lange sauer auf ihn. Nach Daniel hatte es mehrere neue gegeben. Aber sie hatte keine Lust, einen von denen kennen zu lernen. Daniel war eben etwas Besonderes gewesen.

Sicher, da gab es noch Göran. Aber der brauchte doch nichts zu erfahren. Es war ja auch keine Untreue, es war eher eine Schwärmerei gewesen. Wie wurde das noch genannt, platonische Liebe? Sie hatte auch abgenommen, mehrere Kilo sogar. Einerseits wegen der Treppen, andererseits aus Verliebtheit. Wer verliebt ist, wird schlank.

Aber die Kilos hatte sie mit Zinsen zurückbekommen, als Daniel aufgehört hatte.

Ihr Rollo war heruntergelassen, sie hätte es gern hochgezogen. Sie wollte den Himmel sehen, ob die Wolken darüberjagten oder ob es nur einen stillen Nebel gab. Ab und zu schlug etwas gegen die Fensterscheiben. Regnete es? War Karla zu Hause?

Göran war im Traum zu ihr gekommen, so lebendig wie im wirklichen Leben. War das ein Zeichen dafür, dass sie ihn anrufen sollte? Oder hatten sie an diesem Tag schon miteinander gesprochen? Sie wusste es nicht mehr. Sie fuhr sich über das Gesicht, es juckte. Ihre Fingerspitzen waren rau und gesprungen, inzwischen half auch keine Handcreme mehr. Anki hatte eine Packung Eutersalbe für Kühe aufgetrieben, die den Händen gut tat. Aber die war jetzt leer, und eine neue hatte sie noch nicht besorgen können.

Hilja schloss die Augen, versuchte, wieder einzuschlafen.

Sie hatte im Traum auch ihre Mutter gesehen. Dieses Bild sah sie jetzt wieder vor sich. Das schöne Bild, auf dem ihre Mutter noch strahlte, auf dem sie Pullover und Faltenrock trug und immer wieder zur Uhr hinüberschaute.

»Hilja, meine Hilja, kannst du raten, wer heute kommt?«

»Isä?«

»Ja, du. Dein Papa.«

Sie zog einen Stift über ihre bleichen Lippen, die wurden dunkelrot wie eine Wunde. Mit einem Stück Papier wischte sie das, was zu viel war, fort.

»Und außerdem wird er jetzt eine Weile bei uns bleiben. Und deshalb, Hilja, muss Karla bei dir schlafen.«

Sie saß auf dem Hocker und zog sich die Strümpfe an. Fuhr mit der Hand über ihr Bein, und trockene Hautflocken rieselten wie kleine Schuppen auf den Teppich.

»Ich wünschte, es wäre Sommer«, sagte sie unzufrieden. »Dann könnten wir auf dem Balkon essen. Wir könnten Erdbeeren und Kuchen mit einer Marzipanrose kaufen. Die könntet ihr euch dann teilen, du und deine Geschwister, das Marzipan könntet ihr euch teilen.«

Sie bewegte ihren kleinen Kopf vor dem Spiegel, hob einen Handspiegel, um sich aus unterschiedlichen Winkeln zu betrachten. Ach, sie hatte solche Ähnlichkeit mit Karla! Sie drehte den Verschluss von einer dunkelblauen Flasche und drückte sie gegen Hals und Handgelenke. Ein starker Maiglöckchenduft füllte das Zimmer.

»Möchtest du?«

Hilja streckte den Arm aus. Die Mutter streifte ihr den Jackenärmel hoch.

»Jetzt sind wir beide so fein wie die Engel. Übrigens hat er auch versprochen, mit uns nach Finnland zu fahren. Du weißt doch noch, dass er das gesagt hat, Hilja, und wenn der Sommer kommt, fahren wir hin.«

»Mit dem Boot«, fügte Hilja hinzu.

»Genau, mit dem Boot.«

Die Mutter hatte endlich die Strümpfe angezogen. Sie hob ihren Rock und befestigte sie am Hüfthalter.

»Mama?«, fragte Hilja.

»Wie spät ist es, Kind?« Als wäre Hilja groß genug, um die Uhr zu lesen.

»Wird er hier bei uns wohnen?«

»Einige Tage, solange er kann. Er hat so viele Verpflichtungen, dein Papa, und du weißt ja, er hat die Fabrik. Immer neues Porzellan muss er vorführen.«

Sie öffnete ihre Handtasche. Die war klobig und schwarz und voller Pillenflaschen. »Schau mal hier.« Die Mutter suchte in der Tasche und zog einen Briefumschlag heraus. Darin steckte das Foto einer Schüssel mit einem Muster aus Wiesenblumen. »Körnersteinbrech und Wiesenschaumkraut, Veilchen und Kamille.« Die Mutter zeigte auf die Pflanzen und nannte feierlich jeden Namen. »Diese Serie werden sie bald auf den Markt bringen. Und weißt du, wie die heißt? Sie heißt Maria. Maria, nach dir und mir.«

Leopold schenkte ihnen immer Probestücke jeder neuen Serie. Er lieferte sie persönlich ab, um ihre spontanen Reaktionen auf Muster und Form sehen zu können. Als ob sie davon Ahnung hätten! Als die Kartons ausgepackt waren, lagen Papier und Sägespäne auf dem Boden. Karla trug sie nach unten in den Müllkeller.

Es gab auch eine Sigridserie. Aber die brachte er nie mit.

Die Mariaschüssel hatten sie ganz oben auf die Kommode gestellt.

Das Telefon schrillte. Hilja wartete darauf, dass Karla hinging. Fünf Klingeltöne, dann war alles still. Sie glaubte zu schweben, auf einem dünnen, schaukelnden Floß dahinzutreiben. Es war glatt, aber nicht gefährlich. Lauwarmes Wasser schwappte über ihre Oberschenkel, sie lächelte, weil es so ein schönes Gefühl war.

Eine eigene Wohnung. Kristian würde ihr helfen. Kristian und sie würden gemeinsam mit Karla sprechen. Sie würden nebeneinander stehen und sich auf diese Weise gegenseitig Kraft geben. Eine eigene Wohnung. Es spielte keine Rolle, in welchem Stadtteil. Aber es wäre schön, in die Nähe von Ropsten zu kommen, wenn sie die Wahl hätte. Damit Göran es nicht zu weit zu ihr hätte.

Göran war ihr Geliebter. Er würde seinen Samen in ihre Gebärmutter geben und sie in andere Umstände bringen.

»In andere Umstände!«

Dieser Ausdruck wirbelte durch das Zimmer.

Es war noch nicht zu spät. Langsam drängte die Zeit ein wenig, aber noch war ihr Körper nicht verbraucht. Er würde sie in andere Umstände bringen, damit sie ihrer beider Kind der Liebe gebären könnte.

»Ich liebe dich«, flüsterte sie. »Ich liebe dich so sehr, so sehr.«

Zu Beginn ihrer Beziehung hatte sie eine Spirale gehabt, aber sie hatte sie vor einigen Jahren entfernen lassen. Göran wusste nichts davon, er wähnte sie noch immer an Ort und Stelle. Wenn sie erst schwanger wäre, würde sie ihn daran erinnern, dass kein Verhütungsmittel hundertprozentig sicher ist. Das würde sie sagen. Und er musste das ja wohl wissen, er war ja schließlich ein erwachsener Mann. Und er würde sich über das Kind freuen, etwas anderes wäre ja wohl unmöglich.

Sie fror jetzt mehr und mehr. Sie wickelte sich in die Bettwäsche und drehte sich auf die Seite. Ihr Gehirn kam ihr hohl vor. Sie gab sich alle Mühe, den Mann, den sie liebte, vor sich zu sehen, aber immer wieder entglitt er ihr.

Das Fieber brannte unter ihren Augenlidern. Jeder Atemzug tat weh.

Mein Fleisch gegen deines. Wie schrecklich das klang, wie tierisch. Das nackte Fleisch in einer emaillierten Schüssel. Die mit Wasser gefüllte Badewanne. Sie war aus der Schule nach Hause gekommen, sie war zwölf Jahre alt. Sie trug den Schlüssel an einer Schnur um den Hals, nicht, weil das nötig gewesen wäre, sondern weil alle anderen Kinder das auch hatten, es war eben Mode. Schlüsselkinder. Denn hier und da arbeitete jetzt eine Mutter außer Haus. Und ein Schlüsselkind zu sein, brachte einen gewissen Status.

Aber Hiljas Mutter servierte schon längst nicht mehr in der Konditorei. Sie war tagsüber zu Hause, sie hatte keine Zeit zum Arbeiten, sie musste sich darauf vorbereiten, dass Leopold kam, um bei ihnen zu bleiben. Für immer. Denn das würde er doch. Früher oder später würde er Sigrid Rosenbaum Lebwohl sagen und zu seiner Familie ziehen.

Im letzten Jahr schien die Mutter vergessen zu haben, dass er überhaupt nie wieder kommen würde. Nicht einmal für einen einzigen kurzen Besuch. Er lebte nicht mehr, er war tot.

Doch, das wusste sie. Aber sie verdrängte es.

Als Hilja an diesem Mittwoch im September 1965 aus der Schule nach Hause kam, musste sie ihren Schlüssel benützen. Die Tür war nicht offen, so wie sonst. Sie war geschlossen und abgesperrt.

»Mama«, rief sie. Schon in der Diele rief sie nach ihrer Mutter.

Die Mutter ging nur selten aus. Sie saß vielleicht auf dem Balkon, das Wetter war doch noch recht mild?

Hilja war früher aus der Schule gekommen, sie blutete zu stark, und Affenkrallen schienen in ihrem Bauch zu wühlen.

»Mama!«

Nein, die Balkontür war geschlossen und die Stühle zusammengeklappt und an den Tisch gelehnt. Der Herbst nahte, und bald würde Karla die alten Flickenteppiche über die Balkonmöbel legen, um sie vor Schnee und Winter zu schützen.

Hilja musste ins Badezimmer, um sich eine neue Binde zu holen. Sie musste ihre Unterhose in kaltem Wasser einweichen, sonst ließen die Flecken sich nicht mehr auswaschen. Breitbeinig, mit Watschelgang und die Hand auf den Bauch gedrückt, versuchte sie, die Badezimmertür zu öffnen. Es ging nicht. Das kleine Feld unter der Klinke zeigte rot.

Wieder rief sie. Niemand antwortete. Sie machte sich Sorgen. Etwas stimmte hier nicht. Etwas stimmte hier ganz und gar nicht. Wenn die Mutter nun im Badezimmer gestürzt war. Wenn sie mit der Stirn aufgeschlagen war und jetzt bewusstlos dalag.

In der Schublade unter dem Küchentisch gab es einen kleinen Schraubenzieher mit gesplittertem Griff. Mit dem ließen sich abgeschlossene Türen öffnen. Karla hatte ihn einmal benutzt, als Kristian sich im Badezimmer eingeschlossen hatte, um sich ihrem Zorn zu entziehen.

Hilja öffnete die Schublade. Da lag der Schraubenzieher.

Später hatte sie oft gewünscht, nichts von diesem Schraubenzieher gewusst zu haben. Später. Nachdem sie die Spitze gegen den kleinen Zapfen im Schloss gedrückt und umgedreht hatte. Sie rutschte einige Male ab, aber am Ende drehte der Zapfen sich, und der rote Halbkreis bewegte sich und machte dem weißen Platz.

Mit geblähten Nasenflügeln drückte sie auf die Türklinke.

Das Badezimmer war nicht leer. Das Badezimmer war voll Wasser, aber es war ein seltsames Wasser, nicht durchsichtig, sondern streifig rot. Dann sah sie, dass etwas im Wasser lag. Es war ein Körper, ein nackter Körper, sie sah die Brüste ihrer Mutter und die Knie, die wie Sandbänke aus dem Wasser ragten. Das Gesicht war dicht unter der Wasseroberfläche. Und um den Kopf schwammen die Haaren wie Seetangfäden.

Er fuhr über die Nebenstraßen, fuhr über den Gubbkärrsväg vorbei am Judarskog und am Campingplatz Ängby, wo die Leute auch jetzt noch in ihren Wohnwagen und den kleinen roten Ferienhütten hausten. Der Badestrand war menschenleer, auf der Wasseroberfläche wogte der Schaum. Auf dem Bürgersteig kam ihm eine ältere Frau mit einer Gehhilfe entgegen. Sie ging vornübergebeugt in dem starken Wind, ihr Mantel flatterte. Ein in eine Decke gehüllter Mann saß in einem Rollstuhl. Er winkte Kristian zu wie einem Bekannten. Die Frau machte ein besorgtes Gesicht und schob seinen Arm unter die Decke. Kristian winkte eilig zurück. Hier in der Nähe gab es Seniorenwohnungen. Sicher kamen sie von dort. Er hatte in dieser Gegend einige alte Ehepaare als Kunden gehabt, die sich den Haushaltsaufgaben nicht mehr gewachsen fühlten.

Er näherte sich Råcksta, und ohne richtig zu wissen, was er hier tat, fuhr er auf den Parkplatz beim Krematorium. Dort blieb er eine Weile sitzen, mit leerem Kopf, ohne irgendeinen Gedanken. Das Gelände war viel größer als in seiner Erinnerung, es sah gar nicht mehr so aus wie damals, Mitte der sechziger Jahre. Die Anlage war ganz neu gewesen, als die Mutter gestorben war. Damals war es noch nicht üblich, die Toten einzuäschern. Sie war hier als eine der Ersten feuerbestattet worden. Ob das so hieß? Feuerbestattung. Aber vielleicht gab es gar kein Verb zu diesem Wort.

Ihre Mutter war seit siebenunddreißig Jahren tot. Sie hätte noch leben können, jetzt wäre sie sechsundsiebzig, und das war heutzutage doch wirklich kein Alter. Aber sie hatte dieses Alter nicht erreichen wollen. Sie hatte es vorgezogen, sie zu verlassen. Ohne ein Wort hatte sie ihre drei Kinder verlassen und zu Waisen gemacht. Und das hatte er ihr niemals verzeihen können.

Onkel Bertil hatte ihnen bei den praktischen Dingen geholfen. Fast geschäftsmäßig hatte er sie über die verschiedenen Bestattungsformen informiert.

»Wenn ich meine Meinung sagen darf, dann ist Einäscherung wirklich das Beste, und sie breitet sich ja auch immer mehr aus«, hatte er erklärt. »Sarggräber brauchen so verdammt viel Platz, unsere Friedhöfe können das in Zukunft nicht mehr leisten. Wir werden hier in diesem Land ja immer nur mehr. An diese Dinge sollte man rechtzeitig denken. Eine Urne ist nur so groß.« Er zeigte es mit den Händen. »Und für die Toten macht es doch keinen Unterschied.«

Aber verbrannt zu werden, hatte Kristian überlegt, er wusste es noch ganz genau, das hörte sich so endgültig an. Es bestand nicht einmal mehr die minimale Möglichkeit, dass die Mutter im Sarg aufwachen könnte. In der allerletzten Minute. Ehe die Erde darauf geschaufelt wurde.

Natürlich sagte er diese Gedanken nicht laut. Aber er hatte im Reader's Digest über Scheintote gelesen, über Leichen, die erwachten und sich bewegten. Es kam nicht sehr häufig vor, aber es passierte.

Er sehnte sich nach einer Zigarette. Seltsam, denn er rauchte seit Jahren nicht mehr. In seiner Jackentasche fand er eine Schachtel Sandydragees. Der Besitzer der Sandyfabrik hatte damals hier in Hässelby gewohnt, das fiel ihm jetzt ein, und er erinnerte sich, dass seine Schule bei einem Volleyballturnier mal gegen eine Schule aus Hässelby angetreten war. Auch die Tochter des Sandykönigs war dabei gewesen. Sie hatte die ganze Tasche voller Drageeschachteln und ließ sie nach dem Spiel über das Spielfeld rieseln. Wie hatte sie doch noch gleich geheißen? Etwas Französisches, Justine, richtig. Sie hatten sich alle über die Schachteln hergemacht und versucht, so viele wie möglich an sich zu reißen. Dann war ein Lehrer dazu gekommen und hatte sie verjagt. Süßigkeiten während der Schulzeit waren verboten.

Wie lange her das alles zu sein schien. Seine ganze Kindheit und sein Leben.

Hier auf dem Friedhof war er nach der Beerdigung nur noch einmal gewesen. Die Mutter hatte sie im Stich gelassen. Warum sollte er also einen Flecken Erde mit einem Kreuz aufsuchen, unter dem ihre Urne vergraben war? Wer hätte denn etwas davon? Er jedenfalls nicht. Und sie wohl auch nicht.

Als nach einigen Monaten das Kreuz aufgestellt worden war, war er mit Onkel Bertil zum Friedhof gefahren. Unterwegs hatten sie Karla und Hilja abgeholt. Karla hatte eine Vase mit einem spitzen Boden gekauft. Es war kalt, der Boden gefror schon, und sie musste sich alle Mühe geben, um vor dem schmalen Holzkreuz die Vase in den Boden zu rammen. Onkel Bertil hatte ihr helfen wollen, aber sie hatte wütend abgewinkt. Sie hatte Immortellen bei sich gehabt, die sie vorsichtig aus dem Papier wickelte. Während sie die Blumen arrangierte, kniete sie im bereiften Gras. Er erinnerte sich an ihre Schuhsohlen und ihre unterschiedlich abgelaufenen Absätze. Der linke war fast nicht mehr vorhanden gewesen.

Onkel Bertil half ihr auf die Beine und legte den Arm um sie. Sie weinte an seinem langen Mantel. Auch Hilja weinte. Ein Windstoß jagte über den Friedhof, und die Blumen wurden in der Vase ein wenig gehoben.

»Sie werden wegwehen«, schluchzte Karla. Ihre Nase war rot und schälte sich. »Die werden verschwinden, es wird hier so leer und armselig bei Mama, wenn sie weg sind.«

Onkel Bertil drückte sie an sich. »Armes Kleines«, sagte er leise. »Armes, armes Kleines.«

Kristian stieg auf dem Parkplatz aus dem Auto. Es standen schon einige Wagen dort, vermutlich fand in einer der Kapellen eine Beisetzung statt. In Rose, Lilie oder Veilchen. So hießen sie nämlich, und er sah Pfeile, die den Weg zu ihnen zeigten. Ein hoher Graswall mit zackigen Büschen begrenzte den Friedhof, wie ein Festungswall in alten Zeiten. Dahinter lagen etliche heruntergekommene Mehrfamilienhäuser mit Balkons, auf denen von der Sonne gebleichte Markisen vor neugierigen Blicken schützten. Einige Bewohner hatten schwedische Flaggen gehisst. Es sah aus wie eine Provokation.

In der anderen Richtung zog sich der Wald zum Mälar hin. Hier hatten sie als Kinder viel gespielt. Damals war die Gegend wild und unübersichtlich gewesen, heute war sie ein beliebtes Naherholungsgebiet mit Reitwegen und Joggingpfaden. Und hier war Jenny jetzt unterwegs. Es ärgerte ihn mehr, als er zugeben mochte, dass sie ihre Verabredung nicht eingehalten hatte, sondern einfach weggelaufen war. Sie hätte doch wenigstens einen Zettel an die Tür kleben können. Er fühlte sich gekränkt. Ihm fiel ein, was Hilja erzählt hatte, dass Jenny sie im Taxi am Odenplan ignoriert und dass sie nicht auf ihren Brief geantwortet hatte. Jetzt verstand er Hiljas Enttäuschung.

Zögernd und fast widerwillig ging er auf das eiserne Gitter zu. In seinem Kopf dröhnte es. Er bohrte die Hände in die Taschen und umklammerte die Wagenschlüssel. Obwohl er seit so vielen Jahren nicht mehr hier gewesen war, wusste er, wo das Grab lag. Es war nicht weit, er fand es sofort. Das Holzkreuz ragte auf, es war das einzige Grab mit einem Kreuz, alle anderen hatten liegende Steine. Er sah einige Mitteilungen, die wie Segel an Stöckchen befestigt waren.

Besucher dieser Grabstätte werden gebeten, sich bei der Friedhofsverwaltung zu melden.

Er zählte achtundzwanzig solcher vergessenen und vernachlässigten Gräber.

Am Grab der Mutter gab es keine Mahnung. Karla bezahlte die Grabpflege. Aber das Kreuz war von Regen und Wind ziemlich mitgenommen, und der Name war nicht mehr zu lesen.

Maria Agnevik, dachte er. Rut Maria Agnevik. Im Alter von neununddreißig Jahren von eigener Hand gestorben.

Er fühlte sich benebelt. Er bückte sich und fasste nach dem Kreuz. Wackelte ein wenig daran. Warum tat er das? Er wusste es nicht. Aber plötzlich löste es sich aus dem Boden. Er hielt es in der Hand, das Holz war morsch und porös.

»Verdammt«, murmelte er.

Er fiel im Gras auf die Knie und versuchte, den abgebrochenen Teil wieder in den Boden zu pressen. Das ging nicht. Kleine weiche Holzspäne lösten sich und rieselten über das Grab und über seine Hände. Plötzlich sah er sich selbst in einer undeutlichen Filmsequenz, wie er das Kreuz hob und dessen Spitze in den Boden rammte, wieder und wieder, als wollte er damit etwas durchbohren, Karla und die Mutter, ihre Herzen. Wie ein makaberer Ritus, eine Teufelsaustreibung. Er hörte sich lachen, es war ein bellendes, abgehacktes Lachen.

Er ließ das Kreuz los, ließ es quer über das Grab fallen. Es zitterte und blieb dann liegen. Nun kroch ein Tier aus dem morschen Holz hervor, ein blankes, pfeilschnelles Insekt. Er versuchte, es zu zertreten, doch es verschwand im Gras. Er hielt Ausschau nach einem Spaten, konnte aber keinen finden. Da musste das Kreuz eben liegen bleiben. Natürlich könnten die Leute jetzt glauben, es handle sich um Vandalismus. Aber das ließ sich jetzt nicht mehr ändern. Die Friedhofsverwaltung würde sich an Karla wenden müssen, es war ihr Ressort.

Er hatte einen bitteren Geschmack im Mund, als er daran dachte. An seine Kindheit, an sein armseliges, eingeschränktes Leben. Er biss so hart die Zähne zusammen, dass es ihm im ganzen Kopf wehtat. In diesem Moment hörte er Stimmen. Ein Trauerzug kam über den Gehweg. Er näherte sich dem Tor. Einige Trauergäste schauten in seine Richtung und starrten ihn und das Kreuz an. Erst jetzt hörte er die Kirchenglocken. Sie mussten schon eine Weile geläutet haben, ohne dass er das bemerkt hätte.

Er stand im gelben Gras und wischte sich unbeholfen den Schmutz ab. Seine Knie waren nass geworden, das spürte er durch den Stoff seiner Hose.

Was mache ich eigentlich hier, fragte er sich plötzlich.

Er wartete, bis der Trauerzug verschwunden war. Dann verließ er den Friedhof und ging nach links in Richtung Grimstafältet. Als er die Bäume erreicht hatte, lief er los.

Später würde sie sich ganz anders daran erinnern. Mit einem anderen Bild. In ihrer Vorstellung lag die Mutter im Wasser auf dem Bauch, und sie entdeckte als Erstes ihren Hintern und die weißen Fersen. Bei den Gesprächen kam sie endlich zu der Überzeugung, dass das nicht möglich gewesen wäre.

»Kannst du erzählen, was du glaubst?«

Die Psychologin hieß Aslög Liljedahl und räusperte sich beim Reden auf eine Weise, die Hilja oft die eigentliche Frage verpassen ließ. Allein der Name lenkte ab, diese Kombination des abstoßenden Vornamens und des klangvollen Nachnamens. Sie passten einfach nicht zueinander.

Ihre Praxis lag in Blackeberg, in einer ganz normalen Wohnung. Auf einem Tisch in der Diele standen zwei künstliche Störche mit glotzenden roten Augen. In regelmäßigen Abständen bückten sie sich und tranken Wasser aus einer Schüssel. Wenn sie mit Trinken fertig waren, richteten sie sich wieder auf und wackelten hin und her, bis sie dann wieder Durst bekamen.

Neben den Störchen lag ein Stapel weißer Taschentücher. Sie rochen nach Bügeleisen, und sie waren in winzig kleinen Stichen mit Buchstaben bestickt. A. L. Das bedeutete Aslög Liljedahl.

Hilja kam immer zu früh in diese Wohnung. Onkel Bertil holte sie mit dem Auto ab und brachte sie hin.

»Setz dich so lange, ich gehe dann in die Konditorei und werfe einen Blick in die Zeitung«, sagte er immer und half ihr aus dem Mantel. »Du bist ja bald an der Reihe. Wenn ihr fertig seid, komme ich zurück.«

Sie setzte sich und schaute die Störche an. Vom Sprechzimmer her war gedämpftes Gemurmel zu hören. Nach einer Weile kam ein Mann heraus, er wirkte immer gleichermaßen verängstigt. Scheu grüßte er Hilja, dann klappte er den Mantelkragen hoch und schlüpfte aus der Tür. Immer hatte derselbe Mann vor ihr einen Termin. Sie glaubte nach und nach, ihn zu kennen. Sie stellte sich vor, wie sie mit ihm hinausging. Was würde er dann sagen? Würde er sich freuen? Er kam ihr so einsam und verzweifelt vor. Aber vielleicht war er ein Psychopath. Oder ein Mörder. Aslög kannte sich doch gerade mit solchen Leuten aus.

Einmal zu Anfang fragte sie Aslög, wie der Mann denn hieß.

Die Psychologin führte sie ins Sprechzimmer. »Ich stehe unter Schweigepflicht, verstehst du, Liebes. Ich spreche nie über meine Klienten. Das ist doch auch für dich gut zu wissen, oder?«

Klienten, dachte sie.

Aslög hüllte sie in eine Decke mit Fransen. »Sitzt du jetzt gut?«

Sie nickte, aber sie saß überhaupt nicht gut, es war kalt und stickig, und sie wollte weg von Aslögs vielen Fragen.

»Kannst du versuchen zu beschreiben, was du gesehen hast, nachdem du die Badezimmertür geöffnet hattest?«

Sie kam sich vor wie in einen Eisblock eingeschlossen. Ihre Kiefer klemmten, sie knarrten, als sie versuchte, sie voneinander zu lösen. Ihre Augenlider waren gefrorene Hautfalten.

Aslög beugte sich über sie. »Du weißt doch, dass du du zu mir sagen kannst, Liebes. Ich sage immer du zu meinen Klienten. Das erleichtert die Kommunikation. Hier hast du übrigens eine Tasse Malventee. Das ist lustig, weißt du, wie die Malve früher genannt wurde? Katzenkäse. Stell dir das bloß mal vor! Was für ein seltsamer und lustiger Name!«

Hiljas Finger griffen ungeschickt nach der Tasse und wärmte sich daran die Hände, während Aslög sich neben sie setzte und die Beine übereinander schlug. Sie trug eine enge schwarze Hose und einen grünen Kittel. Ihre dunklen Haare waren hinten zu einem Knoten zusammengesteckt, was ihrem Kopf die Form eines Seehundschädels gab. An ihren Ohrläppchen saßen kleine Perlen, grün wie der Stoff ihres Kittels.

»Du bist also ins Badezimmer gegangen?«

Hilja machte eine unmerkliche Bewegung.

»Wie bist du hineingekommen?«

»Da war abgeschlossen«, flüsterte sie.

»Ja, da war abgeschlossen.«

»Ja.«

»Was hast du gedacht, als du gemerkt hast, dass abgeschlossen war?«

Sie schwieg.

»Du musstest doch reingehen, was?«

»Ja.«

Dann war lange, lange alles still. Hilja umklammerte die Tasse. Sie spürte die Blicke der Psychologin. Auf der Straße spielten einige Kinder. Ihre schrillen hellen Stimmen drangen durch das Fenster. Sie versuchte, die Tasse zum Mund zu heben, hätte sie aber fast fallen lassen. Tee schwappte auf den Tisch. Aslög schien das nicht zu merken.

»Du hast vorhin gesagt, dass du Bauchweh hattest. Und dass du deshalb früher aus der Schule gehen durftest.«

»Ja.«

»War sonst immer jemand zu Hause, wenn du aus der Schule gekommen bist?«

»Ja.«

»Hast du auch an diesem Tag damit gerechnet, dass die betreffende Person zu Hause sein würde?«

Hilja nickte.

»Und wer war das?«

Sie konnte dieses Wort nicht aussprechen. Sie kniff die Lippen aufeinander und zog die Nase hoch.

Aslög trank mit leisem Schlürfen ihren Malventee. »Deine Mama, ja?«

»Mm.«

»Du wolltest ins Badezimmer, du brauchtest eine neue Binde, nicht wahr?«

»Ich hatte Bauchweh«, sagte sie widerwillig.

Ein wenig später. Oder nein, es war an einem anderen Tag. Aslög stellte eine längliche Silberbüchse voller Wasser auf den Tisch. Der Deckel lag daneben, Hilja las die verschnörkelt eingravierte Aufschrift »Bonne Fête«. Sie hätte gern gewusst, was das bedeutete.

»Hier«, sagte Aslög. Sie trug dieselbe enge Hose, aber dazu einen dunkelroten Kittel, und die Perlen an ihren Ohren sahen aus wie kleine Blutstropfen. Sie streckte die Faust aus und öffnete sie langsam. Auf ihrer Handfläche lag eine Puppe. Sie war nicht größer als ein Kinderdaumen, sie war aus Zelluloid und hatte keine Kleider und kein Geschlecht.

»Zeig mir, was du gesehen hast, als du ins Badezimmer gekommen bist. Kannst du das, Hilja? Die Büchse ist jetzt die Badewanne. Nimm die Puppe hier. Versuch, mir zu zeigen, wie das war.« Sie beugte sich zu Hilja vor, ihr Gesicht kam nahe, auf ihrer Oberlippe wuchsen einige graue Haare.

Die Puppe fühlte sich unter ihren Fingern warm an. Sie hob sie vorsichtig hoch. Die Augen waren aufgerissen, der Mund lächelte. Die Nase war so klein wie ein Stecknadelkopf.

Aslög räusperte sich. »Ich habe festgestellt, dass man mit Puppen Versuche machen kann«, sagte sie. »Kindern fällt es dann leichter, zu zeigen, was passiert ist.«

Sie arbeitete mit der Polizei zusammen. Das hatte Onkel Bertil erwähnt. Er kannte sie, sie war mit ihm befreundet.

»Sie ist tüchtig, sie hat geholfen, mehrere Verbrecher zu überführen.«

Verbrecher? War das, was im Badezimmer geschehen war, denn ein Verbrechen?

»Die Büchse ist jetzt also die Badewanne. Du siehst, dass sie mit Wasser gefüllt ist. Und die Puppe hier. Die ist… jetzt zeig mir, was du gesehen hast, nachdem du es geschafft hattest, die Tür zu öffnen.«

Nach einigen Stunden hatte Aslög aus ihr herausgelockt, wie sie den Schraubenzieher geholt und das Schloss aufgestochert hatte. Nur tat ihr Kopf von dem ganzen Gerede so schrecklich weh. Ganz vorn in der Stirn schien ein Reifen zu sitzen, der den Kopf zusammendrückte, oder etwas Schweres, das von innen daran herumkratzte. Wenn sie den Kopf bewegte, knackte ihr Nacken. Es war ein lautes Geräusch, das wehtat.

Sie öffnete die Lippen und flüsterte: »Ich kann nicht mehr, ich hab's vergessen.«

Vor jeder Stunde fragte sie sich, welche Farbe Aslögs Kittel an diesem Tag wohl haben würde. Diesmal war er gelb, und sie hatte auf ihrer Brust etwas verschmiert, das aussah wie Brei. Die Büchse stand auf dem Tisch, der Deckel lag daneben.

Sie verspürte einen brennenden Zorn, als sie die nackte nougatfarbene Puppe sah. Aslög hatte wieder Tee gekocht, diesen seltsamen Malventee. Hilja hatte ihn nie getrunken, sie hatte nur ihre starr gefrorenen Finger daran gewärmt. Mit diesen Fingern hob sie jetzt auch die Puppe hoch und legte sie bäuchlings ins Wasser. Sie drückte mit dem Daumen zu, so dass das Wasser hochschwappte.

Aslög sah ihr mit freundlicher Miene zu.

»Was spürst du jetzt, Liebes?«

»Was ich spüre?«

»Bist du wütend, Hilja?«

»Nö.«

»Ich hatte gedacht, ich könnte deinen Bewegungen ansehen, dass du böse geworden bist, als du die Puppe ins Wasser gelegt hast.«

Hilja wurde rot.

»Kannst du erzählen, was du gesehen hast, als du ins Badezimmer gekommen bist?« Sie wies mit dem Kopf auf die Silberbüchse.

»Hast du das hier gesehen?«

»Ja.«

»Und die Puppe? Wer ist sie?«

Das weißt du ja wohl, dachte Hilja wütend.

»Wen soll die Puppe darstellen, Liebes? Erzähl es mir. Mach schon!«

»Rut Maria Agnevik.« Sie sagte es rasch und hart, und die Wörter schrillten.

»Und wer ist das?«

Und sie sprang auf und schrie ins Zimmer hinein: »Mama! Und das weißt du verdammt gut!«

Sie hielt sich die Hände vor die Ohren und kniff die Augen zu. Wartete auf die Explosion. Die kam nicht. Als sie vorsichtig wagte, die Augen zu öffnen, lächelte Aslög sie an.

»Deine Mama. Rut Maria Agnevik. Die lag also in der Badewanne.«

»Wie sah sie aus? Glaubst du, du kannst sie beschreiben?« Tag für Tag. Nie gab sie Ruhe. So nahm sie auch die Verbrecher in die Mangel. Die Mörder und die Psychopathen. So half sie der Polizei, sie brachte sie dazu, zusammenzubrechen und alles zuzugeben.

Hilja war nicht mehr so schweigsam.

»Sie hatte sich wehgetan, da war Blut, sie war gefallen, als sie baden wollte, sie war mit der Stirn und mit den Armen aufgeschlagen, sie hatte tiefe Wunden, sieh mal, hier.«

»Was hast du gedacht, als du sie so da liegen sahst?«

»Was?«

»Was hast du gedacht? Du musst doch irgendwas gedacht haben?«

»Ich wollte nur, dass sie sich umdrehte.«

»Sich umdrehte?«

»Ja, und mich ansah.«

»Aber das hat sie nicht getan?«

»Nein.«

»Warum nicht, was glaubst du?«

»Sie konnte nicht, weil sie auf dem Bauch lag.«

Lange ritten sie auf dieser Sache herum. Dass die Mutter nicht auf dem Bauch gelegen haben konnte. Man kann sich nicht in einer mit Wasser gefüllten Badewanne auf den Bauch legen, wenn man sich gleichzeitig die Pulsadern aufschneidet und auf den Tod wartet. Der Selbsterhaltungstrieb sorgt dafür, dass man sich auf den Rücken dreht.

Eines Tages nahm Hilja eine Nagelschere und ein wenig dunkelbraunes Stopfgarn aus dem Nähkorb ihrer Mutter mit. Während die Psychologin voller Interesse zusah, schnitt sie das Garn in zentimeterlange Stücke und legte die in die Silberbüchse. Darauf legte sie dann die Puppe.

»Was ist das?« Aslög hielt Block und Kugelschreiber in der Hand.

»Was denn?«

»Die Garnstücke.«

»Das sind Schleimaale.«

»Schleimaale?«

»Ja. Die gibt's im Meer.«

»Ach?«

»Ja. Ganz unten auf dem Meeresgrund ringeln die sich und fressen Leichen.«

Aslög fuhr zusammen. »Die leben im Meer und fressen Leichen, sagst du?«

Hilja nickte müde.

Die Psychologin schwieg eine Weile und machte sich Notizen.

»Nun ja«, sagte sie zögernd. »Da leben sie also. Im Meer, ja? Nur da?«

Sie legte den Block weg und schaute auf die Uhr. »Also, Liebes. Dann sind wir für heute fertig.«

Vielleicht war das überhaupt das letzte Mal. Hilja konnte sich nicht erinnern. Sie war von Aslögs zudringlicher Stimme verstört und bedrängt gewesen und wollte nicht mehr hin. Als die Gespräche aufhörten, stellte sie zu ihrer Überraschung fest, dass sie ihr fehlten.

Aber nun war Karla diejenige, die zu Aslög Liljedahl ging. Onkel Bertil fuhr sie hin, wie vorher Hilja. Der Mann vom Jugendamt war damals oft bei ihnen zu Hause. Und Hilja mochte ihn sehr gern.

Bis er ihr ihren Bruder fortnahm.

Anneli Eriksson wurde davon geweckt, dass der Hund beide Vorderpfoten auf ihre Brust drückte. Er war schwer, ihr erster Gedanke war, dass sie in einem verunglückten Auto feststeckte, und automatisch griff sie sich ins Gesicht.

Dann fiel ihr alles wieder ein.

»Weg«, stöhnte sie und drehte sich auf die Seite, um weiterzuschlafen. Das große Tier ließ sich mit lautem Seufzen auf den Teppich neben dem Bett sinken. Nach einer Weile setzte sich sein Schwanz in Bewegung, dunk, dunk, dunk schlug er auf den Boden.

Ich gebe auf, dachte Anneli. Sie öffnete ein Auge und sah, dass der Radiowecker auf dem Nachttisch 12 Uhr drei zeigte. Sie hatte knapp vier Stunden geschlafen. Es war eine harte Nacht im Krankenhaus gewesen, zwei Verkehrsunfälle mit mehreren Verletzten. Für den Fahrer des einen Wagens war die Lage kritisch gewesen. Anneli hatte nicht einschlafen können, als sie dann endlich zu Hause war. Kaum machte sie die Augen zu, schon sah sie das blutige und zerfetzte Gesicht dieses Mannes vor sich. Sie hatten in seiner Brieftasche nach einem Ausweis gesucht und das Foto eines vielleicht einjährigen Kindes gefunden. Der Mann trug einen Trauring. Anneli arbeitete seit drei Jahren auf der Unfallstation, aber sie hatte sich noch immer nicht daran gewöhnt. Sie konnte nicht abschalten, wenn sie nach Hause ging, und sie fand keinen Schlaf mehr.

Sowie sie aus dem Bett stieg, sprang der Hund auf und lief vor ihr her in die Diele. Buster war der Hund ihres Freundes, eine Kreuzung aus Bouvier de Flandres und Riesenschnauzer.

Als sie geduscht und sich angezogen hatte, trank sie eine Tasse Tee und aß ein Käsebrot. Buster saß vor der Wohnungstür. Er beobachtete jede ihrer Bewegungen. Benny ging morgens vor der Arbeit mit ihm los, und Anneli machte dann tagsüber mit ihm einen Spaziergang, aber in der Regel schlief sie länger als heute. Mindestens bis eins, da wurde sie meistens von selbst wach. An diesem Tag hatte der Hund sie geweckt.

Sie schluckte den letzten Bissen Butterbrot hinunter und stellte die Tasse ins Spülbecken. Dort standen schon Bennys Frühstücksschüssel und Teller und Gläser vom Vortag. Kartoffelauflauf, las sie auf der Konservendose. Es ärgerte sie, dass er nicht abgewaschen hatte. Es war nicht leicht für sie gewesen, in Bennys Wohnung zu ziehen. Die war sein Revier, seins und das des Hundes. Sie musste Geduld haben. Nicht quengeln und nicht die Mutter spielen.

»Komm, Alter«, sagte sie leise, und der Hund sprang auf und wartete gespannt auf der Fußmatte. Mit der Pfote hatte er schon die Leine herangezogen, er wusste genau, was hier Sache war. Überhaupt schien er mehr zu begreifen, als sie geahnt hätte. Sie wusste so wenig über Hunde. Oder über Tiere überhaupt. Ihre Mutter hatte an Reinlichkeitswahn gelitten.

Sie schaute aus dem Fenster. Nieselregen. Besser, sie zog Handschuhe und den warmen Anorak an. Sie horchte eine Weile ins Treppenhaus. Die Luft schien rein zu sein, denn sie wollte niemandem begegnen, weil Buster so groß und ungestüm war. Wenn er merkte, dass jemand Angst vor ihm hatte, wurde er ganz besonders eifrig und wollte sich mit dieser Person unbedingt bekannt machen. Wollte sie gewissermaßen davon überzeugen, dass er nicht gefährlich war, leider meistens mit gegenteiligem Resultat.

Sie ging immer mit ihm zum Grimstawald und folgte dann

einem Trimmpfad, allerdings auf einem Nebenweg. Die Jogger hatten keine Lust, einem Hund ausweichen zu müssen, wenn sie angekeucht kamen. Manche fürchteten sich, andere waren wütend, und dann bellte Buster wie besessen los. Ihr war das sehr unangenehm, und sie wusste nie so recht, wie sie damit umgehen sollte.

»Du musst ihn anbrüllen«, sagte Benny dann immer. »Zeig ihm, wer hier das Sagen hat! Hunde brauchen einen Rudelleiter. Und das bin normalerweise ja ich. Aber wenn ich nicht da bin, musst du die Vizechefin spielen.«

Buster war aber so stark. Wenn er neben ihr saß, konnte sie ihn fast nicht festhalten. Mehr als einmal hatte er sie im Wald umgeworfen. Und es half auch nichts, wenn sie ihn anbrüllte. Dann schaute er sie nur aus seinen braunen Hundeaugen an.

Trotz des Nieselregens tat es gut, aus dem Haus zu kommen. Sie wickelte sich die Leine einige Male um die Hand und dachte daran, dass sie an diesem Abend und auch am nächsten Tag dienstfrei hatte. Vielleicht könnten sie etwas Schönes unternehmen, sie und Benny. Ins Kino gehen, zum Beispiel. Sie hatte das ganze Wochenende gearbeitet. Jetzt versuchte sie, die Gedanken an die Arbeit und den schwer verletzten Mann abzuschütteln, er war ebenso alt gewesen wie sie, sechsundzwanzig. Sein Leben hatte doch gerade erst begonnen.

Sie ging durch Grimstafältet, wo viele Hundebesitzer ihre Hunde frei laufen ließen. Anneli traute sich nicht, denn vor zwei Jahren hatte ein kranker Mensch vergiftete Fleischstücke ausgelegt. Mindestens fünf Hunde waren dabei draufgegangen. Dazu kam noch, dass sie nicht sicher war, ob Buster zurückkommen würde, wenn sie ihn laufen ließe. Sie hielt sich am Rand des Feldes auf, in der Nähe des Krematoriums, und stellte erleichtert fest, dass keine anderen Hunde zu sehen waren. Schon gar keine läufigen Hündinnen, denn die sorgten dann wirklich für Probleme.

Bald hatten sie den Wald erreicht. Fast alle Bäume hatten

schon ihre Blätter verloren. Buster schnüffelte überall herum und blieb manchmal mit hocherhobenem Schwanz stehen, er kratzte mit den Pfoten im Laub herum, und sein dichtes Fell wurde nass. Es würde schwer sein, ihn sauber zu bekommen. Sie würde ihn wohl unter der Dusche abspülen müssen. Es wäre nicht das erste Mal.

Sie liebte den Herbst mit seinen kräftigen Farben. Dann igelte sie sich ein, zündete Kerzen an, machte Pläne für Weihnachten. In diesem Jahr würden Bennys Eltern bei ihnen feiern. Sie wohnten in Hedemora, und sie hatte sie nur wenige Male getroffen. Sie machten einen sympathischen Eindruck. Aber natürlich würde es eng in der Wohnung sein.

Sie ging zwischen den Bäumen weiter und stieg den Hang hoch. Auf der anderen Seite gab es Felsen und Klippen, hier fiel das Gelände zum Meer und zum Wanderweg hin ab. Im vergangenen Sommer hatten sie und eine Freundin sich an etwas beteiligt, was Naturwacht genannt wurde, veranstaltet von der Apotheke und den lokalen Wandervereinen. Es ging darum, mehr Menschen in Wald und Feld hinauszulocken. Eins von den brandgelben Kontrollzeichen war hier oben angebracht gewesen.

Sie wollte am Strand zurückgehen, dann wäre sie ausreichend lange unterwegs. Vorsichtig versuchte sie, zwischen den Steinen nach unten zu klettern. Sie musste aufpassen, wohin sie ihre Füße setzte, es war glitschig und nass. Auch Buster schien Angst vor dem Ausrutschen zu haben. Er drückte sich an sie und leckte ihr ab und zu wie zur Aufmunterung die Hand.

»Du bist ein feiner Wauwau«, murmelte sie. »Wenn wir ganz langsam und ruhig klettern, dann geht alles gut. Wir werden nicht umkippen, wir werden uns kein Bein brechen, denn wenn wir uns ein Bein brechen, können wir doch lange nicht mehr spazieren gehen, und das willst du doch nicht, oder?« Sie redete weiter auf ihn ein, redete Unsinn, und er hörte zu, das sah sie seinen Ohren an.

Sie waren fast unten angekommen, als er so abrupt stehen blieb, dass sie fast gestürzt wäre. Er stand unbeweglich da und klemmte den Schwanz zwischen die Hinterbeine. Sein Körper war hart und starr, die Haare auf seinem Rücken sträubten sich.

»Buster?«, fragte sie besorgt.

Langsam hob er die Nase zum Himmel und heulte los, so wie sie ihn noch nie gehört hatte. Vor Angst bekam sie eine Gänsehaut. Sie beugte sich vor und umfasste den weichen Nacken des Hundes.

»Was ist los mit dir, Buster?«, flüsterte sie.

Im selben Moment sah sie es selbst.

Er hatte die falschen Schuhe an, ausgerechnet die schwarzen, italienischen, er merkte, wie der Lehm an den Rändern und oben auf dem Leder klebte. Er war jetzt am Strand angekommen und dort stehen geblieben, er lauschte dem klirrenden, spröden Klang, der sich anhörte wie eine Orgel aus Eis. Er war noch immer vorhanden, er war nicht verhallt, das Geräusch kam vom Wasser her, vom hohen Schilfrohr, wenn die Temperatur unter Null sank. Er war ab und zu hergekommen, um das zu hören, früher, vor langer Zeit, erstaunt und atemlos angesichts dieser deutlichen Melodie des Wassers. Sie hatte ihn sehr oft getröstet, hatte ihm geholfen, an etwas anderes zu denken. Und es gab sie noch immer. Sie hatte nicht aufgehört zu existieren.

Er stand mit angespannten Schultern da. Ein dunkler, erdiger Geruch stieg vom Ebbestreifen hoch. Er war auf den glatten Blättern ausgerutscht, und seine Knie waren jetzt noch nässer. Rasch war er wieder auf die Beine gekommen. Es wäre doch peinlich, in dieser Lage entdeckt zu werden, auf allen vieren, wie ein Tier. Aber niemand hatte ihn gesehen. Ungeschickt hatte er sich den Schmutz abgewischt, ein wenig erschüttert, in seinem Alter stürzte man doch nicht. Wenigstens hatte er sich nichts gebrochen, und das war doch das Wichtigste.

Mit einigen langen Sprüngen hatte er den Strand erreicht, und dort, genau dort, fiel es ihm ein, in der Bucht zwischen dem Bootssteg und dem Yachtclub Grimsta, dort spielte die Orgel genau wie früher.

Er kehrte dem Weg den Rücken zu. Er war ganz und gar auf das leise Rascheln konzentriert, er beugte sich ein wenig vor und legte die Hand hinter das eine Ohr. Er bemerkte den Hund erst, als der ihn von hinten ansprang, ihn anfiel, als er ihm die massiven, breiten Pfoten in die Schulterblätter bohrte. Er biss sich in die Wange, als er stürzte, Blut strömte in seinen Mund. Automatisch versuchte er, sein Gesicht zu schützen. Die Hundezähne waren über ihm, und sie trieften vor Geifer, er schlug die Arme vors Gesicht und zog die Knie an.

Eine junge Frauenstimme: »Buster! Busteeer!«

Der Hund lauschte. Plötzlich stieß das Tier sich mit den Krallen von seinem Opfer ab und sprang auf. Kristian blieb bewegungslos liegen.

Die junge Frau war näher gekommen. Sie schrie den Hund an, sie klang fast hysterisch. »Buster! Hierheeer! Sitz!«

Kristian kam auf die Knie, dann öffnete er die Augen. Der Hund saß angeleint zu den Füßen seiner Besitzerin. Als Kristian sich bewegte, bellte er einige Male heiser auf.

Die Frau war Mitte zwanzig, ihr Gesicht und ihr Hals waren mit roten Flecken bedeckt, die Jacke stand offen, ihre Haare waren zerzaust und mit Tannennadeln übersät. Kristian hustete und spuckte Blut aus. Er versuchte sich aufzurichten.

»Sie müssen Ihren verdammten Hund festhalten«, sagte er, und seine Stimme kippte ins Falsett um. »Sehen Sie nur, was er angerichtet hat, sehen Sie sich an, wie ich aussehe.«

Sie drehte sich um und wollte gehen.

»Aber hallo, Sie!«, rief er. »Sie wollen doch jetzt nicht einfach abhauen? Die Reinigung können Sie ja wohl zumindest bezahlen.«

Seltsamerweise schien sie sich zu entspannen. Sie blieb stehen und schaute den Boden an.

»Die Reinigung«, wiederholte er, und sie kam ihm vor, als versteckten sich Schock und Verzweiflung unter einer Maske der Beherrschung, sie war leichenblass unter den roten Flecken, und sie stotterte und hyperventilierte.

»Ja, was hatten Sie denn erwartet?«

Nun riss sie sich zusammen und versuchte ihre Stimme unter Kontrolle zu bringen. »Was machen Sie hier im Wald? Wenn ich das fragen darf? Was machen Sie hier?«

»Was ich hier mache«, wiederholte er wütend.

»Ja! Hier einfach so umherzuschleichen…«

Er fiel ihr ins Wort. »Hierzulande gilt das freie Wegerecht. Ich mache genau dasselbe wie Sie. Ich gehe spazieren. Aber ich habe keinen Hund, und Sie dürften auch keinen haben. Man muss seinen Hund unter Kontrolle haben, sonst taugt man nichts als Besitzer.«

Ihre Augen funkelten wütend. Sie öffnete den Mund zu einer Antwort, doch dann hörten sie Schritte auf dem Weg, dröhnende, rasche Schritte. Der Hund fuhr hoch und fing wieder an zu bellen.

Ein Mann kam hinter der Wegbiegung zum Vorschein. Er trug einen Traininganzug, er fuchtelte mit den Händen und schrie. »Es ist etwas passiert! Es ist etwas ganz Grauenhaftes passiert!«

»Ja. Ich weiß.« Die junge Frau packte die Leine fester. »Still«, brüllte sie den Hund an, aber der reagierte nicht, sondern bellte nur noch lauter.

Sie schrie jetzt auch los. »Da hinten!«, rief sie und versuchte, die Richtung zu zeigen, doch dabei verwickelte sie sich in die Leine und geriet ins Schwanken. Ihre Brust hob und senkte sich. Sie riss an der Jacke, als ob sie nicht genug Luft bekommen könnte. Ihre Hände zitterten.

»Jetzt beruhigen Sie sich doch«, knurrte Kristian. »Ihr Hund kann dieses Geschrei offenbar gar nicht leiden.«

Der Jogger hatte sie jetzt erreicht. Er keuchte. Sie starrte ihn aus weit aufgerissenen Augen an. »Ich weiß, was Sie sagen wollen«, sagte sie eilig, »ich weiß es genau, da liegt jemand da hinten zwischen den Felsen, eine Frau, sie ist tot.«

Der Jogger nickte, und beide drehten sich zu Kristian um.

»Ich wäre fast über sie gestolpert«, sagte der Jogger tonlos. »Ich musste pissen und habe den Weg verlassen, und da lag sie.«

Kristian keuchte auf. »Was sagen Sie denn da!« Er packte den Mann und hielt ihn fest, woraufhin der Hund abermals in seine Richtung zerrte. Er ließ den Jogger los und trat einen Schritt zurück.

»Buster!«, rief die Frau, aber ihre Stimme brach und ging in heftiges Schluchzen über.

»Eine Frau?«, murmelte Kristian, und sein Herz hämmerte und pochte unter seinen Rippen.

»Ja.«

»Was denn für eine Frau?«

»Weiß nicht.«

»Aber sind Sie sicher, dass sie tot ist?«

Beide nickten heftig.

»Dann müssen wir einen Krankenwagen holen!«

»Das hat keinen Zweck«, schrie die Frau, jetzt wütend, als wäre alles seine Schuld. »Haben Sie nicht gehört? Ich habe schon viele Tote gesehen, ich bin Krankenschwester, ich weiß, wovon ich rede!«

Seine Lippen wurden trocken. »Wie sieht sie aus?«, nuschelte er.

»Ihre Kleider waren …«

»Nicht die Kleider, zum Teufel. War sie blond? War sie um die fünfzig?«

Die Frau schluchzte auf.

Der Jogger saß jetzt auf dem Boden und schien sich die Ohren zuhalten zu wollen. »Jünger, glaube ich«, stöhnte er. »Nicht richtig alt. Jemand hat ihr einen Stein gegen die Stirn geschlagen, jemand hat … und man kann ihre Haarfarbe nicht sehen, da ist zu viel Blut.«

Kristian schluckte. Er versuchte klar zu denken. »Zeigen Sie mir, wo das war«, sagte er. »Bitte, würden Sie das tun?« Er streckte die Hand aus und half dem Jogger auf die Füße. Er sah jetzt, dass der noch sehr jung war, wohl kaum älter als zwanzig. Er schien jeden Moment in Tränen auszubrechen. »Sie können auch hier warten, wenn Sie wollen«, sagte er.

»Nein. Ich komme mit.« Der Junge zog ein Taschentuch aus der Hosentasche und putzte sich geräuschvoll die Nase.

Die Frau packte die Leine und setzte sich stolpernd in Bewegung. Kristian und der Jogger gingen hinterher. Der Hund beschnüffelte den Boden. Hier und dort blieb er stehen und drehte sich zu den beiden Männern um. Hob die Oberlippe und bleckte die langen Zähne.

Kristian war der Älteste. Die beiden anderen waren doch pure Kinder. Er musste jetzt stark sein. Er versuchte, mit ihnen zu reden, versuchte, sie alle drei aus dem Schockzustand zu holen, in dem sie sich hier befanden.

»Wohnen Sie hier in der Nähe?«, fragte er den Jungen.

»Ja.«

»Und Sie?«

Die Frau nickte. »Björnsonsgata«, sagte sie leise.

»Wohnen Sie da schon lange?«

»Nicht sehr lange, ich wohne mit meinem Freund zusammen, das ist sein Hund. Wir gehen hier fast jeden Tag spazieren, aber jetzt weiß ich gar nicht, ob ich noch wage, hier wohnen zu bleiben, oder ob ich das überhaupt will, ich fühle mich nicht mehr sicher, ich …«

»Den kriegen sie schon.«

Sie gab keine Antwort.

»Das verspreche ich Ihnen, den kriegen sie.«

»Glauben Sie?«

»Wie heißen Sie?«, fragte er.

»Anneli.«

»Und Sie?«

»Johannes«, sagte der Junge heiser.

»Ich heiße Kristian. Ich habe als Kind hier in der Nähe gewohnt. Jetzt wohne ich in Älvsjö. Ich bin Immobilienmakler.«

Das hörte sich an wie Schwedisch für Anfänger, er wusste das. Aber er redete weiter, es ging dabei auch um ihn, er durfte sich von der Panik nicht überwältigen lassen.

Sie hatten die Felskante erreicht. Anneli blieb stehen. Der Hund riss wie wahnsinnig an der Leine, und sie brüllte ihn an. Der Hund bellte hart und wütend.

»Da hinten ist es.« Sie zeigte hinüber. »Hinter dem linken Felsblock, gleich hinter dem Gebüsch. Da liegt sie, Himmel, da liegt sie.«

Und sie drehte sich um und erbrach sich über die glänzenden Buchenblätter.

Sie war zur Hälfte nackt. Er musste einfach hinsehen. Die bleichen schlanken Oberschenkel, der Schoß mit dem hellroten Haarbüschel, der Bauch mit den Schwangerschaftsstreifen. Dann sah er die Wunde auf der Stirn und kam zu demselben Schluss wie die beiden anderen. Es bestand keine Möglichkeit, Jenny Ask ins Leben zurückzurufen.

Er fiel im Moos auf die Knie und streichelte ihre Wange. Danach klebte Blut an seinen Händen, aber das merkte er kaum. Einige fast durchsichtige Mücken mit grünlichen Flügeln kreisten über ihren weit offenen Augen. In diesen Augen lag ein Ausdruck, ein Ausdruck von Trauer und Bestürzung.

»Jenny«, flüsterte er. »Jenny, du bist es.«

Er packte ihren Hosenbund, um die Hose hochzuziehen und sie zu bedecken, riss sich aber zusammen. Die Polizei sagte doch immer, man solle nichts anfassen. Schluchzend streifte er seine Jacke ab und breitete sie über ihren nackten Unterleib.

Anneli hatte den Hund an einen Baum gebunden. Widerwillig kam sie zu der Stelle, an der Jenny lag. Sie war so blass wie die Birkenstämme.

»Sie hatten Recht«, sagte er. »Hier können wir nichts mehr tun. Rein gar nichts.«

»Nein.«

»Ich kenne sie. Ich habe sie gekannt …«

Sie bedachte ihn mit einem seltsamen Blick.

»Doch«, er jammerte. »Ich kenne sie.«

»Wir müssen die Polizei anrufen.«

»Ja.«

Er ging in die Hocke und leerte seine Jackentaschen. Telefon, Brieftasche, Schlüssel.

Anneli ließ ihn nicht aus den Augen. »Es könnte ein Unglück gewesen sein«, sagte sie. »Sie könnte gestolpert sein. Sie könnte auf den Felsen ausgerutscht und mit dem Kopf auf einen Stein aufgeschlagen sein. Wenn das da nicht wäre…« Sie verstummte und zeigte auf Kristians Jacke, die über dem halb nackten Körper lag.

»Ein Vergewaltiger«, sagte er verzweifelt. »Ein verdammter Verrückter, der sich auf sie gestürzt und sie vergewaltigt hat, und dann… dann hat er sie ermordet. Ein Scheißpsychopath, der in eine Anstalt hinter Schloss und Riegel gehörte.«

»O Gott! Wenn ich nun ein wenig früher gekommen wäre, wenn ich den Hund nicht bei mir gehabt hätte!« Sie verstummte. »Aber dann wäre ich wohl kaum hergekommen«, fügte sie hinzu. »Nicht bei diesem Wetter.«

Er rief die Polizei an. Schon nach fünf Minuten kam der erste Streifenwagen. Er war beim Maltesholmsbad auf den Wanderweg am Wasser entlang gefahren und hielt unten beim Bootsclub. Zwei Polizisten in voller Uniform stiegen aus. Sie rannten zu Jenny hinüber und versuchten festzustellen, ob es noch irgendein Lebenszeichen gab.

Johannes hatte ein Telefon aus der Tasche gezogen und wollte irgendjemanden anrufen. Anneli stand mit geschlossenen Augen da. Die Tränen rannten über ihre Wangen.

Sie hörten, wie einer der Polizisten Verstärkung rief. Dann fing er an, mit blauweißen Bändern, die er von Baum zu Baum zog, die Fundstätte abzusperren. Der andere, ein sehr junger Polizist, nahm die Personalien der Anwesenden auf. Kristian überlegte, dass er der Vater dieses Mannes sein könnte.

»Und was wollten Sie hier im Wald?«, fragte er.

»Einfach nur spazieren gehen«, sagte Kristian.
»Und auf welche Weise sind Sie miteinander bekannt?«
»Das sind wir nicht. Wir sind uns aus purem Zufall begegnet.«
»Ich war mit meinem Hund unterwegs«, sagte Anneli.
»Ich komme immer zum Joggen her.« Johannes hatte niemanden erreicht und steckte sein Telefon wieder in die Tasche.
»Na gut. Und Sie? Wollten spazieren gehen, haben Sie gesagt? Das ist ja wohl nicht gerade Spazierwetter.«
Kristian öffnete den Mund zu einer Antwort, doch da rief der andere Polizist, der jetzt neben dem Leichnam stand: »Nun sieh dir das mal an, Bergström!«
Der Polizist ging zu seinem Kollegen hinüber. Kristian hörte, wie Jennys Name fiel. Er näherte sich vorsichtig. Der Polizist, der Bergström hieß, hob abwehrend die Hand.
»Hinter der Absperrung bleiben«, sagte er schroff.
»Ich wollte nur sagen, dass … Sie haben ganz Recht. Das ist Jennifer Ask, die da liegt, *die* Jennifer Ask. Ich kenne sie.«

Es regnete jetzt stärker. Weitere Streifenwagen trafen ein. Kristian war müde und durchgefroren. Er schlang sich fröstelnd die Arme um den Leib, als ein Polizist in Zivil auf ihn zukam. Der Polizist stellte sich als Conny Sävström vor. Er war athletisch gebaut und braun gebrannt, so, als wäre er frisch aus dem Urlaub zurück. Sein Gesicht hatte etwas Hartes, fast Arrogantes.
»Ich habe sie mit meiner Jacke zugedeckt«, murmelte Kristian. »Sie sah so … ich wollte nicht, dass sie …«
»Ich fürchte, wir werden sie mitnehmen müssen.«
Sein Magen krampfte sich zusammen. »Mich?«, presste er heraus.
»Nicht Sie. Die Jacke.«
»Ach so.«
»Oder gibt es vielleicht einen Grund, auch Sie mitzunehmen?«

Er schüttelte verwirrt den Kopf. Gleichzeitig begegnete er Annelis Blick. Sie sah verängstigt aus, so, als hätte sich ihr geheimer Verdacht soeben bestätigt.

»Ist schon gut, Agnevik. Keine Panik, ich habe wirklich nur Ihre Jacke gemeint. Sind Sie mit dem Auto da?«

»Ja.«

»Wo steht das?«

»Hinten beim Friedhof.« Er zeigte auf den Körper, der jetzt von flatternden Absperrbändern eingerahmt war. Er räusperte sich. »Sie sah so…«, sagte er noch einmal.

»Ich verstehe. Aber Sie schaffen es ohne Jacke bis zu Ihrem Auto?«

»Ja, ja.«

»Sie haben Jennifer Ask also gekannt? Stimmt das?«

»Ja. Aber das ist lange her, wir sind zusammen aufgewachsen, damals haben wir in dieser Gegend gewohnt. Dann hatten wir keinen Kontakt mehr, bis sie neulich angerufen hat und mich bat, ihr Haus in Bromma zu verkaufen. Ich arbeite als Makler.«

»Haben Sie sie angefasst?«

»Was?«

»Haben Sie den Leichnam berührt?«

»Ja, natürlich. Ich musste doch sehen, ob sie…«

»Wieso halten Sie sich gerade jetzt hier im Wald auf?«

Auf diese Frage hatte er gewartet. »Ich musste mit ihr über die Besichtigung sprechen. Wir wollten uns bei ihr im Haus treffen. Aber als ich dort ankam, war sie nicht da. Ein Nachbar sagte, sie sei zum Joggen hergefahren. Und da dachte ich…« Er verstummte, wusste nicht, ob er noch weiterreden sollte.

Sävström musterte ihn misstrauisch. »Ist es üblich, dass Makler ihre, wie sagt man, Kundinnen aufsuchen? Auftraggeberinnen? Kann man das nicht per Telefon erledigen?«

»Ja. An sich schon. Aber wir waren nicht so förmlich, wo wir uns früher doch gekannt haben. Und es gab etliche Details, über die ich mit ihr sprechen wollte.«

»Wusste sie das?«

»Was?«

»Wusste sie, dass Sie mit ihr sprechen wollten?«

»Ja, das habe ich doch gerade gesagt. Wir hatten uns verabredet.«

»Und zwar für heute?«

»Ja. Bei ihr zu Hause.«

»Aber sie ist stattdessen zum Joggen gefahren?«

»Wir hatten keine genaue Uhrzeit abgemacht.«

»Ach?«

»Sie hat sicher geglaubt, sie könnte rechtzeitig zurück sein. Und ich dachte, ich könnte hier auf sie warten.«

»Wäre es nicht vernünftiger gewesen, beim Haus auf sie zu warten?«

»Ja, schon. Aber ich hatte Lust auf ein wenig frische Luft. Dachte, ich könnte das Angenehme mit dem Nützlichen verbinden.«

Der Polizist musterte ihn forschend. »Bei diesem Wetter?«

»Ja«, sagte er leise.

»Ihre Kleider sind arg verschmutzt. Woher kommt das?«

»Ich bin vorhin ausgerutscht. Und dann bin ich überfallen worden. Der Hund da, der hat mich von hinten angesprungen.«

Sävström drehte sich zu Anneli um. Sie hatte die Kapuze übergezogen und unter ihrem Kinn festgebunden. Sie sah aus wie eine alte Frau mit Kopftuch.

»Stimmt das?«

»Ja«, flüsterte sie. »Er hat sich einfach losgerissen, ich konnte ihn nicht halten.«

»Ist dieser Köter nicht ein bisschen groß für ein kleines Mädchen wie Sie?«

Anneli lief dunkelrot an. »Er gehört nicht mir, sondern meinem Freund.«

Sävströms Telefon klingelte. Er antwortete einsilbig, meistens mit Ja und Nein. Als er das Gespräch beendet hatte, trat er einen Schritt auf Kristian zu. »Hören Sie, wir müssen fürs Erste miteinander in Kontakt bleiben. Planen Sie gerade irgendwelche Reisen?«

Ihm wurde ein wenig schwarz vor Augen. »Nein, ich werde ganz normal arbeiten. Wenn ich das nach diesem Erlebnis schaffe.«

Er hatte sich auf seine Notizen verlassen. Er hatte geglaubt, es werde reichen, dass er sie hervorholte, wenn es wirklich schlimm wurde, dass er an jeden einzelnen Fall zurückdachte, daran, wie es genau passiert war. Der lebende Körper in seinen Händen, all das Warme, Enge, das sich widerwillig um ihn schloss und ihm endlich die Erlösung schenkte.

Es war ein Tag mit Wind, Wolken und eisig kaltem Regen. Er war ausgegangen, es war wie ein Druck im Gehirn, wie eine mit Wasser gefüllte Hülle, die jederzeit bersten konnte.

Ich bin krank, hatte er gedacht, das wusste er noch, ich brauche Behandlung.

Es war so lange her.

Er hätte es schaffen müssen, sich mit den Erinnerungen zu behelfen.

Schon am nächsten Tag posaunten die Schlagzeilen es heraus:

Sexualmord an Jennifer Ask!
Jenny Ask tot auf Joggingpfad gefunden!

Er kaufte am Kiosk im Bahnhof *Älvsjö Expressen* und *Aftonbladet*. Die Presseleute hatten offenbar die ganze Nacht hindurch geschuftet. Die Artikel waren gespickt mit Bildern und Artikeln über Jennys Leben und Karriere. Es waren bereits Kollegen befragt worden, die ihre Bestürzung und ihre Trauer zum Ausdruck brachten. Ein Foto zeigte das Haus auf Fårö. Jenny hielt ein Lamm im Arm, sie fütterte es mit einer Nuckelflasche. Er stellte sich vor, dass Reinhold Ask sich derzeit dort befand. In der kargen Stille auf Fårö. Er hatte ja nicht einmal Telefon, wie sollte man ihm diese schreckliche Nachricht mitteilen?

Wir kennen uns seit siebenundzwanzig Jahren, und wir lieben uns! Ihm fiel Jennys verzweifelter Aufschrei ein, als er sie gefragt hatte, ob sie eine Scheidung anstrebten. Beide Zeitungen brachten auch Bilder von Reinhold. Auf einem stand er im Smoking auf einem großen Empfang. Auf einem anderen umarmte er Jenny, die nach einem Frauenmarathon oder einem ähnlichen Zirkus im Ziel anlangte. Er sah sympathisch aus. Bärtig, ein wenig müde, aber sympathisch.

Elisabet hatte gemeint, er solle zu Hause bleiben. Kristian hatte ihr alles erzählt, sowie er zur Tür hereingekommen war, sie hatte ihm angesehen, dass etwas nicht stimmte. Die Töchter hielten sich in seiner Nähe, bedrückt und schweigsam.

»Was, du hast Jennifer Ask gekannt?«, flüsterte Linda, als sie sich zum Essen hinsetzten.

Er wollte nichts essen, beim Anblick des überbackenen Köhlers wurde ihm schlecht.

»Wir waren früher in Vällingby Nachbarn«, sagte er müde. »Wir waren übrigens auch später eine Zeit lang befreundet, als Teenager. Wir sind miteinander gegangen, oder wie immer man heute sagt.«

»Warum hast du das nie erzählt?« Elisabets Gesicht war rund und ernst. »Du hast nie auch nur mit einem einzigen Wort erwähnt, dass du sie gekannt hast. Und dabei haben wir uns mehrere von ihren Filmen angesehen.«

Er machte eine abwehrende Geste. »Es ist so lange her«, sagte er. »Es war in einem anderen Leben.«

»War das, als du bei Oma und Tante Karla gewohnt hast?«, fragte Ylva.

Er nickte.

»Hilja und Jenny waren dicke Freundinnen. Sie hingen zusammen wie Pech und Schwefel.«

»Was! Hilja und sie! Das kann doch nicht sein!«

»Damals war eben sehr vieles anders.«

»Wie seltsam, dass gerade du sie gefunden hast«, meinte seine jüngere Tochter. Sie war an diesem Morgen nicht so stark geschminkt, aber ihr Pullover war eng und tief ausgeschnitten, und er sah die Rundung ihrer winzigen Brüste. Er drehte sich zu ihr hin.

»Weißt du noch, was ich dir gesagt habe? Weißt du noch, dass ich gesagt habe, dass es gefährlich sein kann, das Schicksal herauszufordern?«

»Ach, hat sie das getan? Sie wollte doch wohl nur joggen?«

»Ja«, sagte er müde. »Sie wollte nur joggen.«

Linda war aufgestanden, sie stand am Spülstein und ließ Wasser laufen. »Aber wenn sie jetzt glauben, dass du es warst«, sagte sie mit schriller, scharfer Stimme. »Wenn sie glauben, dass du sie umgebracht hast.«

Elisabet und Ylva schauten sie an. Er konnte ihre Gedanken lesen.

»Das tun sie nicht«, sagte er.

Seine Frau streckte die Hand aus und drückte seinen Arm. Ihre Augen füllten sich mit Tränen. Sie rollten über ihr Gesicht und auf ihren Teller, in die helle Fischsoße.

»Wie dumm, dass du in dem Wald warst, als sie gerade …«

Er fiel ihr ins Wort. »Ja. Aber daran kann man jetzt nichts mehr ändern.«

»Hoffentlich, hoffentlich kriegen sie ihn bald«, sagte Linda nervös.

»Das tun sie bestimmt.«

Über ihn stand nichts in dem Artikel, da hieß es nur, der Leichnam sei von einem Jogger und von einer Sechsundzwanzigjährigen gefunden worden, die ihren Hund ausführte. Aber bald würde die Presse wohl herausgefunden haben, wer er war, und ihn anrufen und um seinen Kommentar bitten. Oder sich mit Notizblock und Kameras vor seinem Büro verschanzen. Was wirklich keine gute Reklame für Agnevik & Bendrich wäre.

Er hatte das Gefühl, dass die Leute ihn anstarrten. Er versuchte, sich hinter den Zeitungen zu verstecken, er hatte ausnahmsweise einmal einen Sitzplatz ergattert. Am Bahnhof Karlberg stieg er eilig aus und lief durch den Wind. Er fror und fühlte sich erbärmlich.

Im Büro brannte Licht. Sein Herz überschlug sich fast. Dann sah er durch das Fenster, dass Andreas in seinem Sessel saß. Er telefonierte. Kristian empfand eine Schwindel erregende Erleichterung. Er musste eine Weile warten, ehe er hineinging, seine Augen brannten.

Der Gestank des faulen Wassers schlug ihm entgegen, als er die Tür öffnete. Die Fenster schienen beschlagen zu sein. Er wäre fast über das Aquarium gestolpert, es stand hochkant vor der Toilettentür und war leer. Er schaute zur Toilette hinüber, der Deckel stand offen, auf dem Boden der Schüssel lagen Algen und Kies und einige geringelte Fischexkremente.

Da die Polizei seine Jacke mitgenommen hatte, hatte er eine alte Sportjacke hervorgekramt, die er seit Jahren nicht mehr getragen hatte. Sie spannte über den Schultern, er hätte sie schon längst der Altkleidersammlung vermachen sollen. Während er sie neben Andreas' Jacke hängte, hörte er, dass der Kollege den Telefonhörer auflegte.

»Hallihallo«, rief er und hörte selbst, wie aufgesetzt munter das klang.

»Hallo«, lautete die leise Antwort.

Andreas lehnte an der Schreibtischkante. Seine blonden Haare schienen gewachsen zu sein, der Pony hing ihm tief über die Augen. Seine Haut war aufgedunsen, er sah blass und kränklich aus. Er trug ein ausgebeultes schwarzes Sweatshirt, das seine Blässe noch betonte. Seine ansonsten ziemlich breite Nase schien geschrumpft und spitz geworden zu sein.

»Schön, dich hier wiederzusehen.«

Andreas nickte.

»Wie geht's denn? Geht's dir jetzt besser?«

»Nicht direkt.«

»Also nicht, aber…?«

»Das Leben muss ja wohl weitergehen.«

Kristian zuckte mit den Schultern. Er ging zu seiner Schreibtischhälfte und nahm Platz. Der Ordner mit den Unterlagen über Jennys Villa lag bereits dort. Er begriff, dass Andreas darin geblättert hatte. Arne Palmér, dachte er. Das muss ich der Polizei wohl sagen.

Er starrte aus dem Fenster, das von Fotos der Verkaufsobjekte eingerahmt wurde. Sie mussten die Fotos unbedingt auswechseln. Mehrere Objekte waren schon verkauft. Er war nur noch nicht dazu gekommen. Draußen eilten die Menschen als vage Gestalten vorüber. Der Wind ließ die Fenster beben.

»Die Fische«, sagte er. »Ich habe wirklich versucht, mich um sie zu kümmern.«

»Ich hab sie ins Klo geschüttet. Das ging so nicht mehr.«

Er dachte, er müsse reden, müsse versuchen, die alte Stimmung wiederherzustellen. Die aus der Zeit, ehe Andreas sich verändert hatte. Er wusste nur nicht, wie er anfangen sollte.

Der Kollege lief durch das Zimmer, wanderte planlos hin und her.

»Wir sollten also Jennifer Asks Haus verkaufen?«

»Ja, stimmt.«

»Ich habe heute Morgen in den Nachrichten gesehen, was passiert ist.«

»Ja.«

»Wirklich übel«, Andreas wurde lauter. »Das ist einfach übel.«

Kristian nickte müde.

»Aber wieso hat sie sich ausgerechnet für uns entschieden?«, fragte Andreas jetzt.

Kristian registrierte, dass der andere den Plural verwendet hatte, und deshalb fühlte er sich ein bisschen weniger unbehaglich.

»Sie hat im Branchenbuch nachgesehen. Und bei A angefangen, hat sie gesagt.«

»Du hattest am Sonntag eine Besichtigung, sehe ich.«

»Ja, sogar zwei. Jennifer Asks Villa in Bromma und eine Einzimmerwohnung in der Rörstrandsgata.«

Und das war verdammt schwierig, dachte er, sagte es aber nicht laut.

»Gab es Interesse?«

»Ja, sicher.«

Plötzlich fiel ihm die Angebotsrunde für die Einzimmerwohnung ein. Sandersson stand inzwischen wohl kurz vor dem Platzen. Er schielte zum Anrufbeantworter hinüber. Kein Lämpchen blinkte.

Andreas hatte seine Gedanken gelesen. »Hier ist die Liste der Leute, die angerufen haben«, sagte er.

Kristian nahm den Zettel entgegen. Sanderssons Name tauchte darauf dreimal auf. Er holte tief Luft. »Gut.«

»Es gibt heißes Wasser, wenn du Kaffee willst.«

»Danke.« Er holte sich eine Tasse und schnitt eine Tüte Cappuccino auf. »Und wie geht's sonst? Wolltest du gestern nicht zum Arzt?«

»Es muss auch so gehen.«

»Andreas! Kann ich dir irgendwie helfen, kann ich irgendwas machen, dann sag Bescheid, verdammt. Versprich mir das!« Und dann, in einem anderen, sanfteren Tonfall: »Ich habe gehört, dass ihr Nachwuchs erwartet. Herzlichen Glückwunsch.«

Andreas wollte offenbar etwas sagen. Aber nun klingelte Kristians Mobiltelefon in seiner Aktentasche. Nach sechsmaligem Klingeln hatte er es gefunden. Es war Conny Sävström.

»Hallo, Sävström hier. Von der Polizei.«

»Ach, hallo.«

»Wir würden gern noch einmal mit Ihnen reden.«

»So.«

»Könnten Sie heute Vormittag vielleicht vorbeischauen?«

Er schaute zu Andreas hinüber. »Jetzt? Heute?«

»Yes.«

»Ja, doch, sicher kann ich das. Wie lautet die Adresse noch?«

»Die Wache in Kungsholmen. Kungsholmensgata 37. Sagen Sie an der Rezeption Bescheid.«

Am Dienstagmorgen fühlte sie sich besser, das Fieber war gesunken. Sie war schwach und ziemlich wackelig auf den Beinen, aber als sie hörte, dass Karla Frühstück machte, zog sie ihren Bademantel an und ging in die Küche. Es war zwar erst kurz nach sieben, aber Karla war bereits angezogen. Sie trug ihren engen braunen Rock mit dem Schlitz hinten und eine gelbe Bluse. Über ihren Schultern hing der gestrickte Umhang, der ihrer Mutter gehört hatte. Karla holte ihn im Oktober hervor, wenn der Winter heranrückte. Sie fror so leicht. Im scharfen Lampenlicht sah Hilja, dass ihre Haare jetzt langsam grau wurden.

Sie fühlte sich gebrechlich und müde. Sicher stand der Eisprung bevor.

Es war windig. Der Wind riss an der Wäscheleine auf dem Balkon, verschlang sie miteinander wie in einem wütenden Tanz. Nur eine einzige Wäscheklammer konnte standhalten, sie war grün und zerknickt. Hilja staunte darüber, dass Karla sie nicht abgenommen hatte.

»Guten Morgen«, sagte sie.

Karla gab keine Antwort. War sie schon wieder sauer? Würde sie jetzt schmeicheln und heucheln müssen, um sie wieder aufzutauen?

Der Fernseher lief, plötzlich hörte sie Jennys Namen, und als sie sich zum Gerät umdrehte, sah sie eine Szene aus dem letzte Film, »Land des Zorns«, die Szene, in der Jenny auf einem Felsen saß und aufs Meer hinausschaute. Sie hatte sich die Haare aus dem Gesicht gestrichen, es sah nackt und wehrlos aus.

»Das ist ja Jenny«, rief sie.

Karla stand am Küchentisch. Ihr scharfes Profil, die Hände, die die Tomaten zerschnitten. »Ich weiß.«

»Aber sieh doch nur!«

»Es ist etwas passiert, Hilja.«

»Was? Was denn?«

Karla zeigte vage auf die Zeitung, die aufgeschlagen auf dem Küchentisch lag. Die Schlagzeile war fett und schwarz.

Jennifer Ask ermordet

Später würde sie über ihre Reaktion staunen. Das Natürlichste wäre doch gewesen, zusammenzubrechen und zu weinen. Sie hätte zumindest Trauer verspüren müssen. Jenny, ihre geliebte Freundin aus ihrer Kindheit! Ihre Verliebteste und feinste Schwester!

Nein. Nichts davon. Stattdessen stieg eine brausende Wut in ihr auf, vom Magen aus in alle Blutbahnen, bis sie ihren Kopf dann zum Glühen brachte. Sie unterdrückte aber alle diese Gefühle.

Karla durfte nichts sehen, nichts.

Sie machte den Rücken gerade, wurde starr und sehr ruhig. Ging mit kleinen kurzen Schritten zum Tisch. Hob die Zeitung hoch und las.

Eine von Schwedens bekanntesten Schauspielerinnen, Jennifer Ask, 49, wurde am Montagnachmittag in einem Waldgebiet am westlichen Stadtrand von Stockholm tot aufgefunden. Alle Anzeichen weisen auf Mord hin. Jennifer Ask war zum Joggen in dem beliebten Naherholungsgebiet Grimsta am Mälar unterwegs. Ihr Leichnam wurde entdeckt von einem Jogger, Johannes Edström, 20, und von

Anneli Eriksson, 26, die ihren Hund ausführte. Henric Salander, der Pressesprecher der Polizei, teilt mit, dass die Polizei hofft, den Mörder bald festnehmen zu können.

Hilja legte die Zeitung hin. Jennys Augen schauten sie von der ersten Seite her an, es war ein Portrait, das sie schon kannte. Unter dem Bild war der Name des Fotografen angegeben. In ihrem Gehirn loderte wieder alles auf. Arne Palmér.

Er war es.

»Jenny ist tot, Hilja. Sie ist im Wald ermordet aufgefunden worden.«

Karla kam auf sie zu, während sie das sagte, und versuchte, ihr die Hand auf die Stirn zu legen. Instinktiv fuhr sie zurück.

Karlas Gesicht verdüsterte sich. »Was um Himmelswillen ist denn in dich gefahren? Du tust ja so, als könnte ich die Pest übertragen. Ich wollte nur sehen, ob du Fieber hast.«

»Ich habe kein Fieber.«

Karla wandte sich wieder dem Herd zu und gab nun den dampfenden Haferbrei in eine Schüssel. Es war Ekstads mittelgroße, aus der Vivaserie. Das Muster bestand aus hellgelben Punkten und Ovalen. Die Schüssel war ein wenig angestoßen, aber nicht genug, um weggeworfen zu werden. »Wie schön«, sagte sie trocken.

Hilja schwieg.

»Ich finde aber trotzdem, du solltest noch einige Tage im Bett bleiben. Sonst kannst du einen Rückfall erleiden.«

Fieber! Wie konnte sie über Fieber reden, wenn Jenny ermordet worden war! Wo war er jetzt, ihr toter und geschändeter Körper? Auf einer Edelstahlpritsche in einer Leichenhalle? Die muntere, schöne Jenny, ihre Jugendkameradin und Schwester, die so viele Jahre hindurch ihr Leben und ihre Gedanken geteilt hatte. Sie hatten nie mehr zueinander finden können, aber Hilja hatte sich so danach gesehnt. Es war nur eine Frage von Tagen gewesen. Jetzt war es zu spät.

Jennys Mann, dachte sie. Der Komponist Reinhold Ask. Arne

Palmér hatte ihn doppelt bestohlen, zuerst hatte er seine Frau für sich haben wollen, dann hatte er sie ums Leben gebracht. Was war er doch für ein kranker, böser Mensch!

»Jenny und du habt doch immer gespielt, als ihr klein wart.« Karla spritzte Spülmittel in den Topf und wusch ihn unter fließendem Wasser aus.

»Was?«

»Ich habe gesagt, dass ihr immer miteinander gespielt habt, als ihr noch klein wart, Jenny und du.«

»Ja.«

»Sie hat sich schon damals zum Affen gemacht.«

»Zum Affen gemacht?«

»Man hat gemerkt, dass sie das Theater liebte. Das wollte ich sagen.«

»Ja, sicher.«

»Zwei kleine Mädchen mit ungefähr denselben Voraussetzungen. Jenny Andersson und Hilja Agnevik.«

»Wie meinst du das?« Unter ihrer Haut tobte die Wut.

»Du kannst über Jenny sagen, was du willst, aber immerhin hat sie aus ihrem Leben etwas gemacht.«

»Ach?«

»Auch wenn es ein böses Ende genommen hat, so ist sie doch groß und berühmt geworden. Ganz Schweden wird um sie trauern, genau wie es in England passiert ist, als Prinzessin Diana gestorben war. Jennifer Ask wird nie vergessen werden.«

»Aber ich wohl, meinst du?« Hilja staunte über ihren Mut.

Karla schnaubte. »Wenn du dir ein bisschen mehr Mühe gegeben hättest, hättest du zumindest eine besser bezahlte Arbeit finden können.«

»Ich fühle mich im Blumenladen aber wohl.«

»Was heißt schon wohl fühlen. Wenn du mehr verdientest, könntest du die Wohnung kaufen, von der du herumfaselst. So hast du keine Chance.«

Im Fernsehen wurde nun die Stelle gezeigt, an der Jenny gefunden worden war. Der Wanderweg am Wasser, wo ein Holzsteg sich um die Felsen zog. Hilja war einmal dort abgestürzt, als sie zwischen den Eisschollen herumgesprungen waren. Es war lähmend kalt gewesen. Jenny hatte sie herausfischen können, und sie waren rasch zu ihr nach Hause gelaufen, um die Kleider zu trocknen, Karla durfte doch nichts bemerken. Jennys Vater hatte gerade Makkaroni gekocht. Sie hatte ihn noch nie so wütend gesehen.

»Wie gesagt«, sagte Karla jetzt. »Aus ihr ist etwas geworden. Und jetzt ist Schluss mit allen weiteren Erfolgen. Das ist tragisch, wirklich tragisch.«

»Und was ist mit dir?«

Karla schaute sie aus zusammengekniffenen Augen an.

»Was will die junge Dame damit sagen?«

»Was ist aus dir selbst geworden?«

»Hör mal, du weißt genau, warum ich nicht die Möglichkeit hatte, mich so zu entwickeln, wie ich wollte. Du weißt verdammt gut, dass das an dir und Kristian gelegen hat. Also komm mir hier nicht mit solchen Andeutungen!«

Unten fuhr scheppernd ein Güterzug vorbei. Er hielt an und setzte dann plötzlich zurück. Hilja las, was auf den Waggons stand. Nord-Waggon. Sie dachte an Sibirien und öde, verschneite Ebenen. Karla nahm sich Brei. Sie schmatzte beim Essen. Ihre Zungenspitze beulte ihre Unterlippe aus, um etwas zu lockern, das sich dort festgesetzt hatte.

»Bitte, iss jetzt«, sagte sie, biss in ein Butterbrot und kaute geräuschvoll.

Kleine Ameisen krochen unter Hiljas Haut herum.

Arne Palmér. Der Fotograf. Er hatte Jenny umgebracht.

Sie dachte an seine Stimme und an Jennys verzweifelten Versuch, ihn davon zu überzeugen, dass sich zwischen ihnen nichts geändert hätte. An ihr Kriechen, ihre Erniedrigung. Er hatte sie auf dem Schlafzimmerboden vergewaltigt, das hatte er getan. Hilja hatte es mit eigenen Augen gesehen. Jenny war so verängstigt gewesen, vor lauter Verzweiflung hatte sie behauptet, ihn zu lieben. Sie konnte sich sehr gut verstellen, das war ihr Beruf.

Ihr fiel sein arrogantes Auftreten ein, als er die Lilien bestellt hatte.

Dagens Nyheter, dachte sie. Du kannst gern eine geheime Telefonnummer und eine geheime Adresse haben. Aber ich weiß, wo du steckst, du Schwein.

Es war ihr nicht mehr wichtig, wie Jenny sich im Taxi am Odenplan abgewandt hatte. Vermutlich hatte Kristian Recht gehabt, Jenny hatte sie nicht gesehen. Und der Brief, den Hilja ihr geschickt hatte. Jenny war nicht dazu gekommen, ihr zu antworten. Daran war der Psychopath schuld. Er hatte sie besessen, hatte ihre Kraft und Zeit verschlungen, hatte alle Kraft aus ihr herausgesaugt und sie am Ende umgebracht.

Schön, dass Sie sich die Zeit nehmen konnten.« Conny Sävström drückte Kristians Hand dermaßen, dass dem die Knöchel zu brechen drohten. Seine Ohren liefen oben spitz zu und lagen eng am Kopf an.

»Man will natürlich gern helfen. Wenn man das nur kann.«

»Das ist eine positive Einstellung. Setzen wir uns doch. Wir warten noch auf Urban Lundell. Wollen Sie Kaffee?«

»Nein, danke, ich habe eben erst welchen getrunken.«

Das Zimmer sah aus wie ein ganz normales Büro. An der einen Wand standen ein Tisch, ein Sofa und vier Stahlrohrsessel. Eine altmodische Sturmlaterne mit zerbrochenem Glas ragte zwischen Topfblumen und einem Stapel Papier auf der Fensterbank auf. Dort stand auch ein kleines Holzpferd mit Mähne und Schwanz aus Rosshaar. Ein Erinnerungsbild flatterte vor seinen Augen vorbei, an ein Spielzeug, das er einmal gehabt hatte. Als sehr kleiner Junge.

»Setzen Sie sich«, sagte Conny Sävström.

Er goss sich Kaffee in einen dunkelblauen Becher mit dem Logo der Polizei. Kristian musste einfach an seinen Vater Leopold denken, der hätte sofort die Gelegenheit genutzt und Reklame für ein neues Service gemacht, das diesem Kunden bestimmt gefallen würde.

Ekstads Bulle. Wie gefällt Ihnen das? Sein Mund zuckte bei etwas, das Ähnlichkeit mit einem Lächeln hatte.

Die Tür wurde aufgerissen, dann stand Urban Lundell im Zimmer. Ein Mann in Kristians Alter und von seiner Größe, schmales Gesicht, kurz geschorene Haare, die in einem deutlich sichtbaren Wirbel wuchsen. Brille ohne Rahmen, fast unsichtbar. Über der einen Augenbraue saß eine kleine Beule, wie eine Warze oder ein Pickel.

Er stellte sich vor. »Fangen wir doch sofort an«, sagte er dann und nahm sich Kaffee. »Wir schenken uns das Gerede über das Wetter und so. Aber verdammt, was ist das heute wieder windig.« Er lachte. »Kristian Agnevik. Schreiben Sie sich mit K oder mit Ch?«

»Mit K. Ganz, wie man's spricht.«

»Sie waren also mit Jennifer Ask bekannt. Auf welche Weise?«

»Wir sind zusammen aufgewachsen. Wir wohnten im selben Haus. In Vällingby.«

»Ach, mal sehen, wann kann das gewesen sein?«

»Erste Hälfte der sechziger Jahre.«

»Aha. Dann sind Sie also...«, er blätterte in seinen Unterlagen, »... einundfünfzig, stimmt das?«

»Ja.«

»Sie haben im selben Haus gewohnt, sagen Sie. Waren Sie oft zusammen?«

»Ja. Meine jüngere Schwester Hilja und sie waren eng befreundet.«

»Hilja?«

»Ja.«

»Ungewöhnlicher Name.«

»Unser Vater war Finne.«

»Ach, Finne.«

»Leopold Ekstad. Ekstads Geschirr, falls Ihnen das etwas sagt.«

»Nicht so recht, hat das was mit Pferden zu tun?«

»Nein, Porzellan und Ton. Das ist ziemlich bekannt.«

»Hm. Aber Sie heißen Agnevik?«

»Sie waren nicht verheiratet, sie haben nicht einmal zusammen gewohnt. Es ist der Name meiner Mutter.«

»Aha. Sie sind also bei Ihrer Mutter aufgewachsen?«

»Ja.«

Urban Lundell griff nach einer Abendzeitung und betrachtete ein Foto von Jenny. »Zurück zu Jenny Ask, wie war sie als Mädchen? Können Sie sie beschreiben?«

»Sie hieß damals nicht Ask, sondern Andersson. Das steht sicher auch in der Zeitung. Ihr Vater war Krankenpfleger in der Psychiatrie, und ihre Mutter hatte den ungewöhnlichen Beruf einer Stewardess. Sie war sehr viel unterwegs, und deshalb hat Jenny manchmal bei uns übernachtet. Wie sie war? Tja, sie war wohl wie alle anderen Kinder, ich weiß das nicht mehr so genau. Eine kleine Nervensäge. So sieht man das in dem Alter doch. Sie und Hilja waren zwei Jahre jünger als ich. Und das ist viel bei Kindern.«

»Wann sind Sie von Vällingby weggezogen?«

»1965, Ende Oktober. Meine Mutter war gestorben. Ich bin in die Stadt gezogen. Ich wohnte bei meinem Betreuer vom Jugendamt, Bertil Holm.«

»Sie waren damals also vierzehn Jahre alt.«

»Ja.«

»Am Anfang der Pubertät.«

»Ja.«

»War sie krank, Ihre Mutter?«

»Sie hatte ein Nervenleiden, könnte man sagen, ja, so hieß es damals. Sie hat sich das Leben genommen. Sie war noch keine vierzig. Hat sich in die Badewanne gelegt und sich die Pulsadern aufgeschnitten. Hilja hat sie gefunden.«

»O verdammt!«

»Ja. Es war so unnötig. So grausam. Aber es ist jetzt lange her. Es ist Geschichte.«

»Und Ihr Vater?«

Kristian räusperte sich. »Mein Vater ist schon 1962 gestorben.«

»Ach?« Lundell nahm sich die Brille ab und biss eine Weile auf einem Bügel herum, dann setzte er sie wieder auf.

»Er wurde plötzlich krank. Blutvergiftung, glaube ich.«

»Wie alt?«

»Fünfzig.«

Der Polizist schüttelte teilnahmsvoll den Kopf. »Und Ihre Schwester? Was wurde aus ihr, nachdem Sie weggezogen waren?«

»Wir haben noch eine ältere Schwester, viel älter. Karla heißt sie. Sie hat sich um Hilja gekümmert. Und die beiden blieben dort bis Ende der siebziger Jahre wohnen.«

»Na gut. Ich bin im Bilde.«

Die Hände waren kalt und feucht. Kristian fuhr mit den Fingerspitzen über seine Hose. Er schob die Handfläche unter seine Oberschenkel, wärmte sie mit seinem Gewicht.

»Hat der Kontakt zu Jennifer Ask aufgehört, als Sie weggezogen sind?«, fragte Lundell jetzt.

»Ja, im Grunde schon. Das heißt, ich bin ihr zwei Jahre später wieder begegnet, zufällig im Kino. Wir waren ja inzwischen viel älter geworden, oder wie soll ich das ausdrücken, reifer eben. Tja, und dann waren wir zusammen.«

»Zusammen? Ein Paar also?«

Kristian nickte.

»Wie lange waren Sie ein Paar?«

»Nicht sehr lange. Einige Monate. Teenager sind ja ziemlich wechselhaft.«

Der Mann beobachtete ihn durch seine fast unsichtbare Brille. »Ja. So ist es wohl. Man experimentiert. Um die Richtige zu finden.« Er nahm einen Schluck Kaffee und schaute Conny Sävström wütend an. »Gibt's heute keine Heißwecken? Oder irgendwas anderes? Einfach nur Kaffee reinschütten wirkt so ärmlich. Und kann zu Magengeschwüren führen.«

»Ja, aber von Heißwecken wird man fett«, gab Sävström zurück.

Urban Lundell nickte. »Keine Freude darf man sich gönnen.«

Draußen ging irgendwer mit raschen, harten Schritten vorüber. Eine Frauenstimme rief etwas. Urban Lundell stellte seine Tasse hin und rollte die Schultern hin und her. »Sitze zu viel herum«, knurrte er. »Keine Zeit für Sport. Na ja, egal. Also weiter. Wissen Sie noch, wann Sie Jenny zuletzt getroffen haben, ehe sich Ihre Wege sozusagen getrennt haben?«

»Das war… es war also seit mehreren Monaten Schluss. Aber dann stand sie bei meiner Abiturfeier auf dem Schulhof. Sie gab mir eine Blume, glaube ich. Aber vorher hatten wir uns nicht gesehen, lange nicht, ich weiß nicht mehr genau.«

»Hatten Sie dann wieder engeren Kontakt?«

»Nein. Wir waren wohl fertig miteinander. Wir hatten uns auseinander gelebt, sie war schon damals mit Theater beschäftigt. Und für mich war das nichts.«

»Was hatten Sie für Interessen?«

»Ich wurde eingezogen, und danach habe ich studiert.«

»Was denn?«

»Betriebswirtschaft. Aber auch Englisch.«

»Eigentlich hatte ich nach Ihren Interessen gefragt.«

Kristian überlegte. »Ich weiß nicht. Das Studium hat fast all meine Zeit in Anspruch genommen. Aber natürlich, ich habe mich auch in der Verbindung engagiert. Und dann lese ich gern.«

»Sie lesen?«

»Ja. Romane. All die alten Klassiker. Die haben uns noch heute viel zu sagen. Aber im Moment komme ich nicht mehr dazu.«

»Wieso nicht?«

»Die Arbeit. Und dann die Familie und das Haus, worum man sich kümmern muss.«

Urban Lundell zog ein Stück Würfelzucker aus der Packung. Er brach es durch und steckte die eine Hälfte in den Mund. Er saugte schmatzend den Kaffee hindurch. »Wann hatten Sie dann das nächste Mal Kontakt zu Jennifer Ask?«, fragte er. »Erst jetzt?«

»Ja, jetzt, als sie angerufen hat, weil sie ihre Villa verkaufen wollte. Das muss am 21. Oktober gewesen sein. Ich bin nach Bromma gefahren, um mir das Haus anzusehen. Und da hab ich sie dann zum ersten Mal seit damals wiedergesehen.«

»Was war das für ein Gefühl?«

Kristian blickte den Polizisten überrascht an. »Wieso Gefühl?«

»Sie hatten sie doch seit über dreißig Jahren nicht mehr getroffen.«

»Eigentlich war es kein besonderes Gefühl. Oder doch. Sie war jetzt doch berühmt. Natürlich war ich ein wenig geschmeichelt darüber, dass sie sich für uns entschieden hatte.«

»Ja, genau, Sie sind Immobilienmakler. Bei welcher Firma?«

»Die Firma heißt Agnevik & Bendrich. Sie gehört uns beiden, Andreas Bendrich und mir. Fifty fifty.«

»Bendrich?« Lundell runzelte die Stirn. »Habe ich den Namen nicht schon mal gehört?«

»Mir sagt er jedenfalls nichts«, meldete Sävström sich zu Wort.

»Er stammt aus Österreich. Aber er lebt seit vielen Jahren in Schweden.«

»Wie lange haben Sie die Firma schon?«

»Fünf Jahre. Unser Büro liegt in der Norrbackagata.«

»Und nun sollten Sie also das Haus des Ehepaars Ask im Leskattväg in Bromma verkaufen? Stimmt das?«

»Ja.«

»Sie haben vorhin gesagt, dass Jennifer Ask Sie angerufen hat. Warum gerade Sie?«

»Also, wir stehen im Branchenbuch doch ganz vorn. Und dann hatte sie eben meinen Namen gesehen. Sie hat gesagt, sie fände es beruhigend, jemanden beauftragen zu können, den sie kennt.«

»Warum wollten sie verkaufen? Hat sie das gesagt?«

»Sie hatten eine Wohnung hier in Kungsholmen gekauft. Sie und ihr Mann. Am Kungsholmstorg.«

»Ach?«

»Ja, das ist doch nicht weiter überraschend. Das macht man doch, wenn die Kinder ausgeflogen sind.«

»Stimmt. War sie allein zu Hause, als Sie gekommen sind?«

»Ja. Ihr Mann ist Komponist. Das wissen Sie vielleicht. Sie haben auch ein Haus auf Fårö. Da hat er gearbeitet, sagte sie. Er brauchte seine Ruhe.«

»Darf ich fragen, ob Ihnen an ihr irgendetwas aufgefallen ist?«

»Ich hatte sie doch seit so vielen Jahren nicht mehr gesehen. Da weiß ich ja nicht, wie sie sonst ist. War, meine ich. In letzter Zeit.«

Warum sagte er es nicht? Was war in ihn gefahren? Warum erzählte er nichts von dem Fotografen? Er fühlte sich plötzlich unsäglich müde, im ganzen Gehirn ausgelaugt.

»Sie war ein großes Talent«, sagte Lundell. »Ich war in diesem, wie heißt der Film noch gleich, irgendwas mit Zorn. Meine Frau hat mich reingeschleppt. Aber es war nicht so ganz my cup of tea.«

»Land des Zorns«, setzte Kristian an, wurde aber von heftigen Schmerzen im Herzbereich unterbrochen. Er griff sich an die Brust und keuchte auf. Die beiden Männer musterten ihn aufmerksam.

»Was ist los mit Ihnen, Agnevik? Geht es Ihnen nicht gut?« Urban Lundell war aufgestanden.

»Ich weiß nicht, es war nur …« Der Schmerz klang ab. Ihm war schrecklich schwindlig.

»Sävström, hol ein Glas Wasser.«

Der kräftige Mann verschwand.

»Es war einfach zu viel«, murmelte Kristian.

»Ich verstehe.«

»Ich habe kaum geschlafen, immer nur nachgedacht.«

»Es muss ja wirklich ein Schock gewesen sein, das im Wald.«

»O verdammt«, er fuhr sich über die Stirn. »O verdammt.«

Conny Sävström brachte das Wasser.

Kristian trank in langen Zügen. »Haben Sie ihren Mann erreicht?«, fragte er und merkte, dass er an seinem Trauring herumspielte. Krampfhaft, fast manisch.

Lundell nickte.

»Wie ... wie hat er es aufgenommen?«

»Kennen Sie ihn?«

Kristian schüttelte den Kopf.

»Nein, nein. Ich bin ihm nie begegnet.«

»Er hat es genauso aufgenommen, wie Sie sich das sicher vorstellen können.«

Es wurde an die Tür geklopft. Eine Polizistin schaute herein.

»Kann ich kurz mit dir sprechen, Urban? Es dauert nur eine halbe Minute.«

Lundell erhob sich gereizt und verschwand nach draußen.

»Ja, ja«, sagte Conny Sävström. »So ist das Leben.« Seine dicken Lippen fingen an zu pfeifen, keine richtige Melodie, nur aus Lust am Pfeifen.

Still!, dachte Kristian. Halt die Fresse. Ihm wurde schlecht. Er schaute auf die Uhr, schon halb zwölf. Wie lange wollten sie ihn eigentlich noch hier behalten?

Sävström streckte den Arm aus und nahm das Holzpferd von der Fensterbank. Er zog an den dünnen Haaren. »Hatten Sie schon häufiger solche Anfälle?«, fragte er.

»Noch nie.«

»Dann sollten Sie sich vielleicht einmal durchchecken lassen.«

»Ja, vielleicht.«

»Autos werden ja regelmäßig überprüft, die eigene Gesundheit aber nicht. Man sollte eine Art technischen Überwachungsdienst für Menschen einrichten. Wie für Autos.«

Kristian rang sich ein Lachen ab. »Da haben Sie Recht.«

Urban Lundell war schon wieder da. »Frauenzimmer!«,

murmelte er. »Was die sich immer einbilden. Ja, wirklich. Aber sagt nicht, dass ich das gesagt habe.«

Er setzte sich. »Wie fühlen Sie sich jetzt?«, fragte er freundlich.

»Ist schon gut.«

»Gut. Sagen Sie Bescheid, wenn es wieder anfängt.«

Kristian nickte.

»Wenn Sie wollen, können wir jetzt aufhören.«

»Haben wir noch viel zu besprechen?«

»Ich weiß nicht.«

»Na, machen wir lieber weiter. Damit ich wieder an die Arbeit gehen kann, die wird sonst so zerhackt.«

»Gut. Also, wo waren wir? Ja, gestern. Würden Sie uns bitte erzählen, was Sie tagsüber gemacht haben? So genau und ausführlich wie möglich.«

»Was?«

»Nehmen Sie das nicht persönlich. Wir müssen Jennys ganzen Bekanntenkreis durchgehen, das verstehen Sie doch sicher.«

Hilja duschte und zog sich an. Ihr Körper kam ihr trocken und heiß vor, aber das hatte nichts mit dem Fieber zu tun. Es war eine andere Art von Hitze, eine Glut, die ihrer unterdrückten Wut entsprang und die ihre Schädelknochen dröhnen ließ. Sie nahm die Zeitung mit auf ihr Zimmer und vertiefte sich in den Artikel.

Schlägt der Jogger wieder zu lautete eine Überschrift. *Ist der Täter identisch mit dem so genannten Jogger, der mehr als zehn Jahre lang Frauen auf Trimmpfaden im Großraum Stockholm überfallen und vergewaltigt hat? Vermutlich hat dieser Mann auch im Oktober 1982 Ulla Zetterberg, 58, ermordet, eine Mutter von drei Kindern aus Hässelby. Der Mord geschah in Lövsta bei Hässelby. Trotz umfassenden Polizeieinsatzes konnte der Täter nie gefasst werden.*

Sie hatte Metallgeschmack im Mund. Sie griff zu ihrem Album, in dem sie alles über Jenny eingeklebt hatte. Sie blätterte darin, betrachtete die Bilder von Jennys Kindern und der vornehmen, eleganten Mutter, die mit ihrem Flugkapitän und den vielen Hunden unten in Genf saß.

Vor allem sah sie sich die Kinder an. Sie sahen so lieb aus. Sie hatten Ähnlichkeit mit Jenny, dieses stumpfe, aber gleichzeitig niedliche Gesicht. Ein Junge und ein Mädchen, der Junge war einige Jahre älter, genau, wie sich das gehört. Wie sie wohl hießen? Das wusste sie, aber jetzt hatte sie es vergessen, und sie überflog den Artikel, um sie zu finden.

Sternenglück mit Vega, hatte ein geistreicher Mensch unter ein Foto geschrieben, das Familie Ask beim Verlassen des Krankenhauses zeigte. Das Mädchen war gerade geboren, Jenny drückte sie an ihre Brust, eingewickelt in eine Flanelldecke, so dass nur die Mützenspitze zu sehen war. Der kleine Junge ging an der Hand seines Vaters. Hilja las:

Genau am Mittsommerabend gab es Familienzuwachs bei Jennifer und Reinhold Ask. Die Geburt fand statt im Karolinska Krankenhaus. Um 04 Uhr 05 wurde die kleine Vega geboren, 48 Zentimeter lang und 2 948 Gramm schwer. Damit wird der zweijährige Jonathan zum großen Bruder, und zwar zu einem überaus stolzen, wie wir auf den Bildern sehen können.

Dass Kinder so oft nachts geboren wurden! In der Wolfsstunde, wenn die Grenze zwischen Leben und Tod besonders brüchig war. Gerade um diese Zeit würde ihr eigenes Kind vielleicht auch geboren werden. Ihr und Görans Kind. Ach, sie musste ihn anrufen, sie mussten sich treffen, sie mussten sich jetzt lieben, während ihres Eisprungs. Aber das konnte sie Göran natürlich nicht verraten. Um diese Jahreszeit war es auch schwieriger, sich zu treffen. Ab und zu konnten sie in seinem Auto sitzen, aber eigentlich war es zu eng, und sie hatte danach immer Schrammen und blaue Flecken. Und man musste immer aufpassen. Kam da jemand? Schauten da nicht zwei Augen durch die beschlagene Fensterscheibe? Alles würde so viel leichter sein, wenn sie erst ihre eigene Wohnung hätte.

Wieder betrachtete sie die Bilder. Vega und Jonathan. Was für schöne Namen. Namen, wie sie selbst sie vielleicht auch ausgesucht hätte. Wenn sie Jennys Kinder doch nur kennen gelernt hätte, als die noch klein waren. Vielleicht wäre sie sogar ihre Patin geworden, das hatten sie sich damals überlegt, Jenny und sie. Wir heiraten gleichzeitig und bekommen gleichzeitig Kinder. Und dann nehmen wir uns gegenseitig als Patentante.

Aber dazu war es nicht gekommen. Und jetzt waren die Jennykinder mutterlos, da ein Geisteskranker ihre Mutter ermordet hatte. Natürlich waren sie jetzt erwachsen, dreiundzwanzig und fünfundzwanzig. Aber trotzdem. Sie hatten ihre Mutter verloren, und Hilja wusste, welches Gefühl der Leere dann eintrat. Es war wie ein Loch mitten im Zwerchfell.

Ich werde ihnen schreiben, dachte sie. Ich war doch die beste Freundin ihrer Mutter. Aber wo wohnten sie? Sie würde Kristian fragen, der konnte die Adresse sicher ausfindig machen.

Und dann Reinhold. Der arme, arme Reinhold. Sie stellte sich vor, wie ein Auto mit getönten Fensterscheiben auf dem Strand vor dem Haus auf Fårö anhielt. Zwei Polizisten und ein Geistlicher mit Talar und mitfühlendem Blick stiegen aus. Reinhold stand hinter dem niedrigen Fenster, er hatte die Notenblätter weggelegt, als er das Auto hörte. Als er nun sah, wer ausstieg, ging ihm auf, dass etwas Schreckliches passiert sein musste.

Etwas unvorstellbar Schreckliches.

Sie nahmen ihn sofort mit, das glaubte sie jedenfalls. Sie konnten ihn doch nicht allein in einem leeren Haus zurücklassen. Und sie brachten ihn zum Flugplatz und an Bord eines Flugzeuges nach Arlanda.

Was für eine Heimkehr. Da musste er im Flugzeug sitzen und versuchen, ganz normal auszusehen, obwohl sein Inneres doch eine einzige große Wunde war. Was für eine Verzweiflung!

Sie blätterte in ihrem Album, es enthielt eine Reportage, die nur von Jennys Mann handelte. Sie hatte sie bei den Zeitungen gefunden, die sie im Blumenladen zum Einwickeln benutzten. »Unser nordischer Stolz«, lautete die Überschrift. Reinhold balancierte auf einigen Felsen, draußen im Schärengürtel, und er trug eine dicke Strickjacke. Er hob die Arme zum Himmel, wie um ein unsichtbares Orchester zu dirigieren. Er sah richtig gut aus. Fesch und freundlich zugleich. Wie hatte Jenny ihn nur betrügen können, und das auch noch mit so einem Typen wie Arne Palmér. Nicht zu fassen!

Natürlich würde sie zur Beerdigung gehen. Dort würde sie die nächsten Angehörigen sprechen können, endlich würde sie sie persönlich sehen.

»Ich bin Hilja Agnevik, ich war die allerbeste Freundin eurer Mama«, sagte sie laut und stellte sich vor, wie sie die beiden jungen Leute an sich zog und umarmte. Sie lächelten sie unter Tränen an.

»Erzähl uns, wie das damals war, was ihr gemacht habt, als ihr klein wart, als ihr in Vällingsby gewohnt habt. Wir wollen alles wissen, absolut alles.«

»Ja, ja, das mach ich gern.«

Und dann Reinhold. »Jenny hat von dir erzählt«, würde er sagen. »Sie hat sich so über deinen Brief gefreut. Sie wollte dich anrufen, aber sie steckte gerade mitten in Dreharbeiten, die wollte sie zuerst abschließen. Nichts dergleichen sollte euer Wiedersehen stören.«

Jennys Mutter war schlank und schwarz gekleidet, vielleicht trug sie einen hauchdünnen Schleier vor dem Gesicht. »Liebe kleine Hilja, dass es so ein Ende nehmen musste. Ich hätte sie nicht verlassen dürfen, ich hätte nicht wegziehen dürfen, das ist alles meine Schuld.«

»Man muss seine eigene Wahrheit finden«, würde sie sagen. Diesen Ausdruck hatte Arne Palmér oben in Jennys Schlafzimmer benutzt. Es klang gerade richtig rätselhaft, wie ein Motto, es war ihr im Gedächtnis haften geblieben.

Jetzt wurde an die Tür geklopft. Eilig schlug Hilja das Album zu. Wie immer ohne auf Antwort zu warten kam Karla herein.

»Was? Du hast dich angezogen?«

»Ja.«

»Ich hab doch gesagt, du sollst im Bett bleiben. Leg dich wieder hin, damit du keinen Rückfall kriegst.«

»Ich weiß doch selbst am besten …«

»Ach was, das sagt sich leicht! Aber wer muss sich dann um dich kümmern, wenn du zu früh aufstehst? Wer muss die schwere Last tragen?«

In ihrem Gehirn wurde alles weiß, weiß vor Zorn. Sie stand auf und ging langsam auf Karla zu. »Hör auf!«, fauchte sie.

»Was ist denn jetzt los? Was ist in dich gefahren? Willst du Ärger machen?«

»Hör auf, mich wie ein unmündiges Kind zu behandeln.«

»Hilja!«

Sie ahnte einen Hauch von Unsicherheit in der Stimme ihrer Schwester. »Ich bin erwachsen«, sagte sie mit belegter Stimme. »Und ich werde ausziehen.«

Ihre Wange brannte, nach einem kurzen, scharfen Knall. Ihr Ohr tat weh. Karla trat einige Schritte zurück und durchbohrte sie mit Blicken. Ihre flache Brust bebte.

»Du undankbares kleines Miststück! Nach allem, was ich in all den Jahren für dich getan habe. Ihr rottet euch gegen mich zusammen, das habt ihr immer schon getan. Du und dein Feigling von Bruder, ich habe euch gepflegt, seit ihr als Säuglinge eure Hosen voll geschissen habt. Und dann bringt ihr es über euch, mir das anzutun!«

Sie hörten ein Knurren, ein Fauchen, wie das einer riesengroßen Katze. Wie durch einen Nebel begriff Hilja, dass es von ihr selbst stammte. Sie schluckte, sie wurde doppelt so groß. Sie blies sich auf und wuchs, mit ausgebreiteten Armen watschelte sie auf Karla zu. Die Schwester blieb wie gelähmt stehen. Hilja hatte sie jetzt erreicht, ihre Hände packten Karlas Schultern, bohrten sich hinein und schüttelten sie dermaßen, dass Karlas kleiner harter Schädel hin und her geschleudert wurde.

»Ich bring dich um«, knurrte sie. »Ich bring dich um.«

Karla jammerte leise. Ihre Finger kratzten, um sich von Hiljas Zugriff zu befreien. Hilja hob die Faust und schlug zu, traf Karlas Mund und Arme.

»Jetzt ist Schluss!«, brüllte sie. »Mein Leben lang hast du

mich unterdrückt, aber jetzt ist Schluss, verstehst du! Verstehst du, es ist Schluuuuss!«

Wie von weit her hörte sie die Türklingel. Sie ließ Karla los und schüttelte sich. Karlas Augen waren weit aufgerissen. Aus einem Mundwinkel rann ein hellroter Blutfaden. Wieder wurde geschellt. Hilja stieß Karla gegen die Wand, wo Karla langsam zu Boden sank, und lief mit langen Schritten zur Wohnungstür. Riss sie auf.

Draußen stand Frau Castell, die Nachbarin. Ihre neugierigen Äuglein funkelten. »Darf man fragen, was hier los ist? Es ist im ganzen Haus zu hören.«

»Nichts.«

»Dann möchte ich mit Ihrer Schwester sprechen.«

»Bitte, lassen Sie uns in Frieden.«

»Etwas geht hier vor, das habe ich doch gehört! Es hat sich angehört, als ob ihr das ganze Haus abbrechen wolltet!«

»Bitte, gehen Sie!«

»Was heißt hier gehen? Als Nachbarin habe ich ja wohl das Recht zu erfahren, was in meinem eigenen Haus vor sich geht.«

»Na gut, hier war ein Mann, ein Einbrecher oder Dieb«, hörte sie ihre eigene Stimme.

Die alte Frau keuchte auf. »Ein Einbrecher?«

»Ein Einbrecher, ja. Mit Maske, ich konnte also sein Gesicht nicht sehen. Ich habe ihn auf frischer Tat ertappt.«

»Was um Himmels willen sagen Sie da!« Frau Castell griff unsicher nach der Türklinke.

»Ich habe ihn vertrieben. Aber Sie sollten bei sich nachsehen, ob er da nicht auch einzubrechen versucht.«

»Hilfe, glauben Sie das wirklich?«

»Man kann nie wissen. Haben Sie Ihr Portemonnaie eingeschlossen, Frau Castell?«

Die Frau machte große Augen. »Nein!«

»Ach du meine Güte! Dann sollten Sie machen, dass Sie in Ihre Wohnung kommen.«

»Ach, ach, ach, das wäre sicher das Beste. Rufen Sie die Polizei an?«

»Ja«, sagte Hilja kurz.

Die alte Frau drehte sich um und setzte sich in Bewegung. Ihr Rock saß schief, an einer Stelle hing der Saum hinunter. Der Fahrstuhl stand noch da. Sie stieg hinein und fuhr abwärts. Als Hilja sich umdrehte, war Karla in die Diele gekommen. Sie zog gerade ihren Mantel an. Ihr Gesicht war schmal und weiß. Ihre Oberlippe wurde auf der linken Seite bereits dick.

»Ich gehe zur Polizei«, sagte sie verbissen. »Ich werde dich anzeigen. Du hast gedroht, mich umzubringen. Das ist strafbar, das weißt du sicher. Die werden dich einsperren.«

»Geh du nur«, knurrte das Katzentier, und unter ihren Fingernägeln schienen plötzlich Krallen hervorzuwachsen. »Vielleicht kannst du denen bei der Gelegenheit auch gleich erzählen, was du uns alles angetan hast. Kristian und mir. Als wir klein waren und uns nicht wehren konnten. Mach das bitte. Das sollen sie jetzt endlich erfahren!« Den letzten Satz schrie sie in die Wohnung hinein.

Karla riss ihre Handtasche an sich. Sie drängte sich aus der Wohnungstür. Ihre Absätze knallten wie Eisen auf den Marmorboden.

Hilja wählte Kristians Büronummer. Sein Kollege meldete sich.

»Hallo, Andreas«, sagte sie und staunte darüber, wie leicht ihr das Reden plötzlich fiel. »Ich heiße Hilja Agnevik, ich bin Kristians Schwester. Ich glaube, wir kennen uns noch gar nicht.«

»Nein.«

»Ist er da?«

»Nein. Im Moment nicht.«

»Ach, und wann kommt er zurück? Weißt du das?«

»Nein, das weiß ich nicht.«

Wie unfreundlich der sich anhörte. Fast schon unsympathisch. Wie konnte Kristian mit so einem zusammenarbeiten?

»Können Sie ihm dann ausrichten, dass ich angerufen habe? Und dass ich mich später noch mal melde?«

Sie holte sich die Morgenzeitung vom Küchentisch. In ihrem Zimmer schlug sie sie dann auf und fand unten auf Seite 2 Adresse und Telefonnummern der Redaktion. Sie hob die rechte Hand und musterte sie ausgiebig. Die Fingerknöchel taten weh. Konnte sie sich etwas gebrochen haben? Nein, es war sicher nur äußerlich. Arne Palmér, dachte sie. Jetzt hab ich dich. Das, was du getan hast…«

Sie spürte einen Kloß im Hals und glaubte, gleich in Tränen ausbrechen zu müssen. »Nein!«, brüllte sie.

Sie blieb eine Weile mit zusammengekniffenen Augen sitzen, versuchte, das Bild von Jenny vor sich zu sehen, der kleinen Jenny mit der Angoramütze, von der sie immer wieder Fussel gezupft hatte. Wunderschöne rosa Fussel, an denen sie später gerochen hatte. Wieder erwachte ihr Zorn. Ehe ihr neue Zweifel kommen konnten, wählte sie die Nummer.

»Willkommen bei Dagens Nyheter.« Die Frau von der Telefonzentrale hatte eine freundliche Stimme.

»Ich hätte gern mit einem von Ihren Fotografen gesprochen. Mit Arne Palmér.«

Als sie hörte, wie ihre Stimme diesen Namen nannte, hatte sie wieder Angst, und sie musste einige Male energisch schlucken.

Man muss seine eigene Wahrheit finden, dachte sie. Seine eigene Wahrheit.

Der Mann meldete sich sofort. Als ob er auf sie gewartet hätte.

»Palmér.«

»Hallo«, stieß sie hervor.

»Mit wem spreche ich?«

»Ich bin Jennys beste Freundin.«

Sie hörte, wie er Atem holte.

»Welche Jenny?«

»Je… Jennifer Ask.«

»Ach?«

»Ich weiß, was du getan hast. Ich könnte es der Polizei und überhaupt der ganzen Welt erzählen. Aber wir kön… können uns auch gütlich einigen, wenn du willst, niemand braucht davon zu erfahren.«

»Was zum Teufel!«

»Man muss seine eigene Wahrheit finden«, sagte sie langsam. »Und jetzt habe ich deine gefunden. Aber wie gesagt, wir werden uns schon einigen, du und ich.«

»Uns einigen? Wer bist du? Und wovon redest du da, zum Teufel?«

»Weder die Polizei noch Reinhold Ask müssen doch alles wissen. Wenn du dich kooperativ verhältst.«

Sie fühlte sich jetzt ein wenig sicherer, und sie freute sich über ihre Formulierung. *Wenn du dich kooperativ verhältst.* Es war ihr ganz natürlich vorgekommen, das zu sagen. Er schwieg einige Sekunden, dann lachte er kurz und überrascht auf.

»Ha, ha, wer bist du eigentlich? Jetzt erzähl schon. Soll das hier ein Witz sein?«

»Jennifer ist tot. Ich finde das überhaupt nicht witzig.«

»Aber was willst du von mir?«, fauchte er in den Hörer.

»Ich will dich treffen. Jetzt. Sofort.«

»Jetzt?«

»Ich komme zum Redaktionsgebäude. Ich kann in einer halben Stunde da sein. Wir treffen uns an der Rezeption. Ich trage eine braune Wildlederjacke. Und wir sind uns schon einmal begegnet, du müsstest mich also erkennen können. Und wenn nicht, dann ist das dein Pech.«

Ehe Palmér noch mehr sagen konnte, hatte sie bereits aufgelegt.

Ein Moment der Schwäche – oder der Stärke!
Dass endlich die Last von ihm genommen würde.
Dass ihm eine Form der Versöhnung angeboten würde:
Sieh, hier bin ich! Nimm mich!

Sie machten eine kleine Essenspause. Butterbrote wurden gebracht, Bagelhälften mit Salat, zu viel Butter und fettigen Salamischeiben. Eine Kanne frisch aufgegossenen, starken Kaffees. Kristian biss einige Male in sein Brot. Er hatte Hunger, konnte aber trotzdem nichts essen. Die Bissen blieben ihm im Hals stecken.

Der Wind schien stärker geworden zu sein, er pfiff und heulte um das Haus.

»Himmel, der Urlaub scheint schon eine Ewigkeit her zu sein«, stellte Urban Lundell fest und machte sich über seine zweite Bagelhälfte her. »Und wie warm es da war, fast unnatürlich. Im vergangenen Sommer habe ich mich wirklich manchmal nach Regen und Wind gesehnt.« Er bekreuzigte sich scherzhaft. »Das kann ich jetzt kaum noch begreifen.«

»Ja, es geht wirklich schnell vorbei«, sagte Kristian. »Das Leben übrigens auch«, fügte er hinzu.

Lundell nickte. Sein Kollege hatte den Raum verlassen.

»Fühlen Sie sich jetzt besser?«, fragte er und musterte Kristian freundlich. »Keine weiteren Herzprobleme?«

Kristian lächelte müde. »Das kommt schon in Ordnung.«

»Wir sind bald fertig. Ich hoffe, wir haben Sie nicht zu lange aufgehalten.«

»Ist schon gut.«

Plötzlich sagte er es einfach. Geradeheraus, über den Tisch. »Also, da gibt es noch etwas, was ich vielleicht erzählen sollte.«

Urban Lundell setzte sich auf seinem Stuhl anders hin. »Ach?«

»Ich wollte es eigentlich nicht erwähnen. Aus Respekt vor Jennifer, es setzt sie doch in ein schlechtes Licht.«

»Worum geht es denn?« Lundells Stimme hatte jetzt einen anderen Klang.

»Also, es ist etwas, das sie mir anvertraut hat, als ich ihre Villa taxieren wollte. Sie hat von einem Mann berichtet, vor dem sie sich fürchtet.«

Urban Lundell lauschte mit gerunzelter Stirn. »Verdammt! Das hätten Sie ja wohl ein wenig früher ausspucken können.«

»Mir ging es doch um Jenny. Und um ihre Familie. Außerdem habe ich ihr hoch und heilig versprochen, es niemandem zu erzählen.«

»Ein Mann, vor dem sie sich fürchtete, sagen Sie?« Lundell schnappte sich Papier und Bleistift und schlug ein frisches Blatt in seinem Notizblock auf.

»Ja.«

»Was denn für ein Mann?«

»Sie hatte ein Verhältnis mit ihm.«

»Erzählen Sie weiter.«

»Und das wohl schon lange. Seit vielen Jahren. Ihr Mann wusste nichts davon, ich glaube, niemand wusste etwas, denn sonst wäre es doch sicher zu den Klatschzeitungen durchgesickert. Sie hat mir gesagt, dass sie ihren Mann liebt, sie hatte fast einen Wutausbruch, als ich fragte, warum sie verkaufen wollten, ob es mit einer Scheidung zusammenhinge. Ja, und dann hat sie mir erzählt, dass sie die Beziehung zu diesem Typen am liebsten beenden wollte, dass sie sich aber nicht traute. Sie schien schreckliche Angst zu haben.«

»Wissen Sie noch mehr?«

»Er ist Fotograf. Er hat sie einige Male portraitiert, und dabei haben sie sich ineinander verliebt. Es war die reine Leidenschaft, sagte sie. Aber das kennt man ja, Leidenschaft geht vorbei. Sie sagte, er habe sich in der letzten Zeit irgendwie verändert. Wirke auf irgendeine Weise krank. Mental gestört. Er hatte gedroht, Reinhold, ihrem Mann, alles zu erzählen. Die beiden sind offenbar alte Kumpels.«

»Wie heißt er? Hat sie das gesagt?«

Kristian nickte. »Wird das an die Presse durchsickern? Wird es ihren guten Ruf besudeln?«

Lundell schaute ihn gereizt an. »Das Wichtigste ist jetzt ja wohl, dass wir diesen Mann finden und mit ihm sprechen.«

»Werden Sie ihm sagen, von wem Sie das alles wissen?«

»Da wird uns wohl nichts anderes übrig bleiben.«

Kristian rieb sich die Stirn. »Aber wie wird er darauf reagieren? Wenn er sich nun rächen will, wenn er es bei mir oder meiner Frau und meinen Kindern versucht?«

»Wenn er Jennifer Ask umgebracht hat, dann hat er schlechte Karten, das kann ich Ihnen sagen. Mord kann mit lebenslänglicher Haft bestraft werden. Und wenn er psychisch krank ist, was wir ja durchaus vermuten dürfen, dann kommt er auf unbestimmte Zeit in die Psychiatrie.«

»Na gut«, murmelte Kristian.

»Also?«

»Palmér heißt er. Arne Palmér.«

Lundell notierte. »Sie meinen also, dass ihr Mann keine Ahnung hatte.«

»Den Eindruck hatte ich.«

»Hm.«

»Sie war ja eine begabte Schauspielerin.«

»Aber trotzdem. Als Privatperson spielt man doch wohl nicht Theater?«

»Manchmal schon.«

»Ach?«

»Da ist noch etwas. Palmér interessiert sich für den Kauf der Villa. Das Haus hat ihm früher mal gehört. Er tauchte bei der Besichtigung auf und sagte, er wolle wieder dort wohnen.«

»Klingt merkwürdig.«

»Ja, aber er meinte, besser so, als dass Fremde dort leben.

Er hatte die ganze Zeit einen Schlüssel, er hat das Haus für sie gehütet, wenn sie verreist waren.«

Lundell schüttelte verständnislos den Kopf. »Wo kann man ihn erreichen?«

»Ich habe seine Mobilnummer, allerdings liegt sie im Büro.«

»Wir brauchen sie unbedingt.«

»Ich rufe meinen Kollegen an.«

Als er die Wache verließ, packte der Wind ihn und blähte seine Jacke wie ein Segel. Vor Müdigkeit flimmerte alles vor seinen Augen. Bei der Vorstellung, ins Büro zurückzugehen, fühlte er sich ungeheuer unwohl. Andreas hatte sich am Telefon schroff und fremd angehört. Er hatte Palmérs Nummer herausgesucht und erwähnt, dass Hilja ihn sprechen wollte.

Verdammt, ich will ihn heute nicht mehr sehen, dachte Kristian. Ich kann seine saure Visage nicht ertragen. Ich bring es nicht, zu schleimen, um ihn in bessere Laune zu versetzen.

Das hatte er in seiner Jugend mehr als genug machen müssen.

Er ging zur Bushaltestelle in der Fleminggata. Das Telefon drückte in der Hosentasche gegen sein Bein. Er hatte es ausgeschaltet, fast schon den ganzen Tag. Sandersson, dachte er, verdrängte diesen Gedanken aber. Plötzlich hatte er die ganze Maklerarbeit restlos satt.

Aus der Ferne hörte er Sirenen. Ein Streifenwagen jagte in wildem Tempo vorbei. Die Leute blieben stehen und hielten sich die Ohren zu. Dann kam der Bus.

Er fühlte sich unwohl in der alten Sportjacke. Sie spannte über den Schultern und nahm ihm sein Selbstvertrauen. Sicher würde die Polizei ihm die andere Jacke zurückgeben, wenn der Mord erst aufgeklärt wäre. Aber wie sollte er die jemals wieder anziehen können! Das Bild von Jenny flimmerte vor seinen Augen, ihr Bauch und die leicht gespreizten Oberschenkel. Die Haut, die so glanzlos war, fast grau. Ihre Arme waren über den Kopf gestreckt worden, die Finger gekrümmt, wie zur Verteidigung. Es schauderte ihn.

Am Hötorg stieg er aus und ging ins Kaufhaus Pub, fuhr hinauf in den zweiten Stock und suchte die Jacken durch, bis er eine fand, die ihm gefiel. Sie war grün. Eine grüne Jacke hatte er noch nie gehabt. Die junge Verkäuferin musterte ihn, während er die Jacke anprobierte. Er hatte das Gefühl, dass sie ihn kritisch musterte, das machte ihn nervös.

»Die nehm ich«, sagte er eilig. »Ich behalte sie gleich an.«

»Okay.«

Er legte die alte Jacke auf den Tisch. »Können Sie die für mich entsorgen?«

»Lieber nicht.« Fast angeekelt faltete die Frau die Jacke zusammen und steckte sie in eine Plastiktüte. Ihre Nägel waren lang und viereckig. »Wir hätten doch hier das reinste Heilsarmeelager, wenn wir uns um alle abgelegten Klamotten kümmern müssten«, sagte sie und schaute ihn vorwurfsvoll an. Er bezwang seine Lust, ihr eine zu scheuern.

Mit der Rolltreppe fuhr er ins Erdgeschoss. Beim Ausgang stand ein Papierkorb. Er stopfte die Plastiktüte hinein. Sofort packte ein Wächter seinen Arm.

»Was ist das da?«

Ihm war leicht schwindlig, wie bei einem Schwips. »Wieso, das ist nur eine alte Jacke.«

»Nehmen Sie die Tüte heraus und machen Sie sie auf.«

»Wieso das? Papierkörbe sind doch für Abfall da.«

»Aufmachen!« Der Wächter kniff die Augen zusammen. Er war groß und breitschultrig, er erinnerte an Conny Sävström. Er schob sein Kinn vor wie ein Hecht. Inzwischen waren bereits Neugierige stehen geblieben. Unter seinen Armhöhlen juckte und prickelte es, und ihm war schwindlig, es wurde immer schlimmer.

»Nun stellen Sie sich doch nicht so an«, sagte er und gab sich Mühe, ruhig zu bleiben.

»Aufmachen!«

»Sicher. Aber ich finde, Sie übertreiben«, sagte er und zerrte die Tüte aus dem Papierkorb. Er öffnete sie und drehte sie um. Die alte Sportjacke fiel auf den Boden. Der Wächter hob sie mit seinem Knüppel hoch.

»Können Sie etwas finden?«, fragte Kristian. »Habe ich in der Tasche vielleicht eine Bombe versteckt?«

Der Wächter musterte ihn kühl. »Seit dem 11. September kann man nicht vorsichtig genug sein«, sagte er.

Kristian bückte sich und riss die Jacke an sich. Er stopfte sie wieder in die Tüte und setzte sich in Bewegung. Die Leute machten ihm Platz, starrten ihn feindselig an, jemand lachte.

Er wanderte durch die Kungsgata und bog dann nach links in die Vasagata ab. Beim Bahnhof ging er zu den Toiletten. Er hatte Watte in den Ohren, er hörte nur ein leises, pfeifendes Rauschen. Er faltete die Jacke zu einem kleinen harten Paket zusammen und stopfte sie ganz unten in einen Papierkorb. Dann blieb er eine Weile stehen und presste den Hinterkopf gegen die Wand. Er öffnete den Mund und weinte.

Um sieben nach eins stieg sie vor dem großen Redaktionshaus, in dem *Expressen* und *Dagens Nyheter* untergebracht waren, aus einem der blauen Busse der Linie 1. Zuerst hatte sie gedacht, die Redaktion sei im Hochhaus untergebracht, doch dann hatte sie noch einmal in der Zeitung nachgesehen. Gjörwellsgata 30 war die Adresse, die sie rasch im Stadtplan fand.

Der Wind riss an ihrem langen schwarzen Rock, als sie aus dem Bus stieg, und für einen Moment hätte sie fast die Balance verloren. Sie hatte sich die Haare zu einem Knoten hochgesteckt und sich ein wenig Oscar de la Renta an den Hals gespritzt. Sie hatte sich sogar die Lippen angemalt, doch ihr Lippenstift war ziemlich eingetrocknet, sie musste sich bald einen neuen kaufen. Die Parfümflasche hatte sie von Göran bekommen, gleich nach ihrer ersten Begegnung. Er hatte erzählt, dass er sie eigentlich für seine Frau gekauft hatte, dass ihr der Geruch jedoch nicht gefiel. Hilja wusste noch, wie gut sie es gefunden hatte, dass er ehrlich genug war, um ihr das zu sagen.

Sie ging über die Steinplatten zu den Türen und hielt in der Rezeption Ausschau. Palmér war noch nicht zu sehen. Vor der Fassade war eine Anzahl großer Granitblöcke ausgelegt worden. Vermutlich sollten die ein Kunstwerk darstellen. Sie sahen aus wie riesige Kartoffelhälften. Was sie wohl symbolisierten? Sie hatte keine Ahnung. Auf der anderen Straßenseite, hinter einem hohen Eisengeländer, lag die russische Botschaft. Die rotblauweiße Flagge wehte im Wind. Hammer und Sichel, dachte sie. Was ist wohl daraus geworden?

Sie schaute in die Rezeption und sah im Glas der Türen ihr Spiegelbild. Der Rock wickelte sich um ihre Beine und um ihre verschlissenen Winterstiefel. Wenn das hier vorbei wäre, würde sie sich etwas Neues gönnen. Einen Webpelz vielleicht? Und etwas Elegantes, Hochhackiges.

Aber wenn er nun nicht kam!

Doch, er würde kommen. Für Arne Palmér stand viel zu viel auf dem Spiel. Sie hatte sich eine Strategie zurechtgelegt, und die ging sie nun wieder und wieder durch, während sie wartete. Sie fühlte sich stark, fürchtete sich aber auch ein wenig. Immer wieder krampfte ihr Magen sich zusammen. Dauernd musste sie sich daran erinnern, dass sie hier die Oberhand hatte, dass sie mit der Trumpfkarte in der Hand dasaß. Wenn er erst gehört hätte, was sie zu sagen hatte, würde er sich geschlagen geben müssen.

Ruhelos lief sie an den Fahrradständern hin und her. Der Wind hatte mehrere Räder umgeworfen, vielleicht waren sie hier auch einfach vergessen worden. Viele waren arg ramponiert. Einem fehlte der Sattel, ein anderes hatte keine Pedale. Sie hatte auch einmal ein Rad besessen. Bei ihrem Umzug nach Kungsholmen hatte sie es mitgenommen und danach nie wieder gesehen. Im Grunde spielte das keine Rolle, sie war zu ungeschickt, um Rad zu fahren, sie konnte das Gleichgewicht nicht mehr halten.

Ab und zu kam jemand aus der Tür, und alle sahen selbstsicher und gelassen aus. Vielleicht waren sie Journalisten, die zu einem Auftrag unterwegs waren. Zu einem Scoop. Himmel, was könnte sie denen für einen Scoop liefen. Wenn die nur wüssten!

Journalistin wäre sicher ein spannender Beruf. Wenn sie sich nur »ein wenig mehr angestrengt hätte«, hätte sie Journalistin werden können. Als ihr Karlas Worte einfielen, jagte eine heiße Welle über ihren Bauch und ihren Rücken. Sie biss die Zähne zusammen, so hart, dass es wehtat. Ob Karla wirklich zur Polizei gegangen war? Sie durchwühlte ihre Taschen nach einem Taschentuch, konnte aber keins finden. Der Wind riss an ihrem Knoten, und mehrere Strähnen lösten sich. Eine Haarnadel klirrte auf die Steinplatten.

Als sie sich gerade danach bückte, bretterte ein Wagen in die Parklücke, vor der sie stand, und bremste so heftig, dass die Reifen kreischten. Sie fuhr vor Schreck zusammen. Er war es, Arne Palmér. Der Mann, der Jenny umgebracht hatte. Er riss die Wagentür auf und stieg aus. Sie hatte vergessen, dass er so breit und riesig war. Er trug Jeans, eine schwarze offene Lederjacke und Cowboystiefel. Er war nicht mehr sonnenverbrannt, sondern bleich und verhärmt im Gesicht. Seine Wangen wirkten länger, magerer. Er sah älter aus als in ihrer Erinnerung.

Ohne irgendeinen Zweifel kam er auf sie zu, eilig, er ragte vor ihr auf und bohrte die Hände in die Taschen. Stand da und wippte auf den Schuhsohlen auf und ab.

»Du hast angerufen?«, fragte er unfreundlich.

Sie nickte.

»Ich habe dich noch nie gesehen.«

»Aber ich dich.«

»Was zum Teufel willst du?« Er hob den Arm und schaute auf die Uhr. »Du musst dich beeilen, ich muss zu einem Job.«

Sie zwang sich dazu, tief und langsam zu atmen. »Jennifer Ask«, sagte sie und betonte dabei jede Silbe.

Der Mundwinkel des Mannes zuckten, als wollte er etwas sagen, dann schien er sich die Sache aber anders zu überlegen.

»Ich weiß alles«, sagte sie und trat einen Schritt zurück, denn er war ihr plötzlich so nahe gekommen. Er sah wütend aus, er zog seine buschigen Augenbrauen zusammen und versetzte einem kleinen Stein, der auf dem Boden lag, einen Tritt. Der Stein flog zwischen den Fahrrädern durch und prallte von der Wand ab.

»Und das wäre?«, fragte er und trat so dicht an sie heran, dass sie noch weiter zurückweichen musste.

»Ich weiß, was du getan hast«, sagte sie atemlos.

Der Mann sah aus, als wollte er sie schlagen.

»Man… man muss seine eigene Wahrheit finden«, rutschte es aus ihr heraus.

Er riss sich zusammen, seine Schultern senkten sich. »Wer bist du eigentlich?«

»Das spielt keine Rolle«, antwortete sie. »Was eine Rolle spielt, ist, was du Jenny angetan hast. Sie hatte Angst vor dir, sie hat dich überhaupt nicht geliebt, sie hat Reinhold geliebt, und zwar die ganze Zeit.«

»Aber was redest du da!«

»Hast du das nicht gehört, doch, das hast du, das sehe ich dir an.«

»Ich hab keine Zeit, mir noch länger dieses Fotzengefasel anzuhören.«

Sie warf den Kopf in den Nacken und rang sich ein Lachen ab. Der Wind füllte ihren Mund, konnte ihre Worte aber nicht mit sich reißen.

»Dann bist du vielleicht reif genug, um dich zu entscheiden, kleine Jennifer. Man kann nicht in alle Ewigkeit auf sämtlichen Hochzeiten tanzen.«

»Woher hast du das?« Arne Palmér packte ihre Handgelenke. Reflexartig riss sie sich los.

»Du hast sie umgebracht«, sagte sie. »Du hast Jenny umgebracht, ich weiß, dass du es getan hast, und ich habe vor, der Polizei alles zu erzählen. Die suchen doch nach dem Mörder, das weißt du so gut wie ich, und sie werden nicht lange suchen müssen, das garantiere ich dir. Wenn du nicht tust, was ich dir sage, natürlich. Denn dann sieht die Sache schon ganz anders aus.«

Er holte Luft, sein Brustkorb hob sich. Sein Gesicht war dunkelrot angelaufen, doch vor Zorn brachte er kein Wort heraus.

»Eine Million Kronen«, sagte sie. »Und behaupte ja nicht, du hättest nicht so viel Geld, es gibt Banken, man kann ein Darlehen aufnehmen. Eine Million in Scheinen. Denk daran. Heute ist Dienstag. Ich gebe dir drei Tage. Am Freitag rufe ich dich in der Zeitung an und sage, wo du ...«

Sie konnte diesen Satz niemals beenden. Der Mann hob den Arm und schlug sie so heftig ins Gesicht, dass sie schwankte und fast umgekippt wäre.

»Jetzt reicht es aber, verdammt noch mal!« Mit wütenden Schritten lief er zum Auto, sprang hinein und trat das Gaspedal durch. In der Luft hing der verbrannte Geruch nach Gummi.

Sie hatte gewonnen. Sie spürte, dass sie gewonnen hatte. Arne Palmérs Nerven waren nicht stark genug, er hatte ihr nicht weiter zuhören können. Das machte nichts. Am Freitag würde sie ihn wieder anrufen und ihm sagen, wo er das Geld hinterlegen sollte. Er würde keine Chance haben, aus der Sache herauszukommen.

Sie entspannte sich und ging los.

Eine Million Kronen! Kristian hatte versprochen, ihr eine Wohnung zu besorgen. Bald würde er ihr den Schlüssel geben, und sie würde mit ihren Habseligkeiten dort einziehen. Alles in ihr prickelte, wenn sie daran dachte. Sie würde nicht nach Hause gehen. Noch nicht jedenfalls. Nicht an diesem Tag.

Ein Streifenwagen kam angefahren. Er fuhr schnell. Instinktiv wandte sie sich ab und bedeckte ihr Gesicht. Wenn Karla sie angezeigt hatte, wurde jetzt vielleicht nach ihr gesucht. Sie beschloss, zu Fuß zurückzugehen und sich an die Seitenstraßen zu halten. Ein bisschen Bewegung würde ihr ausnahmsweise einmal gut tun.

Unten beim Bahnhof lag ein Hotel, in dem sie einmal zu einem Floristenlehrgang gewesen war. Sie hatte sich am ersten Tag verirrt und war in einem endlosen Gang gelandet. Die Tür zu einem Zimmer hatte offen gestanden, drinnen wurde gerade sauber gemacht. Es hatte nett und gemütlich ausgesehen.

Göran, dachte sie.

Ihre Eierstöcke zwickten ein wenig, es war jetzt so weit. Der Tag der Befruchtung war gekommen. Sie lächelte vor sich hin, als sie zum Rezeptionstresen ging.

Der Mann dort trug eine Uniform. Er hatte schwarze, lockige Haare. Er musterte sie besorgt.

»Auf welchen Namen war das Zimmer bestellt, haben Sie gesagt?«, fragte er, und sie hörte seinen fremdländischen Akzent.

»Markusson«, sagte sie und blätterte in ihrem Terminkalender.

»Es tut mir Leid, aber diesen Namen kann ich hier nicht finden.«

»Oooo«, stöhnte sie. »Mein Mann hat bei Ihnen angerufen, schon vor über einer Woche. Was machen wir jetzt?«

»Das lässt sich alles regeln«, sagte der Mann. »Wir haben ein Zimmer frei. Wenn es nur für eine Nacht ist, meine ich.«

Der Fernseher lief. *Willkommen, Hilja Markusson*, las sie auf dem Bildschirm. *Wir hoffen, dass Ihnen Ihr Besuch bei uns gefällt*. Ihr Herz prickelte. Das Zimmer lag im ersten Stock und schaute auf einen Hinterhof. Es war still und ruhig. Sie hörte nur das leise Rauschen der Klimaanlage. Sie streckte sich auf dem Bett aus, auf der gestärkten, geblümten Tagesdecke. Blieb eine Stunde liegen und bewegte Finger und Zehen.

»Was auch passieren mag, ich habe die Oberhand«, sagte sie laut. »Dieser Idiot Palmér kommt mir nicht davon.«

Sie streckte die Hand nach dem Telefon aus und wählte die Null.

Göran war im Büro, das hatte sie gewusst. Er telefonierte gerade, aber bald würde er Zeit für sie haben. An diesem Tag lief alles wie geschmiert, an diesem ersten Tag in ihrem neuen Leben. Sie drehte sich auf den Bauch.

»Arne Palmér«, flüsterte sie. »Hier siehst du deinen Bezwinger.« Wenn es auch in diesem Fall wohl eher »Bezwingerin« heißen müsste. Sie kicherte ein wenig über dieses Wort.

Ein helles, gekünsteltes Kichern, das von einer anderen zu stammen schien. Sie schmiegte den Kopf ins Kissen und hielt den Hörer ans Ohr. Dann hörte sie ein Klicken und hatte Göran an der Strippe.

Er klang gestresst, als er seinen Namen nannte. Aber das sah ihm ähnlich, immer gestresst, so war er nun einmal.

»Ich hab für uns ein Zimmer gemietet«, sagte sie und wartete auf seine Reaktion.

»Was redest du da?«

»Ich liege hier auf dem Bett und habe Sehnsucht nach dir.«

»Aber ich habe doch gesagt…« Er verstummte.

»Du bist vielleicht nicht allein?«, fragte sie rasch.

»Bleib dran!« Sie hörte, wie er etwas über Planzeichnungen und Modulen sagte. Dann war er wieder da. Er klang jetzt ruhiger, interessierter.

»Hast du ein Hotelzimmer gemietet?«

»Ja. Unter deinem Namen.«

»Was?«

»Mach dir keine Sorgen. Ich bezahle. Ich habe eben noch Geld aus dem Automaten geholt.«

»Wieso das alles?«

»Hatte es einfach satt. Und dann noch was, das ist wirklich schön. Das mit der Wohnung scheint in Ordnung zu kommen. Ich glaube, Kristian hat schon eine an der Hand.«

»Hmmmm.«

»Ist das nicht gut?«

»Doch, sicher ist das gut.«

»Wann kommst du?«

»Sobald ich kann. Ich muss hier nur noch was fertig machen. So gegen halb fünf. Aber bist du denn nicht mehr krank?«

»Ich hab mich in meinem ganzen Leben noch nicht so wohl gefühlt.«

Als sie aufgelegt hatte, merkte sie plötzlich, wie müde sie war. Restlos ausgepumpt. Ihr war außerdem heiß, und die

Wunde auf ihrer Stirn tat jetzt weh. Sie ging in das helle Badezimmer und ließ Badewasser einlaufen. Göran würde schließlich erst in einigen Stunden bei ihr sein.

Als an die Tür geklopft wurde, hatte sie zusammengekrümmt unter der Decke gelegen und geschlafen. Sie wusste sofort, wo sie war. Sie hatte geträumt, Arne Palmér habe sie ins Auto gezerrt und sei dann in einem Wahnsinnstempo mit ihr losgefahren. Sie hätten einen Abgrund erreicht, der nur durch einen dünnen, jämmerlichen Seidenfaden gesichert war. Er war mit dem Wagen bis an den Rand gefahren und hatte dann in aller Ruhe ihre Hände und Füße mit Lederriemen gefesselt. Das Seltsame war, dass sie ihn gewähren ließ, sie saß einfach da und ließ es mit sich geschehen.

»Glaubst du, Arne Palmér lässt sich einfach alles von dir gefallen?«, fragte er freundlich. Als er fertig war, lockerte er die Handbremse und knallte die Wagentür zu, sie hörte es deutlich, wie in Wirklichkeit. Dann trat er hinter den Wagen, schob ihn an, und der rollte Zentimeter für Zentimeter auf den Abgrund zu.

Abermals hörte sie etwas, sie schlug die Augen auf, erhob sich. Schaute durch den kleinen Türspion, sah Göran dort unten stehen, seltsam verzerrt durch das Glas. Sie drückte auf die Klinke. Er schlüpfte ins Zimmer, als wäre ihm jemand auf den Fersen.

Sie trug den weißen Frotteebademantel. Der war feucht, sie hatte im Schlaf geschwitzt. Er fuhr ihr mit den Fingern durch die Haare.

»Also wirklich«, sagte er, sah aber durchaus nicht unzufrieden aus. »Jetzt stiehlst du also auch noch andrerleuts Namen! Frau Markusson! Na herzlichen Dank.«

Lachend drückte sie sich an ihn.

Er musste zur Toilette, und sie legte sich ins Bett und wartete. Sie schaute auf die Uhr. Viertel nach fünf. Sie hatte den ganzen Tag noch nichts gegessen, hatte aber keinen Hunger.

Das war gut. Sie wollte jetzt abnehmen, elegant und schlank werden. Dann fiel ihr das Kind ein. Sie konnte auch warten, bis das Kind geboren wäre. Damit der Fötus nicht unter Unterernährung zu leiden hätte.

Das Schloss klickte. Göran kam heraus. Er drehte ihr den Rücken zu und zog sich aus, faltete seine Kleidung ordentlich zusammen und legte sie auf den Stuhl. Er wich ihrem Blick aus. Er genierte sich. Diese Seite an ihm hatte sie noch nie gesehen. Er schmiegte sich an sie, seine Zehen waren eiskalt.

»Göran«, flüsterte sie.

»Mmm.«

»Was hat die Giraffe gesagt, als du losgestürzt bist?«

»Ich bin nicht losgestürzt.«

»Na gut, aber was hat er gesagt?«

»Er war heute nicht da. Er ist zu Hause, eins von seinen Kindern ist krank.«

»Was? Dieser Langweiler hat Kinder?«

»Er hat vor zwei Jahren geheiratet. Ich war bei der Hochzeit dabei.«

»Na so was.« Sie schob die Hände unter ihn und zog ihn auf sich.

»Was hast du mit deiner Stirn gemacht?«, fragte er.

»Ach, ich bin gegen eine Wand gelaufen. Aber bald ist das wieder gut.«

Sein Glied wurde an ihrem Oberschenkel hart.

»Hier haben wir unsere Ruhe«, flüsterte sie. »Hier kann kein Mensch uns stören.«

Er kam schnell und abgehackt, als hätte er in letzter Sekunde alles bereut. Sie schlang die Arme um ihn und behielt ihn in sich. Kniff die Scheidenmuskeln zusammen, blieb ganz still liegen.

»Ich liebe dich«, flüsterte sie, aber plötzlich wusste sie nicht mehr, ob das überhaupt stimmte.

Sein Kinn lag in ihrer Halsgrube.

»Jetzt bleiben wir ein bisschen liegen, damit wir wieder zu Kräften kommen«, sagte sie dann. »Und dann gehen wir zum Essen nach unten. Ich habe einen Tisch für uns bestellt. Die haben ein schönes Restaurant, ich habe einmal da gegessen, als ich hier bei einem Kurs war.«

»Hilja«, murmelte er.

»Und wenn ich erst einmal meine Wohnung habe, du, dann wird für uns alles viel leichter.«

Sie spürte, dass er nickte.

»Wird das nicht schön?«

»Doch, Hilja.«

Aber er schien unruhig zu sein, sie hörte es seinem Atem an, dass er keine Ruhe mehr hatte.

»Was ist los?«, fragte sie und ließ seinen Körper los.

Er rollte sich neben sie. »Ich kann nicht zum Essen hier bleiben.«

»Kannst du das nicht?«

»Nein. Es war schon schwer genug, überhaupt herzukommen. Und jetzt drängt für mich wirklich die Zeit.«

»Ach, entschuldige.«

»So war das nicht gemeint. Aber das kam so plötzlich, wie die Jungfrau sagte.« Er lachte gekünstelt.

»Musst du noch ins Büro?«

»Nein, wir gehen ins Theater, Betty und ich und einige Bekannte. Wir haben die Karten schon lange.« Er redete schnell und hektisch.

»Ist schon gut«, sagte sie. »Macht wirklich nichts.«

Sie blieb im Bett liegen und presste die Beine aneinander. Während Göran im Badezimmer verschwand, schob sie sich sein Kissen unter das Kreuz. Er hatte seine Kleidung mit ins Badezimmer genommen. Er wusch sich immer sorgfältig, wenn sie zusammen gewesen waren. Als er wieder zum Vorschein kam, war er vollständig angezogen.

»Du stellst jetzt aber mit meinem Namen keinen Unsinn an«, sagte er und runzelte die Stirn.

»Natürlich nicht.«

»Markusson ist ja kein besonders häufiger Name.«

»Nein.«

»Na gut. Jetzt muss ich los.«

»Mach's gut. Und amüsier dich im Theater.«

»Du bist doch nicht traurig darüber, dass ich nicht bleiben kann?«

»Nein.«

»Es ist nicht leicht, spontan zu sein, wenn man mit einer anderen Frau zusammenlebt. Das verstehst du doch, oder?«

»Aber sicher.«

Er bückte sich und setzte einen Kuss auf ihre Nasenspitze. »Dann treffen wir uns am Mittwoch? Ich kann dich an der üblichen Stelle abholen.«

»Sicher«, sagte sie und schloss die Augen.

Gegen sieben Uhr an diesem Abend schaltete sie den Fernseher ein. Um diese Zeit gab es Lokalnachrichten, vielleicht konnten sie etwas Neues über den Mord an Jenny berichten. Sie war liegen geblieben, als Göran gegangen war. Bewegungslos und mit fest zusammengekniffenen Oberschenkeln. Jetzt musste sein Samen in ihr doch Wurzeln geschlagen haben. Und sie musste zur Toilette. Sie konnte einfach nicht mehr liegen bleiben.

Als sie wieder ins Zimmer kam, hörte sie es. Ein Wagen war auf dem Essinge Gamla Broväg gegen eine Felswand gefahren. Der Fahrer, ein Zeitungsfotograf, hatte einen Bus überholen wollen, wobei ihm ein anderes Auto entgegengekommen war. Er hatte versucht, auf die linke Spur überzuwechseln, aber er hatte die Kontrolle über sein Fahrzeug verloren und war gegen die Felswand geknallt. Ein Sicherheitsgurt hätte sein Leben möglicherweise retten können.

Kristian erfuhr in seinem Haus in Älvsjö von Arne Palmérs Tod. Elisabet war noch nicht zu Hause, Linda verrührte Kakaopulver in einem Glas Milch.

»Wo treibst du dich eigentlich heutzutage immer rum«, fragte sie stirnrunzelnd.

»Wieso, ich habe viel zu tun. Ist was Besonders?«

Sie kam auf ihn zu und fasste seine Jacke an. »Neu?«

Er nickte.

»Zwei Typen haben mehrere Male angerufen. Der eine heißt Sandersson, es geht um irgendeine Wohnung. Der andere heißt Lundell oder so, ich hab die Nummer hinten liegen.« Sie zeigte in Richtung Küche. »Es schien wichtig zu sein.«

»Ja, ja.«

»Warum hast du dein Handy nicht eingeschaltet?«

»Ich hab vergessen, es aufzuladen«, log er.

Sie verdrehte die Augen und lief die Treppe hoch. Dann erscholl laute Musik.

Er hatte eben erst die Jacke aufgehängt, als das Telefon schon wieder klingelte. Das tat es in ihrem Haus allerdings dauernd. Und nur selten war der Anruf für ihn oder Elisabet bestimmt.

Diesmal war das anders.

»Für dihiiiich«, brüllte Linda aus ihrem Zimmer.

Er stand in der Küche, als er den Hörer abnahm. Er stützte sich mit der Hand auf den Küchentisch. Die Dose mit dem

Kakaopulver stand noch da, der Deckel lag daneben. Vor der Tischkante lagen ein Haufen Krümel, ein Marmeladenlöffel und ein rotes, zerknülltes Apfelsinennetz.

»Agnevik«, nuschelte er.

»Hier ist Urban Lundell. Von der Polizei.«

»Ja?«

»Ich versuche schon den ganzen Nachmittag, Sie zu erreichen.«

»Ach«, sagte er müde.

»Es ist etwas passiert. Kurz, nachdem Sie gegangen waren, haben wir von einem Verkehrsunfall in Lilla Essinge gehört.«

Kristian fuhr zusammen. Hilja, dachte er. Er wusste nicht, wie er auf diese Idee gekommen war, er hatte nur das klare Gefühl, dass mit seiner jüngeren Schwester etwas passierte, dass sie in Gefahr schwebte, dass sie seine Hilfe brauchte.

»Sind Sie noch da, Agnevik?«

»Ja.«

»Dieser Fotograf, den Sie erwähnt haben, dieser Arne Palmér. Ich wollte Ihnen nur sagen, dass er kurz nach dreizehn Uhr gegen eine Felswand gefahren ist.«

»Was sagen Sie da? Ist er… tot?«

»Ja. Er hat zu den fröhlichen Optimisten gehört, die glauben, es gehe auch ohne Sicherheitsgurt. Aber vielleicht war das in diesem Fall ja der Sinn der Sache. Wir glauben, es könnte auch Selbstmord gewesen sein.«

Eine seltsame Munterkeit überkam ihn. Es prickelte bis in seine Fingerspitzen hinein. Er öffnete eine Flasche Wein. Dann füllte er Schälchen mit Oliven und zerstückelten Gewürzgurken. Im Kühlschrank lag eine Räucherwurst, die schnitt er in Scheiben und spießte sie auf Zahnstocher. Ylva kam nach Hause, er erkannte sie daran, wie sie die Tür zuknallte.

»Ist das unser Abendessen?«, fragte sie misstrauisch und schnappte sich ein Wurststück. Dafür gab er ihr einen Klaps auf die Finger. »Für Mama und mich. Du kannst mit Linda in die Pizzeria gehen. Hier hast du für jede einen Hunderter.«

Sie starrte ihn an. Wich zurück und ballte die Faust um das Geld. »Was ist denn passiert? Was wird hier gefeiert?«

»Nichts. Hatte einfach nur Lust. Auf was anderes.«

»Hast du irgendein gutes Geschäft gemacht?« Sie legte den Kopf schräg und grinste.

»So kann man das vielleicht sagen.«

Eine halbe Stunde darauf kam Elisabet nach Hause. Sie war schlecht gelaunt, sie hatte sich mit einer Kollegin gestritten.

»Die spinnt doch total, diese verfluchte Kuh!« Fluchen lag Elisabet sonst überhaupt nicht.

»Komm rein«, sagte er. »Ich habe gerade Feuer im Kamin gemacht.«

Sie schaute zum Wohnzimmer hinüber. »Was? Wein an einem Dienstag?«

»Kann man sich nicht mal ab und zu etwas gönnen?«

Sie ging zum Tisch und goss sich ein Glas ein. »Doch, das kann man wohl«, sagte sie.

Andreas war schon lange vor der Dämmerung aufgewacht, und danach hatte er sich im Bett hin- und hergewälzt und nicht wieder einschlafen können. Seine Glieder taten weh, wie nach einem Marathonlauf. Er hob den Kopf und schaute zum Radiowecker hinüber, der stand auf Cecilias Nachttisch, weil sie immer als Erste aufstand. 3 Uhr 32. Sie war in der Dunkelheit nicht zu sehen, aber er hörte ihren Atem. Ab und zu wimmerte sie ein wenig, und danach atmete sie dann rasch und zitternd. Sie träumte also. Er hätte gern gewusst, wovon.

Um Viertel nach vier stand er auf und ging ins Badezimmer, ohne sie zu wecken. Blieb eine Weile vor dem Spiegel stehen und starrte sein Spiegelbild an. Das Glas war mit Zahnpastaspritzern übersät. Er riss ein Stück Papier ab und versuchte, die Flecken wegzuwischen. Aber damit verteilte er sie nur weiter auf dem Spiegelglas.

Er öffnete den Badezimmerschrank und nahm eine Schere heraus. Zog an seinem langen Pony. Er sah schrecklich aus, ganz einfach grauenhaft. Mit ruckartigen Bewegungen konnte er das Schlimmste wegschneiden. Dann versuchte er, die Strähnen anzugleichen. Das gelang ihm nicht besonders gut. Aber immerhin hingen die Haare ihm nicht mehr in die Augen.

Rasch wusch er sich Gesicht und Achselhöhlen. Das Waschbecken lag voller Haare. Er drehte den Hahn so weit auf, dass das Wasser auf den Boden spritzte.

Als er sich gerade angezogen hatte, knackte die Schlafzimmertür. Cecilia stand in ihrem kurzen Nachthemd auf der Türschwelle. Ihre Beine waren mager, die schwellenden Brüste ließen ihren Rücken krumm aussehen. Sie hielt sich die Hand vor den Mund und lief gebückt ins Badezimmer. Er hörte, wie sie sich erbrach. Er ging in die Küche. Er legte Zwiebäcke auf einen Teller und füllte ein Glas mit Wasser, dann brachte er alles auf einem Tablett ans Bett.

Ihre Augen leuchteten, als sie zurückkam. »Du bist so lieb«, flüsterte sie.

Sie legte sich wieder ins Bett und drehte sich dort auf den Rücken. Andreas deckte sie zu. Er setzte sich auf die Bettkante.

»Was hast du mit deinen Haaren gemacht?«, fragte sie.

»Hab sie ein bisschen gekürzt.«

»Ich hätte dir helfen können, wenn du nur gewartet hättest, dann hätte ich dir helfen können.«

»Ich weiß.«

»Andreas.«

»Jetzt muss ich eben damit leben.«

Sie schloss die Augen. »Musst du los?«

Er nickte. »Wollte mal im Büro vorbeischauen.«

»Wie spät ist es denn?«

»Denk jetzt nicht daran. Schlaf.«

Sie hob die Hand und drückte sein Knie ein wenig.

Er saß fast allein in der U-Bahn. Es war sogar für Leute, die im Krankenhaus arbeiteten, noch zu früh. Er stieg bei der St. Eriksgata aus. Die Straßen waren menschenleer, ab und zu glitt ein Taxi an ihm vorüber. Über Nacht hatte der Wind sich gelegt. Oft passierte das, wenn es kalt wurde, so, als müsste der Wind sich ausruhen. Er hätte gern gewusst, was der wirkliche Grund war.

Vor dem Schaukasten von Agnevik & Bendrich blieb er eine Weile stehen und betrachtete die Bilder der Verkaufsobjekte. Einzimmerwohnung in der Kungsholmsgata. Dreizimmerwohnung in Kristineberg.

Ich müsste sie auswechseln, dachte er, sie sind überhaupt nicht mehr aktuell.

Er suchte umständlich seine Schlüssel, so als wollte er alles so lange wie möglich aufschieben. Und doch wusste er, dass er nicht mehr warten konnte. Seine Nebenhöhlen murrten, wie nach einer langen Erkältung.

Er drückte auf die Klinke und schob die sperrige Tür auf. Die Luft kam ihm stickig und unbeweglich vor. Er ging zum Spülbecken und füllte den Wasserkocher. Noch immer lagen Kiesreste aus dem Aquarium im Spülbecken. Er schob sie ziellos mit den Fingern hin und her.

Eigentlich könnte Kristian jetzt jede Minute eintreffen, er kam immer sehr früh. War so verdammt pflichtbewusst. Nur am Vortag war er ausgeflippt. Sein Mobiltelefon hatte geklingelt, und sofort war er davongestürzt, ohne zu sagen, wohin. Und für den Rest des Tages hatte er sich nicht mehr blicken lassen.

Andreas zog die Medikamente hervor, die die Ärztin ihm verschrieben hatte, und nahm zwei Tabletten.

»Sie hätten früher kommen sollen«, hatte sie gesagt. Sie war voluminös wie eine altmodische Mama. »Es gibt Hilfe, ehe alles zusammenbricht.«

Cecilia hatte ihn gezwungen, sich zusammenreißen. Er war ihr deshalb böse gewesen, hatte ihr vorgeworfen, kein Vertrauen zu ihm zu haben. Jetzt sah er das wieder anders.

Alles hätte wieder gut werden können.

Alles hätte einfach unendlich gut werden können.

Er dachte an Cecilia, wie sie durchgehalten und ihn während dieser ganzen Zeit unterstützt hatte. Sie kotzte morgens so heftig, dass ihr Gesicht richtig durchsichtig wurde. Sie war so klein und so dünn. Er dachte daran, was ihnen jetzt bevorstand.

Er hatte es nicht einmal über sich gebracht, sie zur Schwangerschaftsberatung zu begleiten. Sie war nach Hause gekommen und hatte ihm Ultraschallaufnahmen gezeigt. Die Umrisse eines kleinen Rückgrats. Sie hatte geweint, als sie sie aus dem Umschlag gezogen hatte. Er hatte nicht einmal die Kraft gehabt, ein schlechtes Gewissen zu haben.

Aber jetzt gab es keinen Aufschub mehr. Heute musste er es tun. Er musste Kristian vor vollendete Tatsachen stellen und eine Erklärung verlangen. Seit Wochen hatte er sich dagegen gewehrt, hatte es verdrängt, hatte geschwankt, seit dem Abend, an dem er allein im Büro geblieben war. Als ihm plötzlich aufgegangen war, dass etwas nicht stimmte, dass etwas wirklich ganz und gar nicht stimmte. Es hatte als Verdacht angefangen, und er hatte diesen Verdacht sofort verdrängt, da er so unglaublich, so absurd wirkte. Aber der Verdacht hatte ihm auf die Dauer keine Ruhe gelassen. Er musste mit Kristian reden, aber bei dem bloßen Gedanken bekam er eine Höllenangst. Doch es musste sein, er konnte kein normales Leben führen, solange diese Sache nicht geklärt war. Er schaute zu Kristians leerem Schreibtischsessel hinüber und schlang sich wütend die Arme um den Leib. Vor seinen Augen flimmerte alles.

Ihre ersten Jahre in der gemeinsamen Firma waren anstrengend gewesen, aber sehr lustig, in vieler Hinsicht erschienen sie ihm als die beste Zeit in seinem Leben. Sie hatten etwas Konkretes geschaffen, hatten demselben Ziel entgegengearbeitet. Kristian war einige Jahre älter als er. Er war so etwas wie ein großer Bruder geworden.

Sie hatten ihre Firma mit zwei leeren Händen aufgebaut. Das war ihr Dauerwitz geworden: »Zwei leere Hände«, sozusagen ein leicht ironisches Mantra.

»Zwei leere Hände, du. Diese hier!«

Sie hatten beschlossen, alles zu teilen, Einkünfte, Verantwortung und Arbeit, auch wenn Kristian offiziell als Geschäftsführer galt. Alles hatte geklappt. Die Firma war gewachsen, sie hatten immer mehr zu tun gehabt. Und dann, im Zusammenhang mit der immer größeren Arbeitsbelastung, waren sie zum ersten Mal wirklich aneinander geraten. Danach war es nie mehr so gewesen wie vorher.

Das war etwas über ein Jahr her. Andreas hatte einen Vorschlag gemacht. Sollten sie nicht eine Sekretärin einstellen? Eine, die sich um das Telefon und einem Teil der Papierarbeit kümmern könnte? Die Buchführung hatten sie ja bereits einer entsprechenden Firma übertragen. Zu seiner gewaltigen Überraschung hatte Kristian nein gesagt. Er hatte eine Seite gezeigt, die Andreas noch nie an ihm gesehen hatte. Es hatte ihn dermaßen verblüfft, dass ihm keinerlei Argumente mehr eingefallen waren.

»Glaubst du, wir schwimmen im Geld«, hatte Kristian wütend gefragt und dabei den Mund verärgert zusammengekniffen. »Ich will ja nicht den Geizhals spielen, Andreas, aber ich habe schon gemerkt, dass du dazu neigst, über deine Verhältnisse zu leben. Aber in diesem Fall gehört das Geld nicht nur dir, mein Lieber, sondern uns beiden. Entschuldige, dass ich das erwähne.«

Es fühlte sich an wie ein Schlag ins Gesicht. Das Peinliche war, dass Andreas bereits mit einer Bekannten gesprochen hatte, er hatte sie gefragt, ob sie bei ihnen arbeiten wollte, hatte sie im Grunde schon eingestellt. Sie arbeitete bei der Konkurrenz, galt als überaus tüchtig und würde entsprechend bezahlt werden müssen.

Noch immer glühten seine Ohrläppchen, wenn er an das Gespräch mit Lotta dachte, in dem er das Angebot zurücknahm. Sie hatte schon gekündigt, wenn auch glücklicherweise noch nicht schriftlich. Eine scheußliche Angelegenheit.

Er hätte sich wohl so nach und nach mit Kristians Benehmen in dieser Sache abfinden können. Ihr Verhältnis wäre sicher zu flicken gewesen, wenn es dabei geblieben wäre.

Aber es gab noch andere Dinge, kleine Details. Der Ton seines Kollegen in manchen Situationen.

»Hör mal, wir haben kein Druckerpapier mehr.« Mehr nicht. Einfach die Erwartung, dass er, Andreas, alles stehen und liegen lassen und zum Kaufen davonstürzen würde.

Er war vielleicht allzu empfindlich. Er merkte, wie er immer schweigsamer, immer ausweichender wurde. Und es belastete ihn, dass er nichts dagegen unternahm.

Dann kam die Depression, sie entwickelte sich und wuchs. Er hatte sie auch früher schon im Herbst gehabt, aber niemals so wie jetzt, niemals so hart und zehrend, er hatte sie in Schach halten können, hatte die Anfälle ausgesessen, sie gezügelt.

An manchen Abenden war er länger im Büro geblieben, wenn Kristian schon längst Feierabend gemacht hatte, und dann hatte er mit Gegenständen geworfen und getobt. Das konnte er nur im Büro. Zu Hause wäre es unmöglich, zu Hause war Cecilia, dieses empfindsame Wesen, und deshalb wartete er, bis Kristian gegangen war. Dann lief er ins Besprechungszimmer, warf sich über den Tisch, hämmerte mit den Fäusten auf Kugelschreiber und Notizblöcke ein und schrie einfach nur.

Er hatte nie Alkoholprobleme gehabt. Jedenfalls hätte er selbst nie von einem Problem gesprochen. Aber Cecilia setzte ihm immer wieder zu, »trink jetzt nicht mehr, man kann sich nicht jeden Tag voll laufen lassen«. Es kam vor, dass er einen kleinen Whisky trank, wenn er von der Arbeit kam, nur zum Entspannen, nicht viel, im Glas war vor allem Eis. Aber Cecilia mischte sich eben gern ein. Das war eine Seite an ihr, die er kaum ertragen konnte.

Er wusste noch, an welchem Tag alles anders geworden war, am 2. Oktober, einem Mittwoch. Im Büro war die Stimmung gedrückt gewesen. Kristian sah endlich ein, dass sie wohl doch eine Sekretärin brauchten.

»Frag doch mal das Mädel, das du damals erwähnt hast«, sagte er in einem Versuch, die Stimmung zu lockern und vielleicht um Entschuldigung zu bitten. »Ob sie noch will. Über das Gehalt können wir uns sicher einigen.«

Andreas gab keine Antwort.

»Hast du gehört, was ich gesagt habe?«, fragte Kristian, und sein Gesicht war stumm und leer.

»Es ist zu spät«, sagte er kurz.

Er wollte nicht nach Hause fahren. Kristian war mit den Worten gegangen: »Arbeite nicht zu lang.« Sozusagen als Bitte um Vergebung. Aber dazu war es jetzt zu spät, jetzt war es für alles zu spät. Irgendwo im tiefsten Herzen schämte er sich seines Verhaltens, darüber, wie gemein und unreif er doch war. Aber dann kam wieder die Erinnerung an damals, als er Lotta hatte absagen müssen. Und an ihr gezwungenes Lachen am Telefon.

»Ach, das macht doch nichts. Ich finde bestimmt etwas anderes.«

Wir sind zwei hier in der Firma, hatte er gedacht.

Er war zu Kristians Schreibtisch gegangen und hatte die Schubladen geöffnet. Hatte an Büroklammern und Papieren herumgefummelt, hatte einige Male den Tacker betätigt, einfach ins Holz der Schreibtischschublade. Auf primitive und kindische Weise. Hatte ein wenig an der unteren, verschlossenen Schublade geruckelt. Und sich plötzlich in den Kopf gesetzt, dass er sie öffnen müsse, das hatte nichts mit dem Schnaps zu tun, durchaus nicht, auch wenn er wusste, dass Kristian dort einige Flaschen aufbewahrte, manchmal nahm er eine heraus und füllte einen kleinen Silberbecher damit.

»Auf uns! Auf zwei leere Hände!«

Es war nicht schwer gewesen, die Schublade zu öffnen. Tatsache war, dass sein Schlüssel für beide passte. Eigentlich hätten sie überhaupt nicht abzuschließen brauchen, sie waren doch nur zu zweit. Er überzeugte sich davon, dass die Rollos heruntergelassen waren, und zog die Schublade heraus. Hastig drehte er den Verschluss von der einen Whiskyflasche und goss sich einen Schluck ein. Kippte ihn sofort, seine Kehle brannte.

In diesem Moment klingelte das Telefon. Es war Cecilia.

»Musst du noch lange arbeiten?« Diese kraftlose, flehende Stimme.

»Nein«, antwortete er. »Ich komme bald.«

»Mir ist schlecht. Und wir haben heute Abend die Waschküche.«

»Tut mir Leid«, sagte er. »Aber das wusste ich doch nicht.«

Er goss sich noch einen Schluck ein. Es war so wenig, es würde nicht auffallen. Er schaute in die Schublade, sie war gefüllt mit alten Briefen und Papieren. Ganz oben lag ein Abiturzeugnis, ausgestellt auf Kristian Agnevik. Kristian hatte es offenbar einmal rahmen lassen, der Rahmen war auch noch vorhanden. Er nahm das Zeugnis in die Hand und las. Sehr gut und gut in fast allen Fächern. Teilnahme an Leistungkursen in Biologie und Musik. Entschuldigt gefehlt: zwölf Stunden.

Er legte das Zeugnis auf den Tisch und zog einen braunen A4-Umschlag hervor, schmutzig und abgegriffen, aber nicht zugeklebt. Er hörte ein leises Rauschen in seinen Ohren. Er holte Luft und öffnete den Umschlag. Er enthielt Notizen auf Zetteln von unterschiedlichem Format, alle datiert und alle geschrieben in derselben achtlosen Schrift. Er wollte sie nicht erkennen, aber er erkannte sie. Es war Kristians. Auf der Rückseite der Notizen waren vergilbte Zeitungsausschnitte befestigt, mit Stecknadeln. Und bei allen ging es um dasselbe. Um Überfälle auf Frauen und Vergewaltigungen.

Andreas fing an zu lesen, und das Rauschen in seinen Ohren wurde zum Dröhnen.

Um Viertel nach acht tauchte Kristian auf. Er trug eine elegante dunkelgrüne Jacke, die offenbar neu war. Er schlug mit der Hand zwischen Andreas' Schulterblätter. Er sah zufrieden und munter aus.

»Jetzt heißt's wieder volle Kraft voraus. Trotz unserer zwei leeren Hände. Lass uns mit einem Kaffee anfangen.«

»Ja.«

»Was hast du mit deinen Haaren gemacht?«

»Abgeschnitten.«

»Na gut. Soll ich dir einen guten Friseur empfehlen?« Kristian hängte seine Jacke auf und kam wieder ins Zimmer. Als er die geöffnete Schreibtischschublade sah, erstarrte er. Seine Lippen zitterten. Er starrte Andreas an. »Aber was zum Teufel! Was soll das denn hier?«

Andreas schwieg. Hinter seiner Stirn pochte es.

»Hatten wir einen Einbruch? Hast du irgendwas bemerkt?« Er ging auf den Schreibtisch zu und beugte sich über die Schublade. Die Flaschen lagen noch darin, das Zeugnis ebenfalls. Er blieb mit hängenden Armen stehen. »Was ist los?«, fragte er.

Andreas erhob sich langsam. »Es war kein Einbruch.«

»Nicht?«

»Komm, dann zeig ich dir was«, sagte Andreas, und er spürte einen Kloß im Hals und hätte weinen mögen.

Er hatte den Umschlag ins Besprechungszimmer gelegt und den Inhalt auf dem Tisch verteilt. Sowie er das Zimmer betrat, glaubte Kristian zu wissen, was dort lag. Er fuhr zusammen, wie nach einem elektrischen Stoß. Dann blieb er stehen, er schwankte hin und her und brachte kein Wort heraus.

Andreas war zur Wand zurückgewichen. »Das … das da gehört dir, nicht?«, fragte er.

»Woher hast du das?«

»Das lag in deiner Schublade. Ich habe mir die Freiheit genommen, sie zu öffnen.«

»Du hast meine Schublade geöffnet?«

»Ja.«

»Du bist in meine Schublade eingebrochen, du hast sie geöffnet?«

Andreas nickte. Sein ganzer Körper juckte.

Kristian lachte angespannt und heiser. Er schüttelte den Kopf. »Aber warum denn?«

Andreas schwieg.

»Ich dachte, wir respektierten einander! Die gegenseitige Integrität und so was.«

»Sicher.«

»Bitte, Andreas. Ich begreife gar nichts.«

»An einem Abend vor einigen Wochen, am 2. Oktober, da brauchte ich einen stärkenden Schluck und wusste, was du in deiner Schublade hattest.«

»Ja?«

»Ich wollte dir eine neue Flasche kaufen, und ich habe wirklich nicht viel getrunken, nur ein paar Schluck. Und dann habe ich diesen Umschlag gefunden.«

Kristian hustete. Mit ruckartigen Schritten ging er zum Tisch und schob die Papiere zusammen. »Du hast meine privaten Papiere durchwühlt«, sagte er heiser.

»Stimmt. Genau das habe ich getan.«

»Aber warum? Wie konntest du? Wir sind doch Freunde

und Kollegen. Verdammt, Andreas, das hätte ich nicht von dir erwartet.«

»Was sind das für Papiere? Warum hast du sie in deiner Schublade?«

»Das geht dich nichts an.«

Andreas holte tief Luft. »Ich habe sie gelesen«, sagte er rasch.

»Ach.«

»Ich habe jedes einzelne Wort gelesen. Das sind üble Sachen, schrecklich und abstoßend.«

Kristian fing an, die Zettel in den Umschlag zu schieben. Vorsichtig und sorgfältig. Er verzog seine Lippen zu einem scharfen und fast lautlosen Pfiff.

Und dann sagte Andreas: »Ich ... habe den Eindruck ... dass du das warst.«

Kristian fuhr herum, sein Gesicht war verzerrt, und er hatte die Augen geschlossen, als wollte er nichts mehr sehen.

»Du hast Buch über sie geführt, verdammt. Das steht da, klar und deutlich. Du musst das jahrelang gemacht haben.« Andreas verstummte, um Atem zu holen. Dann schrie er: »Sag, dass du es nicht warst, sag, dass ich mich irre, sag, dass ich ein verdammter Volltrottel bin, der sich jede Menge Scheiß und Lügen aus den Fingern saugt.«

»Ich war es nicht«, sagte Kristian mit dumpfer Stimme. »Das hier handelt von einem anderen, einem, den ich früher einmal gekannt habe.«

»Einem, der genau deine Handschrift hat. Einem, der am 5. März geboren ist. Am selben Tag wie du.«

»Was redest du da?«

»Das steht doch auf einem von diesen Zetteln. 5. März, mein Geburtstag, steht da. An dem Tag hast du eine Frau vergewaltigt und notiert, dass es kalt war.«

»Jetzt regen wir uns erst mal ab, und dann setzen wir uns an die Arbeit. Das hier führt doch zu nichts, und wir haben verdammt viel zu tun, das weißt du so gut wie ich.«

Das Telefon klingelte. Der Anrufbeantworter schaltete sich ein. Kristians gelassene Maklerstimme war vom Büro her zu hören. Die beiden starrten einander an, während sie zuhörten. Dann erklang Sanderssons Stimme.

»Was macht ihr eigentlich in eurem Laden? Ist das überhaupt eine seriöse Firma? Jetzt hab ich fast fünfzigmal angerufen, aber Antwort krieg ich nie. Meldet euch, ehe ich die Geduld verliere.«

Das Tonbandgerät schaltete sich aus. Alles war still.

Andreas schluckte. »Jennifer Ask«, sagte er. »Steckst du auch hinter dieser Sache?«

Etwas traf ihn im Nacken. Ein scharfer, greller Blitz. Er lag auf dem Boden, und Kristian saß auf ihm und hatte die Knie um seine Hüften geklemmt.

»Jetzt reicht es aber!«, knurrte er.

Andreas hatte einen kalten, metallischen Geschmack im Mund.

»Jetzt reicht es mit diesen Beleidigungen«, fauchte Kristian, Schleim lief über sein Kinn, er hielt den Umschlag in der einen Hand und drückte Andreas mit der anderen auf den Boden.

»Was machst du?«, flüsterte Andreas.

»Du hast in meinen Schubladen geschnüffelt. Du hast mir grauenhafte Verbrechen unterstellt. Und dir habe ich geglaubt und vertraut, wie einem Freund, wie einem jüngeren Bruder, dich habe ich so sehr geschätzt.«

»Lass mich los, du tust mir weh!«

Der Zugriff auf seine Brust lockerte sich. Kristian ging in die Hocke.

»Was machen wir?«, fragte er, und es klang wie ein Jammern. »Was zum Teufel machen wir hier?«

Langsam schob Andreas sich rückwärts, in Richtung Ausgang. Mühsam setzte er sich auf und spürte den Türrahmen im Rücken.

»Du musst doch zugeben, dass diese Schreibereien einen seltsamen Eindruck machen können?«, fragte er vorsichtig und griff sich in den Nacken, der nach dem Schlag heftig schmerzte.

Zu seinem Entsetzen brüllte Kristian los. Er sprang auf und stürzte in die Toilette, und von dort war das Rascheln von zerreißendem Papier zu hören. Als Andreas hinterherging, stieg feuchter Rauch aus dem von Papierfetzen übersäten Waschbecken.

Kristian fuhr herum. Er zitterte am ganzen Leib, er war bleich, und die Haut unter seinen Augen hatte sich lila verfärbt.

»Andreas«, sagte er, und jetzt klang es wie eine Bitte. »Du hast mein Leben nicht gelebt, du weißt nichts über den, der ich einmal war.«

Plötzlich hätte er am liebsten auf alles gepfiffen. Den Umschlag vergessen und weitergemacht wie bisher. Weitergearbeitet und Wohnungen verkauft. In Zukunft wäre er dann in einer anderen Position. Er wäre stärker. »Wir haben alle unsere Probleme gehabt«, sagte er lahm.

»Willst du zur Polizei gehen?«

»Warum das?«

»Du verdächtigst mich doch, oder? Du siehst doch einen Vergewaltiger und Mörder vor dir. So einer darf ja wohl kaum frei herumlaufen, oder was?«

»Hör auf.«

»Hast du das vor? Willst du zur Polizei gehen?«

»Was glaubst denn du?«

Sie wurden von einem wütenden Tuten unterbrochen. Der Rauchmelder. Aber zugleich war das Feuer im Waschbecken erloschen. Sie hörten eine Weile zu und schafften es nicht einmal, sich die Ohren zuzuhalten. Nach einer Weile legte der Alarm sich wieder.

Kristian schob die verkohlten Notizen zusammen. Er warf sie in die Toilette und schlug auf den Spülknauf. »Ich lebe jetzt ein anderes Leben«, sagte er leise.

»Verzeih mir, Kristian, aber ich glaube, du bist krank, ich glaube, du brauchst Hilfe.«

Kristian drückte einen Klecks Flüssigseife aus dem Behälter und wusch sich langsam und umständlich die Hände. Er verzog spöttisch den Mund.

»Ich dachte, du bist hier krank«, sagte er. »Cecilia hat erzählt, dass es erblich ist, dass deine ganze Familie in der Klapse gesessen hat.«

Andreas ließ sich nicht provozieren. Er wich in Richtung Diele zurück, seine Muskeln kamen ihm weich und schlaff vor. Kristian kam hinterher. Er warf den Kopf in den Nacken und grinste.

»Ich habe Geduld mit dir gehabt, Bruderherz. Wenn es dir in den Kram gepasst hat, zu Hause zu bleiben, habe ich die ganze Arbeit allein geleistet. Mit meinen zwei leeren Händen. Es war zwischendurch unerträglich schwer und hätte mich fast meine Ehe gekostet. Aber ich habe dir niemals Vorwürfe gemacht. Behaupte das bloß nicht. Nicht ein Wort habe ich gesagt. Erst am Sonntag hatte ich so gut wie gleichzeitig zwei Besichtigungen. Das war verdammt hart, das kann ich dir sagen, fast unbeschreiblich hart.«

Andreas riss seine Jacke an sich. Er hörte das leise Rascheln, mit dem der Aufhänger abriss. Kristian stand bei der Tür, er legte die Hände um Andreas' Hals.

»Willst du jetzt gehen? Willst du mich schon wieder im Stich lassen? Na, dann geh doch. Verschwinde!«

Er stank nach Seife. Seine Hände waren hart und grob. Wie Klauen waren sie, wie raue eiserne Klauen.

»Was hast du jetzt vor? Willst du zur Polizei gehen? Okay. Da gibt's einen Bullen namens Lundell, mit dem kannst du reden, Urban Lundell, aber beweisen kannst du jedenfalls nichts. Er wird sofort merken, dass du Blödsinn redest.«

Die Krallen bohrten sich in seinen Nacken, schlugen sich in sein Fleisch, er konnte plötzlich kaum noch atmen, bekam fast keine Luft mehr. Sein Hals brannte wie Feuer. Mit fast übermenschlicher Anstrengung riss er sich los und öffnete die Tür. Kristian versuchte, ihn am Arm festzuhalten.

»Wenn du das tust, dann ist Schluss, mit unserer Zusammenarbeit, mit allem, wenn du das tust, dann hast du ein Leben zerstört!«, schrie er.

Aber Andreas stand schon auf der Straße. Die ersten hundert Meter rannte er, so schnell, dass seine Lunge schmerzte. Als er sich umdrehte, sah er, dass Kristian die Tür geschlossen hatte. Er wurde langsamer und versuchte, normal zu gehen, wie jemand, der einfach auf dem Weg zur Arbeit ist.

Es war ganz und gar windstill. Schnee lag in der Luft.

Nach einigen Monaten fing er an zu schreiben. Es wurde fast zur Besessenheit. Dr. Loetringer ermunterte ihn energisch. Er hatte ihm einen Computer gegeben, einen alten Philips aus grauer Vorzeit, der in irgendeiner Besenkammer Staub angesetzt hatte. Der Computer war langsam und laut und blieb in regelmäßigen Abständen hängen. Er hielt es für einen Vorteil, denn so gewann er Zeit zum Nachdenken.

Er schrieb ein Buch, ein Buch von mehreren hundert Seiten. Er schrieb über jemanden, den er vor langer Zeit gekannt hatte. Über einen kleinen Menschen, einen kranken, beschädigten.

Die anderen fanden es gut, sie unterstützten ihn.

»Du kannst es veröffentlichen«, sagten sie. Aber es gab auch einige, die sich über ihn lustig machten und Gesichter schnitten, wenn sie glaubten, dass er sie nicht sah.

»Du kannst ein großer Autor werden, vielleicht bekommst du sogar den Nobelpreis.«

Er sah ein, dass es immer Menschen geben würde, die man nicht erreichte.

Im Großen, Ganzen ging es ihm recht gut. Aber ab und zu kamen die Erinnerungen an die Polizei und deren unnötige Brutalität. Und dann kroch er wie eine Spinne über den Boden und versteckte sich unter der schweren grauen Decke.

Sie hätten ihm keine Handschellen anzulegen brauchen.

Nachdem er begriffen hatte, was ihm bevorstand, hatte er sich einfach an seinen Schreibtisch gesetzt und gewartet.

Keine zwanzig Minuten, und schon waren sie da.

Ein kahles Verhörzimmer, kein Thema für ein Gespräch. Einfach nur Fragen und Antworten. Fragen.

Auf einem schwarzen Brett sah er seine eigenen Unterlagen, sie waren mit runden Magneten befestigt. Kopien, das hätte er sich ja denken können.

Seine Antworten hatte er schon gewusst. Anfangs zumindest.

»Deshalb habe ich die Ausschnitte doch gesammelt, als Material für ein Buch.«

»Und Jenny?«

»Jenny? Ach, das war ein Unglück. Sie hatte mich ins Gesicht geschlagen. Was willst du hier, du jagst mich.«

Nein.

Er jagte sie nicht.

Sie sah so ungeheuer jung aus, als sie ihm auf dem Trimmpfad entgegenkam. Er wusste noch, dass er wütend auf sie gewesen war, weil sie nicht gewartet hatte. Aber das erwähnte er nicht.

»Weißt du noch, damals«, sagte er und packte ihren schweißnassen Körper, »weißt du noch, wie dein Vater nach Hause gekommen ist? Als wir vergessen hatten, die Tür zuzumachen?«

Ein Funke von Angst in ihren Augen. »Was ist los mit dir, Kristian, hast du den Verstand verloren?«

Sie hätte ihn nicht schlagen dürfen.

Denn dabei hatte sie Ähnlichkeit mit einer anderen.

Und der Schmerz pflanzte sich in seinen Schritt fort.

Dr. Loetringer rief ihn bisweilen zu sich in sein Zimmer. Oft ging es dann um Elisabet.

»Sie sagt, dass sie dich besuchen will, aber ich habe ihr

erklärt, dass du noch nicht reif dafür bist, dass sie Geduld haben muss.«

Dr. Loetringer war auf seiner Seite.

Er war eine wirkliche Stütze.

Er empfand keinen Groll auf Andreas Bendrich. Andreas war übrigens der Einzige, der ihm schrieb. Er beantwortete diese Briefe nie, aber er las sie.

Wir haben ein Kind bekommen, schrieb Andreas im ersten Brief. Ein Mädchen, das Andrea heißen soll. Und ich spiele mit dem Gedanken, den Firmennamen zu ändern. Ich habe das Büro nach Söder verlegt.

Ende Mai kam wieder ein Brief.

Jetzt habe ich deiner Schwester Hilja eine Wohnung in der Brantingsgata besorgt. Ich habe ihr eine vernünftige Kalkulation aufgestellt. Sie wird es schaffen, sie ist hartnäckig wie der Teufel, diese Frau.

Karla wurde nicht mit einem Wort erwähnt.

Danksagung der Autorin

Überaus herzlichen Dank an folgende Personen, die sich die Zeit genommen haben, Fragen zu beantworten, die Handlung zu diskutieren und kluge und konstruktive Vorschläge gemacht haben:

Katinka Bergvall, Benkt Eurénius, Jan Frimansson, Suzanne Julin, Christina Mattsson, Åsa Nilsonne, Helena Ridelberg, Patrick Widell, Mattias Wising, außerdem Margareta Björkqvist, Nicklas Jensen, Pia Svahn, Charlotte Gibbek, Tomas Kallin und Johan Pettersson von Florist Kompaniet in Stockholm, wo ich ein kleines Praktikum machen konnte. Aber nicht vergessen, der Blumenladen und die Personen in meiner Geschichte sind ganz und gar fiktiv.

Dann danke ich noch meinen beiden Verlegern bei Norrstedts, Lars Erik Sundberg und Martin Kaunitz.

SÖDERTÄLJE IM MAI 2003,
INGER FRIMANSSON